KiWi

1343

Das Buch

Seit jeher kommt in Deutschland keine Generation ohne Italiensehnsucht aus. Das Land jenseits der Alpen zieht an, es strahlt und schmeckt – und immer klingt es! »Wir Italiener sind Spatzen und Nachtigallen. Alle singen bei uns«, sagte der große Lucio Dalla, und so gibt es keinen besseren Schlüssel, um das Land zu verstehen, als die Musik. Oder jedenfalls keinen schöneren.

Ob Mina, Ricchi e Poveri oder Adriano Celentano, die Canzone ist nationales Kulturgut: vom neapolitanischen Lied über die jährlich neuen Sommerhits bis hin zu Italo-Disco oder den Werken der Cantautori. Eric Pfeil macht sich mit uns auf die Reise, im Gepäck 100 Lieder, die uns ein Land, seine Geschichte und seine schönsten Flecken näherbringen, und die dazu einladen, wieder und immer wieder gehört zu werden. Wir fahren mit offenem Verdeck über schmale Küstenstraßen, streifen durch die Gassen Neapels und über die Strandpromenade Riminis – und haben garantiert immer den richtigen Soundtrack im Ohr.

Der Autor

Eric Pfeil, wurde 1969 in Bergisch Gladbach geboren und fuhr schon kurz darauf zum ersten Mal über die Alpen. Um die Jahrtausendwende war er Produzent der legendären Musiksendung Fast Forward, seither ist er ein gefragter TV-Autor. Er schreibt u. a. für *FAZ* und *Rolling Stone* über Film, Literatur sowie über Popmusik und ihre Folgen. Als Sänger der Band *Die Realität* sowie unter seinem eigenen Namen hat er bisher vier Alben veröffentlicht. Er lebt in Köln, hat aber Italien nie wieder verlassen.

ERIC PFEIL

AZZURRO

Mit
100 Songs
durch
Italien

Kiepenheuer & Witsch

Die Playlist zum Buch:

FSC
www.fsc.org
MIX
Papier | Fördert gute Waldnutzung
FSC® C014496

10. Auflage 2025

Covergestaltung: FAVORITBUERO, München
Covermotiv: © Janine Niepce/Roger-Viollet
Gesetzt aus der Chaparral Pro und der Core Deco
Satz: Buch-Werkstatt GmbH, Bad Aibling
Druck und Bindung: GGP Media GmbH, Pößneck
ISBN 978-3-462-04553-6

Kontaktadresse nach EU-Produktsicherheitsverordnung:
produktsicherheit@kiwi-verlag.de

Für Ina

»Lasciatemi cantare – sono un italiano«
(Toto Cutugno)

»Die Lage ist aussichtslos, aber nicht ernst.«
(Ennio Flaiano)

VORWORT

Was einen in jungen Jahren packt, das wird man nicht mehr los.

Ich war zwölf oder dreizehn, als mich meine Eltern erstmals mit nach Italien nahmen. Das Land erschien mir wie ein riesiger, von der Sonne verwöhnter Vergnügungspark. Alles stand in einem anderen Licht. Beziehungsweise: Gar nichts stand. Es wuselte und wimmelte nur so, wie schneller gedreht. Mir gefiel dieses Tempo.

Ich mochte auch, wie die Leute miteinander umgingen, wie sie einander beim Reden anfassten, überhaupt: wie sich die Menschen hier bewegten, die Theatralik. Alles schien auf einer Bühne zu passieren – nichts war offenbar Selbstzweck, sondern auch immer Schauspiel für andere. In meinen Augen entsprach das einer Idealform des Seins, von deren Erreichen man bei uns daheim in Bergisch Gladbach noch weit entfernt war. Was ich erlebte, war ein einziges großes Zuviel: zu viel Sonne, zu viel Hektik, zu viel Essen, zu viel Schönheit, zu viel alles. Italien ist ein Zuviel-Land, und ich bin – das wurde mir damals klar – sehr empfänglich für dieses Zuviel. Ein Zuviel-Mensch.

Mit offenem Mund saß ich da und starrte. Ich verstand genau, was meine Eltern meinten, wenn sie unentwegt von *dolce vita* sprachen. Ständig gab es *gelato*. Ich war hin und weg.

Schon damals war der Soundtrack wichtig. Musik war hier schließlich auch überall. Ein paar Sachen kannte ich aus dem Fernsehen, aus Sendungen wie *disco* oder *Bananas:* Alice, Ricchi e Poveri oder Adriano Celentano, der im Partykeller meiner

Eltern lief und in lustigen Filmen mitspielte. Auch diese Musik, so hatte ich den Eindruck, war deutlich höherentwickelt: Sie war überschwänglicher als das, was ich sonst zu hören bekam, und sie schien geradezu zu flirren. Dass die italienischen Sängerinnen und Sänger zudem über einen flamboyanteren Kleidungsstil verfügten, war meiner Begeisterung nicht eben abträglich. Aber das wunderte mich inzwischen wenig, schien in diesem Wunderland doch selbst jeder Polizist seine Uniform von exzentrischen Modezaren auf den Leib geschneidert zu bekommen.

Zum Glück reisten meine Eltern immer wieder mit mir ins gelobte Land: Jeden Sommer knatterte Familie Pfeil mit dem vollbeladenen Auto über den Brenner, den Diesel der LKW in der Nase, im Kassettenrekorder stets die aktuelle »Italo Top 20«-Zusammenstellung. Mit jeder Reise wuchs meine Begeisterung. Später, als ich mit der Schule fertig war, kam ich alleine wieder her, und ich kann nicht behaupten, dass ich auf meinen Interrail-Reisen Anlass zur Desillusionierung gehabt hätte.

Wenn aber aus Verknalltheit irgendwann Liebe wird, kommt man nicht umhin, das eigene Bild des geliebten Gegenübers zunehmend einem Realitätsabgleich zu unterziehen. Italien, so musste ich Anfang der 90er feststellen, war nicht nur ein Land, in dem sich gutaussehende Menschen vor barocker Pracht unter wildem Gestikulieren Köstlichkeiten in den Mund schoben und das Wichtige dem Schönen in bewundernswerter Manier unterordneten. Es war auch ein Ort, an dem Korruption und Vetternwirtschaft prächtig gediehen, nichts wirklich voranzugehen schien, Nord und Süd auf beispiellose Art im Clinch miteinander lagen und Frauen bisweilen die Funktion eines dekorativen Elements zugewiesen wurde. Und dann tauchte Berlusconi auf.

Das Bemerkenswerte: Auch dieses dunkle Italien faszinierte mich. Es war nicht so pittoresk wie das andere, was seine Schauwerte anging aber ähnlich hochgeschraubt. Eine Weile ging ich von zwei Italien aus: Das eine wurde vom *cavaliere* regiert, das andere von Celentano. Bald aber begann mir zu schwanen, dass diese beiden Italien ein und dasselbe waren. Dass sie einander auf verwirrende Art bedingten. Und ich verstand, dass die Widersprüche hier hinter jedem Terracottakübel lauerten: Sinnlichkeit und Prüderie. Leichtlebigkeit und starre Konvention. Erhabenheit und Vulgarität. Bozen und Palermo. Meer und Mafia. Machos und Mütter. Grandezza und Gefuchtel. Belcanto und Berlusconi. Aber diese Erkenntnis alleine reichte mir nicht. Ich wollte gerne hinter den roten Bühnenvorhang schauen.

Wer versuchen will, Italien zu verstehen, kann dies auf vielerlei Art tun: beispielsweise durch Fernsehschauen. Man kann sich auch einen Tag lang auf eine *piazza* stellen. Oder ein Buch über das *risorgimento* lesen. All das mag hilfreich sein. Wer das Land in seiner dröhnenden Komplexität und grellen Widersprüchlichkeit aber wirklich begreifen will, der oder die handele so wie die Italiener auch und konzentriere sich auf das vermeintlich Unwichtige: die Musik.

Die *canzone italiana* entstand bereits Mitte des 19. Jahrhunderts und ist nationales Kulturgut – in all ihren Ausprägungen und Spielarten vom neapolitanischen Lied über die alljährlich beim *Festival di Sanremo* dargereichten Sommerhits bis hin zu Italo-Disco oder den Liedern der *cantautori*, Italiens Singer/Songwritern. Musik ist an der Geschichtsschreibung des modernen Italien essenziell beteiligt, die *canzoni* bilden den Kitt, der das mit sich selbst so herrlich verkrachte Land zusammenhält. »Wir Italiener sind Spatzen und Nachtigallen. Alle singen bei uns«, sagte der große Lucio Dalla vor Jahren in einem Interview. Und tatsächlich fangen die Italienerinnen und Italiener ja schon zu singen an, wenn sie ihre Einkaufslisten vorlesen.

Meinen Leserinnen und Lesern Italien zu erklären, mag ich mir nicht anmaßen. Was ich Ihnen aber anbieten kann, ist, mir dabei zuzuhören, wie ich versuche, mir selbst Italien zu erklären. Ich möchte Sie in diesem Buch mit auf eine Reise nehmen. Im Gepäck nichts mehr als 100 Lieder, die tiefe Einblicke gewähren in ein Land, das uns oft nah und dann wieder so fremd vorkommt. Mein Tipp: Basteln Sie sich eine Playlist zu diesem Buch, sie wird Ihnen bei der nächsten Italienreise hilfreich sein. Und schauen Sie sich im Internet die beschriebenen Auftritte der Sängerinnen und Sänger an: Sie werden aus dem Augenreiben nicht mehr herauskommen.

Ich wünsche Ihnen viel Vergnügen mit meinem Reiseführer ohne Sehenswürdigkeiten, dafür aber mit ganz viel Musik. Öffnen wir unter anheimelndem Knirschen die Schatztruhe der *canzone italiana* und schauen wir unseren Freundinnen und Freunden aus dem Süden gemeinsam tief in die Seele.

1

AIDA (1976)

Rino Gaetano

Seltsam, aber Italien: Meine erste Begegnung mit dem Sehnsuchtsland habe ich dem CDU-Politiker Wolfgang Bosbach zu verdanken. Es war zu Beginn der 80er-Jahre, als meine Eltern beschlossen, dass es an der Zeit sei, eine Rom-Reise zu unternehmen. Mit allem Pipapo: Papstaudienz, Kolosseum-Besichtigung, acht Kugeln *gelato* vorm Pantheon und dergleichen.

Da es an Geld stets mangelte, kam eine von der Bergisch Gladbacher CDU veranstaltete Rom-Reise gerade recht. Meine Eltern waren zwar Überzeugungssozis, aber eben auch pragmatisch: Die SPD war die Partei, die man wählte, die CDU kutschierte einen nach Rom. Möglich, dass der Niedergang der Volksparteien bereits damals seinen Anfang nahm.

Bosbach, in den 80ern bereits eine Bergisch Gladbacher Politgröße, leitete die Reise. Meist saß er vorne beim Busfahrer und kommentierte durch die knarzende Anlage die am Fenster vorbeiziehende Pracht, wobei er sich keineswegs zu schade war, auch auf humoristische Evergreens zurückzugreifen: »Wir befinden uns jetzt auf der Via Garibaldi. Sie wissen schon: Garibaldi – der Erfinder des Schnellkochtopfs.« Der Bus barst vor Hysterie.

Mir waren Bosbach, CDU und Schnellkochtopf ziemlich wurscht. Denn: Ich hatte mich verliebt. Gleich zweifach. Zum einen in Elena, die Tochter eines ebenfalls mitreisenden Paares. Eine unglückliche, zudem einseitige Schwärmerei, wie sich bald herausstellte. Mit meinem frühpubertären Schnurrbartflaum und meinem ästhetisch noch ungefestigten Kleidungsstil, der so gar nichts mit der Grandezza der römischen Jugendlichen zu tun hatte, konnte ich während des Aufenthalts nicht bei ihr punkten. Egal.

Meine andere Liebe aber sollte mich umso reicher belohnen, es war eine Liebe fürs Leben: Hier, auf einer Fahrt der CDU-Ortsgruppe Bergisch Gladbach nach Rom, entflammte meine große Leidenschaft für Italien. Doch so dankbar ich Bosbach für die Erstbegegnung mit dem *Bel Paese* bin, so wenig vermochte er mir dieses Land zu erklären. Klar, er ist ja auch CDU-Mann und kein italienischer Sänger.

Halten wir uns also lieber an Rino Gaetano. Der komponierte schon 1976 das schönste Lied, das je über die Apennin-Halbinsel geschrieben wurde. Sein Stück »Aida« (im Titel angelehnt an Verdis gleichnamige Oper und inspiriert von Bernardo Bertoluccis Film »1900«) ist eine Collage, die assoziativ italienische Geschichtsereignisse und Tragödien des 20. Jahrhunderts verknüpft. Gaetanos »Aida« ist keine Frau, sondern, wie es der Sänger formulierte, »alle Frauen«: Großmütter, Mütter, Freundinnen, Töchter. Und all diese Frauen erzählen beim Durchblättern eines imaginären Fotoalbums in einem nicht abreißenden Gedankenfluss von siebzig Jahren Leben in Italien.

Vom Katholizismus ist die Rede, von Madonnen und Rosenkränzen; von Tausenden Meeren (»mille mari« – ein Hinweis auf die Seefahrt ebenso wie auf Italiens Kolonialgeschichte) und vom *Alalà*, dem Schlachtruf der italienischen Faschisten. Wir sind beim Eintritt des Landes in den Zweiten Weltkrieg dabei und beim Kampf der mutigen Partisanen. Dann bricht es aus dem Sänger heraus: »Aida, come sei bella!« (Aida, wie schön du bist!). Wie so häufig in Italien ist an dieser Schlüsselstelle des Liedes ein Saxofonist zugegen, der bereitwillig übernimmt.

Die zweite Strophe führt in die Nachkriegszeit, die geprägt ist von Armut, niedrigen Löhnen und dem Ausschluss der Kommunisten von der Macht. Vor allem aber ist sie geprägt von jenen, die Macht *haben:* den Politikern, Unternehmern und den Protagonisten des Showgeschäfts, die der Sänger als Antilopen, Schakale und Kaninchen darstellt. Und wieder dieser Schrei aus rauer Kehle: »Aida, come sei bella!«

Der 1981 mit nur dreißig Jahren verstorbene Kalabrese Rino Gaetano war ein Meister dieser assoziativen Gedankenstrom-Lieder und ein unberechenbarer Charakter, dessen widerspenstige Art wenig mit dem Gebaren der von ihm besungenen Kaninchenfellträger des Kulturbetriebs zu tun hatte. Heute genießt er in seiner Heimat Kultstatus; 2008 produzierte Adriano Celentanos Frau Claudia Mori einen TV-Zweiteiler über den Sänger, der auch »Aida« wieder in die Charts spülte. Der Sänger und sein früher Tod werden uns später noch ausführlicher beschäftigen.

»Aida« (kurioserweise musikalisch inspiriert von Bob Marleys »No women, no cry«!) ist ein Lied zum Einrahmen. Nichts wird auserzählt, alles wird nur kurz angestupst. So schön wie in diesem Vier-Akkord-Wunder von einem Song wurde – trotz vieler redlicher Versuche – nie wieder über Italien gesungen. Ein Wahnsinnstyp, dieser Rino Gaetano! Wahrscheinlich hätte er mir auch die Sache mit Elena erklären können.

2
A ME PIACE VIVERE ALLA GRANDE
(1979)

Franco Fanigliulo

Es ist die beste Idee ohne direkten floristischen Bezug, die einem ligurischen Blumenhändler je in den Sinn gekommen ist.

Nach Ende des Zweiten Weltkriegs wird in Italien nach Möglichkeiten gesucht, das wieder erstarkende kulturelle Treiben gewinnbringend abzubilden. In Sanremo wird zu diesem Zweck eine Kommission ins Leben gerufen, der auch der Florist Amilcare Rambaldi angehört. Der Musikfreund schlägt vor, im Casino von Sanremo ein Jazzfestival auszurichten. Das mit dem Jazz löst bei der Kommission zwar nicht unbedingt Ekstase aus, dafür wird auf Basis des Vorschlags die Idee eines nationalen Gesangswettbewerbs geboren, in dessen Rahmen das jeweils beste Lied des Jahres zu küren sei. 1951 findet das erste *Festival della Canzone Italiana* statt.

Gut siebzig Jahre später ist es der älteste Popmusik-Wettbewerb Europas, und noch immer sorgen die Auftritte der *cantanti* alljährlich für massiven Gesprächsstoff auf den *piazze* und in den *bars*. Die Übertragung des Festivals hat Einschaltquoten wie sonst nur Topfußballspiele; im Jahr 2020 kleben an den fünf Austragungstagen bis zu 14 Millionen Menschen an den Bildschirmen. Bis heute werden hier die ganz großen Hits gemacht, wobei sich das Regelwerk ebenso häufig ändert wie die Konstellation der italienischen Regierung. Hier an der Blumenriviera entscheidet sich, welche Lieder zum Soundtrack des Sommers werden. Und hier, unweit der Grenze zu

Frankreich, wird das italienische Prinzip, vermeintlich Unwichtiges enorm wichtig zu nehmen, in Formvollendung zelebriert.

Manche nehmen es auch zu wichtig. 1967 kommt es zur Tragödie, als sich der Sänger Luigi Tenco nach seinem Ausscheiden in seinem Hotelzimmer das Leben nimmt. Zu diesem Zeitpunkt erfüllt das Festival eine nicht zu unterschätzende Funktion für das italienische Selbstverständnis. Und so wächst sich der Selbstmord zum nationalen Trauma aus: Ist der Sänger auch als Opfer einer erbarmungslosen Hit-Maschinerie zu betrachten? Wieder tritt der musikbegeisterte Blumenhändler Rambaldi auf den Plan. Er schlägt vor, eine weitere Veranstaltung zur Auszeichnung anspruchsvoller Stücke ins Leben zu rufen. 1972 schließlich kommt es zur Gründung des *Club Tenco,* der sich die Förderung und Lobpreisung anspruchsvoller Autorenlieder zur Aufgabe macht.

Das *Festival della Canzone Italiana* selbst bleibt bis heute die große Leistungsschau einer der wichtigsten italienischen Handwerkskünste, der *musica leggera,* der leichten italienischen Musik. Doch auch hier kommt es in den Folgejahren immer wieder zu künstlerisch komplexeren Darbietungen, Provokationen und Regelverstößen. Und im Jahr 1979 zum Auftritt Franco Fanigliulos.

Ein wenig gemahnt der bärtige Langhaarige auf der blumendekorierten Bühne an ein Mitglied einer Hippie-Sekte, das sich als Pantomime auf Kindergeburtstagen sein Salär aufbessert. Er trägt ein Leibchen und Flatterhosen, seine Gesten sind ausladend; der verklärte Blick legt die Vermutung nahe, der spindeldürre Kerl habe soeben eine Marienerscheinung gehabt und sei vor Schreck in die LSD-Suppe gefallen. Oder geht man hier einer Provokation auf den Leim? Es liegt nämlich ein ironischer Glanz in den Augen des Sängers, etwas Spöttisches beinahe. Doch ganz gleich: Der junge Mann wirkt an diesem Ort wie ein Außerirdischer. Trüge er einen brennenden Weihnachtsbaum auf dem Kopf, könnte das Erstaunen über den Sonderling kaum größer sein.

Franco Fanigliulo präsentiert an diesem Januarabend des Jahres 1979 sein Lied »A me piace vivere alla grande« (Mir gefällt es, im großen Stil zu leben), es geht um Jesus, um »Bleichbäder« und um einen Hirnschlag. Der *caso Fanigliulo* zählt zu den seltsamsten und tragischsten Geschichten des italienischen Musikbetriebs. Es ist die Geschichte eines Außenseiters: das große »Was hätte sein können?« der italienischen Musik.

Fanigliulo, in der ligurischen Hafenstadt La Spezia aufgewachsen, erweist sich früh als Naturbursche: Der Sohn einer Pianistin und eines Marinefunkers heuert für mehrere Jahre als Seemann an, bis rheumatische Probleme dem maritimen Dasein ein Ende setzen. Er arbeitet daraufhin unter anderem als Holzfäller, Vertreter für Schönheitsprodukte und Landwirt, nebenbei macht er Musik, allerdings ohne offensichtliche Karriereambitionen.

Seine Kelleraufnahmen geraten in die Hände der einstigen Beat-Ikone Caterina Caselli, die seit Mitte der 70er als Labelmanagerin tätig ist. 1977 entsteht ein erstes Album, dessen Musik wenig bis nichts mit dem Zeitgeist zu tun hat: Fanigliulo zeigt sich geprägt von Chanson, Kunstlied und Theatermusik, sein Vortragston ist, gelinde gesagt, gespreizt. Im selben Jahr hat der Sänger einen Gastauftritt in dem Film »Berlinguer, ti voglio bene« (Berlinguer, ich liebe dich sehr), in dem auch der junge Komiker Roberto Benigni (als gutgläubiger Toskaner mit Ödipuskomplex) seinen ersten großen

Leinwandauftritt hat. Fanigliulo ist als Sänger der fiktiven Band Romeo e Los Gringos zu sehen. Schon hier hat er seine theatralische Darbietungsform perfektioniert.

1979 kommt es dann zur Landung von Fanigliulos Freak-Raumschiff in Sanremo. Sein spöttisch-surrealer Text sorgt schon im Vorfeld für Trara: Eingangs ist von einem Herrn namens Guglielmo die Rede, der nachts gerne einen BH trägt. Doch es sind die folgenden Zeilen, die anecken: »Adesso che Gesù ha un clan di menestrelli / Che parte dai blue jeans e arriva a Zeffirelli« (Heute hat Jesus einen Clan von Minnesängern / Die in Jeans losziehen und bei Zeffirelli ankommen). Die Zeile, die auf die Jeans-Marke *Jesu* und den Jesus-Verfilmer Franco Zeffirelli abhebt, dünkt vielen religionsverachtend. Eine weitere Passage muss sogar geändert werden: Das Wort »Kokainblätter« wird durch »bagni di candeggina« (Bleichbäder) ersetzt. Am Ende soll aber eine andere Zeile am längsten nachhallen: »Ho un nano nel cervello, un ictus cerebrale« (Ich habe einen Zwerg im Gehirn, einen Hirnschlag), singt Fanigliulo.

Der Song landet zwar nur auf Platz sechs, Fanigliulo wird aber von der Presse zum moralischen Sieger ausgerufen. Es erscheint ein zweites Album, doch trotz anhaltenden Kritikerlobs über diese seltsamen Kunstlieder stellt sich kein Erfolg ein. Nach einem dritten Album mit dem bemerkenswerten Titel »Ratatam pum pum« und einer EP hat der Sänger keine Lust mehr. Die nächsten viereinhalb Jahre verbringt Fanigliulo auf seinem neuerworbenen Bauernhof bei Vezzano in Ligurien. Hier, am grünen Busen der Natur, lebt er glücklich zwischen Hunden und Pferden, Katzen und Schafen. Neue Musik gibt es keine.

1987 taucht er plötzlich wieder auf. Für das Label von Italiens Pop-Rüpel Vasco Rossi nimmt er zwei neue Songs auf. Der Sound hat sich drastisch verändert, aber Franco ist ganz sein altes theatralisches Selbst. Man beginnt mit den Aufnahmen für ein ganzes Album. Parallel ist er an Zuccheros Platte »Blue's« beteiligt und schreibt ein Märchenbuch. Einem Comeback scheint nichts im Wege zu stehen.

Am 12. Januar 1989 verstirbt Franco Fanigliulo überraschend im Alter von nur 44 Jahren infolge einer Hirnblutung. Einige wenige erinnern sich: War das nicht dieser seltsame Sonderling, der in Sanremo von einem »Zwerg im Gehirn« gesungen hatte? Für viele Jahre gerät er in Vergessenheit; inzwischen beziehen sich wieder junge Musiker auf den Drop-out mit dem entrückten Blick.

3

ANCORA TU (1976)

Lucio Battisti

Es war einmal ein unschuldig dreinblickender Lockenkopf aus dem latinischen Dorf Poggio Bustone …

Lucio Battisti wird von seinen Landsleuten als *das* Genie der *musica leggera* verehrt. Wenn irgendwo plötzlich Lucio läuft, werden viele Italienerinnen und Italiener ganz still, andere singen wässrigen Auges mit. Irgendjemand sagte mal, Lucio Battisti und sein langjähriger Texter Giulio Rapetti alias Mogol (Mogul) seien Italiens Lennon/McCartney, womit Irgendjemand wohl recht haben dürfte. Celentano schlug in den frühen 60ern den Weg frei und erlöste den italienischen Pop vom Diktum des Belcanto, aber es war Battisti im Verbund mit Mogol, der ab Ende der 60er die musikalischen Möglichkeiten der italienischen Liedtradition bis in alle Tiefen auslotete. Und der seinem Land mit hoher Engelsstimme aus tiefster Seele sang.

Bei dem 1943 geborenen Battisti faszinieren Musik und Persönlichkeit in gleichem Maße und sind kaum voneinander zu trennen. Dennoch taten sich Presse und Öffentlichkeit anfangs schwer mit ihm. Battisti wurde regelmäßig von Kritikern, Kollegen und dem italienischen Publikum angegriffen: Sein vermeintlich schiefer Gesang stieß viele ab, und seine Weigerung, in Interviews über Privates zu sprechen, wurde ihm nicht selten als Arroganz ausgelegt. Auch der Umstand, dass sich Battisti dezidiert unpolitisch gab, sorgte nicht überall für Begeisterung. Schon Anfang der 70er brach er den Kontakt zur Presse nach etlichen heftigen Auseinandersetzungen ganz ab.

Begonnen hatte seine Karriere in den späten 60ern als Komponist für Sänger wie Sergio Endrigo oder Mino Reitano. 1966 kam es zur folgenschweren Begegnung mit dem umtriebigen Textdichter Mogol, der Battisti ermutigte, seine Stücke selbst zu singen. Gemeinsam mit Mogol schrieb er von nun an Hit um Hit, wobei die beiden zusehends experimenteller wurden und sich ab Anfang der 70er im unweit des *Lago di Como* gelegenen Studio verstärkt auf die Produktion von konzeptionell durchdachten Alben konzentrierten. Zwischendurch bereisten die ungleichen Freunde im heißen Sommer 1970 Italien zu Pferde, was man als erfolgreiches italienisches Songschreibergespann eben so tat. Der Ritt führte die Freunde von Mailand über La Spezia nach Rom, Ziel der Unternehmung: im Einklang mit einem idealisierten ländlichen Italien Inspiration zu schöpfen. (Als Mogol im Folgejahr vorschlug, nun auch noch gemeinsam den Po bis zu seinem Delta zu durchschwimmen, lehnte Battisti mit Verweis auf gesundheitliche Vorbehalte ab.)

Lucios Glanzphase begann 1972 mit dem Album »Il mio canto libero« (Mein freies Lied), das Psychedelia auf süffige Melodik knallen ließ. Das nächste Album, »Il nostro caro angelo« (Unser lieber Engel), ist noch großartiger. 1973 entstand auch ein deutschsprachiges Album; für die Übersetzung der Texte versicherte sich Mogol der Dienste eines hiesigen Nachwuchstalents, dem er an drei rotweinschwangeren Abenden in Mailand den Inhalt der Lieder darlegte. Der Name des jungen Übersetzers: Udo Lindenberg. In den Folgejahren wandte Battisti sich erst brasilianischen Einflüssen (auf dem komplett abgefahrenen »Anima latina«), später dann Funk und Disco zu. Nach dem Bruch mit Mogol zu Beginn der 80er zog sich der öffentlichkeitsscheue Musiker in seine Villa bei Molteno zurück und kündigte an, fortan nur noch über seine Alben kommunizieren zu wollen. Die letzten Fotos, die den Sänger zeigen, stammen aus dieser Zeit. 1997 führte eine TV-Sendung auf *Rai Uno* eine Rubrik ein, in der Zuschauer mögliche Sichtungen des untergetauchten Genies melden konnten.

Nur ein Jahr später starb Lucio Battisti, die Todesursache wurde nie bekannt gegeben.

»Ancora tu« (Schon wieder du), die erfolgreichste Single in den italienischen Charts des Jahres 1976, ist ein flirrendes Disco-Wunder, bei dem sich noch der härteste Asphalt zu wellen beginnt. Battisti singt wie einer, den der Sommer von allen Zwängen, Grübeleien und Eitelkeiten befreit hat.

Mogols Text, den Battisti mit zunehmender Dauer des Stücks immer irrer interpretiert, ist ein Meisterstück der schnappschussartigen Alltagspoesie: »E come stai? Domanda inutile / Stai come me e ci scappa da ridere / Amore mio, hai già mangiato o no? / Ho fame anch'io, e non soltanto di te« (Und wie geht's dir? Überflüssige Frage / Dir geht's wie mir, und wir müssen lachen / Meine Liebe, hast du schon gegessen oder nicht? / Ich habe auch Hunger, und nicht nur nach dir).

Auf geht's also in die *Disco Battisti!* Möge »Ancora tu« allen, die diesen Wundermusiker noch nicht kennen, als Ausgangspunkt ausgedehnter Seelenerforschung dienen. *Ma state attenti:* Lucio Battisti ist ein Planet, von dem man, wenn man ihn offenen Herzens bereist, verändert zurückkehrt. Oder gar nicht mehr.

4

ANNA E MARCO (1979)

Lucio Dalla

Sollte Ihr Kind eines Tages den Wunsch äußern, *cantautore* oder *cantautrice* werden zu wollen – seien Sie auf der Hut: Es gibt kaum einen anstrengenderen Beruf.

Zunächst einmal ist *cantautore* ein technischer Begriff: ein Neologismus aus *cantante* (Sänger) und *autore* (Autor), der beschreibt, dass ein Sänger oder eine Sängerin selbstverfasste Lieder singt, ein in Italien bis Ende der 50er eher seltenes Phänomen. Erfunden wurde der Begriff 1960 für den Musiker Gianni Meccia, allerdings setzte er sich erst nach dem tragischen Tod Luigi Tencos durch, der gemeinhin als erster echter *cantautore* gehandelt wird. Man hat es beim *cantautore* (und seiner seltenen weiblichen Variante, der *cantautrice*) also der Form nach mit der Entsprechung zum angloamerikanischen

Singer/Songwriter zu tun. Aber natürlich liegt der Fall im Fachland für Kompliziertheiten so einfach nicht.

Cantautori sind so viel mehr als Singer/Songwriter: Sie sind Italiens moderne Dichter. Sie sind Soziologe und Psychologe. Soziales Gewissen und Leitbild. Sprachrohr und Botschafter. Sie sitzen ihrem Land auf der Bettkante und fühlen ihm den Puls. Im Gegensatz zum dahergelaufenen Interpreten, der Lieder fremder Autoren singt, schreibt man dem *cantautore* Authentizität zu: Er lebt gewissermaßen, was er singt. Es lastet also ein ziemliches Gewicht auf den Schultern dieses Berufsstands. Zudem zeigt sich ab Mitte der 70er eine völlig überhöhte Erwartungshaltung an die italienischen Lieddichter, die, wie Sie noch lesen werden, oft bizarre Blüten treibt. Wohl auch darum erkennt man einen *cantautore* am besten daran, dass er gar keiner sein will. Lucio Dalla ist in mancher Hinsicht ein quintessenzieller Vertreter dieser Zunft. Gleichzeitig ist Dalla derjenige, der am deutlichsten klarmacht, dass ihm das begriffliche Jäckchen viel zu eng sitzt.

Dalla, Linker und Christ, Bauchmensch und Intellektueller, ist eines jener Künstlerexemplare, die in ihrem Heimatland gerade wegen ihrer Widersprüchlichkeit so geliebt werden. Dem kleinen Dalla ist zeit seiner Karriere nichts zu groß, vorausgesetzt, es passiert zu seinen Bedingungen: Er komponiert eine Umdeutung von Puccinis »Tosca«, fährt Autorennen, tourt mit seinem Freund Francesco De Gregori Ende der 70er durch Fußballstadien und betreibt eine Kunstgalerie. Sein Markenzeichen ist zunächst das Jazzrock-Strickmützchen, ab Ende der 80er trägt er Hut, und in seinen späten Jahren hat er plötzlich wieder Haare. Was für ein Teufelskerl! Überhaupt Haare: Videos aus den späten 70ern erhärten den Eindruck, bei Dalla könnte es sich um den Musiker mit der weltweit erstaunlichsten Körperbehaarung handeln. Sein Manager Umberto Righi berichtet, er habe Dalla, weil er klein und extrem behaart war, *ragno* (Spinne) genannt. In dem empfehlenswerten Buch »Cantautore Republic« wird das gedrungene Energiebündel als »der Rumpelstilz in der Cantautore-Szene« bezeichnet.

Zwar wird Dalla, ursprünglich ein Jazzer und zu Beginn der 60er Mitglied bei einer Band namens Flippers, schon 1964 von Gino Paoli als Solist entdeckt. Allerdings findet er erst gut zehn Jahre später zu seinem unverwechselbaren Stil, einer Art überschwänglichem funky Jazzpop, der nicht zuletzt vom expressiven Gesang des Pianisten und Saxofonisten lebt. Man müsse die Stimme loslassen, keinesfalls dürfe man sie schützen, sonst erreiche man nichts, sagte er mal in einem *ARTE*-Interview und klimperte dazu nachdrücklich mit den Äuglein.

Schon in den 60ern beim *Festival di Sanremo* fällt Dalla auf – wenngleich nicht positiv: Das Publikum kann mit dem verlottert auftretenden Sänger wenig anfangen und bewirft ihn mit Tomaten. Nach einer Beat-Phase wandelt er sich ab Beginn der 70er langsam zum *cantautore*. Mit dem Album »Come è profondo il mare« (Wie tief das Meer ist) beginnt seine Glanzphase. In Italien bricht eine regelrechte Dalla-Mania aus; auch Dario Fo und Fellini geben sich als Bewunderer zu erkennen. Der ironische Melodramatiker kann jetzt machen, was er will. Sogar ein Zuckerbäckerlied wie »Caruso« schreiben, das längst zu einem modernen italienischen Evergreen geworden ist.

Am 1. März 2012 stirbt Lucio Dalla im Alter von 68 Jahren während einer Tournee überraschend an einem Herzinfarkt. 50.000 Menschen nehmen bei der Trauerfeier in Bologna Abschied. Fragen nach seiner sexuellen Orientierung war Dalla zeit seines Lebens ausgewichen; die Abschiedsrede seines

Lebensgefährten Marco Alemanno löst eine Debatte über den Umgang mit Homosexualität in Italien aus.

Dallas beste Songs haben trotz ihrer musikalischen und textlichen Raffinesse eine ungemeine Lässigkeit. Ein besonderes Lied entstehe von selbst, hat er einmal gesagt, und so klingt seine Musik oft, als wäre ihr Autor einfach nur einem Geruch oder ein paar Geräuschen hinterherspaziert. Das Zupackende der Stücke entsteht dann im Zusammenspiel mit anderen Musikern: Dalla ist sicher einer der physischsten Bühnenkünstler Italiens, und wenn der stets aus den Tiefen des Bauchs röhrende Sänger ins obere Register wechselt, kann das bei empfindsamen Zeitgenossen so einiges anstellen.

Im vorliegenden Lied begegnen wir Anna und Marco, die sich, beide zermürbt vom tristen Alltag in der Vorstadt, eines Abends in einer miesen Disco begegnen und ineinander verlieben. Sie könnten unterschiedlicher nicht sein: Anna ist eine Trabantenstadt-Schönheit, Marco ein unbeholfener Hänger. Am liebsten wollen sie das alles hinter sich lassen, aber: »Dov'è la strada per le stelle?« (Wo ist der Weg zu den Sternen?). Und so wohnen wir ihren kleinen Fluchten bei: »Anna bello squardo non perde un ballo / Marco che a ballare sembra un cavallo« (Anna mit dem schönen Blick, die keinen Tanz auslässt / Marco, der beim Tanzen einem Pferd ähnelt). Während sie sprechen, tauschen die beiden ihre Haut, wie Dalla formuliert, und scheinen gemeinsam tatsächlich für einen Moment zu fliegen. Unter der Discokugel des schäbigen Ladens wird kurz so etwas wie Freiheit möglich.

5

AZZURRO (1968)

Adriano Celentano

Die Legende will, dass sich Paolo Conte so sehr in Adriano Celentanos Stimme verliebt hatte, dass er ihm dieses Lied über sommerliche *tristezza* 1967 auf den Leib komponierte. Celentano, gelernter Uhrmacher und laut Eigenaussage »vom Rock'n' Roll traumatisiert«, war in den 60ern wie eine Urgewalt über Italien gekommen und hatte mit einer vollkommen neuartigen Mischung aus Rock-'n'-Roll-Manierismen, Urwüchsigkeit, Sozialbewusstsein und ungezügeltem Charisma alles verändert. Italiens Jugend stand auf den Stühlen. Und auch der einem bildungsbürgerlichen Milieu entstammende Jazzer Conte war ganz hin und weg vom hemdsärmeligen Plauderton des Mailänders.

Mitte der 60er, mit etwa dreißig Jahren, beginnen die beiden Karrieren des Paolo Conte aus der piemontesischen Schaumweinhochburg Asti: 1965 schließt er sein Jurastudium ab; gleichzeitig bekommt der Auftragssongschreiber einen Fuß bei Celentanos Label *Clan Celentano* in die Tür. Selbst als Sänger aufzutreten, kommt für Conte nicht infrage: Im Land der großen Melodiker glaubt er mit seiner unbehauenen Nichtstimme nicht reüssieren zu können. Drei Lieder kann er beim *Clan* unterbringen: den religiös beatmeten Beat-Schlager »Chi era lui?« (Wer war er?), den Hochzeitswalzer »La coppia più bella del mondo« (Das schönste Paar der Welt) und eben »Azzurro« (Azurblau). Conte ist sich sicher: Mit Celentanos Stimme würde

»Azzurro« ein Riesenhit. Es bedarf allerdings der mehrtägigen Überzeugungsarbeit durch einen gemeinsamen Bekannten, bis Celentano sich schließlich des Stückes erbarmt.

Es ist ein genialer Song mit seinen mollenen Strophen, dem hymnischen Refrain und einem Text, der in bisweilen rätselhaften Bildern amourös aufgeladene Sommerschwere heraufbeschwört. Das Stück wäre aber nur halb so wirkungsvoll, wenn es nicht so fantastisch gesungen wäre. Celentano bekommt es hin, ähnlich wie auf der ebenbürtig prachtvollen B-Seite »Una carezza in un pugno« (Die Zartheit in einer Faust), gleichzeitig lässig und anrührend zu klingen. Die Strophen nölt er sonor und leicht schief, im Refrain packt er den Volkssänger aus.

Das Lied erzählt von einem, der in der Gluthitze einer sommerlichen Großstadt an die Geliebte denkt, die irgendwo am Strand liegt. Ein italienisches Trauma. Die Situation ist trist: Der Erzähler findet »neanche un prete per chiacchierar« (nicht einmal einen Priester für ein Schwätzchen). Der Text stammt von dem Lombarden Vito Pallavicini, der drolligerweise auch unter dem Pseudonym Calimero wirkte.

Adriano Celentano ist zum Veröffentlichungszeitpunkt längst ein Superstar ganz eigener Prägung: Nach seiner Rock-'n'-Roll-Frühphase hatte er sich ab etwa 1965 zum sozialkritischen Freigeist entwickelt, der aus dem Ruder laufende Städteplanung, Hochrüstung und Umweltzerstörung zum Thema seiner Lieder machte. Ausgerechnet im aufgeheizten politischen Klima des Jahres 1968 erscheint dann das wenig aufrührerische »Azzurro« und beschert dem Sänger seinen zwölften Nummer-eins-Hit in Italien sowie den ersten Charterfolg in Deutschland. Man könnte das Timing seltsam finden, doch das Treiben von Studentenbewegung und Hippies war dem unideologischen Rebell Celentano ohnehin suspekt, wie das Lied »Tre passi avanti« (Drei Schritte nach vorn) andeutet, in dem er sich um die seelische Unbehaustheit langhaariger Drogensüchtiger sorgt.

»Azzurro«-Komponist Conte traut sich erst 1974 zu einem selbstgesungenen Album. Der Durchbruch für den großen Rauner kommt zu Beginn der 80er. Da ist er bereits in seinen Vierzigern. 2018 berichtet die *SZ* von Contes Konzert anlässlich des 50. Jubiläums von »Azzurro«, das in den Caracalla-Thermen in Rom stattfindet – jenem Ort, wo Federico Fellini 1958 für »La dolce vita« die Szene mit Adriano Celentano drehte, die dem Mailänder zum Durchbruch verhelfen sollte. »Azzurro« sei immer in seinem Herzen, hatte Conte vor dem Konzert die Journalisten informiert. Als kurz nach dem Orchestereinsatz am Himmel eine Sternschnuppe zu sehen ist, vergisst der Routinier Conte die Eingangszeile – und erntet stürmischen Applaus für diesen raren Moment.

6

BACIAMI ANCORA (2011)

Jovanotti

Lorenzo Cherubini, den ganz Italien nur Jovanotti nennt, muss als Kind in ein Fass voll guter Laune geplumpst sein. Anders ist die positive Energie, die der Mann verströmt, nicht zu erklären. Nun kann die gute Laune anderer Menschen ja durchaus enervierend sein, zumal wenn sie – wie im Falle Jovanottis – ihren Ausdruck in hochkommerziellen Popsongs findet und sich dabei mit einem nicht unbeträchtlichen Sendungsbewusstsein verbindet. Aber bei dem Mann mit dem

Look eines gutaussehenden toskanischen Biowinzers mit Faible für schillernde Outfits strecken selbst hartnäckige Miesmuscheln bereitwillig die Waffen. Ich möchte mal behaupten, dass der extrem erfolgreiche Sänger für den inneren Frieden Italiens eine nicht zu unterschätzende Rolle spielt.

1988, er ist gerade 22, spült es ihn im Zuge des grassierenden Hiphop-Booms an die Spitze der Charts. Sein Credo: »Mi chiamo JOVANOTTI, faccio il deejay / Non vado mai a dormire prima delle sei« (Mein Name ist JOVANOTTI, ich mach den DJ / Vor sechs Uhr bin ich nie im Bett). Schon zu Beginn sind sein Charme und seine Dreistigkeit hoch entwickelt; als Rapper ist sein Talent freilich überschaubar. Im Verlaufe der 90er vollzieht der Sympath dann eine bemerkenswerte Wandlung: Nach und nach lässt er vom Rap und wandelt sich zum *cantautore,* der Pop als kulturelle *minestrone* begreift, in die alles hineingeworfen werden kann, was gerade herumliegt. Mit großer Lässigkeit rührt er seinen Stücken Funk, Clubmusik, aber auch afrikanische und lateinamerikanische Elemente unter. Damit einher geht in den 90ern seine Hinwendung zu sozialem Engagement und politischen Statements. Jova verkörpert jetzt eine Art Bruder Leichtfuß mit sozialem Gewissen.

Entscheidend ist – wie so oft in Italien – die scheinbare Mühelosigkeit, mit der dies geschieht. Im Interview mit dem Fernsehsender *TG1* verweist Jovanotti 2013 auf Orson Welles, der einmal das Wesen Federico Fellinis mit zwei einfachen Worten definiert habe: »Er tanzt.« Wenn auf diese Art jemand über ihn spräche, so der Sänger, würde er sich sehr geehrt fühlen. Kann er haben. Denn das ist wahrscheinlich die beste Erklärung für seinen großen Erfolg: Bei Jovanotti wirkt alles immer, als würde er tanzen. Ganz gleich, ob er unter dem Motto

»Jova Beach Party« Konzerte vor Zehntausenden Zuschauern an Italiens Stränden gibt, lässig dem rechten *Lega*-Chef Salvini Paroli bietet oder während der Ausgangssperre im Frühjahr 2020 tagtäglich zur moralischen Erbauung mit Fans und Kollegen auf seinem Instagram-Account chattet, Lieder singt und seine anbetungswürdige Hutkollektion vorführt. Die Rettung der Welt sieht bei dem im toskanischen Cortona beheimateten Sänger wie eine Party aus. Eine Party, zu der man am besten in quietschigen Klamotten erscheinen sollte.

Das alles würde freilich nur halb so gut funktionieren, wenn Lorenzo Cherubinis Musik einfach nur dem Hiphop davongelaufener Ethno-Pop mit hoher Haltungsnote wäre. Jovanottis Songs sind Pop mit säulenhohem Ausrufungszeichen, kein zeitgenössischer Sound, den er sich nicht einverleiben würde – auf der letzten Platte gar mithilfe des amerikanischen Produzenten-Schwergewichts Rick Rubin. Das ist im Ergebnis meist hochkommerziell, woran sich stoßen soll, wer mag. In der Regel reicht aber ein Grinsen des freundlichen Zeremonienmeisters durch den verstrubbelten Bart, und man tanzt bereitwillig mit.

Ein besonders stimmgewaltiger Sänger ist Jovanotti nicht, auch kein virtuoser Musiker. Aber er hat seinen ureigenen Ton gefunden. Er beschwört die »Ragazza magica« (Magische Freundin), versichert der Liebsten, gemeinsam sei man »Il più grande spettacolo dopo il Big Bang« (Das größte Spektakel nach dem Urknall), und verkündet, am Tag des Jüngsten Gerichts im goldenen Smoking aufzukreuzen. Seine Lieder sind italienische Blockbuster, die allesamt über mehr Seele verfügen als der gesamte deutsche Mainstream-Pop der letzten dreißig Jahre. Sein starkes Gewand ist das empathische Beleuchten zwischenmenschlichen Agierens. Jovas Thema ist das

Miteinander im Tosen des Seins, selbst wenn er, wie im Song »Fango«, im Alleinesein ein Gefühl des Gehaltenwerdens findet: »Io lo so che non sono solo anche quando sono solo« (Ich weiß, ich bin nicht allein, auch wenn ich allein bin).

Häufig arbeitet er mit dem Stilmittel der assoziativen Aufzählung, das er schon zu Hiphop-Zeiten etablierte. Besonders erfolgreich kommt dies in »Baciami ancora« (Küss mich noch einmal) von 2011 zum Ausdruck: für mich das schönste italienische Liebeslied der letzten zwanzig Jahre – kein trockenes Auge im Haus! Zwar bittet der Sänger im Titel des Liedes um einen weiteren Kuss. Dabei schweift Jovas Blick aber ins große Ganze. Das Lied beschwört die Liebe als einziges universelles Konzept, das in der Lage ist, die Dinge zusammenzuhalten. Der Rest sind Erinnerungen, Schicksale, Stationen eines Lebens, oft auch nur Augenblicke: »Una mamma, un amante, una figlia / Un impegno, una volta una nuvola scura / Un magnete sul frigo, un quaderno di appunti / Una casa, un aereo che vola« (Eine Mutter, ein Liebhaber, ein Kind / Eine Verpflichtung, einmal eine dunkle Wolke / Ein Kühlschrankmagnet, ein Notizbuch / Ein Haus, ein Flugzeug, das abhebt).

Er singe »über Menschen, die den Funken suchen«, hat Jovanotti vor Jahren einmal gesagt. Versetzt man sich in Empfangsbereitschaft für seine Lieder, könnte es gelingen, diesen Funken dann und wann sogar für einen Moment zu finden. Eine Aufgeschlossenheit gegenüber dem Konzept »Weltumarmender Pop« ist hierbei definitiv hilfreich. Das Tragen einer flamboyanten Kopfbedeckung vermutlich auch.

7

LA BAMBOLA (1968)

Patty Pravo

Alleine die Aussicht, Italiens Popkultur der Nachkriegszeit durchreisen zu können, lässt die Anschaffung einer Zeitmaschine als in höchstem Maß erstrebenswert erscheinen. Doch wohin zuerst? Vielleicht kurz ins Jahr 1973, zu Helmut Bergers legendärer Geburtstagsparty mit Bianca Jagger und Florinda Bolkan im legendären *Jackie O'* in Rom, wo Berger im »Satyricon«-Outfit (inklusive knappem Badehöschen) Hof hielt? Oder doch lieber in die *Cinecittà*-Studios der 60er, um dabei zu sein, wie hier ein grimmiger Italo-Western nach dem anderen entsteht? Oder aber auf die Via Veneto, wo sich zur Zeit des *dolce vita* unzählige Paparazzi um die besten Bilder des internationalen Jetsets balgen? Ich glaube, meine erste Wahl für eine Zeitreise zu den Spielorten des *Pop all'italiana* würde wohl auf den *Piper Club* der späten 60er fallen.

Der *Piper Club* befindet sich noch heute auf der Via Tagliamento in Rom, gleich gegenüber dem Jugendstilviertel Quartiere Coppedè, das der exzentrische Architekt Gino Coppedè in den 20er-Jahren des letzten Jahrhunderts erbaute. In den 60ern ist der *Piper Club* die Hochburg der Beat-Musik und für gutfrisierte Menschen in Paisley-Hemden und Miniröcken der coolste Laden in ganz Europa. Allabendlich schmort die Hammondorgel; man tanzt enthemmt zu den neuesten Singles oder lümmelt an quietschbunten Getränken nippend im Pop-Art-Interieur herum. Pink Floyd und die Byrds spielen hier – und natürlich unzählige italienische Popstars der 60er.

Die Ikone dieser Ära ist die Sängerin Patty Pravo, *la ragazza del Piper*. Im weißen Anzug steht sie hier auf der Bühne – eine geheimnisvolle Erscheinung mit langem hellblondem Haar und dunkler Stimme. Nachdem sie 1966 von *Piper*-Besitzer Alberigo Crocetta an die Plattenfirma *RCA* vermittelt worden ist, erscheint noch im selben Jahr ihre erste Single »Ragazzo triste« (Trauriger Junge), eine italienischsprachige Coverversion des Sonny & Cher-Titels »But you're mine«. 1968 wird sie mit »La bambola« zum Superstar.

Patty Pravo wird 1948 als Nicoletta Strambelli in Venedig geboren und wächst in gutbürgerlichen Verhältnissen auf. Im Haus ihrer Eltern verkehren unter anderem der amerikanische Dichter Ezra Pound und Papst Johannes XXIII. Mit zehn beginnt sie, am *Conservatorio di Musica Benedetto Marcello di Venezia* Klavier zu lernen. Mit 17 landet sie auf dem Höhepunkt des *Dolce-vita*-Trubels in Rom und nennt sich fortan in Anlehnung an Dante Alighieris *Inferno* Patty Pravo (Dantes *anime prave* sind in etwa mit »böse Seelen« zu übersetzen).

Für Italien kommt diese Frau wie ein Schock: Ihr selbstbewusstes Auftreten, die herbe Stimme, das konsequente Tragen von Hosen anstelle von Röcken: All das vermittelt das Bild eines ebenso femininen wie androgynen Frauentyps, der so bislang im Musikbetrieb nicht vorgekommen war. Im folgenden Jahr hat die selbsternannte Anarchistin einen weiteren Hit mit der Lucio-Battisti-Komposition »Il paradiso«, die im englischsprachigen Raum in der Version von Amen Corner als »(If paradise is) Half as nice« bekannt werden sollte.

In den 70ern wandelt sich Pravo nach und nach zur *chanteuse* mit Freude an provokantem Material. Als erster italienischer Popstar singt sie von weiblicher Sexualität: Ihr Song »Pazza idea« (Verrückte Idee) von 1972 ist im Wesentlichen eine liedgewordene sexuelle Fantasie; so wie hier hatte man in Italien noch keine Frau über Beziehungen singen hören. Ein anderes Beispiel ist das von Ivano Fossati getextete »Pensiero stupendo« (Großartiger Gedanke) von 1978 – ein Lied, das in blumiger Sprache einen flotten Dreier thematisiert. Das Stück soll zugleich Pravos letzter großer Charterfolg für die nächsten zwanzig Jahre bleiben. Im selben Jahr tritt Patty Pravo neben unter anderem Grace Jones und Amanda Lear in der hochgradig bizarren TV-Reihe *Stryx* auf, deren Konzept im Wesentlichen darin besteht, unter kräftigem Trockeneisnebel-Gepumpe zumeist weibliche Popstars in morbiden Mittelalter- und Höllenszenarios zu präsentieren, wobei man auch Nuditäten nicht abgeneigt ist. Manches erweckt den Eindruck, als habe der Stage Designer von *Bananas* versucht, einen Höllenkreis für Pubertierende zu entwerfen. Nach anhaltenden Zuschauerprotesten wird *Stryx* vor Ausstrahlung der letzten Folge abgesetzt.

Nachdem Patty Pravo zu Beginn der 90er eine kurze Gefängnisstrafe wegen Marihuana-Besitzes absitzen muss, nimmt ihre Karriere endlich wieder Fahrt auf. Als erste italienische Künstlerin tritt sie in China auf; auch die Verkäufe ihrer Platten ziehen wieder an. 2004 veröffentlicht sie eine Autobiografie mit dem Titel »Bla, bla, bla …«, eine zweite folgt 2017. Mit Stand 2014 gilt Pravo in puncto Plattenverkäufe als dritterfolgreichste Künstlerin nach Adriano Celentano und Mina.

Patty Pravos Verhältnis zu ihrem ikonischen Durchbruchssong »La bambola« ist ambivalent. Bereits in den Anfangsjahren ihrer Karriere unterzog sie das ihr angebotene Textmaterial einer kritischen Prüfung. Das Bild einer den männlichen Launen ausgesetzten Püppchenfrau passte der selbstbewussten Sängerin schon im Erscheinungsjahr 1968 so gar nicht. Doch sie ahnte wohl, dass das zuvor von vier Sängerinnen abgelehnte Stück in ihrer Interpretation ein sicherer Hit werden würde. Es wäre nicht anständig von ihr, auf das Lied zu spucken, sagte sie unlängst. Vor gut zehn Jahren veröffentlichte sie eine aktualisierte Fassung des Liedes im damals beliebten Neo-Soul-Arrangement, die allerdings weiträumig umfahren werden sollte (nicht nur wegen Pattys streitbarer Amy-Winehouse-Hommage im Video). Ganz anders das Original, das vor dunkel getönter Eleganz nur so funkelt.

8

BELLO E IMPOSSIBILE (1986)

Gianna Nannini

Italien war anfangs schlicht noch nicht bereit für Gianna Nannini: Gleich auf ihrem Debüt sang sie über Abtreibung; vier Jahre später war auf dem Cover ihres Albums »California« eine Abbildung der Freiheitsstatue zu sehen, die anstelle einer Fackel einen Vibrator emporreckt. In »America«, ihrem ersten Achtungserfolg in Deutschland, erzählte sie vom Land der unbegrenzten Selbstbefriedigung: »Per oggi sto con me / Mi basto e nessuno mi vede« (Heut bleib ich mit mir alleine / Ich reiche mir aus und niemand sieht mich). Gianna Nannini entsprach nicht der Vorstellung, die man sich in Italien üblicherweise von einem weiblichen Popstar machte. Sie schrieb ihre Songs selbst (was bis dahin nahezu ausschließlich Männern vorbehalten war) und ließ in ihren nah am weiblichen Alltag angesiedelten Songs keinen Zweifel an ihrer feministischen Prägung. In ihrer Heimat sorgte sie mit dem Vibrator-Cover zwar für einen veritablen Skandal. Zum Star wurde die Sängerin aus dem toskanischen Siena, wo ihr Bruder Alessandro heute die familieneigene *pasticceria* leitet, aber erst auf dem Umweg über Deutschland.

Zu Beginn der 70er studiert Gianna Nannini in Turin Musik und Philosophie, später in Mailand Komposition, Klavier und Geige. Die Hit-Alben der 80er entstehen nach drei musikalisch bedächtigen Platten auf Empfehlung ihres neuen Managers, des Schweizers Peter Zumsteg, unter der Regie des legendären Can-Produzenten Conny Plank in Neunkirchen bei Köln. Auf »Latin lover«, dem ersten gemeinsamen Album von 1982, versammelt Plank eine prominent besetzte Backing-Band: Can-Gründungsmitglied Jaki Liebezeit am Schlagzeug, Annette Humpe von Ideal an den Tasten, Eurythmics-Sängerin Annie Lennox als zweite Keyboarderin und Wolf Maahns Bruder Hans Bäär am Bass. In der Conny-Plank-Doku »The Potential of Noise« erzählt Nannini von der Überforderung Planks durch ihr ungestümes italienisches Temperament. Sie müsse unbedingt cooler werden, habe der Produzent gefleht.

Das Album ist eine ziemlich quietschige Angelegenheit und könnte auf sensible Zeitgenossen bisweilen reizüberflutend wirken. Der Titelsong – eine Parodie auf mediterranes Macho-Gehabe – beschert der Sängerin einen weiteren Hit in Deutschland; »Primadonna« wiederum verkaspert männliche Strippenzieher im Pop-Betrieb. Im Jahr darauf geht Nannini, begleitet von ihrer Band The Primadonnas, mit Udo Lindenberg auf Tour. In Deutschland ist sie jetzt ein Star.

Der Durchbruch in Italien kommt 1984 mit dem Album »Puzzle« und der Single »Fotoromanza«, die in Nanninis Heimat zum größten Sommerhit des Jahres wird. Das vom italienischen

Regie-Schwergewicht Michelangelo Antonioni gedrehte Video muss nicht unbedingt zu seinen Sternstunden gerechnet werden.

Von nun an geht es immer weiter bergauf für die Musikerin, die singt und sich bewegt wie sonst niemand im Italo-Pop – aus Gianna Nannini wird *Gianna nazionale*. Auf ihrem Weg nach oben vollzieht Gianna Nannini – wie alle großen italienischen Künstlerinnen und Künstler eine angenehm widersprüchliche Persönlichkeit – einige Wandlungen: Sie geht auf Distanz zum Feminismus und wendet sich eher unverfänglichen Schmetterhymnen zu. Den Umstand, dass sie sich erst 2017 öffentlich outet, nehmen ihr viele krumm.

Man mag einige von Nanninis großen Hits als käsig empfinden. Was ich so an ihr mag, ist, dass sie in jedem Lied, das sie singt, vollkommen zu Hause zu sein scheint. Selbst lapidare Songs kann sie klingen lassen, als wären sie das Letzte, was je auf Erden gesungen wird. Mein Favorit ist ihr Hit »Bello e impossibile« (Schön und unmöglich), dessen nicht eben kitschfreier Text durchaus queer lesbar ist. Im Internet findet sich ein schöner TV-Mitschnitt aus dem Jahr 1986: Der Bassist trägt ein streitbares Zöpfchen, die drei Backgroundsängerinnen scheinen sich bisweilen uneins über die Gesangseinsätze zu sein, und Gianna sieht den Auftritt offenbar als Teil ihres täglichen Fitnessprogramms.

Ich liebe alles an diesem Auftritt, er verdeutlicht, warum man der Sängerin schlicht nichts verübeln kann: Ihr unangeschnallter Alles-oder-nichts-Einsatz in besagtem Filmchen geht mir schwer ans Herz. Stellenweise agiert sie hier wie eine Kreuzung aus Rod Stewart und einem Flummi auf *peperoncino*. Conny Plank ist mit seiner Empfehlung, Gianna Nannini möge doch bitte cooler agieren, definitiv gescheitert.

9

BOMBA O NON BOMBA (1978)

Antonello Venditti

Jede Region, jede Stadt in Italien hat ihren eigenen Sänger. Antonello Venditti ist der Römer unter den *cantautori*. Dies findet nicht zuletzt Ausdruck darin, dass Venditti unermüdlich seine Heimatstadt besingt. Frühe Stücke wie »Roma capoccia« sind längst zu Volksliedern geworden, die jede Römerin und jeder Römer, wenn man sie nachts weckte, sofort aus dem Stand textsicher darbieten könnte. Aber Antonello hat auch andere Themen drauf: Drogensucht, Abtreibung, Liebesglück und -leid, politisch motivierter Terror, Giftskandale, das italienische Fernsehen – der Mann hat ein ausgeprägtes Sendungsbewusstsein.

Venditti begann in den 70ern als schlapphütiger Hippie-Loddel; in den 80ern strömten die Menschen in Fußballstadien, um ihn zu sehen. Heute sieht er mit blaugetönter Brille und schwarzgefärbtem Haar aus wie ein sympathischer Nachtclubbesitzer. Musikalisch zeichnet sich Venditti durch eine beträchtliche melodiöse Kathedralik aus – und durch eine Stimme, die klingt wie Cat Stevens nach drei Flaschen *chianti*. Nahezu jedes seiner Stücke enthält ein Saxofonsolo.

2019 habe ich das Glück, ihn im toskanischen Follonica live zu erleben. Als zu Beginn Bilder römischer Studentenproteste über die Leinwand flimmern, beugt sich meine italienische Sitznachbarin zu mir herüber: »Siamo noi« (Das sind wir), wispert sie. Den Versuch, ihr zu erklären, dass ich leider keine Vergangenheit als römischer Studentenprotestler der 70er vorzuweisen habe, verwerfe ich rasch, denn offenbar sind wir alle eine große Familie.

Immer wieder verfällt Venditti während des dreistündigen Konzerts regelrecht ins Predigen. Dabei kommt er vom Hölzchen aufs Stöckchen: Es geht um Emanzipation, Abtreibung, die bräsigen Toskaner, die Krise der italienischen *Partito Democratico,* den früheren Ministerpräsidenten Andreotti, Salvinis Wahlkampf am Strand, immer wieder um Rom, Heroin (schlecht, *la morte*), Marihuana (gut, *la festa*) und vieles mehr. Nicht immer ist das Publikum seiner Meinung: Wiederholt setzt es Zwischenrufe, aber kaum stimmt Venditti den nächsten Hit an, geht ein Jauchzen durchs Rund und es wird verzückt mitgesungen. Daraufhin folgt die nächste sechsminütige Ansage. Wenn zwischendurch die Namen verstorbener Kollegen wie Lucio Dalla oder Pino Daniele fallen, setzt es Szenenapplaus. Einzelne Menschen stehen auf. Am Ende wirft er seinen Hut ins Publikum und geht rauchend ab. Ich sitze platt im Stuhl. Meine italienische Sitznachbarin lächelt.

Eins meiner Lieblingsstücke von Venditti ist das 1978 veröffentlichte »Bomba o non bomba« (Bombe oder nicht). Das Lied erzählt von zwei Freunden, die von Bologna nach Rom reisen: »E bomba o non bomba noi arriveremo a Roma – malgrado voi« (Bombe oder nicht Bombe, wir werden in Rom ankommen – euch zum Trotz). Im Entstehungsjahr 1978 befindet sich Italien im Würgegriff des Terrors, es ist die Zeit der *anni di piombo,* der bleiernen Jahre. Zwei Jahre später, im August 1980, erreicht die für westeuropäische Verhältnisse beispiellose Gewalt eine neue Stufe, als rechte Terroristen einen Anschlag auf den Bahnhof von Bologna verüben, bei dem 95 Menschen ihr Leben verlieren. Vendittis Lied soll von diesem Moment an noch aufgeladener klingen.

Doch auch wenn die gewalttätige Atmosphäre der *anni di piombo* im Text anklingt, sind die Widerstände, die es für die beiden Protagonisten auf ihrer Reise zu überwinden gilt, vielfältiger Natur.

Die beiden Freunde sind Venditti selbst sowie Francesco De Gregori, der andere große Römer unter den italienischen Liedschmieden. »Partirono in due ed erano abbastanza / Un pianoforte, una chitarra e molta fantasia« (Wir brachen zu zweit auf und das war genug / Ein Klavier, eine Gitarre und jede Menge Fantasie). Auf ihrer Reise in die Heimatstadt begegnen sie allerhand symbolträchtigen Charakteren: einem desinteressierten Mädchen in Sasso Marconi, einem militanten Altlinken in Roncobilaccio, einem Intellektuellen in Florenz (dem die beiden Reisenden zu unanalytisch sind und der sie außerdem nicht begleiten könne, weil er seinen Helm nicht finde) sowie dem Bürgermeister nebst berittener Polizei in Orvieto. Venditti entwirft ein Panoptikum italienischer Archetypen, die Institutionen und Gruppen zu repräsentieren scheinen, mit denen die *cantautori* der 70er in ihrer Heimat immer wieder Scherereien hatten: Presse, radikale Linke, Kirche – und nicht zuletzt ihr eigenes Publikum. Am Ende stehen die beiden Musiker dann tatsächlich vor der *Porta Pia* in Rom, damals ein beliebter Austragungsort von Demonstrationen. Wie Befreier verteilen sie Schokolade und Zigaretten, es wird geraucht und getrunken. Die Fantasie, die Kunst, die Musik haben obsiegt.

»Bomba o non bomba« schafft es 1979 auf Platz zehn der österreichischen Charts, als einem der wenigen waschechten *cantautori* gelingt Antonello Venditti der Durchbruch außerhalb Italiens.

10

BULLDOZER (1978)

Oliver Onions

Leserinnen und Leser, die ausschließlich Gefallen an Grüblermusik finden oder sich zwecks Musikgenuss bevorzugt in Philharmonien aufhalten, dürften eher wenig Labsal im Schaffen des Duos Oliver Onions finden. Freundinnen und Freunden gutherziger Gebrauchsmusik ohne falsche Angst vor Infantilität hingegen sei dringend empfohlen, regelmäßig zu den Platten der Brüder Guido und Maurizio De Angelis im gelben Hosenanzug den Partykeller zu betanzen: Das vielbeschworene »innere Kind« – es bekommt hier reichlich Auslauf.

Am bekanntesten sind die Brüder aus dem latinischen Rocca di Papa sicherlich für ihre Soundtracks zu zahlreichen Filmen von Bud Spencer und Terence Hill, die sich ab Mitte der 70er vor allem in Deutschland zu Kassenschlagern entwickeln. Nicht selten klingen diese Beiträge, als hätte man zwei Zwölfjährigen fahrlässigerweise den Schlüssel zum Kellerstudio überlassen. Den Zuckerguss auf dem Käseteller stellen dabei die in erhabenem Maccheroni-Englisch dargebotenen Texte dar: »You can see a mountain, here comes Bulldozer/You can see a cloud of fists and dust/It's quite clear why his name is just Bulldozer/It's enough to see him once again«. Einmal gehört, gehen diese hochinfektiösen Stücke sofort ins Ohr. Aber wie sagt mein Ohrenarzt: »Ins Ohr gehört nichts, was kleiner ist als Ihr Knie.«

Guido (Gesang, Flöte, Percussion) und Maurizio (Gesang, Gitarre, Piano) beginnen ihre erstaunliche Karriere Ende der 60er als Session-Musiker für die italienische Zweigstelle der Plattenfirma *RCA*. Die entscheidende Wende kommt 1971, als Guido, der Ältere der beiden, als Komponist bei Italiens Filmstudios einen Fuß in die Tür bekommt. Gemeinsam schreiben sie die Musik für den Terence-Hill-Film »Lo chiamavano Trinità« (Sie nannten ihn Trinità), der in Deutschland unter dem Titel »Verflucht, verdammt und Halleluja« in die Kinos kommt. Es folgt Film auf Film – und Hit auf Hit.

Da viele italienische Unterhaltungsfilme auch auf den englischsprachigen Markt abzielen, besteht für Italiens Filmschaffende die Notwendigkeit, sich englisch klingende Pseudonyme zuzulegen. Die Wahl von Guido und Maurizio fällt auf den Namen des Schriftstellers Oliver Onions. Aber die Brüder verwendeten noch zahlreiche andere Tarnnamen, und sie sind alle von enormer Eleganz: The Black Stones, Gulliver & Juniper, Canary Jones, Donald & Olimpio, Barqueros, Sunrise, I Charango und, äh, Dilly Dilly.

Der Name Oliver Onions kommt ab dem Hit »Flying through the air« von 1974 auch immer dann zum Einsatz, wenn die Brüder als sympathische Launebären mit der jeweils jüngsten Hit-Auskopplung durch deutsche TV-Shows tingeln. Sind die Filme eher ernsteren Zuschnitts, firmiert man weiterhin meist als Guido e Maurizio De Angelis. Was sämtliche Arbeiten der Musiker eint, ist die naive Aneignung angloamerikanischer Musikspielarten, mit der sie den jeweils beackerten Genres häufig ein drolliges Mützchen überziehen: Ganz gleich ob blubbernder Lavalampen-Jazzrock, hitziger Cannelloni-Folk oder psychedelische Grooves – für die beiden *fratelli* alles kein Problem.

Besondere Erwähnung verdient, was die Brüder für Enzo Castellaris apokalyptischen Hippie-Western »Keoma« mit

Franco Nero als Racheengel abliefern: Man stelle sich einen verrückt gewordenen Leonard-Cohen-Impersonator vor, der sich mit Joan Baez' schriller Cousine in einer von einem Spuk heimgesuchten Westernstadt verschanzt hat, dann in etwa hat man eine Ahnung davon, was sich hier auf der Tonspur ereignet (die weibliche Gesangsstimme stammt von Susan Duncan Smith, Schwester des späteren britischen *Tory*-Vorsitzenden Iain Duncan Smith; sie textete auch etliche Oliver-Onions-Hits; später leitete sie die italienische Dependance der *RCA*). Für den Film »Mannaja – Das Beil des Todes« wird das Prinzip hemmungslos kopiert und noch mal auf die Spitze getrieben: Bei den Gesangs-Takes in rudimentärem Englisch müssen sich die beiden weggeschmissen haben. Irgendwie bekommen es die Onions immer hin, ihre Musik wie die Kinderzimmerversion des tatsächlich Anvisierten klingen zu lassen. Meinen Segen hat das!

Zu den größten Charterfolgen außerhalb Italiens zählen »Sandokan« und der mit markerschütternder Kopfstimme vorgetragene Schlager »Santa Maria«, der im Sommer 1980 wochenlang auf Platz eins der deutschen Hitparade steht. In den Folgejahren bespielt man gezielt den hiesigen Markt: 1982 produzieren die Gebrüder das Gitte-Album »Ungeschminkt«, im Jahr darauf erscheint eine Aerobic-Platte in Zusammenarbeit mit der Zeitschrift *Brigitte*. 1985 ergibt sich die Gelegenheit, für die Mike-Krüger-und-Thomas-Gottschalk-Klamotte »Die Einsteiger«, den letzten Teil der »Supernasen«-Reihe, die Musik zu liefern. Guido und Maurizio steuern unter anderem das Lied »Supernoses« bei (Textprobe: »Super-super-supernoses is their name«).

Wer die beiden sympathischen Supernasen auf der Höhe ihres Schaffens würdigen will, der stelle sich eine Playlist aus ihren Film-Soundtracks jenseits der Spencer/Hill-Connection zusammen. Mehr 70er-Jahre-Italo-Schmier-Feeling geht nicht. Für alle Leute, die sich eher für die Knalltütenseite der De Angelis' erwärmen können, sei eine Wiederbegegnung mit ihren zahlreichen Hits der 70er empfohlen. Ich schätze besonders »Bulldozer«, zum einen wegen des oben zitierten Texts, zum anderen wegen des grandiosen Gitarrenlicks.

In Stunden des Trübsinns kann das Besichtigen alter TV-Auftritte der beiden Superzwiebeln Wunder wirken: Bei der Fernsehpräsentation von »Bulldozer« in Ilja Richters *disco* wirken sie fast wie die Vorwegnahme des postmodernen Indie-Duos Ween. Pop mit Narrenkappe. Alaaf und Dilly Dilly!

11

BUONGIORNO TRISTEZZA (1955)

Claudio Villa

1957 wird Claudio Villa der Prozess gemacht. Nicht von irgendeinem dahergelaufenen Gericht, sondern von der Zeitschrift *Sorrisi e Canzoni (Lächeln und Lieder),* dem Zentralorgan des italienischen Liedes. Den Journalisten, die den beispiellosen Aufstieg Villas zum erfolgreichsten Sänger der 50er begleiten durften, dünkt er nun zu abgehoben. Hintergrund ist vor allem der berühmte »Sockelvorfall«: Villa, der aufgrund des Auseinanderklaffens von Körpergröße und Selbstbewusstsein von seinen Landsleuten *Reuccio,* der kleine König, genannt wird, hatte im Rahmen eines Cocktailempfangs für Pressevertreter allzu jovial verkündet, die Gelegenheit dazu nutzen zu wollen, sich zu den übrigen Anwesenden von seinem Sockel herabzubeugen. Das ging zu weit!

Man muss anmerken, dass es bis zur Gründung des *Sanremo*-Festivals in Italien keine wirklich populären Gesangsstars gab. Die Devise lautete: *It's the song, not the singer*. Und auch im ersten *Sanremo*-Jahrzehnt stand die Komposition und nicht der Interpret im Vordergrund. Mit Villa änderte sich dies grundlegend. Der Mann aus dem römischen Trastevere war Italiens erster echter Popstar. Bei *Sorrisi e Canzoni* sieht man darin indes keinen Grund, ihm Aufgeblasenheiten durchgehen zu lassen. Die Zeitschrift lässt ihre Leserschaft in einer beispiellosen Aktion über Villa urteilen: Hat er sich der Unbescheidenheit schuldig gemacht oder nicht? Am Ende des Spektakels wird der *Reuccio* freigesprochen. Für das Nachkriegspublikum ist er »uno di noi«, einer von uns: einer, der es aus armen Verhältnissen nach ganz oben geschafft hat. Er sei nur ein einfacher Mann, befand denn auch Villa selbst. Einer, der rede, ohne über Konsequenzen nachzudenken.

1960 sind die Verantwortlichen bei *Sorrisi e Canzoni* der Meinung, dass man eine beknackte Idee ruhig zweimal bringen kann, und zerren Claudio Villa wieder vor das Lesergericht. Zur Verteidigung setzt es ein flammendes Plädoyer von einem, den man in diesem Kontext am wenigsten erwartet hätte: Pier Paolo Pasolini. Der intellektuelle Außenseiter schätzt Villa, weil die von Pasolini so gepriesenen armen Bewohner der *borgate*, der Vorstädte, den Sänger so lieben. Villa zeigt sich bewegt; in seiner Autobiografie »Una vita stupenda« (auf deren Cover er mit Zigarre und Sombrero zu sehen ist) bedankt er sich ausdrücklich bei seinem Fürsprecher.

Der Name Claudio Villa steht symbolisch für eine untergegangene Ära der italienischen Musik. Es ist die Zeit, bevor Domenico Modugno 1958 mit »Nel blu dipinto di blu« (Blau gemalt ins Blau) die Fenster aufreißt und in den 60ern Künstlerinnen und Künstler wie Mina oder Celentano in klarer Bezugnahme auf amerikanische Musikspielarten der *canzone* mit Schmackes in den Hintern treten. Claudio Villa hingegen repräsentiert die Belcanto-Schmonzetten der 50er – jene mit aufs Herz gelegter Hand geschmetterten Beschwörungen von ewiger Liebe, *la famiglia* und dem örtlichen Kirchturm. Eine Welt, in der für individualistische Tendenzen, Gleichberechtigungsbestrebungen oder seltsam fehlgeleitete Rock-'n'-Roll-Verrenkungen kein Platz ist.

Aber Claudio Villa ist kein Reaktionär. Der kleine König Claudio entspricht in vielem so gar nicht dem, was sich eine italienische Mama unter einem Traumschwiegersohn vorstellt. Er ist ein leidenschaftlicher, polternder Typ, unfähig zur Verstellung. Einer, der sein Herz auf der Zunge trägt, der sich an nichts und niemanden ranschmeißt. Villa ist bekennender Atheist – nichts, womit man zu jener Zeit in Italien Jubelstürme ernten könnte. Was vielen weitaus besorgniserregender vorkommt: Der Sänger schwenkt auch noch die rote Fahne.

Claudio Pica, so sein wirklicher Name, kommt als Sohn einer Hausfrau und eines Schusters am 1. Januar 1926 zur Welt. Mit 18 debütiert er als Sänger. Gerade entwickelt sich der Mann mit der hohen Stimme erfolgreich zum Pionier der *gorgheggiatori*, der Jodler, da wird er von einer bösen Tuberkulose außer Gefecht gesetzt. Doch der Dickkopf lässt sich nicht bremsen: Nach einigen Platten (und Filmen) kommt es 1955 mit dem Lied »Buongiorno tristezza« (Guten Tag, Traurigkeit) zu seinem ersten Sieg in Sanremo: Villas schwerblütiger Tenor ist noch heute dazu angetan, das Konzept Traurigkeit wie eine erstrebenswerte Sache erscheinen zu lassen. Insgesamt zwölf Mal wird er im Laufe seiner Karriere am Festival teilnehmen, ganze vier Mal gewinnt er. 1957 holt er den Sieg mit »Corde della mia chitarra« (Saiten meiner Gitarre). Mario Ruccione, der Komponist des Liedes, war bereits zu Mussolini-Zeiten produktiv und komponierte unter anderem den berüchtigten kolonialistischen Marsch »Facetta nera« (Schwarzes Gesichtchen), was Villa offenbar nicht drückte, Kommunist hin, Sozialist her. 1962 singt er sich mit »Addio ... addio ...« (Leb wohl ... Leb wohl ...) zum Sieg, 1967 ist er mit »Non pensare a me« (Denk nicht an mich) zum letzten Mal der *campione*.

In den 60ern beginnt Villas Sockel zu bröseln, im Folgejahrzehnt wirken seine schmalzigen Lieder nur noch gestrig. Villa steht jetzt für alles, wogegen der Großteil von Italiens Musikern aufbegehrt. Der Sänger erweist sich als unfähig, sich dem neuen Zeitgeist hinterherzudrehen. Er macht weiter wie gehabt und wundert sich, dass die Hits ausbleiben. Nur als Garant für Turbulenzen und Skandale hinter den Kulissen des Betriebs erweist er sich weiter als höchst verlässlich: 1973 verliebt er sich in die 16-jährige Tochter eines Freundes, drei Jahre später wird geheiratet. Überhaupt muss sein Liebesleben aus heutiger Sicht als unangemessen sorglos bezeichnet werden; 1984 muss er sich einer Vaterschaftsklage stellen. Zwischendurch legt er sich immer wieder mit Verantwortlichen des Musikbetriebs an. Als er 1982 beim *Sanremo*-Festival ausscheidet, wirft er den Organisatoren Manipulation vor – er wendet sich gar an den Bezirksrichter, um die Herausgabe der Jury-Abstimmung zu erwirken. 1986 beteiligt sich der Traditionalist in Rom mit großem Engagement an einer Demonstration gegen die Eröffnung von *McDonald's*-Filialen in seiner Heimatstadt. Während der Kundgebung hält Claudio Villa ein Transparent, das Clint

Eastwood als Bürgermeister vorschlägt. Posthum tauchen Hinweise auf, dass er der Freimaurerloge *P2* angehörte.

Villas Tod kommt unerwartet: Der Mann, der weltweit über 42 Millionen Schallplatten verkaufte, stirbt 1987 nach einer Herz-OP im Alter von 61 Jahren. Es ist der letzte Abend des *Sanremo*-Jahrgangs. Moderator Pippo Baudo verkündet die Nachricht vom Ableben des großen Sängers zur Bestürzung des Publikums live auf der Bühne. Auf dem Grabstein des *Reuccio* steht: »Vita sei bella, morte fai schifo« (Leben, du bist schön, Tod, du bist eklig).

Das schönste seiner erfolgreichen Lieder ist in meinen Ohren »Buongiorno tristezza«. Einfach mal der Traurigkeit einen schönen Tag wünschen – das ist die richtige Einstellung. Zu wummernder Orgel und schlängeligem Geflöte singt Villa in prächtigstem Schmettertenor die Wolken vor die Sonne.

12

LA CANZONE DEL SOLE (1971)

Lucio Battisti

Kurz nach dem frühen Tod seines langjährigen musikalischen Partners und Freundes Lucio Battisti im September 1998 hat Italiens größter Lieddichter Mogol einen Traum. Darin erscheint ihm der Sänger, mit dem gemeinsam er bis Anfang der 80er der italienischen Seele eine Stimme gab, und informiert den verdutzten Lyriker, dass es eine Verbindung zwischen dem Diesseits und dem Jenseits gebe, und dass diese Verbindung im Regenbogen zu finden sei. Mogol weiß nicht recht, was er mit dieser Information anfangen soll. In seiner Not tut er das einzig Vernünftige und konsultiert ein Medium, eine gewisse Paola Giudelli. Bald schon meldet Giudelli Vollzug: Sie habe Battisti tatsächlich erreicht, auch die Regenbogengeschichte kann sie offenbar bestätigen. Battisti habe ihr zudem aufgetragen, Mogol zu kontaktieren, damit dieser ein Regenbogenlied schreibe. Mogol ist wie elektrisiert: Knapp zwanzig Jahre nachdem Italiens wirkmächtigstes Songschreibergespann aufgrund fehlender Finanzabsprachen auseinandergegangen war, diktiert ihm der Freund gewissermaßen aus dem Totenreich einen Liedtext.

Das Ergebnis dieser Zusammenarbeit zwischen Jenseits und Diesseits ist »L'arcobaleno« (Der Regenbogen). Er sei ein abendlicher Sonnenuntergang geworden, ein Blätterrascheln im April, lässt Mogol den verstorbenen Freund sagen. In jeder ehrlichen Stimme werde er weiterleben und mit den Vögeln feine Melodien zwitschern. Mit der zweiten Strophe ist der Perfektionist Mogol nicht zufrieden: Der Regenbogen sei Battistis Liebesbotschaft, und eines Tages könnte er den Zurückgelassenen berühren. Mit all seinen Farben könne er noch das deprimierendste Elend beenden. Ein Regenbogen, der jemanden berührt? Mogol gefällt die Zeile nicht, da sie aber gut fließt, lässt er sie drin. Die Musik zu »L'arcobaleno« schreibt Gianni Bella, aufgenommen wird das Stück schließlich 1999 von Adriano Celentano, der den Song hörbar aufgewühlt nachts in seinem Haus einsingt. Von einem weiteren, weniger rohen Take sieht Celentano ab, das Stück erscheint schließlich auf seinem Album »Io non so parlar d'amore« (Ich weiß nicht, wie man von der Liebe spricht) und wird ein riesiger Erfolg.

Giulio Rapetti ist schon vor seiner Begegnung mit Lucio Battisti im Jahr 1965 eine Nummer im italienischen Musikgeschäft. Bereits Ende der 50er verpasst sich der Sohn von Mariano Rapetti, dem Leiter des mächtigen *Ricordi*-Musikverlags, das Pseudonym Mogol. Er schreibt für Bobby Solo und Tony Renis, übersetzt Bob Dylan und sorgt als Strippenzieher dafür, dass Gino Paolis »Il cielo in una stanza« (Der Himmel in einem Zimmer) von Mina interpretiert wird. Im weiteren Verlauf seiner Karriere verfasst er die Texte zu Hits von Caterina Caselli, Don Backy, Ornella Vanoni, Umberto Tozzi und vielen anderen. Doch es sind natürlich vor allem die zahlreichen Lieder mit Pop-Genie Lucio Battisti, die ihn zum italienischen Nationaldichter des gesungenen Wortes machen.

Worin aber liegt das Besondere in der für Italiens Seelenbildung so wirkungsmächtigen Zusammenarbeit von Battisti und Mogol? Sicher, sie waren, wie schon geschildert, die einzigen italienischen Songschreiber, die es für sinnvoll erachteten, gemeinsam Italien zu durchreiten. Die Antwort auf die Frage nach ihrer ungebrochenen Größe liegt aber weniger in mythenumrankten Ereignissen wie diesem, sondern in der Musik selbst. In der Musik – und in den Texten. Da, wo Battisti wie ein Brian Wilson des Italo-Pop mit den musikalischen Traditionen seiner Heimat spielt, sie überspitzt und bricht, geben die oft nicht einfach zu durchdringenden Texte Mogols dem italienischen Alltagsleben eine poetische Stimme. So sehr, dass man meinen könnte, der italienische Alltag entstünde in Wirklichkeit erst in Battistis und Mogols Liedern. So oder so: Die Stücke der beiden sind fester Bestandteil von Italiens kollektiver emotionaler Grundausbildung.

Einer der schönsten Texte Mogols ist jener für Lucios Drei-Akkord-Wunder »La canzone del sole« (Das Lied von der Sonne).

Er erzählt hier in sepiafarbenen Bildern von einer Kindheitsliebe – und der ernüchternden Wiederbegegnung im Erwachsenenalter. Das Stück beginnt mit der Beschreibung erotischer Kinderspiele, die der Text im B-Teil mit dem Schock (und dem Eifersuchtsgefühl) des Wiedersehens kontrastiert: »Wie viele Arme haben dich gehalten, um das zu werden, was du jetzt bist?« Man hat dem Lied Frauenfeindlichkeit vorgeworfen, dabei geht es um den Schmerz, zu erkennen, dass dem Erwachsenen die Unbefangenheit der Jugend ein für alle Mal abhandengekommen ist. Der Erzähler ist verwirrt. Frustriert. Und er wird dramatisch: »O mare nero, o mare nero, o mare ne / Tu eri chiaro e trasparente come me« (Oh schwarzes Meer, oh schwarzes Meer, oh schwarzes Meer / Du warst klar und durchsichtig wie ich). Battistis Darbietung ist schlicht grandios, er singt zweistimmig im Chor mit sich selbst aus beklommenster Kehle. Und gerade als man denkt, dass ein Kloß im Hals kaum schöner klingen kann, setzen diese unglaublichen Streicher ein!

»La canzone del sole« behandelt ein für Battisti und Mogol zentrales Thema, das in ihren gemeinsamen Liedern immer wieder auftaucht. Es ist ein Stück über den Verlust der Unschuld. Zugleich ein Lied wie ein Sonnenaufgang.

Paola Giudelli gab später an, dass sie niemals Kontakt zu Lucio Battistis Geist aufgenommen hätte, sie sei auch gar kein Medium. Doch ganz gleich, ob Mogol über den Regenbogen dichtet oder Lucio Battisti das Lied von der Sonne singen lässt: Es ist alles die reine Wahrheit. Näher als in diesen Liedern kommt man Italien nicht.

13
CENTRO DI GRAVITÀ PERMANENTE
(1981)

Franco Battiato

Unter den unzähligen Exzentrikern der italienischen Popmusik stellt der Sizilianer Franco Battiato ein besonders kurioses Exemplar dar. Man muss sich den 2021 verstorbenen Battiato als einen feinen Herrn vorstellen. Als einen gebildeten Gentleman und Dandy. Als *un intellettuale,* der sich neben Pop auch für ernste Musik, Literatur und Esoterik interessiert. Als Mann des hohen Tons, der sich auch in bildender Kunst und Politik tummelt.

Der aus dem Hafenstädtchen Riposto bei Catania stammende Battiato schrieb Bücher, komponierte für Milva und Alice, drehte Filme, komponierte Opern und ging seinem Interesse für Mystizismus nach. Im Grunde tat er im Laufe seiner Karriere alles, was italienische Kultur-Intellektuelle nach landläufiger Vorstellung eben so tun. Fast alles. Soweit ich weiß, hat er noch keinen poetischen Pyrotechnikzirkus mit Gedichte rezitierenden Delfinen auf die Beine gestellt. Alles andere aber hat Battiato gemacht. Wie gesagt, ein feiner Mann: Für seinen Kleiderschrank der 80er-Jahre würde manch einer sicher seine gesamte Plattensammlung hergeben. Also für den Inhalt des Möbels, nicht für den Schrank selbst. Wobei ...

Nachdem er kurz mit der *musica leggera* geflirtet hatte, veröffentlichte Battiato 1971 sein Debütalbum »Fetus«, dessen Cover ein ebensolcher ziert. Das Werk lässt Synthesizer-Experimente auf Prog und Psychedelia knallen und muss eindeutig als »far out« bezeichnet werden. Als Texter firmiert ein gewisser Frankenstein. Dennoch bereiteten »Fetus« und das ähnlich eklektische Nachfolgealbum »Pollution« nur unzureichend auf Battiatos weiteres Werk der 70er vor: Mit »Sulle corde di aries« (Auf den Seilen des Widders) präsentierte sich der Feinnervige als Bewunderer Stockhausens; es folgten weitere Alben ähnlicher Prägung, die bei Freunden elektronischen Experimental-Flirrens für reichlich Korkenknallen sorgen dürften. In der zweiten Hälfte der 70er folgten Platten, gegen die Steve Reich wie ein Rosenmontagszug klingt.

Gegen Ende der 70er änderte Battiato mit »L'era del cinghiale bianco« (Das Zeitalter des weißen Wildschweins – so müssen Italo-Alben heißen!) seinen Stil erneut. Die Begeisterung für Synthesizer war geblieben, aber die Musik entwickelte sich nun zunehmend in Richtung Pop – oder wie Battiato es nannte: »Postmodernismus für die Massen«. Doch gerade diese kommerzielleren Platten demonstrieren den Unterschied zwischen Battiato und den meisten übrigen Star-*cantautori:* Im Gegensatz etwa zu Antonello Venditti, Lucio Dalla oder Pino Daniele ist Battiato kein viriler Vollblutmusiker, keiner, der mit seinem Instrument verschmolzen scheint. Seine Musik ist zerebraler, im besten Sinne ausgedachter und ironischer. Hinzu kommt, dass Battiato keine Geschichten erzählt, sondern mit den Mitteln der Collage arbeitet und Sätze, Zitate und Sprechblasen wild aneinanderpappt. Er selbst verweist selbstverständlich auf den Einfluss Gurdjieffs. Diese Pop-Phase der 80er brachte etliche Hits hervor, darunter das flockige »La stagione dell'amore« (Die Saison der Liebe) und »Summer on a solitary beach« – bei Zweiterem klingt Battiato wie ein liebeskranker Hubert Kah auf Ecstasy unter dem Sternenhimmel Catanias mit Atompilz im Hintergrund.

Im weiteren Verlauf seiner Karriere schrieb Battiato Opern, Messen und Psalmen, betätigte sich unter dem Pseudonym Süphan Barzani als Maler vom Sufi-Mystizismus beatmeter Bilder und drehte Dokumentarfilme über Beethoven (dargestellt von Alejandro Jodorowsky!) und den italienischen Schriftsteller Gesualdo Bufalino. Kurz war er gar als Referent der sizilianischen Regionalregierung für Tourismus, Sport und Veranstaltungen in der Politik tätig, musste das Amt allerdings nach nur fünf Monaten niederlegen, nachdem er im europäischen Parlament italienische Abgeordnete als »Schlampen« bezeichnet hatte.

2013 erschien ein gemeinsames Livealbum mit Antony And The Johnsons; 2016 folgte noch einmal eine ausgedehnte Tour mit seiner Kollegin und Freundin Alice, deren Hit »Per Elisa« von Battiato stammt. Im Mai 2021 reagierte Italien bestürzt auf die Nachricht vom Tod des verstiegenen Volkshelden.

Battiato macht es einem nicht so einfach wie andere *cantautori*. Sein sehr diverses und widersprüchliches Werk lässt Schockverliebtheit nicht zu. Das Schöne aber ist, dass jeder seinen Lieblings-Battiato für sich entdecken kann: den Psychedeliker, den Avantgardisten, den Dandy-Popper, den Weltmusiker, den Bildungsbürgersänger, den schnöseligen Mystiker ...

»Centro di gravità permanente« (Dauerhaft fester Schwerpunkt) von seinem Hit-Album »La voce del padrone« (Die Stimme des Meisters) ist typischer Früh-80er-Battiato – ein pluckernder Synthiepop-Song, dessen erste Strophe ein schillerndes Personal vorführt: mazedonische Schmuggler, euklidische Jesuiten in buddhistischen Mönchsgewändern und bretonische Frauen mit Schirmen aus Reispapier. In Strophe zwei drückt der Sänger sein Missfallen an diversen Musikspielarten aus: russischer Pseudo-Rock, italienischer New Wave, englischer Punk. Eigentlich müsste das Lied in Idiosynkrasie erstarren, wäre da nicht der von den Battiato-typischen Operettenchören sekundierte Refrain. Battiato verleiht hier der Sehnsucht Ausdruck, im Tosen des Daseins Erdung zu finden: »Cerco un centro di gravità permanente / Che non mi faccia mai cambiare idea« (Ich suche nach einem festen Schwerpunkt / Das mich nie meine Haltung ändern lässt). Ein *sentimento,* das seine Landsleute zu Beginn der neonflirrenden 80er nur zu gut nachvollziehen konnten. Battiatos Performance im Videoclip zählt zum Erhabensten, was auf dem Sektor des choreografierten Tanzes zu finden ist.

14

CHE BAMBOLA! (1955)

Fred Buscaglione

Es kann einer erfolgreichen Sangeskarriere durchaus zuträglich sein, wenn man als Künstler in eine Rolle schlüpft. Vorausgesetzt, man kann die Rolle ausfüllen. Ein weniger charismatischer Charakter als David Bowie hätte sich mit der Ziggy-Stardust-Figur wohl überhoben. Der italienische Sänger Ferdinando Buscaglione ersann sein Alter Ego bereits Anfang der 50er-Jahre. Da androgyne Außerirdische im Italien jener Zeit nicht sonderlich hoch im Kurs standen, fiel seine Rollenwahl weniger extraterrestrisch aus. Das ändert nichts daran, dass der Fred-Buscaglione-Charakter bis heute Ikonenstatus genießt.

Schon früh begeistert sich der 1921 geborene Turiner für die Musik. Das Giuseppe-Verdi-Konservatorium verlässt er jedoch bald wieder. Seine Eltern können das nötige Geld nicht mehr aufbringen, und die klassische Musik ist ohnehin nicht sein Ding. Es geschieht während seiner Zeit in amerikanischer Gefangenschaft auf Sardinien, dass er mit den Segnungen der amerikanischen Jazzmusik, allem voran dem Werk Count Basies, Bekanntschaft macht. Zurück in Turin beginnt er in Nachtclubs zu spielen und gründet bald seine Band, die Asternovas.

Es ist Buscagliones Freund, dem Schriftsteller Leo Chiosso, zu verdanken, dass der Sänger zu seiner *stage persona* findet: Chiosso ist ein glühender Fan amerikanischer Kriminalromane, vor allem Mickey Spillane hat es ihm angetan, und es gelingt ihm, auch seinen Kumpel für die Welt der harten Gangster zu begeistern, die regelmäßig über ihre große Klappe stolpern. Ferdinando geht aufs Ganze: Er lässt sich einen *mustache* im Stile Clark Gables wachsen und erscheint fortan nur noch im Nadelstreifenanzug und mit Ganovenhut auf der Bühne. Ferdinando amerikanisiert seinen Namen in Fred Buscaglione und liefert fortan die Parodie auf einen amerikanischen Gangster mit Vorliebe für harte Drinks und ebenso harte Frauen.

Es ist auch Chiosso, der von nun an die Texte zu Buscagliones Songs verfasst. Hier tritt Fred als ruchloser *mobster* amerikanischer Prägung auf den Plan, der sich als großer Aufreißer begreift. Am Ende der Lieder aber steht die knallharte Konfrontation seines Machismo mit der Realität – und das ein oder andere blaue Auge. Schaut man sich die Auftritte aus den 50ern heute an, begeistert immer noch die Hingabe, die Buscaglione bei seinen Darbietungen an den Tag legt: Mit großem komödiantischem Talent gesegnet, gestaltet er den Part des sympathischen Aufschneiders ausgesprochen saftig.

1955 erscheint mit »Che bambola!« (Was für eine Puppe!) die erste Single von Fred und seinen Asternovas. Ohne große Promotion werden innerhalb kürzester Zeit knapp eine Million Einheiten verkauft. Buscaglione ist Italiens erster Rockstar, lange bevor es überhaupt Rockstars gibt. Und er ist bereit, die Sache massiv auszukosten: Morgens dreht er nicht selten mehrere Filme gleichzeitig, nachmittags tritt er im Fernsehen auf oder wirkt in einem Werbespot mit, und abends steht er in Nachtclubs auf der Bühne. Ganz Italien kennt sein Gesicht. Von den Einnahmen kauft sich Fred einen auffälligen Ford Thunderbird, den er als »criminalmente bella« bezeichnet.

Aber Fred wird seiner Rolle bald müde, er fühlt sich unterfordert. Auch privat ziehen dunkle Wolken auf: Ende der 50er verlässt ihn seine Frau Fatima. Fred entschließt sich zur künstlerischen Erneuerung und beginnt, gefühlsbetontere Lieder zu singen, wofür auch andere Autoren als der treue Gewährsmann Chiosso auf den Plan treten. Das berühmteste Lied dieser Phase ist sicher »Guarda che luna« (Schau, was ein Mond), das, von Buscaglione mit enormer Inbrunst vorgetragen, ein weiterer Riesenhit wird. Bevor es mal gar nicht mehr laufen sollte, werde er sich eben wieder in den alten Gangster-Fred zurückverwandeln.

Im Morgengrauen des 3. Februar 1960 ist Buscaglione mal wieder mit seinem Thunderbird durch Rom unterwegs. Am Abend hatte er mit einer Gruppe von Freunden in der *Trattoria degli Artisti* in der Via Margutta gespeist. Anwesend war auch die junge Kollegin Mina, die zu diesem Zeitpunkt unmittelbar vor ihrem Durchbruch zur größten Sängerin Italiens stand.

Es heißt, Buscaglione und Mina hätten sich blendend verstanden und wohl auch ein gemeinsames Projekt ausgeheckt. An der Kreuzung Via Paisiello/Largo Bonifacio Asioli kollidiert sein Wagen mit einem LKW. Obwohl sich der junge Fahrer um seine Rettung bemüht und einen Bus stoppen kann, der Buscaglione ins Krankenhaus bringt, kommt für den 38-Jährigen jede Hilfe zu spät.

Man wird nie erfahren, ob der große Vorreiter Adriano Celentanos, Minas und all der anderen sogenannten *urlatori* (Schreihälse) seine Karriere in den 60ern hätte fortführen können. So viel aber ist sicher: Ohne seine Italianisierung amerikanischer Musikspielarten in den 50ern hätte die *musica leggera* niemals abheben können.

15

CHIAMAMI ANCORA AMORE (2011)

Roberto Vecchioni

Der aus Carate Brianza in der norditalienischen Provinz Monza stammende Roberto Vecchioni ist nicht einfach nur ein dahergelaufener Wald-und-Wiesen-Songschreiber. Das deutet schon der Spitzname an, den man ihm in seinem Heimatland verpasst hat: In Italien nennt man Vecchioni ehrfürchtig *Il Professore,* den Lehrer. Denn ebenso wichtig wie die Musik sind ihm seine Forschungen über die Liedkunst und die Lehre der *canzone italiana*. Ein Lehrer zu sein, einer der kommuniziert, der Wissen weitergibt und im Idealfall eine Flamme entzündet, ist dem Mann ein ernstes Anliegen: Tatsächlich unterrichtet der Philologe bis 2004 parallel zu seiner musikalischen Karriere

Latein und Griechisch an verschiedenen Gymnasien. »Ein Lehrer muss glaubwürdig sein«, hat Vecchioni einmal gesagt, »ein *cantautore* kann weniger sein.«

Vecchioni verkörpert wie kein zweiter lebender Musiker das kultivierte, intellektuelle Italien, das in der internationalen Wahrnehmung spätestens nach Beginn der Ära Berlusconi oft in Vergessenheit zu geraten drohte. Er weiß: Bildung kann nicht schaden, und so schöpft er in seinen Liedern immer wieder aus dem Fundus der Literatur und der Mythologie. Vor diesem Hintergrund verwundert es nicht, dass sich in seinen Liedern ständig Gestalten wie Robinson Crusoe oder Eurydike tummeln, allerdings dienen diese Verweise nicht zum selbstzweckhaften Herumturnen auf der Metaebene, sondern dazu, in der Vergangenheit das Heute zu spiegeln und das Heute durch die Vergangenheit ein Stück weit zu begreifen.

Den Durchbruch schafft er 1977 mit dem Album »Samarcanda«, das massiv vom aufgekratzten Violinenspiel des jungen Angelo Branduardi geprägt ist, der hier wirklich alle Ratten in den Fluss geigt. Roberto Vecchionis bekanntestes Stück entstand schon ein paar Jahre vorher: In »Luci a San Siro« (Lichter bei San Siro) besingt er, im Ton schon ganz bei sich, Jugenderinnerungen im Umfeld des gleichnamigen Mailänder Stadions. Den häufig zensierten Text änderte er dabei in unterschiedlichen Fassungen immer wieder. Vecchionis Kollege Francesco Guccini, auch so ein literarisch informiertes Sänger-Schwergewicht, bekannte einmal, dass dies das große italienische Lied sei, das er gerne selber geschrieben hätte.

2011 geschieht etwas einigermaßen Unerwartetes: Der Gelehrte unter den *cantautori* nimmt im Alter von 67 Jahren mit seinem Lied »Chiamami ancora amore« (Nenn mich noch Liebster) am *Festival di Sanremo* teil – und gewinnt. Das Lied ist musikalisch eine donnernde Ballade, klassisch, fast konservativ mit Geigenhimmel und allem Drum und Dran. Der Text zeigt Vecchioni als poetischen Philanthropen, der von universeller Liebe und der Fähigkeit zum Mitleid singt: »Per il poeta che non può cantare / Per l'operaio che ha perso il suo lavoro / Per chi ha vent'anni e se ne sta a morire / In un deserto come in un porcile« (Für den Poeten, der nicht singen kann / Für den Arbeiter, der seine Arbeit verlor / Für die Zwanzigjährigen, die sterben / In einer Wüste, die einem Schweinestall gleicht).

Il Professore sieht bei seinem Festivalauftritt mit seiner Gelehrtenbrille und dem grauen Anzug aus, als würde er gleich einen Overheadprojektor auf die riesige Bühne rollen. Je länger die Darbietung dauert, desto mehr schmeißt sich Vecchioni mit Haut und Haaren in den Song. Nenn mich immer Liebe, möchte man mit ihm jauchzen! Am Ende sendet er einen stummen Gruß in Richtung Himmel. Nicht auszuschließen, dass er sich bei Fabrizio De André bedankt, den Vecchioni als Inspiration für den Song nennt.

Was den »Poeten, der nicht singen kann«, angeht, so könnte es sich um den Dichter Fernando Pessoa handeln, ein weiterer Held Vecchionis, der auf dem Sterbebett lediglich ein Bedauern ausgedrückt haben soll: niemals Liebesbriefe geschrieben zu haben. Das könnte dem *Professore* nicht passieren.

16

CHI BEVE, CHI BEVE (1987)

Edoardo Bennato

In Neapel spitzt sich Italien zu.

Die Prachtbauten sind hier heruntergekommener und die dunklen Gassen geheimnisvoller als in jeder anderen Metropole des Südens. *Bella Napoli* ist eine Stadt, die in ihrem melancholischen Leichtsinn manchmal das Italienische im Blockbuster-Format zu parodieren scheint. Reichtum und Armut knallen in Italiens drittgrößter Stadt vielerorts gehörig aufeinander; Schattenwirtschaft und Überbevölkerung auf der einen, mondäne Eleganz und faszinierende Leichtlebigkeit auf der anderen Seite prägen das Mit- und Gegeneinander. Neapel kann einem wahnsinnig auf die Nerven gehen. Nur einen Augenblick später verdreht einem die Stadt dann wieder aufs Eleganteste den Kopf.

Napoli ist die Wiege der italienischen Musik: Caruso, Italiens großer Tenor, stammt hierher; die *canzoni napoletane,* jene süffigen, im lokalen Idiom gesungenen Lieder, beeinflussten direkt oder indirekt alle hier im Buch aufgelisteten Musikerinnen und Musiker. *Napoli* ist aber auch die Stadt der *Camorra.* Brutstätte von Chaos, Armut und Verbrechen. »Wir arbeiten nicht«, sagte mir einmal ein junger Neapolitaner, »wir arrangieren uns.« Die *arte d'arrangiarsi,* die hiesige Improvisationskunst, zum Zwecke des Überlebens etwas aus dem Nichts zu zaubern, kennt viele Mittel und Wege. Manche davon überschreiten deutlich die Grenze zur Kriminalität. Andere machen aufs Charmanteste klar, wie hilfreich es ist, das Chaos des Lebens zu umarmen. »Chi non ruba, non mangia« (Wer nicht klaut, hat nichts zu essen).

Und: Neapel ist die Stadt unter dem Vulkan. Drohend prangt der Vesuv über der Metropole. Aber solange sich im Rahmen der traditionellen Zeremonie am 1. Mai das Blut des Stadtheiligen San Gennaro verflüssigt, wird schon alles gut gehen. Kommt es nicht zum Blutfluss, droht *Napoli* ein Jahr voll Pech. Dann hilft höchstens noch der Griff zum *curniciello,* der hier extrem verbreiteten Glücksbringer-Schote, die man – Obacht! – sich nicht selbst kaufen, sondern nur als Geschenk empfangen darf. Wie schrieb der neapolitanische Theaterautor Eduardo De Filippo: »Essere superstiziosi è da ignoranti, ma non esserlo porta male« (Abergläubisch zu sein, ist etwas für Idioten, es aber nicht zu sein, bringt Unglück). Und wenn der Aberglaube nicht mehr weiterhilft, gibt es ja immer noch das andere bewährte Mittel, auf das die findigen Neapolitaner gerne zurückgreifen: die Gleichgültigkeit.

Die über allen thronende neapolitanische Musik-Ikone ist natürlich der 2015 verstorbene Pino Daniele. Ein weiterer berühmter Sohn der Stadt ist Edoardo Bennato – der Bruce Springsteen von *Napoli.* Geboren 1956 im Viertel Bagnoli, lauscht Edoardo schon früh den Radiostationen der dort stationierten US-Soldaten. Was er hört, erschüttert ihn bis ins Mark. Mit Anfang zwanzig veröffentlicht er erste Stücke, denen jedoch kein Erfolg beschieden ist. Edoardo geht nach Mailand, wo er Architektur studiert. Seine Abschlussarbeit präsentiert einen Neuentwurf des Nahverkehrsnetzes von *Campi Flegrei,* ein etwa zwanzig Kilometer vom Vesuv entfernt gelegenes Gebiet mit supervulkanischer Aktivität; die Innenhülle seines 1975er-Albums »Io che non sono l'imperatore« (Ich, der ich kein Herrscher bin) ziert eine Skizze dieses Entwurfs. Er ist ein pragmatischer *tipo,* dieser Edoardo. Sein Mantra: Es kommt auf jeden Einzelnen an.

Parallel zu seinem Studium sammelt er, stets mit Gitarre, Fußtrommel und Mundharmonika bewehrt, Erfahrungen als Straßenmusiker. 1973, die Hochphase der *cantautori* beginnt gerade, veröffentlicht er sein Debütalbum »Non farti cadere le braccia« (Lass die Waffen nicht sinken) und schafft den Durchbruch.

Auf seinen folgenden Alben nutzt Bennato als Ausgangspunkt literarische Figuren wie Peter Pan, Pinocchio oder den Rattenfänger von Hameln und legt sich in seinen Stücken mit Zensur, Musikbetrieb und Rüstungsindustrie an – und mit systemischer Bevormundung, die das ungebändigte Individuum in den gesellschaftlichen Schraubstock zu spannen zum Ziel hat. Wiederholt erfolgt in Bennatos Songs der Rückgriff auf seine Heimat, in zahlreichen Liedern über sein Viertel Bagnoli und die *Campi Flegrei*.

Immer wieder reflektiert er die Rolle des Songschreibers in seinem Heimatland: Sein berühmtes Stück »Cantautore« hinterfragt die Position des singenden Autoren; in »Sono solo canzonette« (Es sind nur Schlager) setzt es eine Absage an die damals gängige Vereinnahmung der kritischen Sänger durch linke und linksliberale Parteien; in »Era una festa« (Es war ein Fest) wiederum erinnert er an das Tribunal gegen Francesco De Gregori und singt: »Era una festa e sembrava Vietnam« (Es war ein Fest, und es sah aus wie Vietnam).

In den späten 80ern – Bennato ist inzwischen ein Superstar, der Arenen füllt – verändert sich seine Musik: Klang er früher oft wie eine Juckpulverversion Bob Dylans nach dem dritten *aperitivo,* setzt es auf den Megasellern »Ok Italia« und »Abbi

Dubbi« eine Mischung aus glattpoliertem Hardrock, Stadion-Pop und *Novelty Songs* mit traditionellem Einschlag. 1990 intoniert er zusammen mit Gianna Nannini »Un'estate italiana« (Ein italienischer Sommer), den vom Südtiroler »Godfather of Dance Music« Giorgio Moroder produzierten offiziellen Song zur Fußball-WM in Italien.

Das Stück »Chi beve, chi beve« (Wer trinkt, der trinkt) vom Album »Ok Italia« singt Bennato auf Neapolitanisch – jener vom Vulgärlatein abgeleiteten Sprache, um deren offizielle Akzeptanz bis heute gerungen wird. Das von Tony Cercolas Percussion durchrappelte Lied ist zugleich Hymne auf die *arte d'arrangiarsi* als auch Anklage städtischer Fehlplanung. Bennato schlüpft hier in die Rolle des krakeelenden Schwarzmarktverkäufers – auch dies ein gängiges Berufsmodel in Neapel: »Sigarette, sigarette, tre pacchette seimila lire / Statte zitto, statte zitto, c'arrivano è guardie!« (Zigaretten, Zigaretten, drei Schachteln 6 000 Lira / Sei still, sei still, die Finanzwacht kommt!). Das offizielle Video, in dem Bennato mit dem wandelnden Trömmelchen Tony Cercola durch *Napoli* streift und den Text skandiert, ist dringend besichtigenswert und transportiert viel vom Lebensgefühl dieser daueraufgekratzten Wunderstadt.

17

CIAO AMORE, CIAO (1967)

Luigi Tenco

Am 27. Januar 1967, mit nur 29 Jahren, erschießt sich Luigi Tenco im Zimmer 219 des *Hotel Savoy* in Sanremo, nachdem sich sein Beitrag beim dortigen Festival im Gegensatz zu zwei seichten Schlagern nicht für das Finale hat qualifizieren können. In seinem Abschiedsbrief heißt es: »Ich habe das italienische Publikum geliebt und ihm sinnloserweise fünf Jahre meines Lebens gewidmet. Ich tue dies nicht, weil ich des Lebens überdrüssig bin (ganz im Gegenteil), sondern als Akt des Protests gegen ein Publikum, welches ›Io, tu e le rose‹ ins Finale wählt, und wegen einer Jury, welche ›La rivoluzione‹ kürt. Ich hoffe, dass dadurch einigen etwas klar wird. Ciao. Luigi.«

Theorien, denen zufolge Tenco nicht durch eigene Hand starb, halten sich bis heute: War es die Mafia? Oder womöglich rechte Kräfte, die den Unangepassten zum Schweigen bringen wollten? Oder steckte doch der Ex seiner Co-Interpretin und damaligen Freundin Dalida dahinter? Der ermittelnde *commissario* bezeichnete den Fall Jahre später als »kollektiven Mord«. 36 Jahre nach Tencos Tod ergab eine Obduktion der exhumierten sterblichen Überreste nichts Neues.

Durch seinen Suizid ist Tenco zur finsteren Ikone, zum dunklen Engel der *musica leggera* geworden. Und zu einem Mythos von unantastbarer Größe. Zugleich wirft sein Tod für immer einen Schatten auf das Festival, das in seiner fröhlichen Quietschigkeit natürlich auch etwas Barbarisches hat: Wer hier mitmacht (und nahezu alle in diesem Buch besprochenen Künstlerinnen und Künstler machten mit), spielt zu den knallharten Regeln des italienischen Musikbetriebs oder ist bereit (wie Celentano, Battisti, Vasco Rossi oder der frühe Dalla), diese gegen großen Widerstand zu brechen. »Tenco wollte die Durchschnittsitaliener aus ihrem geistigen Schlaf wecken«, schreibt der Dichter und Nobelpreisträger Salvatore Quasimodo in einem Nachruf.

Luigi Tenco, 1939 im piemontesischen Cassina inmitten endloser Weinberge geboren, beginnt Ende der 50er in Rock-'n'-Roll-Bands zu spielen. 1961 erscheint sein erstes Album als Sänger und Liedautor, auf dem sich auch »Mi sono innamorato di te« befindet, das mit den berühmten Zeilen beginnt: »Mi sono innamorato di te / Perché non avevo niente da fare« (Ich habe mich in dich verliebt / Weil ich nichts zu tun hatte). Die beinahe arrogante Einleitung ist typisch für Tenco, dessen Lieder häufig einen fatalistisch-dunklen Ton haben. Mit Kollegen wie Gino Paoli und Fabrizio De André steht er bald für die sogenannte *Scuola di Genova* (Genueser Schule), eine Vorstufe der *cantautori*, deren Vertretern somit die Erfindung des italienischen Autorenliedes zuzuschreiben ist.

Tencos schnodderig-melancholische Texte verhelfen dem modernen italienischen Liebeslied zu bis dahin nicht gekannter Tiefe. In anderen Stücken knöpft sich Luigi gesellschaftliche Zwänge und Kriegstreiberei vor. Doch sosehr er sich in seinen Songs das Herz zerreißt, so sonderbar distanziert wirkt er, wenn er diese Lieder vorträgt. Das Publikum ist zwiegespalten: Die einen zeigen sich fasziniert von dem sinister dreinschauenden Sänger mit dem Existenzialisten-Look, der so enttäuscht von der Liebe singt. Die anderen lehnen ihn als linken – und zudem offenbar ständig übellaunigen! – Störenfried ab. In den Folgejahren bekommt Tenco wiederholt Probleme mit der italienischen Zensur: Zu explizit scheinen den Sittenwächtern einige Lieder über sexuelles Begehren und selbstbewusste Verflossene.

Das Zimmer mit der Nummer 219 im *Hotel Savoy* ist seit 1967 unvermietet geblieben. 1974 wurde in Sanremo der *Club Tenco,* eine Art Alternativ-Veranstaltung zum eigentlichen Festival, ins Leben gerufen. Heute gibt es in Italien zig Straßen, die nach dem rätselhaften Vater der *cantautori* benannt sind. Tencos Lieder werden immer wieder gecovert – oder es wird (wie etwa in Francesco De Gregoris »Festival« oder Fabrizio De Andrés »Preghiera in gennaio«) über ihn gesungen.

Natürlich kann man darüber spekulieren, ob der gemütskranke Sänger auch ohne seinen frühen Freitod zu solch einem Denkmal geworden wäre. Aber hin oder her: Tenco ist schlicht der Wahnsinn, keine Ausfälle weit und breit; man kann die Kinnlade eigentlich konstant unten lassen. Der Dylan- und Elvis-Fan konnte beides: glamourös schimmernde Italo-Balladen wie »Ho capito che ti amo« (Ich habe verstanden, dass ich dich liebe) und aufgekratzten Protest-Beat wie »E se ci diranno« (Und sie werden uns sagen). Sein Werk ist die Schatztruhe, aus der sich sämtliche italienischen Pop-Komponisten (und vor allem: Texter!) bis heute bedienen.

In seinem tragisch umwölkten Abschiedslied singt Tenco am 27. Januar 1967 in Sanremo wenige Stunden vor seinem Tod: »Andare via lontano / A cercare un altro mondo / Dire addio al cortile / Andarsene sognando / E poi mille strade grigie come il fumo / In un mondo di luci sentirsi nessuno« (Weit weggehen / Um eine andere Welt zu finden / Lebewohl sagen zum Hof / Träumend fortgehend / Und dann tausend Straßen, grau wie der Rauch / Sich in einer Lichtwelt wie ein Niemand fühlen).

18
IL CIELO IN UNA STANZA (1960)
Mina

Mina Mazzini, wie sie eigentlich heißt, ist die wohl bedeutendste – und stimmgewaltigste – weibliche Vertreterin der *musica leggera*. Louis Armstrong bezeichnete die Lombardin einmal als »the greatest white singer in the world«.

La Tigre di Cremona (Die Tigerin von Cremona), wie sie von den in puncto Beinamenvergabe ausgesprochen spendablen Italienern wegen ihrer Herumfuchtelei beim Singen genannt wird, schreibt zwar selbst keine Musik, als Interpretin aber sucht sie auch international ihresgleichen und ließ sich ihre größten Hits von den besten Komponisten Italiens auf ihr Drei-Oktaven-Organ schneidern. Zudem war die Sängerin mit den notorisch kajalumrandeten Augen ein nicht zu unterschätzendes *role model* für junge Frauen im konservativen Italien der 60er-Jahre.

Diesbezüglich findet sich in Francesca Melandris Roman »Eva dorme« (Eva schläft) eine aufschlussreiche Passage. Melandri erzählt die Geschichte Südtirols nach dem Zweiten Weltkrieg am Beispiel einer Ortsansässigen, die sich in einen kalabresischen Polizisten verliebt. Es sind die frühen 60er-Jahre. Gerda, eine Bauerntochter, hat, vom Vater verstoßen, soeben in einem Kloster ihr uneheliches Kind zur Welt gebracht. Nun sitzt sie gemeinsam mit anderen unverheirateten Müttern im Fernsehraum.

> Auch die Rückkehr Minas auf den Bildschirm wurde gemeldet. Über ein Jahr lang war die Sängerin vom

Fernsehsender *RAI* boykottiert worden, nachdem sie ein Kind von ihrem verheirateten Geliebten zur Welt gebracht hatte. In der Meldung, die der Nachrichtensprecher verlas, hatte man es allerdings geschafft, die Worte »boykottiert«, »Geliebter« und »verheiratet« kein einziges Mal vorkommen zu lassen.

Als es dann so weit war, drängten sich die ledigen Mütter in dem kleinen Fernsehzimmer. Die Sendung hieß *La fiera dei sogni (Fest der Träume),* und Mina sang »È l'uomo per me« (Der richtige Mann für mich). Sie hatte Nase, Augen und Mund wie eine ägyptische Königin, und so wie sie beim Singen die Arme um die Hüften schwang, musste allen klar werden, dass Mina das, was andere für unmoralisch hielten, keinen Augenblick bereute. Vielen der Mädchen vor dem Bildschirm stiegen fast Tränen in die Augen, weil sie ihnen neue Hoffnung schenkte, diese gleichzeitig freche und sanfte Stimme, die niemanden um Entschuldigung bat.

Nachdem sie 1958 einen Gesangswettbewerb gewonnen hatte, nahm Minas Karriere schnell Fahrt auf. Während sie zu Beginn eher Beat- und Rock-'n'-Roll-Songs sang und sich schnell zur veritablen Hit-Maschine entwickelte (zu Beginn der 60er-Jahre veröffentlichte sie auch einige deutschsprachige Singles), wurde ihr Stil mit den Jahren immer dramatischer. Auch äußerlich verwandelte sie sich: In den 70ern kultivierte sie einen Look, der dem Begriff »Diva« etliche neue Bedeutungssonnenbrillen aufsetzte. 1978, mit erst 38 Jahren, zog sich Mina nach einem letzten Konzert im legendären Nachtclub *La Bussola* (Der Kompass) im toskanischen Marina di Pietrasanta gänzlich aus der Öffentlichkeit zurück, veröffentlicht aber bis heute Alben (im Jahr 2016 erschien ihre zweite Zusammenarbeit mit

Adriano Celentano; 2019 veröffentlichte sie eine gemeinsame Platte mit dem *cantautore* Ivano Fossati). Mina lebt heute zurückgezogen bei Lugano. Geht man nach Plattenverkäufen, so ist sie – nach ihrem Freund Celentano – der erfolgreichste Popstar Italiens.

Ihre unzähligen Hits (vor allem ihre Stücke aus den 60ern) sind in Italien omnipräsent, ob in der Werbung, in Kinofilmen oder in TV-Shows. Auch im englischsprachigen Ausland hinterließ Mina bleibenden Eindruck: Unter anderem griffen Elvis Costello, Neil Hannon und Róisín Murphy auf ihre Lieder zurück. Verständlich: Mit frühen Songs der Sängerin kann man nichts falsch machen; Minas Stücke sind gewissermaßen die Apotheose der *musica leggera*. Ich empfehle dringend, sich ein paar Nächte mit dem Anschauen von Mina-Videos aus dem Aufbruchsjahrzehnt der italienischen Popmusik um die Ohren zu hauen: Einige der Aufnahmen (etwa das tolle »Ta-ra-ta-ta«) sollten dafür sorgen, dass Freunde exzentrischer Sixties-Italo-Couture gar nicht mehr aus dem Zungeschnalzen herauskommen. Aber auch modisch uninteressierte Zeitgenossen sollten hier reichlich Anlass für Begeisterungseruptionen finden.

Absolut niederstreckend ist Minas Interpretation der Gino-Paoli-Komposition »Il cielo in una stanza« (Der Himmel in einem Zimmer) – einer *der* Brandbeschleuniger der modernen italienischen Popmusik. Paoli schreibt das Stück nach einem Besuch bei einer Prostituierten im Vico dei Castagna in Genua. Er habe den Moment nach dem Akt erfassen wollen, jene seltsame Stimmung, in der man »die ganze Welt in seiner Seele« spüre. Natürlich konnte Paoli im prüden Italien des Jahres 1960 die Ausgangssituation seines Liedes nicht im Text benennen, sodass er textliche Umwege beschreiten musste: »Quando sei qui con me / Questa stanza non ha più pareti / Ma alberi / Alberi infiniti« (Wenn du hier bei mir bist / Hat dieses Zimmer keine Wände mehr / Aber Bäume / Unendliche Bäume). »Il cielo in una stanza« beschreibt auf geniale Weise in poetisierter Alltagssprache ein postkoitales Delirium; schlüpfrige Details bleiben aus, aber jeder spürt, was gemeint ist. Dass das Lied von einer Frau dargeboten wird, verleiht der ganzen Angelegenheit zusätzlichen Wumms. Im Video von 1960 sieht man Mina durch einen unheimlichen Geisterwald aus Studiobäumen spazieren, der aussieht, als sei er vom letzten Mario-Bava-Dreh übriggeblieben. Dabei gestikuliert die *Tigerin von Cremona* mal wieder so exzessiv, dass man bald gar nicht mehr weiß, wo Hände aufhören und karges Geäst anfängt. Wem hier nicht alle Kronkorken der Begeisterung rausknallen, der ist wohl für die italienische Populärmusik verloren und sollte es vielleicht lieber mit norwegischem Doom-Metal versuchen. Mit »Il cielo in una stanza« wird Mina zur ernsthaften Sängerin – und zur italienischen Ikone. Nur einer ist nicht angetan: Gino Paoli. Der diktierte 2010 einem Reporter, Mina sänge sein Stück, als trüge sie das Telefonbuch vor. *Pazza idea!*

19

CRÊUZA DE MÄ (1984)

Fabrizio De André

Wir bleiben in Genua. Die ligurische Hauptstadt wird von den Italienern gern als *La Superba* (Die Stolze) bezeichnet. Und tatsächlich kommt man nicht umhin, dieser Stadt, die in vielen Belangen eher an eine süditalienische Metropole gemahnt, eine eigentümliche Erhabenheit zu attestieren. Das liegt nicht zuletzt an der Lage. Der ligurische Apennin, der sich gleich hinter der Küste erhebt, zwingt zu städteplanerischem Erfindungsreichtum wimmelbildartiger Ausprägung: Italiens bedeutendste Hafenstadt kriecht förmlich den Hügel empor. Wo immer sich inmitten dieses kontrastreichen Gewimmels noch ein Fleckchen auftut, wird es bebaut. Und wenn es keinen Platz gibt, wird er eben geschaffen, etwa für die Landebahn des Flughafens *Aeroporto Internazionale Cristoforo Colombo,* die praktisch im Meer liegt.

Wo wir schon bei Kolumbus sind: Genua hat etliche Berühmtheiten aufzuweisen. Neben Cristoforo Colombo, der im Dienste Spaniens ein bereits entdecktes Land entdeckte, sind zuvorderst der Admiral und Staatsmann Andrea Doria und der Teufelsgeiger Niccolò Paganini zu nennen. Der erste prominente Name, der den Italienern beim Gedanken an *La Superba* in den Sinn kommt, ist aber zweifelsohne der des großen Fabrizio De André.

De Andrés Bedeutung zu packen, kommt einem Kraftakt gleich. Er ist der *poet laureate* unter den *cantautori,* der Doyen der italienischen Lieddichter. De André ist *secondo a nessuno,* der Vater von allem, der Größte unter den Großen. Ein Samtpfotenpoet, der schon in den 60ern, als sein Genueser Kollege Gino Paoli den italienischen Schlager revolutionierte, komplexe, strophenreiche Lieder sang, die stark vom französischen Chanson, vor allem von Georges Brassens, beatmet waren. Später wandelte er sich auf ambitionierten Konzeptalben zum assoziativen Weltenzusammendenker.

Über Fabrizio De André, den Freunde *Faber* nannten, wird von seinen Landsleuten stets nur mit ehrfürchtigem Beben in der Stimme gesprochen: Nicht nur dass der Mann es mit seinen Texten in alle relevanten italienischen Lyrik-Anthologien geschafft hat; er war zudem ein bedächtiger und großherziger

Charakter, ein scheuer Dauersonnenbrillenträger und Kettenraucher, dem die Exaltiertheit vieler italienischer Sängerkollegen abging. Den Großteil seiner Bühnenkarriere bestritt er im Sitzen, meist eine Zigarette in der Hand. Der Mann mit der elegant-sonoren Stimme, die immer klang, als erblickte Leonard Cohen gerade den schönsten Sonnenuntergang über dem *porto antico* Genuas, war so groß, dass er zum Singen nicht aufstehen musste.

Sein berühmtes Zitat, dem zufolge er aufseiten der Verlierer stehe, ist ernst zu nehmen: Der Sohn wohlhabender piemontesischer Eltern verlässt mit 18 das Elternhaus und zieht mit einer Prostituierten zusammen. Der Durchbruch gelingt ihm 1964 mit »La canzone di Marinella«, einem Lied über eine Selbstmörderin. »Questa di Marinella è la storia vera / Che scivolò nel fiume a primavera / Ma il vento che la vide così bella / Dal fiume la portò sopra a una stella« (Dies ist die wahre Geschichte von Marinella / Die im Frühling in einen Fluss stieg / Doch als der Wind sie so schön liegen sah / Trug er sie aus dem Fluss auf einen Stern). Schon hier singt der bekennende Anarchist De André mit der für ihn typischen *gentilezza*. Eine Stimme wie die Umarmung eines Freundes.

Plakatives liegt ihm fern, Fahnenschwenkerei ist seine Sache nicht. Den Dichter interessieren Menschen, nicht Bewegungen. Zur Zeit der Studentenproteste veröffentlicht er ein Konzeptalbum auf Basis der apokryphen Schriften, an dessen Ende er das »Laudate Hominem« anstimmt, also den Menschen anstelle von Gott preist. Das 1973er-Album »Storia di un impiegato« (Geschichte eines Angestellten) erzählt dann fünf Jahre nach 1968 und kurz bevor die Attentatswelle der 70er ihren Höhepunkt erreicht von einem Bürger, der zum Bombenleger wird.

Erst Mitte der 70er beginnt der scheue De André regelmäßig live zu spielen. 1978 entsteht bei einer Tournee mit der berühmten Prog-Band Premiata Forneria Marconi (kurz PFM) die Liveplatte »In concerto«. Die Zusammenarbeit ist denkbar optimal: Während das Musikkollektiv in seinem Rücken aus allen Rohren feuert, hockt der wenig extrovertierte De André vorne mit Kippe und Gitarre auf seinem Stuhl und raunt seine unglaublichen Lieder. Auf seinem namenlosen, wegen des auf dem Cover abgebildeten Cheyenne-Häuptlings gemeinhin als »L'Indiano« bezeichneten Album von 1981 verknüpft De André drei Jahre später das Schicksal der amerikanischen Ureinwohner mit Darstellungen des entbehrungsreichen Lebens sardischer Hirten. So dringend anschaffenswert und künstlerisch ambitioniert die Platte ist, so wenig bereitet sie auf das Überalbum vor, das Fabrizio De André 1984 auf den Markt bringt. »Crêuza de mä« (Genueser Dialekt für: Feldweg zum Meer) ist ein in jeder Hinsicht einzigartiges Werk; Talking-Heads-Sänger David Byrne bezeichnete das Album als eine der besten Platten der 80er.

De André hat sich während seiner Karriere laut Eigenaussage meist auf die Texte konzentriert, seine Melodien hielt er für ausbaufähig. Dies gilt kaum für »Crêuza de mä«. Die Musik auf diesem Wunderalbum blendet die musikalischen Traditionen des gesamten Mittelmeerraums ineinander: Arabische Elemente treffen auf italienische Folk-Traditionen, es klappert und rappelt an allen Enden, archaische Instrumente spielen verschlängelte Melodien, zwischendurch ist Händlergeschrei vom Fischmarkt auf der Genueser Piazza Cavour zu hören. Die Stücke schrieb De André zusammen mit dem ehemaligen PFM-Musiker und Instrumentensammler Mauro Pagani, der hier als musikalischer Direktor von Hirtenflöten über Oud und Saz bis hin zu Kegeloboen und Bechertrommeln alles auffahren lässt, was der Fundus hergibt. Man kann das Ergebnis als »World Music« bezeichnen, man kann sein *pesto genovese* aber auch mit Buchweizenpasta essen. De André und Pagani erschaffen hier einen wuselnden Mikrokosmos; das musikalische Abbild der Seelenlandschaft des Mittelmeerraums.

Die Lieder auf »Crêuza de mä«, gesungen im Genueser Idiom, sind fast allesamt Oden an die Heimatstadt des Sängers mit ihren Huren, Honoratioren und Seeleuten. Der Dialekt ermöglicht es De André, lyrisch so richtig auf die Tube zu drücken, ohne Zensur fürchten zu müssen: Es geht sehr saftig und unterleibsorientiert zu. In dem Stück »Â duménega« (Sonntags) begleitet der Autor rechtschaffene Genueser Bürger auf ihrer *passeggiata* durch das alte Prostituiertenviertel der Stadt. Von »Nussknackerschenkeln« und »Gold in den Arschbacken« ist die Rede, und der Hafendirektor, dem die Prostitution die neue Mole finanziert, übersieht, dass auch seine Frau hier ihr Brot verdient. »Nicht mal eure Nasenlöcher sind noch jungfräulich!«, brüllt einer. Das Hurenhaus Genua, wie es singt und lacht.

Textlich wird immer wieder über den Rand der Hafenmauer geschaut: In »Sidún« erzählt *Faber* von den Milizenkämpfen in der libanesischen Hafenstadt; »Sinàn Capudàn Pascià« berichtet von einem Seefahrer, der vor Hunderten Jahren in türkische Gefangenschaft geriet und zum Großwesir des Sultans wurde.

Der Titelsong, gleich am Anfang des Albums platziert, saugt den Hörer mit seinem ebenso sanften wie krummtaktigen Refrain gleich in diese faszinierende Welt. Das Lied eröffnet mit den Zeilen: »Umbre de muri muri de mainé / Dunde ne vegnì duve l'è ch'ané? / Da 'n scitu duve a l'ûn-a se mustra nûa / E a neutte a n'à puntou u cutellu ä gua« (Schatten von Gesichtern, Matrosengesichter / Wo kommt ihr her, wo geht ihr hin? / Von einem Ort, wo sich der Mond nackt zeigt / Und uns die Nacht das Messer an die Kehle gesetzt hat).

Im Januar 1999 stirbt der Kettenraucher De André mit nur 59 Jahren an Lungenkrebs. Seine Lieder über die Gedrückten und Geschundenen sind bis heute lebendig, wobei das Wunderwerk »Crêuza de mä« eine Sonderstellung selbst in diesem außergewöhnlichen Werk einnimmt. Wer mit dieser Musik im Ohr durch Genua läuft, könnte glücklich werden.

20

LA DOLCE VITA (1960)

Katyna Ranieri

Rom in den 50er-Jahren des vergangenen Jahrhunderts.

Nach Ende des Zweiten Weltkriegs ist die italienische Hauptstadt *der* europäische Anziehungspunkt für Kunstschaffende und Müßiggänger aller Art. Vor allem die florierende Filmproduktion in den *Cinecittà*-Studios in der Via Tuscolana spült die Stars in die ewige Stadt: William Wyler dreht 1953 erst »Ein Herz und eine Krone« mit Audrey Hepburn und Gregory Peck und lässt Ende der 50er seinen monumentalen »Ben Hur« folgen. King Vidor arbeitet ganze anderthalb Jahre an »Krieg und Frieden«, für den auf einer Strecke von über drei Kilometern in den römischen Studios das verschneite Moskau nachgebaut wird.

Den Schauspielern und Regisseuren aus Hollywood gefällt es ausnehmend gut im Postkartenidyll des noch überschaubaren Roms: Allabendlich tummeln sie sich in den Restaurants und Tanzlokalen auf der Via Veneto, die sich von der Piazza

Barberini bis zur Villa Borghese emporschlängelt. Während im Süden Italiens weiterhin Armut herrscht und Millionen von Süditalienern in den Fabriken des Nordens für ein schmales Salär schuften, lässt es sich die Filmprominenz in Rom gutgehen. Auch andere Künste blühen in diesem Umfeld auf, und in den Cafés und Bars debattieren sich Schriftsteller und Intellektuelle wie Pier Paolo Pasolini, Alberto Moravia und Elsa Morante die Köpfe heiß.

In diesem Umfeld lebt Tazio Secchiaroli wie die Made im Speck: Als abgefeimtester unter den Promi-Fotografen brettert er nächtens mit dem Motorroller von Einsatz zu Einsatz und beliefert das nach delikatem Material gierende Klatschmagazin *Oggi*. Ganz gleich ob eine belgische Prinzessin versucht, unerkannt durch die Gassen Trasteveres zu schlendern, oder David Niven seine neue Badehose ausführt – Secchiaroli ist immer schon da. Auch als 1958 zwei Kinder vorgeben, bei Maratta Alta die Jungfrau Maria gesehen zu haben, hält er gnadenlos drauf.

Mit zwei seiner Coups zieht er die Aufmerksamkeit des Regisseurs Federico Fellini auf sich: Mitte der 50er erwischt Secchiaroli den geschassten ägyptischen König Faruk im *Café de Paris*, der darob so erbost ist, dass er mit Mobiliar um sich wirft. 1957 wiederum gelingt es ihm, die Affäre zwischen der Hollywood-Diva Ava Gardner (zu jenem Zeitpunkt liiert mit Frank Sinatra) und dem italienischen Schauspieler und Jetset-Playboy Walter Chiari aufzudecken. Es gibt schöne Fotos, die zeigen, wie der Fotograf von Chiari mit geballten Fäusten verfolgt wird.

Für Fellini ist der Fall klar: Dieser Secchiaroli ist die perfekte Vorlage für eine Figur, um die herum er seine mäandernde Geschichte über das sinnentleerte Treiben der römischen *Hautevolee* bauen kann – ein Plan, der den Regisseur umtreibt, seit er auf der Via Veneto eine Frau gesehen hat, deren Kleidung ihn an eine Artischocke erinnerte. Allerdings muss ein knalligerer Name für die Fotografenrolle her. In einem britischen Reisebericht stoßen Fellini und sein Drehbuchautor Ennio Flaiano auf die Beschreibung eines Wirts – sein Name: Paparazzo. Die Wahl für die Besetzung der Hauptrolle, des gutaussehenden Klatschreporters und Partners des Paparazzo-Charakters, fällt auf den jungen Marcello Mastroianni.

Der Film wird – auch dank zahlreicher Warnhinweise der katholischen Kirche – ein Welterfolg. Heute hat sich der abgebildete hohle Müßiggang freilich in der allgemeinen Wahrnehmung zum Mythos verselbstständigt: Während Fellinis Film klar als Abrechnung konzipiert ist, wird er längst als Verklärung einer untergegangenen Welt rezipiert. Doch so traurig schön »La dolce vita« auch heute noch ist – ohne die Musik Nino Rotas könnte der Film kaum laufen.

Er muss ein sympathischer Kauz gewesen sein, dieser Rota. Ein schüchterner, geradezu verhuschter Mann, der bevorzugt seinen inneren Welten nachspürte. Die Regisseurin Lina Wertmüller bezeichnete ihn einmal als »Engel«.

Rota kommt 1911 in Mailand zur Welt. Mit acht Jahren stellt er seine erste Komposition fertig, mit elf dirigiert er bereits sein erstes Oratorium in Paris: Ein klarer Fall von Wunderkind. Nach seiner musikalischen Ausbildung und einem USA-Aufenthalt, bei dem er Jazz und Strawinski aufsaugt, leitet er zunächst das *Liceo Musicale* in Bari, bevor er zu Beginn der 40er regelmäßig für Italiens größte Filmwerkstatt zu arbeiten beginnt. Die Begegnung mit Fellini findet denn auch zu Beginn der 50er vor den Toren *Cinecittàs* statt. Da habe dieser seltsame Mann gestanden und auf den Bus gewartet, berichtet Fellini später. Der Haken: Dort, wo Rota stand, hielt gar kein Bus. Statt aber zur tatsächlichen Haltestelle zu gehen oder den Mann auf seinen Irrtum hinzuweisen, gesellte sich Fellini, eigentümlich angerührt, zu dem Wartenden. Es dauerte nicht lange, dann hielt der Bus.

Nino Rota wird Fellinis wichtigster Mitarbeiter, gerade weil er, wie der Regisseur selbst, ausschließlich aus seinen Tagträumen zu schöpfen scheint. Es würde ihn nicht wundern, schrieb der offenbar mit Italo-Expertise ausgestattete einstige Talking-Heads-Sänger David Byrne, wenn Rota viele seiner Werke komponiert habe, ohne das Filmmaterial zu kennen. Tatsächlich wird berichtet, dieser sei bei Vorführungen des Rohmaterials wiederholt eingeschlafen. Auch sein Freund Fellini beschrieb Rota in einem Interview als Mann eigener Geisteswelten: »Er besaß ein geometrisches Vorstellungsvermögen und erschaute die Musik in himmlischen Sphären, sodass er die Bilder meiner Filme gar nicht erst zu sehen brauchte (...).Seine Welt war eine innere Welt, die der Realität schwer zugänglich war.« Manchmal erzählte Fellini dem Komponisten, was in einer Szene passieren würde, doch auch wenn Rota zustimmend nickte, sei er in Wirklichkeit immer nur damit beschäftigt gewesen, »Kontakt mit sich selbst aufzunehmen, mit den musikalischen Motiven, die bereits in ihm waren«. Der Filmkritiker Roger Ebert traf den Nagel auf den Kopf, als er schrieb: »I could watch a Fellini film on the radio.«

Man sollte vor lauter Fellini aber nicht Nino Rotas Arbeiten für andere Regisseure vergessen: Über 150 Filmmusiken gehen auf sein Konto, das Portfolio reicht von René Cléments »Nur die Sonne war Zeuge« bis hin zu Luchino Viscontis »Der Leopard«. Für seinen Beitrag zu Coppolas »Der Pate« wird Rota 1972 für den Oscar nominiert. Da das Liebesthema aber bereits Verwendung in einem älteren Film fand, wird die Nominierung zurückgezogen. Für den zweiten Teil kann Rota die Trophäe dann tatsächlich in Empfang nehmen.

»La dolce vita« dürfte neben »Der Pate« der ikonischste Soundtrack des schüchternen Genies sein. Um das eigentlich instrumentale Titelstück in dieses Buch zu schmuggeln, habe ich die in den 80ern von Katyna Ranieri gesungene Version ausgewählt. Aber in Italien hat man gegen einen gelegentlichen Trick selten etwas einzuwenden.

21

LA DONNA CANNONE (1983)

Francesco De Gregori

Der 2. April 1976 dürfte für Francesco De Gregori einigermaßen traumatisch gewesen sein: An diesem Tag gibt der zu diesem Zeitpunkt erfolgreichste *cantautore* Italiens zwei ausverkaufte Konzerte im *Palalido di Milano*. Es geschieht während der zweiten Show: Mitten im Auftritt stürmen linke Studenten die Bühne, um mit dem Sänger über die Eintrittspreise zu diskutieren. Die *cantautori*, so die Überzeugung der teilweise bewaffneten Protestler, hätten gefälligst umsonst zu singen. Davon abgesehen sei De Gregori ein Verräter der linken Idee und solle sich am besten umbringen! Die Aktion gerät zum Tribunal, nicht nur über ihn selbst, sondern über die *cantautori* im Allgemeinen: Der alte Widerspruch, gleichzeitig Stimme einer Bewegung und kommerziell erfolgreicher Künstler zu sein, führt an diesem Abend in der norditalienischen Metropole zu einer grundsätzlichen Abrechnung opernhaften Ausmaßes. Es ist der »Judas«-Ruf der italienischen Populärmusik. Gleichzeitig demonstriert der Vorfall anschaulich den Stellenwert der Musik im Leben der Italiener. De Gregori indes hat die Faxen erst mal dicke: Er bricht seine laufende Tournee ab, arbeitet längere Zeit in einer Buchhandlung und denkt gar ganz ans Aufhören.

Obwohl Francesco De Gregori bis heute vielen Italienern als der größte klassische *cantautore* gilt, ist er hierzulande deutlich unbekannter als seine Freunde Lucio Dalla und Antonello Venditti. Das liegt einerseits daran, dass sich die Stücke des Römers im Gegensatz zu denen seiner Kollegen weitaus seltener auf den zu Beginn der 80er beliebten »Italo-Super-Sommerhits«-Samplern befanden, die Labels wie *K-tel, Polystar* oder *Ariola* damals auf den hiesigen Markt warfen. Zum anderen erschließt sich der Römer für Nichtitaliener weniger leicht, da ihm das Expressive und Süffige seiner Weggefährten abzugehen scheint. Hier tanzt nicht wie bei Dalla der wilde Watz im Ringel-T-Shirt, und auch Vendittis Selbstergriffenheit findet bei De Gregori keine Entsprechung. Er ist ein ziemlich cooler Zeitgenosse: Sein Vortrag mag zunächst reserviert wirken, aber wenn man tiefer in seine Musik – und in die Texte! – einsteigt, findet man sich bald in einem surrealistischen Wimmelbild italienischer Schönheiten und Abgründe wieder.

De Gregori ist ganz klar der amerikanischste – und lyrisch virtuoseste – Vertreter der Römischen Schule. Seine Texte sind so außergewöhnlich, dass er sogar sein großes Idol, den Übervater der Italo-Liedschreiber Fabrizio De André, zu freierem Schreiben beeinflusst. Mitte der 70er entstehen einige gemeinsame Stücke. De Gregoris anderer Held ist natürlich unüberhörbar Bob Dylan.

Besonders eng ist De Gregori mit Lucio Dalla. Im Sommer 1979 gehen die ungleichen Freunde gemeinsam auf die erste italienische Stadiontour, bei der das Livealbum »Banana Republic« entsteht. Es gibt ein paar Livevideos der beiden aus den 70ern und 80ern, die zwei äußerst unterschiedliche Musiker in faszinierend intuitivem Einklang zeigen. Bis zu Dallas Tod im Jahr 2012 traten die Freunde regelmäßig gemeinsam auf.

Zu De Gregoris tollsten Stücken gehören das gebrochene »Viva l'Italia« und der Folkpopsong »Caterina« über eine Dame, die sehr schlecht Gitarre spielte. Zu den geschätztesten Alben seiner Glanzphase zählen »Rimmel« von 1975, »Bufalo Bill« (1976) und »Titanic« (1982), wobei mir seine Platten der mittleren 80er persönlich sogar noch lieber sind.

Das Stück, das ich vorstelle, ist ein sehr untypisches Beispiel für seine Kunst. »La donna cannone« (Die Kanonenfrau), 1984 erschienen, ist zugleich eines der populärsten italienischen Lieder der letzten vierzig Jahre. Zu einer himmelsleiteremporkraxelnden Melodie wird hier von der Kanonenfrau als sinnlicher Erscheinung am Firmament berichtet: »Butterò questo mio enorme cuore tra le stelle un giorno, giuro che lo farò / E oltre l'azzurro della tenda nell'azzurro io volerò / Quando la donna cannone d'oro e d'argento diventerà / Senza passare per la stazione l'ultimo treno prenderà« (Zwischen die Sterne werde ich mein riesiges Herz werfen, ich schwöre, ich werde es tun / Und über das Blau des Zelts ins Blaue fliegen / Wenn die Kanonenfrau zu Gold und Silber wird / Wird sie den letzten Zug nehmen, ohne zum Bahnhof zu gehen). Wenn der mittlerweile 71-jährige De Gregori das Lied heute aufführt, singen Teenager, Eltern und Großeltern mit.

Wie gesagt: Dieses Liedgespinst ist nicht unbedingt typisch für den sonst oft hemdsärmeligen Sänger, als Einstieg in seine Welt funktioniert es allerdings bestens. Hören Sie es dreimal, hören Sie es viermal, hören Sie es am besten erst heute Nacht. Irgendwann wird dieses Wunderlied zünden. Schauen Sie dann aus dem Fenster. Vielleicht sehen Sie am Himmel die Kanonenfrau!

22

DORMI E SOGNA (1998)

Piccola Orchestra Avion Travel

Klischee und Wahrheit: Im touristischen Narrativ wird gerne der Eindruck erweckt, ganz Italien verbringe die Zeit zwischen 22 Uhr und 6 Uhr früh mit dem Singen lunar geprägter Liebesoden. Tatsächlich aber wird auch in Italien nachts nach Möglichkeit geschlafen. Dass der Mond, *la luna,* in der *canzone* omnipräsent ist, lässt sich dennoch nicht leugnen. Von Fred Buscaglione über Mina und Celentano bis hin zu Lucio Dalla und Loredana Bertè taucht er im Werk nahezu aller Dichterinnen und Dichter des italienischen Liedes auf. Nacht und Mond sind ihnen seit jeher verlässliche Inspirationsquellen. Das stimmungsvollste aller italienischen Nachtlieder aber stammt von sechs Anzugträgern aus dem Mezzogiorno.

Dass man Musik in Italien theatralischer begreift und ausgestaltet, sollte an dieser Stelle unserer Rundreise bereits klar sein. Doch auch in einer Kultur, in der die große Geste zur Grundausstattung gehört, gibt es immer wieder Personen, die noch ein bisschen mehr aufs Gaspedal treten. Peppe Servillo, Sänger der kampanischen Band Piccola Orchestra Avion Travel (heute wieder kurz Avion Travel), ist so einer. Der Bruder des Schauspielers und Filmregisseurs Toni Servillo (»La grande bellezza«) ist ein markanter Glatzkopf, dessen Bühnenfigur irgendwo zwischen Stummfilmgrimasseur, *Commedia dell'arte* und neapolitanischem Straßensänger angesiedelt ist. Auf sein Bühnengebaren angesprochen verwies er einmal darauf, dass Konzerte von Natur aus theatralische Veranstaltungen seien. Der neapolitanische Musiker Enzo Avitabile goss vor Jahren einen Kübel der Wertschätzung über Peppe Servillo aus und lobte dessen Fähigkeit, sein Repertoire bei jeder Darbietung neu zu durchleben und dabei den Ton sprechen und das Wort singen lassen zu können. So lobt man auch nur im Süden!

Das Piccola Orchestra Avion Travel entsteht in den 80er-Jahren in Caserta, der Hauptstadt der gleichnamigen kampanischen Provinz. Man versteht sich anfangs als Rockband, allerdings scheinen den Musikern die Ausdrucksmöglichkeiten von Dröhngitarren und emporgereckten Fäusten rasch erschöpft. Nach der Hinwendung zu süditalienischer Folkmusik, *canzone,* Varietémusik und Jazz nimmt Caterina Caselli, Chefin von *Sugar Records,* die Band unter Vertrag. Mit der Zeit ergänzt man das Sortiment um Film- und Theatermusik.

Eins der schönsten Lieder des kleinen Orchesters ist »Dormi e sogna« (Schlaf und träume), das den Ruf der Gruppe als Nachtschattengewächse der süditalienischen Szene zementiert; viel deutlicher als in diesem Stück lässt sich lunares Ausgeliefertsein kaum musikalisch abbilden. Es ist das Lied eines Schlaflosen, der sich neben dem oder der Geliebten durch die Betttücher wälzt. Die Nacht wird mit einer flachen Ebene verglichen, deren Weite Raum für Zweifel und Grübelei schafft. Was am Abend gesprochen wurde, klingt jetzt seltsam nach, während die Laken längst »müde von meinen unruhigen Beinen« sind. »Sogna meglio che puoi« (Träume so gut du kannst), raunt Peppe Servillo. Es klingt fast wie die poetische Stilisierung all jener heißen Sommernachtsgruselnächte, die schlaflose Touristen alljährlich in durchhängenden italienischen Pensionsbetten verbringen.

Das Lied wird 1998 in Sanremo dargeboten, wo es den Preis der Jury verliehen bekommt. Besonders der Jury-Präsident, der Filmkomponist Michael Nyman, kriegt sich gar nicht mehr ein und drückt auch in einem Text für die *New York Times* seine Bewunderung für die Band aus. Das im selben Jahr erschienene Album »Cirano«, produziert von Arto Lindsay, stellt bis heute das faszinierendste der Band dar: Das Autorenlied umarmt den Jazz, und der lässt sich zur Rückumarmung hinreißen. Zwei Jahre später steht die Band wieder in Sanremo auf der Bühne, wo Servillo noch immer ein bisschen wirkt wie Tom Waits im Kinderferienprogramm. Mit dem wogenden »Sentimento«, das bisweilen an ein Soundtrack-Stück für einen neapolitanischen Piratenfilm gemahnt, holen sie gar den Sieg. 2017, nach längerer Pause, beginnen die Musiker gerade, an einem neuen Album zu arbeiten, als Gitarrist Fausto Mesolella unerwartet an einem Herzinfarkt verstirbt. Man entscheidet sich, das Album dennoch fertigzustellen – ohne einen Ersatzgitarristen für Mesolella.

Reisen wir also in den Süden Italiens, wo die Mondkrankheit oft zur seelischen Grundausstattung zu gehören scheint. Beim Piccola Orchestra Avion Travel klingt sie beinahe wie ein erstrebenswerter Zustand, aus dem sich einiges an Schönheit ziehen lässt.

23

E INVECE NO (1961)

Laura Betti

Wer über Italien spricht, muss auch über Pier Paolo Pasolini sprechen. Nur – worüber genau spricht man da? Der Mythos Pasolini hat in der allgemeinen Erinnerung an den widersprüchlichen Dichter, Regisseur und Intellektuellen die Vorherrschaft übernommen. Das liegt natürlich vor allem an seinem ebenso gewaltsamen wie rätselhaften Tod, der bis heute Anlass nicht abreißender Spekulationen ist.

Pasolinis entstellte Leiche wird am 2. November 1975 am Strand von Ostia entdeckt, es heißt, er sei mehrfach mit seinem eigenen Alfa Romeo überrollt worden. Die Spuren am Tatort werden durch dilettantische Ermittlungsarbeit vernichtet. Jahre später ist die Rede davon, er sei mit einem stumpfen Gegenstand erschlagen worden. Verurteilt wird 1979 der junge Stricher Pino Pelosi. Über 25 Jahre später widerruft Pelosi sein Geständnis, er sei unter Druck gesetzt worden, tatsächlich steckten mehrere Auftraggeber hinter dem Mord. Die Liste der Verdächtigen reicht von Rechtsradikalen, die von den Nestbeschmutzereien des homosexuellen Linken genug hatten, bis hin zur Erdölgesellschaft *ENI*, deren korrupte Machenschaften Pasolini aufgedeckt hatte. Oder ging es – so eine weitere These – um gestohlenes Rohmaterial seines Films »Salò oder Die 120 Tage von Sodom«, dessen Rückgabe ihm im Rahmen eines Treffens in Ostia in Aussicht gestellt worden war? Heute lautet die allgemeine Erzählung in Italien so: Pasolini musste sterben, weil er zu viel wusste. Und weil er sich als Ketzer und

Nestbeschmutzer mit einem korrupten System angelegt hatte, das noch heute wirkungsmächtig ist.

Am Ende führen sein Tod und die damit verbundenen Mythen und Machenschaften dann doch schnurstracks zu den großen Themen des Außenseiter-Intellektuellen. Pasolinis Feind ist zeitlebens das Bürgertum, das für ihn alles Übel dieser Welt verkörpert. Sein Herz hingegen gehört ganz den Ausgestoßenen: Im italienischen Subproletariat entdeckt er eine beispiellose Anmut und Würde. Wobei er es – und das ist entscheidend – nicht bei wohlfeilen Beobachtungen belässt. Pasolini geht in den Nahkontakt: Die *ragazzi di vita* oder »Eigentümer der Nacht«, wie er sie nennt, ziehen ihn mit ihrer unbehauenen Art magisch an. In den Vorstädten spielt er mit ihnen am Nachmittag Fußball, nachts sucht er sie auf dem Straßenstrich. Häufig lässt er sich verprügeln.

Pasolini kommt 1950 mit seiner über alles geliebten Mutter nach Rom, nachdem man ihm in seinem Heimatort Casarsa im Friaul wegen Missbrauchs Minderjähriger und Unzucht im öffentlichen Raum den Prozess gemacht hatte – nicht zuletzt eine willkommene Gelegenheit, den schwulen Kommunisten endlich loszuwerden. Neben seinem dichterischen Werk und den Spielfilmen sind zwei Projekte hervorzuheben. So fährt er Ende der 50er für eine Reportage mit seinem *Fiat Millecento* Italiens Küstenlinie von Nord nach Süd ab. Italien schwingt sich da gerade zum touristischen Wirtschaftswunderland auf. Pasolini diagnostiziert Anzeichen eines kulturellen Identitätsverlusts: »Die Strände meiner Heimat sind jetzt die Strände von Wien, München oder Ulm.« Und die Italiener? Die seien zu einem lachhaften, monströsen, kriminellen Volk geworden. Pasolini diagnostiziert: Der Kapitalismus ist effektiver als der

Nationalsozialismus, wenn es um kulturelle Gleichschaltung geht.

Im Sommer 1963 bereist er wieder das Land. Diesmal aber in anderer Mission: Pasolini dreht einen Dokumentarfilm namens »Comizi d'amore« (Gastmahl), in dem er die Italienerinnen und Italiener nach dem Stand ihres Liebeslebens befragt. Und die Menschen öffnen sich dem Dichter. Die Ergebnisse reichen von hochkomisch bis beängstigend. Vor allem das hier dokumentierte Weiblichkeitsbild lässt bisweilen erschaudern. Pasolini präsentiert ein sexuell gespaltenes Land. Womit wir bei Pasolini und den Frauen wären, beziehungsweise: bei Laura Betti.

Die aus gutem Bologneser Hause stammende Schauspielerin und Sängerin, die Pasolini seit den 50ern begleitet, ist ein ziemliches Original: chaotisch, vulkanisch und raumgreifend – und nicht minder umstritten als ihr intellektueller Weggefährte, wenngleich aus anderen Gründen. In der römischen Szene nennt man sie »die Jaguarin«, was sie will, bekommt sie auch. Mit der Wahrheit nimmt sie es dabei nicht so genau: In den 50ern etwa stellte sie sich Journalisten als Pasolinis Verlobte vor, auch die geliebte Mutter des Regisseurs nimmt sie in Beschlag. Künstlerisch tanzt sie durchaus auf verschiedenen Mottopartys: Neben ihren Rollen unter Pasolini steht sie für Fellini und Bertolucci ebenso vor der Kamera wie für Mario Bava, wobei ihre Rollen häufig den Bereich des Exzentrischen streifen. Ende der 60er schreiben alle namhaften römischen Schriftsteller von Ennio Flaiano bis Alberto Moravia Lieder für Betti, die der Schöpfer des durch die »Sesamstraße« bekannt gewordenen »Mah na mah na«-Liedes Piero Umiliani arrangiert. Auch Pasolini steuert Liedmaterial für Betti bei.

Was die private Beziehung angeht, so sieht Betti ihren Lebensinhalt zunehmend darin, Pasolini zu umsorgen und ihn dabei zu ihrem absoluten Daseinszentrum zu machen. Sie ist Muse und Mutter, Freundin und Haushälterin. Das gefällt nicht allen in Pasolinis Umfeld, vor allem seine gute Freundin Elsa Morante hat Laura Betti gefressen. In ihrem sehr empfehlenswerten Buch »Rom, Träume« zeichnet Maike Albath die Nöte und Verstrickungen Bettis eindrucksvoll nach: »Die ehemals hübsche Schauspielerin mit den feinen Gesichtszügen litt unter Bulimie, verschloss aus Angst vor Fressanfällen nachts ihre Küche und gab den Schlüssel ihrer Portiersfrau.«

Nach Pasolinis Tod schlüpft Betti in die Rolle der exzentrischen Dichterwitwe und Nachlassverwalterin, es wird der Part ihres Lebens, gleichwohl viele Wegbegleiter Pasolinis die Art und Weise, in der Betti das Amt bekleidet, als allzu platzhirschartig empfinden.

Stimmlich hingegen war Laura Betti über jeden Zweifel erhaben: Wir sprechen hier immerhin von der Frau, die als italienische Synchronstimme den Part des Dämons in »The Exorcist« übernahm. Ihr »E invece no« (Aber nein) stammt nicht aus der Feder Pasolinis, ist aber meines Erachtens Laura Bettis schönstes Stück. Hier wird einem Herrn selbstbewusst und im ganz großen Stil ein Korb gegeben. Nicht auszudenken, welche Wirkung das Stück entfaltet hätte, wenn sie es mit der Dämonenstimme gesungen hätte!

24

E LA LUNA BUSSÒ (1979)

Loredana Bertè

Man kann Ewigkeiten damit verbringen, sich Loredana Bertès Fernsehauftritte aus den späten 70ern und frühen 80ern anzuschauen. Nicht nur Italo-Fans, auch Menschen, die einfach nur performative Beherztheit und/oder Kostümexzesse zu schätzen wissen, sei das Studium dieses Materials empfohlen.

Die Auftritte der in Kalabrien geborenen Loredana Bertè sind geprägt von einem fortgeschritten selbstbewussten Stimm- und Körpereinsatz, und es steht zu vermuten, dass nicht wenige Eltern seinerzeit die Darbietungen der Sängerin zum Anlass nahmen, rasch die Kinder zu Bett zu schicken.

Ihr Signatursong »Non sono una signora« (Ich bin keine Dame) sagt im Grunde alles und macht mal eben *piazza pulita* mit dem Frauenbild ihrer süditalienischen Heimat. Glaubte man anfangs noch, in Bertè die italienische »First Lady des Rock« gefunden zu haben, demonstrierte die Sängerin mit zunehmender Dauer ihrer Karriere, wonach ihr eigentlich der Sinn stand: Loredana wollte Italiens ebenso krawalliger wie skandalfreudiger Popstar *numero uno* werden.

Nachdem sie mit 15 von Bagnara Calabra nach Rom gezogen war, ist sie zunächst als Tänzerin und Bodypainterin (!) aktiv. Sie hängt mit Renato Zero, dem exzentrischen König des italienischen Glamrock, ab und spielt in der italienischen Version des Musicals »Hair«. 1974 wendet sie sich endgültig der Musik zu. Gleich mit dem freizügigen Cover ihres ersten Albums »Streaking« sorgt sie für einen Skandal.

Ihren eigenen Stil findet Loredana Bertè 1977 mit dem Album »T.I.R.«, das den Songs erstmals gehörige Dosen Funk untermischt, ein Prinzip, das auf den beiden tollen Folgealben »Bandabertè« und »Loredanabertè« perfektioniert wird. Die Stücke stammen überwiegend von Produzent Lavezzi, Loredana singt aber auch eigens für sie geschriebene Songs von Lucio Battisti und Mogol oder Pino Daniele. Ihr 1981er-Album »Made in Italy« produziert die Bertè in New York. Das Coverfoto entsteht in Andy Warhols *Factory;* das Video zur Single »Movie« dreht der Meister selbst.

In den 80ern wird Loredana Stammgast beim *Sanremo*-Festival; ihre Kostümabteilung fährt Überstunden. Bis heute bringt sie es auf 13 Auftritte beim Festival. Gleich beim ersten Mal sorgt sie mit künstlichem Schwangerschaftsbauch für reichlich Aufruhr. Ende der 80er darf sich Ex-Tennisstar Björn Borg für ein Weilchen ihr Gatte nennen, doch schon 1991, nach nur knapp zwei Jahren Ehe (und einem Selbstmordversuch Borgs), trennt sich das Paar. Loredana Bertè ist bis heute sehr erfolgreich: »Non ti dico no« (Ich sag nicht Nein zu dir), ihre Zusammenarbeit mit Boomdabash, war 2018 einer der Sommerhits in Italien.

Mit ihren tollen Platten der späten 70er und frühen 80er haben die späten Sachen wenig zu tun. Ich empfehle dringend die oben genannten Alben; herausragende Stücke sind der Funkpopsong »In alto mare« (Auf hoher See), »Dedicato« oder die Battisti-Komposition »Macchina del tempo« (Zeitmaschine). Das schon erwähnte »Non sono una signora« ist klassischer 80er-Italo-Pop und gehört ebenfalls auf jede Playlist.

Mein liebstes Stück bleibt ihr Hit »E la luna bussò« (Und der Mond klopfte an), das ich noch letztes Jahr unter gesanglicher Beteiligung des jungen Kellners in einer Bar in Como hören durfte. Ein Stück, das zur schlagartigen Eisschmelze in jedem *Negroni*-Eimer führt – arrangiert vom Italo-Engländer Anthony Rutherford Mimms, der zur gleichen Zeit auch für Celentano tätig war. Im Internet findet sich ein bestrickender TV-Auftritt: Loredana, im Fransenkleid, drückt gleich vom ersten Moment an massiv auf die Tube, nur um sich im weiteren Verlauf immer mehr zu steigern. Teile der Band haben Muppets-Potenzial. Am Bass zu sehen ist der großartige Bob Callero, der auch auf vielen Battisti-Stücken spielte.

Eine Topnummer, die auch an finsteren Tagen verlässlich den Sommer anknipst!

25

E LA MUSICA VA (1991)

Eduardo De Crescenzo

Früh krümmt sich, was eine Banane werden will.

Für den unweit des Hauptbahnhofs, im neapolitanischen Stadtteil Vasto, geborenen Eduardo De Crescenzo ist der Weg von Anfang an vorgezeichnet. Sein Vater liebt das Klavierspiel, sein Onkel ist Dichter, und der Großvater wirkt am Theater. Mit drei Jahren bekommt Eduardo sein erstes Akkordeon geschenkt. Es ist die *Hexe Befana,* jenes Fabelwesen, das nach italienischem Volksglauben die Kinder in der Nacht vom 5. auf den 6. Januar besucht, die ihm das Instrument bringt. Das Spielen bringt er sich selbst nach Gehör bei. Schon mit fünf Jahren tritt er im *Teatro Argentina* in Rom auf und beginnt bei Maestro Giuseppe Bavota eine klassische Musikausbildung. Es ist ironischerweise erst die Begegnung mit der amerikanischen Rhythm-and-Blues-Ikone Ray Charles, die ihm mit 16 Jahren etwas verdeutlicht, was gerade für die Musiktradition seiner Heimatstadt so zentral ist: die Stimme als Instrument zu begreifen – *suonare la voce*. Von hier an gibt es kein Halten mehr.

Bei wenigen modernen Sängerinnen und Sängern werden die spezifischen Melodiebeugungen der *canzone napoletana* derart formvollendet dargereicht wie bei Eduardo De Crescenzo. Seien Sie nicht ungeduldig, wenn seine schwerblütige Sangeskunst nicht sofort verfangen will. Man braucht Zeit für die schmachtenden Klagelieder und den sämigen Sound Neapels. Erst einmal scheint alles arg dick aufgetragen und mit drei Extralagen Käse zu viel belegt. Doch genau in diesem Zuviel liegt der Reiz: Der Gesang wird in Neapel gewissermaßen zum kathartischen Akt. Wem es gelingt, sich einzuhören, der darf sich immenser Seelenbildung erfreuen.

Mit seiner klassischen Ausbildung im Nacken ist Eduardo De Crescenzo einer der vielfältigsten Sänger aus *Bella Napoli*. Seine erste Platte macht er 1967 im Alter von 16 Jahren mit der Beat-Band Eduardino e i Casanova. 1981 erreicht die Karriere des damals Dreißigjährigen ihren Höhepunkt: Mit seinem Lied »Ancora« (Noch einmal) tritt er in Sanremo auf. Nach anfänglichem Widerstand, denn seine Ballade wird als »schwierig« eingeschätzt. Mit herunterhängenden Armen, dicker schwarzrandiger Brille und schmalem Schnäuzer steht er inmitten der dekorativen Blumenbouquets und sieht aus wie jemand, der sich für irgendetwas entschuldigen möchte. Nicht die kleinste Geste gönnt er sich, aller Ausdruck liegt in seinem Gesang. Am Schluss hebt er ab. Als er später in sein Hotel kommt, hängt da ein kleiner Mann in einem der Sessel der Hotellobby und schläft. Bei De Crescenzos Eintreten wacht er auf. Er erkennt den Sänger, springt auf und umarmt ihn: »Bravo!«, flüstert er.

Der kleine Mann ist Charles Aznavour, und er ist so hin und weg, dass er »Ancora« später ins Französische übersetzt. Auch beim Festival läuft es gut für De Crescenzo. Zwar gewinnt er nicht, aber die Experten-Jury unter Leitung Sergio Leones kürt ihn zum besten Interpreten. Zu diesem Zeitpunkt singt Eduardo De Crescenzo noch auf Italienisch. Im Laufe der Jahre verlegt er sich immer konsequenter auf den neapolitanischen Zungenschlag; mal sind es eher poppige, mal jazzige Strukturen, innerhalb derer er seine Stimme zum Fliegen bringt. Doch selbst wenn er italienisch singt, klingt Eduardos jauchzende Melancholie immer wie das musikalische Gegenstück zu einer Postkarte aus dem Vasto-Viertel.

An den Erfolg von 1981 kann Eduardo De Crescenzo trotz weiterer Sanremo-Auftritte mit seinen zwischen Jazz, Schmerzensschlager und Blues angesiedelten Stücken nicht mehr anknüpfen, er will es aber auch gar nicht. Das hingeworfene Pop-Liedchen ist nicht das Seine, die emotional und kompositorisch komplexe Erwachsenenschnulze hingegen umso mehr: Sie lässt ihn höchste Gefühlsgebirge erklimmen, und das Akkordeon seufzt dazu. Ebenfalls hinderlich für den weiteren Karriereverlauf ist, dass der feinsinnige De Crescenzo mit der grassierenden Wettbewerbskultur des Fernsehens auf Kriegsfuß steht. Überall nur medienbefeuertes Kräftemessen: ganz gleich, ob beim Tanz, beim Gesang, beim Kochen, beim Offenlegen intimer Details. Eduardo hingegen hat Wichtigeres zu tun: Er setzt sich für Initiativen ein, die der *Camorra* städtisches Territorium abspenstig machen, unterstützt Bettenhäuser für Obdachlose ebenso wie einen Sorgenschalter für Hilfsbedürftige am Hauptbahnhof Neapels. Und so ist De Crescenzo heute kein landauf, landab bekannter Superstar, der sich keine Pizza kaufen kann, ohne erkannt zu werden, sondern ein hoch angesehener Bühnenkünstler, dessen Verdienste um das Lebendighalten des neapolitanischen Liedes nicht zuletzt in Musikerkreisen hoch geschätzt werden. Wie formulierte der große Jazztrompeter Enrico Rava über den Sänger: »Eduardos Welt ist wie ein verzauberter Garten, in dem sich die Blumen des Blues mit den Stimmungen von Neapel vermischen und ein aufregendes und unwiderstehliches Lied zum Leben erwecken.« Sag ich doch.

Als Beispiel für seine Kunst habe ich »E la musica va« (Und die Musik geht weiter) ausgesucht, das zugleich sein letztes Aufschlagen beim Liederwettbewerb an der Blumenriviera markiert. Es ist – mal wieder – ein Lied über die Macht der Musik. Zwar gibt es jene, die versuchen, ihre Seele mit Mittelmäßigkeit zu ersticken, singt De Crescenzo, aber die Musik geht weiter. Und weiter. Und weiter. In Neapel sowieso.

26

UN'EMOZIONE DA POCO (1978)

Anna Oxa

Auch wenn in Teilen des italienischen Südens noch immer das konservative Ideal der unauflösbaren Ehe vorherrscht, ist die vor Gott und Gesetz legitimierte Beziehung längst nicht mehr sakrosankt. Die berühmte »Scheidung auf Sizilianisch« gehört glücklicherweise der Vergangenheit an, seit 1970 gegen den erbitterten Widerstand der katholischen Kirche das Recht auf Scheidung gesetzlich verankert wurde. Als 1974 die regierenden Christdemokraten eine Volksabstimmung über das Thema beantragten, ging diese klar zugunsten des veränderten Scheidungsgesetzes aus. 2015 kam es unter Matteo Renzi zu einer neuerlichen Vereinfachung, indem man die einzuhaltenden Trennungsfristen deutlich verkürzte. Protest kam erwartungsgemäß wieder vornehmlich aus dem Vatikan.

»Und die Liebe?«, werden Sie vielleicht fragen. Ganz anderes Thema, aber bitte: Die Liebe ist ein Thema, dem man in Italien – ähnlich wie der Musik – weiterhin mit heiligem Ernst begegnet. Die Erwartungen sind hoch, der halsbrecherische Einsatz nicht minder – ganz gleich, wohin Amors Pfeil auch fliegt. Darum singt man hier ja auch ununterbrochen darüber. Das gilt auch für Anna Oxa, die in ihrer Heimat *La Voce e il Cuore* (Die Stimme und das Herz) genannt wird. Doch auch zum Thema Ehe hätte die hochgeschätzte Sängerin auf entsprechenden Fachkongressen einiges beizusteuern.

Anna Hoxha, so ihr eigentlicher Name, kommt 1961 im apulischen Bari als Tochter einer Italienerin und eines Albaners zur Welt. Schon als Kind tritt sie in den Pianobars der Stadt auf, mit 15 veröffentlicht sie eine erste Single. Landesweiten Ruhm erlangt sie, als sie mit 16 den zweiten Platz beim *Festival di Sanremo* holt. Das Aussehen der Sängerin polarisiert: Ihr guter Freund, der Musiker Ivan Cattaneo, hat ihr einen New-Wave-informierten Look verpasst, der ein wenig an die frühe Siouxsie Sioux gemahnt. Im barocken Italien reicht das, um die Sängerin für einen Punk zu halten. Ihr Song »Un'emozione da poco« (Ein belangloses Gefühl), geschrieben vom späteren mediterranen Rauner Ivano Fossati, ist allerdings typisch dramatischer Italo-Poprock. Zwar muss sich Anna Oxa gegen die Siegerband Matia Bazar geschlagen geben, in den italienischen Hitlisten überrundet sie deren Titel jedoch und kann sich 16 Wochen an der Chartsspitze behaupten.

Erstaunlicherweise setzt Oxa ihren Weg ins Reich des Rock aber nicht weiter fort. Schon 1982, sie ist jetzt 21, präsentiert sich die Sängerin völlig verwandelt. Das vormals dunkle Haar ist jetzt blond und lang, alles Androgyne ist verschwunden. Es beginnt nun eine höchst erfolgreiche Karriere, die sie immer wieder auf die große Bühne im ligurischen Kurort führt; ein weiteres Standbein wird ab 1986 die Moderationstätigkeit im Fernsehen. Jenseits ihres künstlerischen Wirkens weiß man in Italien, wo Klatsch und Tratsch hoch im Kurs stehen, sehr zu schätzen, dass die Apulierin die entsprechende Fachpresse verlässlich mit Meditationsmaterial versorgt. Dies reicht vom 1986er-Skandal um ihren Auftritt mit bauchnabelfreiem Kleid auf der *Ariston*-Bühne bis hin zu ihrem Streit mit der Sängerin Elisa im Rahmen der TV-Sendung *Amici*.

Ein Thema für sich sind die Ehen von *La Voce e il Cuore*. Dreimal heiratet sie: zuerst den Songwriter Franco Ciani, der für sie unter anderem das ahnungsvolle »Ti lascerò« (Ich werde dich verlassen) komponiert, das Oxa mit dem Sänger Fausto Leali singt und das ein weiterer Nummer-eins-Hit wird. Ciani nahm sich 2020 das Leben. Ehemann Nummer zwei ist Gianni Belleno, der Schlagzeuger der Prog-Band The New Trolls. Auch diese Beziehung scheitert nach einigen Jahren. Bei ihrer dritten Hochzeit trägt Anna Oxa vorsorglich Schwarz: Diesmal ist der kosovarische Magnat und spätere Außenminister seines Heimatlandes Behgjet Pacolli der Glückliche. Drei Jahre schafft das Paar. Für ihre nächste Beziehung geht die Sängerin auf Nummer sicher – der Auserwählte ist ihr Leibwächter. Mit dem Thema Ehe ist sie durch, geht ja auch so. Beziehungsweise geht nicht: 2017 ist Schluss, was wohl auch besser ist, denn noch im selben Jahr wird der Bodyguard wegen verschiedener Vergehen verhaftet.

Wir lernen: Gegen die Ehe kann man sich wehren, gegen die Liebe nicht. Sie ist ein brennend' Ding und macht einen Feuerring, das wusste bereits der berühmte Liebesberater Johnny Cash. In Italien würde man sich zu diesem immens wichtigen Thema nie so prosaisch äußern. Hier bedarf es natürlich deutlich mehr Verzierungen und sprachlicher Barockbalkons. Anna Oxa drückt es in ihrem Lied wie folgt aus: »Non vedo più a che punto sta la netta differenza / Fra il più cieco amore e la più stupida pazienza« (Ich sehe nicht mehr den Unterschied / Zwischen der blindesten Liebe und der dümmsten Geduld). Amen.

27

L'EQUILIBRIO (1973)

Le Orme

Eine postapokalyptische Landschaft. Vier Männer in Kaftans stehen herum, die Gesichter in jahrmarkthafter Manier geschminkt. Obwohl zwei der Herren Gitarren umhängen haben, hat ihr Aussehen etwas Fabelwesenhaftes. Die beiden Männer ohne Gitarre (einer hat eben kurz auf seiner Querflöte soliert) recken wie bei einem kultischen Ritual die Hände gen Himmel. Im weiteren Verlauf werden die Musiker wie entfesselt ihre Instrumente bearbeiten, der Querflötist spielt gar Flöte und Saxofon gleichzeitig! Aufnahmen einer Atombombenexplosion werden zwischengeschnitten. Die halsbrecherisch geführte Kamera schwenkt gen Himmel, verweilt kurz auf der grellen Sonne und nimmt dann wieder die vier Gestalten in den Fokus, wobei kurz ein herumstehender Bagger zu sehen ist: Okay, das hier ist keine postapokalyptische Landschaft, das hier ist ein italienischer Steinbruch. Und dies sind auch keine Fabelwesen, sondern die vier Mitglieder der neapolitanischen Progressive-Rock-Band Osanna, die im Rahmen eines frühen Musikvideos den Titelsong ihres ersten Albums »L'uomo« (Der Mensch) zur Aufführung bringen.

Der Schriftsteller Ennio Flaiano schrieb einmal: »Tatsächlich ist in Italien die kürzeste Verbindung zwischen zwei Punkten die Arabeske.« Es verwundert somit wenig, dass Progressive Rock im Italien der 70er so sehr verfangen konnte. Alles, was das polarisierende Genre ausmacht, muss in einem Land, in dem theatralisches Gebaren, der Rückgriff aufs Barocke und Romantische sowie ein Hang zum »Form über Inhalt«-Prinzip zum künstlerischen Standard zählen, einfach auf fruchtbaren Boden fallen: Langhaarige Burschen, in Umhänge gewickelt und mit grell geschminkten Gesichtern, die unter Zuhilfenahme neoklassischen Sinfoniker-Tamtams verstiegene Konzeptalben über Planetenkriege, Irrenanstaltsinsassen, die sich für Johann-Sebastian-Bach-Nachfahren halten, oder Dantes »Divina Commedia« herausbringen – das ist genau das, was Italiens subkulturell unterversorgte Jugend im aufgewühlten Klima der *anni di piombo* braucht. Denn dies ist der entscheidende Unterschied zu den angelsächsischen Kollegen: Die italienischen Bands sind zwar noch abgedrehter als die ausländische Konkurrenz, aber eben auch deutlich politisierter. Im bombenrauchdurchnebelten Italien der 70er, wo sich wie in keinem anderen Land die Unzufriedenheit mit einem erstarrten Staat in linker wie rechter Straßengewalt entlädt, ist es schier unmöglich, sich nicht politisch klar zu positionieren – das gilt auch für ambitionierte Prog-Theatraliker in Kaftans. Man muss italienischen Prog bei aller akustischen Nebelkerzenwerferei also als eine Musik des Aufbruchs begreifen.

Rock Progressivo Italiano (kurz: *RPI*) ist ein Irrgarten, in dem man sich aufs Herrlichste verlaufen kann. Die Anzahl der Alben, die zur Glanzzeit des Genres, zwischen 1971 und 1976, herausgebracht werden, ist unüberschaubar. Die meisten Acts veröffentlichen lediglich eine Platte und lösen sich nach einer Reihe wilder Liveshows, bei denen auch schon mal das Instrumentarium zerdeppert wird, wieder auf. Die Bands tragen Namen, die an Titel psychedelischer 70er-Horrorfilme gemahnen (Le Orme, Delirium, Museo Rosenbach, Metamorfosi); die Artworks der Alben sehen meist aus, als hätte der Malkursus *Surrealismus Beklopptico* zu viel LSD getankt. Die Originalpressungen der Platten werden heute weltweit von Sammlern gejagt.

Italo-Prog dreht alle Reizregler auf Anschlag, es kreist die große Käseplatte: Der Gesang ist noch entrückter, die Rhythmen noch vertrackter, die Verstiegenheit noch reicher an Gipfeln. Dass der Griff zu den Sternen nicht zum Bauchklatscher gerät, verdankt sich nicht zuletzt dem Umstand, dass sich in den Reihen der italienischen Acts zahlreiche am Konservatorium ausgebildete Musiker befinden, die sich ganz selbstverständlich der Strukturen von Jazz und klassischer Musik bedienen. Das soll keinesfalls bedeuten, dass es bei den *RPI*-Alben nicht oft des Guten zu viel wäre, der melodramatische Anteil am Geschehen ist immens! Doch genau hierin liegt der Reiz: Die Ambition übersteigt immer wieder den Rahmen des Vernünftigen; der heilige Ernst und die Theatralik erst machen die Sache so spaßig.

Drei Bands sind zuvorderst zu nennen: zum einen Premiata Forneria Marconi (Die preisgekrönte Bäckerei Marconi), die sich auf Vermittlung des King-Crimson-Mitglieds Greg Lake mit englischsprachigen Produktionen auch auf dem britischen Markt durchsetzen können und in den späten 70ern als Backing-Band für Fabrizio De André wirken. PFM, wie die Band auch kurz genannt wird, sind bis heute aktiv. Auch ihren Kollegen von Le Orme (Die Fußspuren) ist eine längere Karriere vergönnt, im Rahmen derer sie ebenfalls in England Erfolge verzeichnen können. Als Steigbügelhalter erweist sich hier Van-der-Graaf-Generator-Sänger Peter Hamill, der die Texte der Band ins Englische überträgt. Und auch Band Nummer drei, Banco del Mutuo Soccorso (Die Bank der gegenseitigen Rettung), sorgt im Vereinten Königreich für einigen Seegang in den Teetassen, abermals dank tatkräftiger Unterstützung Greg Lakes. Banco del Mutuo Soccorso, deren Musik von irrem Georgel und dem opernhaften Gesang ihres exzentrischen Frontmanns Francesco Di Giacomo bestimmt wird, sind zugleich die erfolgreichste unter den »politischen« Prog-Bands jener Periode.

Es ist nicht leicht, einen exemplarischen Prog-Song der goldenen Ära von 1971 bis 1976 herauszupicken, da die Stücke nun mal im Kontext komplexer musikalischer Erzählungen funktionieren. Der Vortritt soll an dieser Stelle den Pionieren von Le Orme gewährt werden, die 1973 mit dem Planetenschwurbel »Felona e Sorona« ein Meisterwerk des Genres schaffen. Als Producer firmiert Gian Piero Reverberi, der ein paar Jahre später auf die geniale Idee kommen sollte, mit seinem Projekt Rondò Veneziano zahllose Alben mit überzuckerter Perücken-Muzak unters Volk zu bringen.

Im ausgewählten Stück »L'equilibrio« fahren die Le-Orme-Mitglieder in nur knapp vier Minuten alles auf, was italienischen Prog ausmacht: melodramatischen Gesang, melodische Süße, synkopiertes Getrommel, völlig irres Gezwirbel auf dem Moog-Synthesizer undundund. Danach ist man entweder Italo-Prog-Fan auf Lebenszeit oder man gründet sofort eine Punkband.

28

ESKIMO (1978)

Francesco Guccini

Über Francesco Guccini, einen der bedeutsamsten *cantautori* der 70er- und 80er-Jahre, wusste dessen Bewunderer Umberto Eco zu berichten, dass ihm die besten Einfälle nach zwei Uhr nachts kämen. »Dann, nachdem er abwechselnd Unmengen verschiedener alkoholischer Getränke und Kaffee heruntergekippt hat, am krümelübersäten Tisch der *Trattoria da Vito,* natürlich an der Ecke der Via Paolo Fabbri in Bologna (Guccinis Adresse, Anm. d. A.), fordert Guccini seine Freunde zum poetischen Wettsingen auf, bei dem jeder dem anderen einen komplizierten Vers gibt, den der in Achtzeilern zu kombinieren hat: Sieger bleibt, wer es am längsten aushält.« Und dreimal dürfen Sie raten, wer laut Ecos Bericht immer Sieger bleibt. »Vince sempre Guccini ...« (Guccini gewinnt immer). Es habe schlicht mit Francesco Guccinis Technik, seinem Repertoire an Rettungsreimen, des Sängers langem Atem und seiner Bildung zu tun, dass die anderen bei dieser Vorform des *battle rap* stets den Kürzeren zögen. Der 1 Meter 92 große Guccini war aber vermutlich auch trinkfester.

Dieser Guccini, über den in seiner Heimat ein weltberühmter Schriftsteller und Philosoph schwärmerische Texte verfasst und dessen Lieder zur kulturellen DNA Italiens gehören, ist hierzulande nahezu unbekannt. Das liegt nicht zuletzt daran, dass Guccinis Musik ausgesprochen wortlastig daherkommt und ihm melodische Kapriolen oder das Verbreiten mediterranen Flairs komplett abgehen. Guccini – ein stämmiger Bartmensch des Typs »lebensfroher Literaturprofessor« – klingt immer ein wenig wie ein Minnesänger nach einer heftigen Bob-Dylan-Diät: ganz so, als würde er seine Lieder in Stulpenstiefeln und zerrissenem Rüschenhemd auf dem Marktplatz eines italienischen Dorfs darbieten (de facto trägt er bei der Verrichtung seiner Sangesarbeit aber eher Karohemd und Schlagjeans). Von allen *cantautori* kommt er dem hiesigen Äquivalent des Liedermachers wohl am nächsten. Allerdings hat Guccini nichts von der Nüchternheit hiesiger Barden; bei dem bärtigen Hünen scheint die Weinflasche stets in Griffnähe. Guccini ist ein *cantastorie*, ein singender Geschichtenerzähler. Wie sein Kollege Fabrizio De André ist er zutiefst beeinflusst vom französischen Chanson. Zugleich ist Guccini ein Wurzelforscher, der unablässig nach den Ursprüngen der *canzone* buddelt. Nicht umsonst trägt sein berühmtestes Album den Titel »Radici« (Wurzeln).

Die Musik erwischt den 1940 in Modena geborenen Guccini an der Uni: In Bologna hört er die *cantachronache*, jene Ende der 50er aktive offene Künstlergruppe, die quasi als Vorform der *cantautori* die Erneuerung des italienischen Liedes mittels gesellschaftskritischer Inhalte anstrebt, was vor allem in linken Studentenkreisen auf große Begeisterung stößt. Es sind zu Beginn der 60er letztlich Leute wie Guccini, aber auch Fabrizio De André, Enzo Jannacci, Giorgio Gaber und Luigi Tenco, die bald mit eigenen sozialkritischen Songs neue Maßstäbe aufstellen.

Zu Beginn der 60er schreibt Guccini erste Lieder für die Band I Nomadi (Die Nomaden), die ihn durch viele Stationen seiner Karriere begleiten wird. Ein erstes eigenes Album nimmt er nur unter seinem Vornamen im Sommer 1966 in Mailand auf: »Folk Beat N.1«. Der Titel gibt die Richtung vor: Francesco wandelt hier auf den Spuren Bob Dylans. Es wird genäselt, geklampft und in die Mundharmonika geblasen, dass es nur so eine Art hat. Guccini singt über Auschwitz, die Atombombe und den Weltuntergang.

Mit dem 1970 erschienenen Album »L'isola non trovata« (Die nicht entdeckte Insel) findet er zu seinem eigenen poetischen Ton. Laut Guccini gründet die Platte auf langen Gesprächen mit seinem trinkfreudigen Cousin, einem bekennenden Anarchisten. Man kann seinen Alben schlechtere Konzepte zugrundelegen. Es folgt das schon erwähnte »Radici«-Album, auf dem sich der Barde mit seinem Stammbaum auseinandersetzt. Das Lied »La locomotiva« (Die Lokomotive), das von einem fortschrittskritischen Widerständler handelt, der zu Beginn des 20. Jahrhunderts eine Lok kapert, ist das meistgeliebte Stück des poetischen Brummbären.

Es folgen zahlreiche bedeutende Alben: »Via Paolo Fabbri 43« nimmt gewissermaßen das Debütalbum der Band Trio vorweg, enthält es doch im Titel Guccinis Wohnadresse. Gleich ums Eck liegt die oben beschriebene Trattoria. Er ist jetzt eine ziemlich große Nummer in der Szene und muss – wie immer bei meinungsstarken Künstlern in Italien – Angriffe von Presse und Politik aushalten. Guccini ist das ziemlich schnurz, wie er in dem Lied »L'avvelenata« (Die Vergiftete) darlegt: »Io canto quando posso, come posso / Quando ne ho voglia senza applausi o fischi / Vendere o no non passa fra i miei rischi / Non comprate i miei dischi e sputatemi addosso« (Ich singe wann und wie ich kann / Wenn ich Lust dazu habe, ohne Applaus oder Pfiffe / Verkaufen oder nicht zählt nicht zu meinen Risiken / Kauft meine Platten nicht und spuckt mich an). Einmal in Fahrt bezeichnet sich Guccini im weiteren Verlauf des Liedes unter anderem als Arschloch, Säufer, Schwarzen, Juden, Kommunisten, Faschisten und Schwulen. Und setzt nach: »Comprate il mio didietro, io lo vendo per poco« (Kaufen Sie meinen Hintern, ich verhökere ihn für wenig).

1989 erscheint Guccinis erster Roman, der gleich ein Bestseller wird. Etliche weitere folgen, darunter diverse Krimis, die es teilweise auch auf den deutschen Markt geschafft haben. Auch als Comicautor macht sich Guccini einen Namen. 1998 bringt der leidenschaftliche Mundartforscher ein Dialektwörterbuch heraus, in dem er das Idiom seines Heimatdorfs Pàvana erforscht. Im Laufe seiner langen Karriere nimmt Guccini zig Musik- und Literaturpreise entgegen und bekommt etliche Ehrendoktorwürden an verschiedenen Universitäten Italiens verliehen.

Politisch stand er erwartungsgemäß noch weiter links als etliche Kollegen, ließ sich aber nie festnageln. Nachdem der damalige italienische Ministerpräsident Matteo Renzi 2014 bekannt hatte, Guccini sei sein Lieblingsmusiker, hob der Troubadour die Arme empor: »Ich bin unschuldig!« Ein paar Jahre später mussten Italiens Kommunisten zerknirscht die Aussage Guccinis zur Kenntnis nehmen, er sei eigentlich immer Sozialist gewesen.

Hier knüpft das Lied »Eskimo« an. Wer sich nun schon freut, nach Jahren des Suchens endlich ein italienisches Lied über Inuit gefunden zu haben: »Eskimo« ist der italienische Ausdruck für Parka, jenes typische Kleidungsstück der linken Protestler in den 60ern. Guccini erzählt in dem Lied von der (gescheiterten) Beziehung zu seiner Exfrau Roberta vor dem Hintergrund der politischen Umwälzungen in Italien. Er erinnert sich, wie sie zusammen durch die Straßen Bolognas zogen, wie sie ihm, dem armen Schlucker, das Kino zahlte und er nie begriff, was sie an ihm fand. Es geht um freie Liebe, politischen Straßenkampf, Dylan, LSD und »la rivolta fra le dita« (die Revolte zwischen den Fingern). Den *eskimo* trage er immer noch, singt Guccini am Ende des Stücks.

Auch die eingangs von Eco beschriebene Trattoria in der Via Fabbri in Bologna existiert heute noch. Man isst dort sehr gut.

29

UN'ESTATE AL MARE (1982)

Giuni Russo

Begeben wir uns erneut nach Sizilien; dorthin, wo Pracht und Hoffnungslosigkeit, Herzlichkeit und Misstrauen, Lebensfreude und *malinconia* so eindrücklich aufeinanderknallen. Im Laufe der Jahrhunderte haben sich hier die unterschiedlichsten Kulturen die Klinke in die Hand gegeben: Griechen, Römer, Araber, Normannen, Staufer, Franzosen, Spanier – alle schauten sie vorbei, tyrannisierten und versklavten nach Herzenslust die Inselbewohner und ließen als Ausgleich allerhand Kunstschätze da. Unter den Bourbonen zog sich im 19. Jahrhundert der Adel in die Städte zurück. Die sogenannten *gabellotti* traten auf den Plan: skrupellose Geldeintreiber, die gegen eine Pauschalzahlung das Land überteuert weiterverpachteten – die Anfänge der Mafia. Und auch das Königreich Italien tat nach der Einigung wenig, um den Sizilianern das Gefühl der Fremdherrschaft zu nehmen. Es sollte wenig verwundern, dass man auf der größten Insel des Mittelmeeres beides antreffen kann: Skepsis gegenüber Fremden und überschwängliche Gastfreundschaft.

Aus künstlerischer Sicht ist das einmalige kulturelle Gemisch, das die Insel bietet, ein Füllhorn der Inspiration. Alle großen Musiker Siziliens haben sich hier reichhaltig bedient. Keiner jedoch so erfolgreich wie der esoterisch veranlagte Pop-Collagist Franco Battiato. Unter seinen zahlreichen Kollaborationen mit großen Künstlerinnen nimmt seine Arbeit mit der Sängerin Giuni Russo aus der sizilianischen Hauptstadt Palermo eine besondere Rolle ein. Es ist die Begegnung zweier alter sizilianischer Seelen, denen jedoch nicht am Polieren des Familienbestecks, sondern an modernem avantgardistischem Pop gelegen war.

Als Giuni Russo Franco Battiato Anfang der 80er begegnet, hat die Tochter einer Opernsängerin schon über ein Jahrzehnt im Musikgeschäft vor sich hingewurschtelt. Allerdings fühlt sich die Sängerin mit dem Stimmumfang von beinahe fünf Oktaven allzu oft in die üblichen Italo-Schablonen gequetscht. Ihr schwebt ein experimentellerer Ausdruck vor. Battiato empfindet Giuni Russo in ihrem kreativen Vorwärtsdrängen als Gleichgesinnte. Zwar ist auch er beeindruckt vom Umfang ihrer Stimme, doch was hilft die beste Technik, wenn Liedmaterial und musikalischer Rahmen nicht richtig sitzen? Battiato schreibt ihr – bei einigen Liedern unterstützt von Giuni Russos Lebensgefährtin, der Musikerin Maria Antonietta Sisini – ein flirrend-technoides Pop-Album auf den Leib, das stellenweise klingt wie ein Sirenen-Android mit Kurzschluss. Russo trägt jetzt eine eindrucksvolle kurze Betonfrisur, das irrste Stück der Platte heißt »Crisi metropolitana«.

Zum kommerziellen Triumph gerät 1982 ihre ebenfalls von Battiato in Szene gesetzte Single »Un'estate al mare« (Ein Sommer am Meer), die geschlagene acht Monate an der Chartsspitze verbleibt: der Hit eines langen Sommers. Während der hochinfektiöse Song für die Sängerin und ihren Produzenten aber nur als Intermezzo gedacht ist, verlangt Caterina Caselli, Chefin von Russos Plattenfirma *CGD* und in den 60ern selbst eine erfolgreiche Sängerin, nach weiterem Material ähnlich kommerziellen Zuschnitts. Eine Weile gelingt es Russo, die Anforderungen des Labels zu erfüllen und gleichzeitig komplexe Avant-Pop-Alben herauszubringen. Doch das Verhältnis mit Casellis Firma endet denkbar hässlich: Als Giuni Russo die *CGD* 1985 darum bittet, den Vertrag in gegenseitigem Einvernehmen aufzulösen, lässt das Label sie nicht ziehen, ohne im Auflösungsvertrag ausdrücklich darauf hinzuweisen, dass Russo eine absolut unberechenbare Künstlerin sei, mit der man nie wieder zusammenarbeiten wolle. Giuni ist das wurscht, sie ist nun frei.

Die späteren Jahre sind von einer stärkeren Hinwendung zu Elementen aus Oper, Jazz und Kunstlied geprägt. Mitte der 90er entdeckt Giuni Russo, inspiriert durch die Lektüre des Mystikers und Unbeschuhten Karmeliten San Giovanni della Croce, den Katholizismus.

Am Ende ihrer Laufbahn geht es noch einmal nach Sanremo. Mit raspelkurzen Haaren steht sie 2003 auf der *Ariston*-Bühne und singt »Morirò d'amore« (Ich werde an Liebe zugrunde gehen). Das Lied, von ihr und Partnerin Sisini geschrieben und von Battiato produziert, war zuvor 1989 und 1997 von der Auswahlkommission abgelehnt worden. Der eindrucksvolle Auftritt an der Blumenriviera führt auch zur Aussöhnung mit Caterina Caselli, man schmiedet Zukunftspläne. Zu deren Umsetzung kommt es nicht mehr: Am 14. September 2004 erliegt die Sirene von Palermo ihrer Krebserkrankung.

Um Freude an ihrem größten Hit »Un'estate al mare« zu haben, braucht man keinen sizilianischen Strand. Er schadet natürlich auch nicht, das tut er nie. Hingewiesen sei unbedingt auf das – selbst im Kontext italienischer Popmusik – selten eingesetzte Pfeifregister, das höchste Register der menschlichen Stimme, von Giuni Russo hier eindrücklich zur Imitation von Strandmöwen verwendet. Von allen Liedern mit Strandmöwen definitiv mein liebstes!

30

UN'ESTATE ITALIANA (1989)

Gianna Nannini/Edoardo Bennato

Ganz oben in Italien, in Südtirol, liegt das Grödner Tal, Heimat der Ladiner, jener rätoromanischen Volksgruppe, die sich schon zu Beginn unserer Zeitrechnung vor den römischen Legionen in die malerischen Bergtäler zurückzog. Hier oben, im Schatten der Dolomiten, unweit der Heimat der Kastelruther Spatzen, wurde Disco erfunden. Zugegeben: Das stimmt nicht so ganz, klingt aber super. Eigentlich muss es korrekt so heißen: Hier oben, in St. Ulrich, dem Geburtsort Luis Trenkers, kommt 1940 der Mann zur Welt, der Mitte der 70er in seinen Münchner *Musicland Studios* die europäische Variante der Discomusik auf die Welt loslassen sollte. Von Brian Eno wird erzählt, er habe, nachdem er Mitte der 70er Moroders Produktionen gehört hatte, zu David Bowie gesagt: »David, wir können aufhören nach der Musik der Zukunft zu suchen, es gibt sie schon.«

Wer sich daranmacht, Giorgio Moroders musikalische Meriten frei von Sorgen um ihre historische Sortierung aufzuzählen, läuft Gefahr, vor lauter Superlativen ins atemlose Japsen zu geraten: Neben der erwähnten Erfindung von Euro Disco aus Versatzstücken von Philly Soul und Kraut-Elektronik schreibt er olympische Hymnen, vertont Fritz Langs »Metropolis« neu, erhält vier Grammys und drei Oscars, häuft über einhundert Gold- und Platin-Schallplatten an, vertont das »Vater unser«, bekommt von Daft Punk das Ehrerbietungsstück »Giorgio by Moroder« auf den Leib produziert und zeichnet als Produzent unzähliger 80er-Hits verantwortlich, darunter »Call me« von Blondie, »Neverending story« von Limahl, »Flashdance (What a feeling)« von Irene Cara und »Take my breath away« von Berlin. Auch Komposition und Produktion des Stücks »Un'estate italiana« (Ein italienischer Sommer), der offiziellen Hymne zur Fußballweltmeisterschaft 1990 in Italien, dargeboten von Gianna Nannini und Edoardo Bennato, geht auf Moroders Kehrblech.

Eigentlich hätte es Giorgios Mutter gerne gesehen, wenn ihr »Hansjörg«, wie sie ihn nennt, Gemeindeangestellter geworden wäre. Aber mit Musikbesessenen kann man eben schwer diskutieren. Paul Ankas »Diana« ist das Lied, das Giorgio die Ohren öffnet und den Wunsch weckt, selbst auf der Bühne zu stehen. Mit 19 macht er sich auf, die Welt zu bereisen. Noch am Tag der letzten Schulprüfung zieht er los. Er tourt als Bassist durch die Weltgeschichte und schreibt Schlager für Michael Holm und Ricky Shayne. Ein erster selbstgesungener Hit unter dem Namen Giorgio ist »Looky, looky«. Doch zwei nicht unwesentliche Hindernisse vereiteln das Voranschreiten der Sangeskarriere: Zum einen leidet er unter immensem Lampenfieber, zum anderen kann er sich seine Texte nicht allzu gut merken. In seiner Wahlheimat München verlegt er sich daher zunehmend aufs Produzieren. Die *Musicland Studios* im

Arabella-Hochhaus, eigentlich nur für seine eigenen Zwecke gebaut, stoßen, nachdem T. Rex hier ein Album aufnehmen, zunehmend auf das Interesse der Rock-Elite, und so geben sich bald Bands vom Schlage Deep Purple, Queen und Led Zeppelin die Klinke in die Hand. Letztere entsinnen sich während der Aufnahmen ihres Images und verwüsten die Räumlichkeiten im großen Stil.

1973 kommt es zu einer entscheidenden Begegnung, als Moroder auf eine junge Sängerin trifft, die nach Auftritten im Musical »Hair« in München hängengeblieben ist. Ihr Name: Donna Summer. 1976, die Rolling Stones haben die *Musicland Studios* soeben nach getaner Arbeit verlassen, produziert Moroder ihr dort den Song »Love to love you« auf den, äh, Leib. Zwei Dinge nämlich sind für den Erfolg entscheidend: zum einen die Produktion, welche die funkig agierende Rhythmusgruppe auf flirrende Streicher treffen lässt, zum anderen Summers Stöhn-Attacken, die dafür sorgen, dass die *BBC* das Stück boykottiert. Sein Ziel, Serge Gainsbourgs »Je t'aime ... moi non plus« in puncto Anzüglichkeit zu toppen, hat Moroder erreicht. 1977 legt er dann den Turbo ein und addiert für die Summer-Nachfolgesingle »I feel love« repetitive Synthesizer und Computerschleifen zur Produktion. Der *Munich Sound* des Südtirolers geht um die Welt. Die Geschichte der modernen elektronischen Tanzmusik beginnt hier.

Zwölf Jahre später – Moroder ist inzwischen ein gefragter Hollywood-Komponist mit Hauptwohnsitz in Beverly Hills – trägt er im Auftrag der *FIFA* seinen Song »To be number one« an Gianna Nannini und Edoardo Bennato heran (die Sportsocken hat er noch vom Vorjahr an, da komponierte er die offizielle Hymne für die Olympischen Spiele in Seoul). Die Toskanerin und der Neapolitaner, beide zu diesem Zeitpunkt große Stars in ihrem Heimatland, schreiben einen neuen italienischen Text zu Moroders Musik – und der Ball kann rollen. Dabei soll es wohl nicht immer allzu harmonisch zwischen den beiden zugegangen sein: Bennato, der von Nannini zum Mitwirken bekniet wird, kann sein berechtigtes Unbehagen, Teil einer Marketingkampagne zu sein, nie ganz abschütteln. Und dann bittet ihn bei der Eröffnungsfeier in Mailand Diego Maradona, Star der 1990er-WM, auch noch, ihm für ein gemeinsames Foto seine Gesangspartnerin vorzustellen, deren großer Fan er ist. Man habe ihm, dem einstmals glaubwürdigen Künstler, vorgeworfen, mit seinem Herumgehampel im Kontext der WM geradezu ein Verbrechen begangen zu haben, ganz so, als wäre er ein Drogendealer, der vor der Grundschule auf Kundschaft wartet, so Bennato später. Laut Aussage Gianna Nanninis haben sich Bennato und sie seit jenem Juniabend in Mailand nie wieder getroffen. Ganz gleich: »Un'estate italiana« steht über Monate an der Spitze der italienischen Charts, erst eine neue Single von Gianna Nannini kann das Stück endgültig aus den Top Ten verdrängen.

Am Ende wird Deutschland nach dem Sieg gegen Argentinien zum dritten Mal Weltmeister, und Franz Beckenbauer unternimmt nach seinem letzten Spiel als Teamchef seine berühmte Stadion-*passeggiata* unter dem Nachthimmel Roms. Es ist Sommer in Italien. Alles ist gut.

31

FELICITÀ (1982)

Al Bano & Romina Power

Es sagt einiges über das deutsche Verständnis Italiens aus, dass es sich bei dem hierzulande populärsten Italo-Act um Al Bano & Romina Power handelt. Das Paar gehört in den 80ern mit seinen von allen Subtilitäten befreiten Schlagern zu den ungeniertesten Verkäufern eines Italienbildes, in dem permanent irgendwo die glutrote Sonne ins Meer plumpst und sich immer wieder *amore* auf *dolore* reimt. Es ist das unverhohlene Touristenmenü des Italo-Pop, das hier serviert wird, aber auch ein solches kann bisweilen satt machen.

Ich kann nicht behaupten, allabendlich vor meinem Romina-und-Al-Bano-Altar den Rosenkranz durchzukneten, aber die drei großen Hits »Tu soltanto tu« (Du, einzig allein du), »Sharazan« und vor allem »Felicità« (Glück) sind auch mit meiner Erweckung für die mannigfaltigen Reize der Halbinsel untrennbar verknüpft. Die ganz frühen Auftritte der beiden, um 1982 herum in den gängigen Playback-TV-Shows, hauen mich immer wieder um. Ihr glaubt man hier noch jedes strahlende Lächeln und jede Überschwänglichkeit; er ist ganz der Belcanto-Crooner, der sich jeden einzelnen Ton schmecken lässt.

Albano Carrisi ist schon ein aufstrebender Solokünstler, als er 1967 eine Rolle in dem Film »Nel sole« (In der Sonne) annimmt, dessen Titel auf seinen gleichnamigen ersten Hit im selben Jahr zurückgeht. 1960 war der Sohn apulischer Eltern nach Mailand gekommen, wo er zunächst in der Metallindustrie arbeitete, bald aber schon mit einem Demotape die Aufmerksamkeit Adriano Celentanos erlangen konnte. Ab Mitte der 60er tritt Al Bano in zahlreichen TV-Sendungen auf, wo er mit seinem schmetternden Gesang für allgemeine Begeisterung und Claudio-Villa-Vergleiche sorgt. Doch erst die Filmrolle gibt seiner Karriere die entscheidende Wendung.

»Nel sole« ist ein schönes Beispiel für die zu jener Zeit enorm erfolgreichen *musicarelli* – eine typisch italienische Form des Musikfilms, deren rudimentäre Handlung den Mitwirkenden reichlich Anlass für unmotivierte Gesangsdarbietungen gibt. Al Bano spielt in dem Film Carlo, einen armen Studenten, der sich in Lorena, ein Mädchen aus gutem Hause, verguckt. In der Rolle der Lorena ist die junge Romina Power zu erleben, Tochter des Schauspielerpaares Tyrone Power und Linda Christian. Nach der Trennung ihrer Eltern war Romina mit ihrer Mutter nach Italien gekommen, wo sie bald Gefallen am glamourösen Lifestyle fand und 1966 eine erste Single veröffentlichte.

Die Geschichte des Films wiederholt sich am Set: Der 24-jährige Bauernsohn Al Bano und das 17-jährige *high society girl* Romina verlieben sich und werden ein Paar. 1970 wird Hochzeit gefeiert – sehr zum Missfallen ihrer beider Familien. Anfangs versuchen Romina und Al Bano noch getrennt ihr Glück im Showgeschäft: Sie scheint mehr an der Schauspielerei als am Gesange interessiert – und scheut dabei nicht vor Rollen in drastischen Reißern zurück. So hat sie etwa in Jess Francos Film »Marquis de Sade: Justine« einen spärlich bekleideten Part inne. Den Marquis de Sade spielt Klaus Kinski.

Al Bano schmettert derweil unverdrossen weiter alles, was nicht bei drei auf den Bäumen ist; zu seinem Repertoire zählt sogar ein Theodorakis-Stück über den Militärputsch in Griechenland. Auch erste Duette mit Romina entstehen, aber erst ab Mitte der 70er konzentrieren sich die beiden auf ihre Vermarktung als italienisches Traumpaar. 1976 vertreten sie ihr Heimatland beim *Grand Prix Eurovision de la Chanson*.

Die Vertragsunterzeichnung beim einflussreichen Label *Baby Records* läutet die Superstar-Werdung des Paares ein. Bei der Suche nach dem geeigneten Klanggewand sind zwei Strippenzieher des Italo-Pop behilflich: Gian Piero Reverberi, einstmals Arrangeur für Gino Paoli und den frühen Lucio Battisti und inzwischen mit seiner Muzak-Kapelle Rondò Veneziano erfolgreich, und der umtriebige Auftragssongwriter Dario Farina, der später zusammen mit Reverberi die Titelmusik zur deutschen TV-Serie »Monaco Franze« komponieren sollte.

Gleich die erste Single »Sharazan« geht durch die Decke. Das Paar berichtet vom titelgebenden Wunderland, in dem immer die Sonne scheint und Träume im Sekundentakt wahr zu werden drohen. Auch das deutsche Publikum ist komplett aus dem Häuschen: Ganz klar – hier ist Italien gemeint! Mit dem Nachfolgesong »Felicità« erreichen Albano und Romina den zweiten Platz beim *Sanremo*-Festival und landen einen europaweiten Hit. Das Paar ist nun in nahezu jeder deutschen TV-Sendung zu sehen: Al Bano stets im schwarzen Smoking und mit Plateauschuhen, die ihn die Gattin trotzdem nie überragen lassen; Romina meist im schulterfreien Kleid, seltsam kantige Tanzbewegungen andeutend. Wenn sie beim Singen Blicke tauschen, künden diese auch mehr als zehn Jahre nach ihrer Heirat von ewiger Entflammtheit füreinander. Die Ehe, so scheint es Ihrem damals heftig pubertierenden Autor, sie muss ein einziges *Sharazan* sein.

In der Silvesternacht 1993 beendet eine Tragödie das Glück des Paares, als die älteste Tochter Ylenia in New Orleans spurlos verschwindet. Die Beziehung der Eltern zerbricht an der Trauer: Während Romina nach der Tochter suchen lässt und sogar Wahrsager und das *Aktenzeichen-XY*-Team bemüht, geht Al Bano bald von einem Unfall unter Drogeneinfluss aus. 1999 trennt sich das Paar; während er verkündet, sie stets wie eine Madonna behandelt zu haben, spricht sie von einer »Ehehölle« und der krankhaften Eifersucht ihres ehemaligen Partners. Dunkle Wolken über dem Wunderland.

Dass sich die Welt heute, über zwanzig Jahre nach ihrer Scheidung und trotz laut ausgetragener Zwistigkeiten, wieder an der von Al Bano und Romina Power dargereichten Zuckerwatte-*italianità* erfreuen darf, ist einem russischen Oligarchen zu verdanken, der das Paar 2013 für viel Geld zu einem Bühnen-Comeback bewegen konnte. Schon zu Zeiten des Kalten Krieges stellte die Sowjetunion neben Deutschland den größten ausländischen Markt für zahlreiche Stars des Italo-Pop dar. Die Verbundenheit Al Banos ging gar so weit, dass er in einem Interview die russische Annexion der Schwarzmeerhalbinsel Krim guthieß, was ihm dort ein Auftrittsverbot einbrachte. Inzwischen hat er die Äußerung widerrufen. Dennoch ist er in seinem Heimatland umstritten: Als er 2021 bei einem Konzert zu Ehren des verstorbenen Franco Battiato auftrat, wurde er ausgepfiffen. Weitaus gütiger zeigte sich Madonna, die sich von Al Bano im selben Jahr anlässlich ihres 63. Geburtstags das »Ave Maria« vorsingen ließ, was in Italien für einiges Amüsement sorgte.

Seit ein paar Jahren wohnen Al Bano und Romina angeblich wieder Tür an Tür auf dem ehemaligen Familienanwesen im apulischen Cellino San Marco – nicht immer zur Freude von Al Banos neuer Partnerin Loredana Lecciso und den gemeinsamen Kindern Bido und Jasmine. Sie seien die wahren Carrisi-Kinder, informierten diese die Presse, während die beiden Töchter aus der Ehe mit Romina darauf verweisen, dass ihre Eltern trotz Scheidung vor Gott immer noch ein Paar seien. »Felicità« – *this ain't.*

32

FINALMENTE (1980)

Nino D'Angelo

Im Sommer 1986 landet Miles Davis auf dem Flughafen von Palermo. Auf der Taxifahrt zum Hotel lässt eine aus dem Autoradio dringende Musik das Trompeten-Genie aufhorchen. Wer das sei, fragt er den Taxifahrer. »Nino D'Angelo«, gibt der zur Antwort, »ein Neapolitaner!« Miles heißt den Fahrer, sofort einen Plattenladen anzusteuern. Da der gewählte Laden geschlossen hat, bringt der *tassista* den Trompeter samt seiner Entourage zum wuseligen *Vucciria*-Markt im Stadtteil Castellammare, wo der legendäre Jazzmusiker, glücklich wie ein Kind, den gesamten Katalog D'Angelos auf raubkopierten Kassetten ersteht. Er schätze Nino D'Angelo und lausche gerne seiner Musik, informiert Miles Davis die italienische Presse. Der solcherart Geadelte ist einigermaßen verdutzt, zumal er den Trompeter nicht kennt und für einen neu eingekauften Spieler des *SSC Neapel* hält.

Was mag das für ein Teufelskerl sein, der in der Lage ist, eines der größten Jazz-Genies mit seiner Musik so vollends zu bezirzen, werden Sie sich nun vielleicht fragen. Wer diesbezüglich auf Entdeckungsreise im Internet geht, dürfte angesichts des dort zu findenden Videomaterials einigermaßen perplex sein: nicht genug damit, dass dieser Nino D'Angelo (nicht zu verwechseln mit dem Schlagersänger Nino de Angelo!) aussieht, als hätten sich der junge Sascha Hehn und der Typ aus »Die blaue Lagune« zu einem besonders streitbaren Fall von blondem 80er-Pottschnitt verabredet. Die Musik D'Angelos ist zudem von einer Art, die in Kitsch-Angelegenheiten eher unveranlagten Zeitgenossen schlagartig sämtliche Plomben rausknallen lassen dürfte. Gegen D'Angelos im neapolitanischen Idiom vorgetragene Schmonzetten klingen alle anderen Lieder in diesem Buch wie postmoderner Diskursrock.

Viele der im Netz kursierenden Nino-D'Angelo-Videos stammen aus seinen 80er-Filmen: romantische Komödien allesamt, denen es gelingt, die Limbo-Stange des Anspruchs derart tief zu hängen, dass dem Begriff »Kitsch« etliche neue Schmalznäpfe hinzugefügt werden. Nehmen wir »Finalmente« (Schließlich), ein Lied aus dem Film »Pop corn e patatine« (Popcorn und Chips): Hier sitzt unser Held mit seiner Liebsten am Strand von Taormina und befummelt ausgiebig die Frisur der Angebeteten. Das Ganze scheint ansteckend zu sein, denn auch sie durchgräbt bald Ninos Goldhelm (in Italien wird der Sänger auch *Il Caschetto biondo* genannt). Der schmachtet davon unbeeindruckt weiter sein Lied. Bald wird die Haarwühlerei von heftiger Einander-Umschlingerei abgelöst, nur um gegen Ende wieder in Haar-Durchwuselei zu münden. Um es klar zu sagen: Nach diesem Prinzip funktionieren ALLE Nino-D'Angelo-Videos.

Nino D'Angelo gilt als Vater der *neomelodici*, einer spezifisch neapolitanischen Arme-Leute-Popmusik, die von der Geschmackspolizei verachtet, von den Bewohnerinnen und Bewohnern der heruntergekommenen Wohngettos des italienischen Südens aber umso mehr geliebt wird. Die *Neomelodici*-Szene funktioniert nach eigenen Regeln: Jedes neapolitanische Viertel (manche sagen auch: jedes Hochhaus) hat seinen eigenen Sänger-Star; es soll einige Hundert geben. Man produziert seine Musik kostengünstig im heimischen Wohnzimmerstudio, gesungen wird stets auf Neapolitanisch. Das meiste Geld verdienen die *Neomelodici*-Stars aber nicht mit dem Verkauf ihrer handgefertigten CDs, sondern durch Auftritte auf Hochzeiten und Geburtstagen. Hier singen sie – oft zum Halbplayback – ihre größten Erfolge und lassen sich nach getaner Arbeit ausgiebig mit den Feiernden fotografieren. Die Bezahlung, so ist zu hören, erfolgt stets im Hinterzimmer.

Wiederholt wurden den *Neomelodici*-Sängern Verstrickungen mit der *Camorra* nachgesagt, äußerst prominent im Jahr 2006 vom damaligen Innenminister Giuliano Amato. Als im Jahr 2008 Gigi D'Alessio, einer der Stars der Szene, Pino Daniele bei dessen großer Show auf der Piazza Plebiscito gesanglich unterstützt, setzt es ein denkwürdiges Pfeifkonzert. Einige Daniele-Fans halten Transparente hoch, auf denen sie kundtun, nicht für Mafia-Freunde zu klatschen. Zuvor war D'Alessio tatsächlich wegen angeblicher Mafia-Kontakte mit dem Gesetz in Konflikt gekommen (die Anklage wurde später fallengelassen). Auch der Umstand, dass er 1997 erfolglos als Kandidat für Silvio Berlusconis *Forza Italia* für den Stadtrat von Neapel kandidiert hatte, dürfte der Wertschätzung der naturgemäß linken Pino-Daniele-Fans für D'Alessio nicht eben zuträglich gewesen sein. Interessant ist in diesem Zusammenhang auch eine Beobachtung des Schriftstellers Roberto Saviano in seinem Bestseller »Gomorrha«: In den USA pumpten sich Killer vor ihren blutigen Einsätzen mit Rap auf, im neapolitanischen Viertel Secondigliano wähle man zu diesem Zweck die Schnulzen der *neomelodici*.

Nino D'Angelo aber tickt anders. Der Sänger, der mit Liedern wie »Senza giacca e cravatta« (Ohne Jackett und Krawatte) oder »'Nu jeans e 'na maglietta« (Neue Jeans und ein T-Shirt) das umstrittene Genre in den 80ern als Neubelebung der *canzone napoletana* quasi erfindet, ist, was etwaige Mafia-Nähe angeht, über jeden Zweifel erhaben. Der aus einem Armenviertel stammende Nino ist ein Produkt des multikulturellen Schmelztiegels *Napoli* und weiß um diesen Umstand. In den 80ern schießen Unbekannte auf das Haus seiner Familie, der Sänger zieht daraufhin nach Rom. Doch nicht nur mit der *Camorra,* deren Macht er als Symptom eines maroden Staats sieht, legt sich Nino D'Angelo an; der Sänger, dessen Lieder ab Anfang der 90er immer anspruchsvoller werden und der heute als künstlerischer Leiter des Volkstheaters *Trianon* im Problemviertel Forcella wirkt, gilt als einer der schärfsten Kritiker von Matteo Salvini und dessen rechter *Lega*-Partei.

Will man dem nachspüren, was Miles Davis an den schwülstigen Liedern des Sängers fand, so ist die Antwort wohl in der einmaligen Melodiosität des Neapolitanischen zu suchen, das mal arabisch, mal brasilianisch anmutet und in den unverhohlen wehklagerischen Liedern der *neomelodici* ganz besonders ins Schwingen gerät. Gar keine Frage: Die Musik D'Angelos und vieler folgender *Neomelodici*-Sänger ist klebrig, oberflächlich, hohl und sentimental. Und sie kann süchtig machen.

33

UN GELATO AL LIMON (1979)

Paolo Conte

Vor ein paar Jahren besuchte ich mit meiner Mutter ein Paolo-Conte-Konzert. Es war exakt so, wie man sich gemeinhin ein Paolo-Conte-Konzert vorstellt: Begleitet von einem gediegen aufspielenden Orchester in Schwarz grummelte und raunte sich der Maestro durch ein Set, in dem Tango, Milonga und Django-Reinhardt-Jazz einander fröhlich *ciao* sagten. Bandoneon und Klarinette kamen zum Einsatz, es wurde gescattet und ins Kazoo getrötet. Ansagen gab es keine. Es war großartig. Mutter und ich schwebten noch tagelang.

Paolo Conte zählt – neben Giorgio Gaber und Enzo Jannacci – zu den wenigen großen italienischen *cantautori,* deren Schaffen nicht von angloamerikanischer Popmusik, sondern vielmehr von den zahlreichen Spielarten des Jazz beziehungsweise der Unterhaltungsmusik der Prä-Rock-'n'-Roll-Ära beeinflusst ist. Gerne wird behauptet, Conte habe den Italienern den Jazz beigebracht. Sagen wir lieber: Conte hat dem italienischen Pop-Publikum den Jazz beigebracht.

Erst sechs Jahre nachdem der hauptberuflich als Anwalt wirkende Conte 1968 dem großen Erneuerer Adriano Celentano mühsam seine Komposition »Azzurro« aufschwatzen konnte, traut sich der bekennende Nichtsänger zu einem ersten Album unter eigenem Namen. Als Auftragskomponist ist er da schon längst eine große Nummer: Außer von Celentano (der auch Contes Hochzeitskracher »La coppia più bella del mondo« (Das schönste Paar der Welt) und die Beat-Ballade »Chi era lui?« (Wer war er?) zu Hits verwandelt) werden seine Stücke von Patty Pravo und Equipe 84, aber auch von Johnny Hallyday und Shirley Bassey dargeboten.

Seine ersten beiden Platten bei der italienischen *RCA* stoßen auf keine nennenswerte kommerzielle Resonanz. Conte will sich wieder ganz der Jurisprudenz zuwenden (er unterhält zu diesem Zeitpunkt immer noch eine Kanzlei), lässt sich aber gottlob beschwatzen, weiterzumachen. Größere Aufmerksamkeit erntet der Mann aus dem piemontesischen Asti 1976 durch einen Auftritt im *Club Tenco* in Sanremo. Eine weitere Darbietung am selben Ort macht dann alles klar: 1978 ist das Durchbruchsjahr für Conte in Italien. Da ist er 39.

Mit dem nun folgenden Erfolgsalbum »Un gelato al limon« findet Conte endgültig zu dem Stil, den er bis heute pflegt: Barpiano-Geklimper trifft auf Revue- und Varieté-Klänge, es zuckelt und rumpelt, bis der Amaro aus dem Glas schwappt. Manchmal geht es halsbrecherisch zu, in anderen Momenten knipst der *padrone* bereits das Putzlicht an. 1981 ist Conte so berühmt, dass ihm vom *Club Tenco* gleich eine ganztägige Veranstaltung, die *Contiana*, gewidmet wird, bei der Roberto Benigni das Lied »Mi piace la moglie di Paolo Conte« (Mir gefällt die Frau von Paolo Conte) intoniert.

Ich empfehle mit Nachdruck alle Conte-Alben der 80er: Hier wird der kultivierte Ton des Piemontesers mittels damals moderner Produktionsmittel ein ums andere Mal in bestrickenden Pop verwandelt. Es wimmelt nur so von großen Sehnsuchtsmelodien, die manchmal an Fellinis Hauskomponisten

Nino Rota erinnern. Ich liebe Conte aber vor allem als Texter. Der Mann ist ein begnadeter Verknappungs- und Andeutungskünstler: Jeglicher Form der Übererzählung wird mit piemontesischer Schroffheit die Tür gewiesen, die Beichte fällt hier komplett aus. Conte ist verspielt, manchmal distanziert, immer lakonisch, oft ironisch, aber nie kühl. Seine Texte sind sinnlich und sonderbar. Sie richten den Blick auf das Detail, den großen Rahmen muss man sich meist dazudenken.

Ein selten gepriesenes Lieblingsstück ist »Aguaplano« (Wasserflugzeug) vom gleichnamigen Album – ein Lied wie ein seltsamer sommerlicher Tagtraum. Der Erzähler fliegt im Flugzeug übers Meer und sieht etwas im Wasser glitzern. Ein Konzertflügel, so vermutet der Sänger. »Certo c'è stata / Laggiù una storia molto complicata … / Ci va una bella forza per lanciare / Un piano a coda lunga in alto mare« (Sicher gab es dort unten / Eine komplizierte Geschichte … / Man braucht ganz schön viel Kraft / Um einen Konzertflügel ins tiefe Meer zu werfen).

Conte hat kein Handy, fliegt aber im Privatjet. Wie Bob Dylan weiß auch er, dass die Vergangenheit immer mehr erzählt als die blöde, banale Gegenwart – auch über die Gegenwart. Der Sänger aus dem Norden ist ein durch und durch unzeitgenössischer Herr, der als Mensch und Künstler nur zu gerne durch die Kulissen einer untergegangenen italienischen Vergangenheit streift. In einem Interview sagte er einmal: »Ich bin der Meinung, dass die reine Aktualität nicht lesbar ist. Es braucht Filter, Erwartungen. Für mich haben Wörter eine große Bedeutung (…). Bevor sie mir etwas sagen, müssen sie gebraucht und in einer gewissen Art verbraucht worden sein.«

Nach Contes Kulturverständnis, so scheint es, hat auf aller großen Kunst eine Patina zu liegen – die sich – sehr italienisch! – zur Not auch künstlich herstellen lässt. Wie viele seiner Kollegen belässt es der berufsgrummelige Schnauzbartträger nicht bei der Musik, sondern tummelt sich noch in anderen Bereichen: 2007 wurde Conte von seiner Heimatgemeinde Asti beauftragt, Darstellungen des heiligen Secundus für den traditionellen *Palio*, ein Volksfest zu Ehren des Heiligen, zu malen. Zudem ist er Ehrendoktor an der Universität Pavia, der *Accademia di belle arti di Catanzaro* und der *Università di Macerata*. 1999 wurde ihm der Verdienstorden der Italienischen Republik an den Rollkragenpullover geheftet.

Der Schrifsteller Andreas Maier schrieb 2009 in der *FAZ*: »Bei Conte sehe ich eine Ähnlichkeit mit dem, was für mich immer die Mannsche Lebenshaltung ausgemacht hat: Ich mache Musik, aber ich mache sie so, dass ich nicht auf dunkle Weise an etwas in dir appelliere. Ich tue es nicht, weil es ungehörig ist. Ich, der ich tief geblickt habe, belasse es beim bloßen Spiel. Gerade darin nehme ich dich ernst und möchte, dass du wieder auf Augenhöhe mit mir bist, nicht unten im Schlamm. Weil ich nicht will, dass du im Schlamm liegst.«

Auch »Un gelato al limon«, der berühmte Titelsong seines Durchbruch-Albums, das er für seine Frau schrieb, hebt den Hörer aus dem Schlamm empor. Mehr noch: Es kauft dem Gestrauchelten zum Trost ein Zitroneneis. Die Sauersüße der Liebe, selten wurde sie schöner auf den Punkt gebracht. Es sei noch nicht vorbei mit der Liebe, informiert Conte in dem Stück die Geliebte, er habe ihr noch einiges zu bieten. Den Mond am Nachmittag etwa, aber auch »... l'intelligenza degli elettricisti / Cosi almeno un po' di luce avrà / la nostra stanza negli alberghi tristi« (... die Intelligenz der Elektriker / So wird es immerhin ein wenig Licht geben / in unserem Zimmer in traurigen Hotels).

34

I GIARDINI DI MARZO (1971)

Lucio Battisti

1970 verkündete Lucio Battisti etwas für italienische Verhältnisse ganz und gar Ungeheuerliches: Ein Sänger brauche keine Stimme, informierte Italiens größter Popstar die Öffentlichkeit. Er tat dies nicht etwa von einer Tomatenkiste auf irgendeiner *piazza* aus – es geschah im Rahmen der TV-Sendung *Speciale per voi,* die zum Tribunal über den Sänger geriet.

Es ist eine völlig absurde Situation: Battisti, der Leonardo da Vinci der italienischen Popmusik, muss sich im Rahmen der Sendung gegenüber einem feindlich gesonnenen Publikum rechtfertigen. Der Vorwurf: Er schreibe ja weiß Gott schöne Lieder, aber diese Stimme tauge nun gar nichts. Er könne schlichtweg nicht singen. Während Zuhörer und ältliche Kritiker ihr Urteil über den Sänger fällen, tigert dieser aufgekratzt im Kreis umher und zupft sich seinen Afro zurecht. Entgegen seinem sonst üblichen Auftreten sieht er mit seinem Menjoubärtchen an diesem Abend aus wie der Kommunikationschef einer satanistischen Hippie-Sekte. Ein Sänger, sagt Battisti, ist jemand, der ein Gefühl vermittelt; das reiche seiner Meinung nach. Ein Raunen geht durch Italien. Für wissende Zeitgenossen hingegen ist es eine provinzielle Posse. Wer die Ohren spitzt, kann Bob Dylan lachen hören.

In den beiden bisherigen Battisti-Kapiteln ging es zum einen um das Phänomen Battisti (»Ancora tu«), zum anderen um die kongeniale Zusammenarbeit mit seinem Texter Mogol (»La canzone del sole«). Doch es ist vor allem der Musiker, Komponist, Produzent und Sänger Lucio Battisti, der seinen Landsleuten den Kopf zu verdrehen weiß wie kein Zweiter. Gerade sein vieldiskutierter hoher, entrückter Gesang ist es, der so ans Herz geht. Man muss ihm widersprechen: Ein Sänger braucht sehr wohl eine Stimme; was er nicht braucht, ist technische Perfektion. Man lausche nur seinem Alltagsmelodram »Vendo casa« (Haus zu verkaufen): Wer hier noch behauptet, Battisti könne nicht singen, hat anstelle eines Herzens ein Navigationsgerät in der Brust. David Bowie zählte nicht zu diesen bedauernswerten Zeitgenossen. Auf die Frage nach seinen Lieblingssängern nannte er 1997 zwei Namen: Lou Reed und Lucio Battisti.

Als Komponist verschränkt der Mann aus Poggio Bustone immer wieder das Naheliegende mit dem Verstiegenen. Sein Wunderpop ist mal sinfonisch, mal gerät er in Schräglage. Doch ganz gleich, ob er eine süffige Liebeshymne schreibt oder in wagemutigen Arrangements den Dingen des Alltags nachspürt, Ausdruck ist ihm alles. Battisti hat sich bei all seiner Experimentierlust wohl auch immer als Unterhaltungskünstler gesehen, in diesem Spannungsfeld liegt die Magie seiner Musik. Jegliches Sendungsbewusstsein ist dem notorisch schmallippigen Musiker dagegen fremd, schon in der beschriebenen TV-Sendung lässt ihn die Unterstellung auffahren, ihm ginge es vor allem um die »Botschaft«. Abgesehen davon, dass Battisti das Texten ganz Kollegen wie Mogol überließ, bestand der Hauptunterschied zu den Anfang der 70er-Jahre aufkommenden *cantautori* ja gerade in der Abwesenheit jeglicher *messages*.

Bei Battisti zählen allein die *emozioni* – und der Sound, der ab 1970 zusehends experimentell wird, wobei das »Experimentelle« bei Lucio, der seine Alben jener Phase auch selbst produziert, immer im Dienst des jeweiligen Liedes steht. Als Produzent ist er keiner Abgefahrenheit abgeneigt und befindet sich als einziger italienischer Künstler seiner Generation auf Augenhöhe mit den Besten ihres Fachs, als Songschreiber ist er ganz der *musica leggera* verpflichtet, die er entstaubt und alltagstauglich macht.

Mit dem 1974 im ländlich gelegenen Studio *Il mulino* bei Anzano del Parco produzierten Album »Anima latina« bringt er dann sogar Mogol auf die Palme. Battisti hatte seinen markanten Gesang weit in den Hintergrund mischen lassen. Das sei falsch, zetert Mogol, die Stimme gehöre ganz nach vorn! Nein, antwortet Battisti, so würden die Leute noch mehr zuhören. Sicherheitshalber legte man ein Textblatt bei. Die Platte ist der Wahnsinn mit Soße: Es blubbert und hallt, Italien fliegt ins Weltall. Battisti, der auf dem Album die Eindrücke einer Brasilien-Reise verarbeitet, nimmt hier einiges vorweg, was im Independent Pop der Nullerjahre im Werk von Künstlern wie den Flaming Lips, Animal Collective oder Devendra Banhart erneut auftaucht.

Was Battistis Werk bis heute so berührend macht, ist, dass er bei allem Talent nie der Versuchung erlegen ist, allzu clever wirken zu wollen. Ambitioniert, sicher, das ist er. Aber Battisti macht keine Spielchen oder zeigt um jeden Preis, was er draufhat. Von seinen 60er-Hits bis zu den esoterischen Werken seiner späten Rückzugsjahre ist die Musik immer auch von beträchtlicher Naivität geprägt.

»Ancora tu« steht für den Disco-Battisti, »La canzone del sole« zeigt ihn als *den* Sänger der italienischen Seele. Das Lied, das sich am besten eignet, Lucio Battisti als Komponist und Musiker in all seiner Komplexität abzubilden, ist jedoch »I giardini di marzo« (Die Gärten des März). Wieder und wieder hatte er Mogol die Musik vorgespielt, bis dieser auf einen Text kam, der weit in die Jugend des Lyrikers – und in die italienische Nachkriegszeit – führt: »Il carretto passava e quell'uomo gridava ›gelati‹ / Al ventuno del mese i nostri soldi erano già finiti« (Der Wagen fuhr vorbei und dieser Mann rief »Eiscreme« / Am einundzwanzigsten des Monats war unser Geld schon weg). Battisti singt die erste Strophe mit gepresster Stimme, fast flüsternd, für die zweite wechselt er ins höhere Register. Unterbrochen werden die beiden Verse von einem mediterran anmutenden Mandolinenthema. Dann, im Übergang zum Refrain, ändert sich der Rhythmus – und die Stimmung des Textes: Am Grunde seiner Seele, singt Battisti, sei er voller Liebe, immenser Liebe. Das ganze Universum finde Platz in ihm. Daraufhin ein weiterer Break und der zentrale Satz des Liedes: »Ma il coraggio di vivere quello ancora non c'è« (Aber noch fehlt der Lebensmut). In der Folge ändert sich das Arrangement der Strophe in Richtung Barock-Pop mit 32stel-Klavier: Die jungen Frauen lebten in den Gärten des März neue Lieben, singt Battisti. Aufbruchstimmung und Neuanfang. Und dann diese Zeilen: »Camminavi al mio fianco e ad un tratto dicesti ›Tu muori‹ / ›Se mi aiuti, son certa che io ne verrò fuori!‹« (Du gingst neben mir her, und plötzlich sagtest du »Du stirbst« / »Wenn du mir hilfst, bin ich sicher, da rauszukommen!«).

Ihm sei der Text zu mäandernd vorgekommen, sagte Mogol vor Jahren, aber Battisti habe ihn darin bestärkt, dass genau darin seine Qualität liege. »I giardini di marzo« ist ein Lied über alte Wunden, die Kraft der Selbsterneuerung durch Liebe und die

Verzagtheit des Herzens. Nach jedem gewonnenen Heimspiel von *Lazio Rom* tönt der Song, von Zehntausenden inbrünstig mitgesungen, durch das Stadion. Man muss es erlebt haben. In Italien singen selbst die Fußballfans schöner.

35

GIOCALA (1983)

Vasco Rossi

Wer keinen Sinn für die Schönheit italienischer Derbheiten entwickelt, verpasst einen Großteil der Reize des Landes. Ich rede von Derbheiten wie palermitischen Milzbrötchen, römischem Lammdarm – und natürlich von Vasco Rossi.

Il Blasco, wie ihn die Italiener nennen, ist eine absolute Knallbirne und Italiens erfolgreichster lebender Rockmusiker. Seit 1987 erreichte jedes seiner Alben Platz eins der Charts; sein Auftritt 2017 in Modena hält mit 225.000 Zuschauern den Rekord für das weltweit besucherstärkste Konzert aller Zeiten. Im Video zu »Felicità puttana«, dem großen Sommerhit der italienischen Band Thegiornalisti von 2018, ist das Zimmer des vom Sänger angehimmelten Mädchens komplett mit Vasco-Postern dekoriert. Vasco Rossi, das ist ganz sicher nicht die feine italienische Küche. Vasco, das ist ein öliges Stück Auf-die-Hand-Pizza mit lauwarmem *Campari* dazu. Also ganz großartig!

Vasco ist der Kampfhund des Italo-Pop. Der liebenswerte Edelproll des Bolognese-Rock. Der böse Asi-Bube unter den *cantautori*. Die Botschaften des 1952 in Zocca bei Modena geborenen Sängers, der heute den streitbaren Look eines Boxclubbesitzers pflegt, mögen schlicht sein. Aber alles, was er singt, ist wahr.

Vasco sendet direkt aus den Vorstädten der italienischen Seele. Nur er, so scheint es oft, kann mit seinem hymnischen Gebrauchsrock das verwundete Herz Italiens wirklich noch zum Pochen bringen. Dabei singt er eigentlich immer nur von sich. Vascos Rebellion ist eine ganz persönliche. Er gedenke, eine »Vita spericolata« (Ein draufgängerisches Leben) zu führen, informiert er in einem seiner tollsten frühen Stücke. Ein Leben, das nie schläft und sich einen Scheiß schert. Zeigefinger in die Luft!

Zumindest der Teil mit dem schlaflosen Leben ist dem Feuerkopf aus der Emilia-Romagna geglückt. Vasco ist harter Stoff, nichts für jedermann, aber Sie merken vermutlich längst: Mich rührt dieser Typ zutiefst.

Obwohl er schon vorher Platten veröffentlicht hatte, waren es auch in Vascos Fall zwei Auftritte beim Festival in Sanremo, 1982 und 1983, die ihn zum Superstar machten. Bei beiden Darbietungen wirkte der Sänger wie ein aus Versehen auf die Bühne gestolperter Taxifahrer, der die Gelegenheit nutzt, um endlich mal auf den Tisch zu hauen. Im Saal kam das damals so mittel an. Ein TV-Kritiker fragte empört, was in den Sender *RAI* gefahren sei, Frauen und Kindern solch einen Drogenabhängigen vorzuführen. Die Frauen und Kinder selbst fanden Vasco total super. Die Männer eh. Auch die Sängerin Milva war ganz aus dem Häuschen und befand, Vasco sei einer der schönsten Männer Italiens.

Vor allem war er genau das schlechte Vorbild, auf das Italiens Jugend zu Beginn der 80er gewartet hatte. Wenn man ihn bei frühen Auftritten sieht, diese seltsame Mischung aus Getriebenheit und Fahrigkeit, wird schnell klar: Der Typ ist eine tickende Zeitbombe. Wo andere nur reden, ist Vasco derjenige, der Mama Italia tatsächlich den Hut anzündet. Auch wenn seine tatsächliche Mama Novella gerne betonte, Vascos wahrer

Charakter sei eher in seinen »weicheren« Liedern zu finden. 1984 wurde er in einer Disco bei Bologna mit 24 Gramm Koks erwischt und ging für 22 Wochen in den Knast. Vasco wurde clean, veröffentlichte das Album »Cosa succede in città« (Was in der Stadt passiert), zog sich zwei Jahre aus der Öffentlichkeit zurück, heiratete – und wurde nach seinem Comeback in Drogenangelegenheiten wieder rückfällig. Aber da war er längst Vasco Superstar, den sein Publikum nicht trotz, sondern gerade wegen seiner Fehlbarkeiten so bedingungslos liebt.

Wer den frühen Vasco erleben will, der tippe etwa die Suchbegriffe »Vado al massimo« (Ich geh aufs Ganze) und »San Remo« in die Suchmaschine; die erwähnte Donnerhymne »Vita spericolata« wird noch in einem eigenen Kapitel verhandelt. Sichtungen seiner aktuellen Auftritte führen in eine für sensible Zeitgenossen möglicherweise irritierende Italo-Altrocker-Welt.

Für die Fahrt über die heiße Strada del Sole empfehle ich Vascos 1983er-Album »Bollicine« (Bläschen), das vom italienischen *Rolling Stone* zum besten italienischen Album aller Zeiten gekürt wurde. Das Titelstück preist knapp vier Minuten lang den Konsum von Coca-Cola. Textprobe: »Coca cola sì coca cola, a me mi fa morire / Coca cola sì coca cola, a me mi fa impazzire / Con tutte quelle tutte quelle bollicine« (Coca-Cola, ja Coca-Cola, dafür sterbe ich / Coca-Cola, ja Coca-Cola macht mich wahnsinnig / Mit all diesen, mit all diesen Bläschen). »Bollicine« ist ein völlig beknackter Pop-Knaller, der wahlweise als Satire auf westliche Konsumgepflogenheiten oder als Drogenhymne gedeutet wurde. Noch toller ist die bekiffte Pop-Nummer »Giocala« (Spiel es), ein Abgesang auf falschen Stolz, dargebracht in gewohnt rustikaler Poesie: »Corri e fottitene dell'orgoglio / Ne ha rovinati più lui che il petrolio« (Renne und scheiß auf den Stolz/Der hat schon mehr Leute ruiniert als Erdöl).

Herzen auf also für *Vasco Il Blasco,* den harten Hund mit dem weichen Keks!

36

GLORIA (1979)

Umberto Tozzi

Wie ein rothaariger Turiner, ein Kölner Ex-Fußballprofi und Schlagerproduzent und eine ehemalige Backgroundsängerin von Leonard Cohen einen Welthit basteln: die Geschichte von »Gloria«.

Nach seinen beiden Nummer-eins-Hits »Ti amo« (Ich liebe dich) und »Tu« (Du) ist Umberto Tozzi 1978 der ungekrönte König des leichten Pop. Doch der Sänger ist nicht zufrieden, sieht er sich doch erst auf halbem Wege. Tozzi denkt das Wort »Pop« in knalligen Großbuchstaben. Er sucht einen anderen Sound, etwas »Internationaleres« schwebt ihm vor.

Seine nächste Produktion, so viel steht für den Sänger fest, soll im Ausland stattfinden. Für den Sprung über den großen Teich fühlt er sich noch nicht bereit, und so kommt es, dass er im Winter 1978 über den Brenner nach München reist, um seine Zelte in den dortigen *Union Studios* aufzuschlagen. Zudem versichert sich Tozzi der Dienste des Amerikaners Greg Mathieson, der zu jener Zeit als prägende Figur im Westcoast-Pop auf Alben von Barbra Streisand, Ringo Starr und Donna Summer zu hören ist (wer ein prominentes Beispiel braucht: Das Klavier auf dem Travolta/Newton-John-Duett »You're the one that I want« – das ist Mathieson). Mit dem Kalifornier, der im Folgejahr auch Alan Sorrentis »Non so che darei« (Ich weiß nicht, was ich geben würde) das passende Klanggewand schneidern wird, kann Tozzi seine Vorstellung von international anschlussfähigem Pop verwirklichen, ohne das spezifisch Italienische seiner Musik aufgeben zu müssen.

Die Früchte dieses italienisch-kalifornischen Crossovers finden sich 1979 auf dem Album »Gloria«. Das Cover zeigt Tozzi im schwarzen Frack, mit weißer Fliege, eine Cocktailschale und eine Zigarette in der linken Hand. Seine Augen gehen an der Kamera vorbei; wer mag, könnte Blasiertheit aus diesem Blick lesen. Tatsächlich wird dem Sänger von seinen Landsleuten anfangs Arroganz attestiert, Tozzi selbst erklärt, er sei einfach schüchtern. Besonders der Titelsong des »Gloria«-Albums schlägt massiv ein, es wird der dritte Riesenhit für den Turiner. Ganze 21 Wochen klebt das Stück auf Platz zwei der italienischen Charts.

Dank eines in Köln geborenen Ex-Fußballprofis wird das Lied zudem ein großer Erfolg in den USA: »Gloria« erregt die Aufmerksamkeit des Schlagerproduzenten Jack White, der unter seinem Geburtsnamen Horst Nußbaum Mitte der 60er mit dem *PSV Eindhoven* niederländischer Vizemeister geworden war und in den 70ern unter seinem neuen Künstlernamen zahllose Erfolge als Autor und Produzent von Schlagern (»Schöne Maid«, »Eine neue Liebe ist wie ein neues Leben«) feiern konnte. White lässt von dem Kanadier Trevor Veitch eine englische Textfassung erstellen. Als Interpretin für seine Version hat er Laura Branigan vorgesehen, die zuvor als Backgroundsängerin für Leonard Cohen tätig war. Branigans Version schießt in den US-Billboard-Charts bis auf Platz zwei, auch in Australien und Kanada belegt ihre Bearbeitung oberste Chartsplätze. 1984 adaptierten Jack White und Laura Branigan einen weiteren großen Italo-Hit: Rafs »Self Control«; die Branigan-Version schaffte es in den USA bis auf Platz fünf und in Großbritannien bis auf die Vier. Im selben Jahr nahm Branigan gar das sieben Jahre alte »Ti amo« noch einmal auf Englisch auf.

Und Umberto Tozzi? Der freut sich über die Tantiemen, die aus aller Welt auf sein Konto fließen, und macht munter weiter. Neben »Gloria« halte ich das 1982 erschienene Stück »Eva« für seinen besten Song: ein enorm spannungsgeladenes Stück Italo-Pop, so spiegelglatt, dass es funkelt. Umberto Tozzi ist nun endgültig der italienische Robert Palmer. Auch im Verbund mit anderen Sängern ist Tozzi immens erfolgreich: Mit Gianni Morandi und Enrico Ruggeri klettert er in Sanremo 1987 dank des gemeinsamen Liedes »Si può dare di più« (Du kannst mehr geben) aufs Siegertreppchen. Für das Video stellt man die drei vor allerhand römische Sightseeing-Hotspots oder lässt sie nebeneinander singend durch Trockeneisnebel laufen. Später wird »Si può dare di più« zur Mannschaftshymne der Fußballnationalmannschaft der italienischen Sänger. Für den *Grand Prix Eurovision de la Chanson* desselben Jahres soll der Erfolg der Sänger-Troika wiederholt werden, doch im April müssen Morandi und Ruggeri wegen anderer Verpflichtungen absagen. So kommt es, dass sich Tozzi für das Stück »Gente di mare« (Menschen des Meeres) mit dem eben bereits erwähnten Italo-Disco-Musiker und »Si può dare di più«-Mitautor Raf zusammentut, der hier erstmals in seiner Muttersprache singt. Das Duo belegt Platz drei und landet mit der Beschwörung italienischen Seemannsgeistes in seiner Heimat einen Sommerhit.

Umberto Tozzis »Gloria« bleibt bis heute sein Meisterwerk und ist auch über vierzig Jahre nach seinem Erscheinen noch dazu angetan, Ihrem Autor ein seliges Lächeln ins Gesicht zu stanzen. Der Text, geschrieben von Tozzi und seinem langjährigen Partner Giancarlo Bigazzi, erzählt von einer offenkundig imaginären Frau, Gloria, die den Icherzähler aus seinem tristen Alltag reißt: »Gloria, chiesa di campagna / Acqua nel deserto / Lascio aperto il cuore / Scappa senza far rumore / Dal lavoro, dal tuo letto / Dai gradini di un altare / Ti aspetto, Gloria« (Gloria, Kirche auf dem Land / Wasser in der Wüste / Ich lasse das Herz offen / Verschwinde ohne Geräusche / Von der Arbeit, aus deinem Bett / Von den Stufen eines Altars / Ich erwarte dich, Gloria). Man ahnt: Auch das Singen über imaginäre Frauen sollte wohl den Italienern vorbehalten bleiben. Nicht auszudenken, was Herbert Grönemeyer aus dem Thema gemacht hätte!

»Gloria« ist bis heute ein wunderbares Stück, um dazu eine italienische Küstenstraße entlangzufahren. Und sollte gerade keine Küstenstraße zur Hand sein: Mit »Gloria« im Ohr verwandelt sich selbst das Leverkusener Kreuz in eine ebensolche.

37

HA TUTTE LE CARTE IN REGOLA (PER ESSERE UN ARTISTA) (1973)

Piero Ciampi

Man kann nicht wirklich behaupten, bei Piero Ciampi habe es sich um einen sozial verträglichen Zeitgenossen gehandelt. Sein bester Freund war bis zu seinem frühen Tod die Flasche. Ständig von düsteren Wolken umweht, lebte er ein Leben auf der Überholspur, sabotierte die eigene Karriere, wo es nur ging, und schrieb Lieder, die das Gefühl des Fremdseins in der Welt in beängstigender Perfektion auf den Punkt bringen. Kurzum: Mit Piero Ciampi war nicht eben gut *Cinquecento* fahren; der Toskaner ist *die* tragische Gestalt des italienischen Liedes.

Ciampi kommt 1934 in Livorno zur Welt, bemerkenswerterweise liegt sein Geburtshaus gleich gegenüber jenem von Livornos berühmtestem Sohn, dem Maler Amedeo Modigliani, ebenfalls ein erratischer Charakter.

1963 veröffentlicht er eine erste Platte als Piero Litaliano, nach einem Spitznamen, den er während eines Frankreichaufenthalts verpasst bekommen hat. Unterstützt wird er auf der Platte von seinem Freund, dem Arrangeur Gianfranco Reverberi, den Piero beim Militär kennengelernt hat und der über den Krawallkopf sagt, er könne Liebesbriefe schreiben, die nicht einmal Cyrano de Bergerac besser hinbekäme. Eine stabile Beziehung zu führen, das ist hingegen weniger Ciampis starkes Gewand: Gleich zwei Ehen gehen in den 60ern in die Brüche. Und überhaupt ist Verlässlichkeit nicht so seins:

Nachdem er schon für verschiedene Interpretinnen und Interpreten Stücke verfasst hat, fragt die große Ornella Vanoni für ein komplettes Album mit seinen Liedern an – die Steilvorlage für eine Riesenkarriere. Doch als das Angebot eintrudelt, ist Ciampi unauffindbar – der Sänger treibt sich, wie so oft, irgendwo in der Weltgeschichte herum. Die Logik und das Regelwerk des Musikbetriebs, sie sind ihm völlig fremd. In den 70ern besorgt ihm ein anderer berühmter Bewunderer, Gino Paoli, einen Vorschuss für Plattenaufnahmen bei der italienischen *RCA:* Ciampi macht sich auch gleich daran, das Geld zu investieren – allerdings nicht in eine Plattenaufnahme, sondern in Alkohol und andere Eskapaden. Auch die Liveauftritte des verkrachten Sängers sind erratische Angelegenheiten: Oft entert Ciampi die Bühne im Vollrausch. Häufig ergeht er sich in Publikumsbeschimpfungen. Nicht selten bricht er die Auftritte vor dem Ende ab. Passend auch der knappe Titel einer wenig erfolgreichen Fernsehsendung, die den notorisch streitsüchtigen Künstler 1978 in den Mittelpunkt rückt: *Piero Ciampi, no!*. Wie Fabrizio De André oder Pier Paolo Pasolini fühlt er sich den Elenden und Verlorenen nahe. Der Unterschied ist, dass Ciampi alles tut, um selbst ein Elender und Verlorener zu sein.

Das alles wäre kaum der Dokumentation wert, wenn Piero Ciampi kein ganz Großer gewesen wäre. Er ist ein Lebensunfähiger, der das Leben erklärt. Gino Paoli, einer der Väter des modernen italienischen Liedes, sagte einmal, er habe Ciampi stets für den Wertvollsten der Lieddichterzunft gehalten, den poetischsten, den lyrischsten unter ihnen, den größten Künstler – und den größten Irren.

In den 70ern veröffentlicht Piero Ciampi seine besten Lieder, sie sind noch dunkler, noch daseinsfremdelnder als alle zuvor entstandenen Werke, aber sein Humor und seine Selbstironie ermöglichen auch sonnigen Gemütern den Zugang.

In einem seiner schönsten Lieder erklärt er es alles selbst: sein künstlerisches Selbstverständnis, seine Verkrachtheit und sein Fremdeln mit dem Leben im Allgemeinen und dem Musikbusiness im Speziellen. In »Ha tutte le carte in regola (per essere un artista)« (Er hat alle Papiere vorzeigebereit (um Künstler zu sein)) singt er zu dräuendem Liedermacher-Moll: »Ha tutte le carte in regola / Per essere un artista / Ha un carattere melanconico / Beve come un irlandese / Se incontra un disperato non chiede spiegazioni / (...) / Detesta lavorare intorno a un parassita / Vive male la sua vita /Ma lo fa con grande amore« (Er hat alle Papiere vorzeigebereit, um Künstler zu sein / Er hat einen melancholischen Charakter / Säuft wie ein Ire / Wenn er einen Verzweifelten trifft / Fragt er nicht nach Erklärungen / (...) / Er hasst es, für einen Parasiten zu arbeiten / Er lebt sein Leben schlecht / Aber er tut es mit großer Liebe).

Am Ende seines Lebens interessiert sich niemand mehr für den düsteren Ironiker. Erst viele Jahre später kommt es zu einer Wiederentdeckung seines Werkes. Am 19. Januar 1980 stirbt Piero Ciampi mit nur 45 Jahren an Speiseröhrenkrebs. Einer seiner behandelnden Ärzte ist Mimmo Locasciulli, der später selbst, nicht zuletzt inspiriert von Piero Ciampi, eine Laufbahn als *cantautore* einschlagen wird. Auch er hatte damals schon alle Papiere vorzeigebereit.

38

HOTEL SUPRAMONTE (1981)

Fabrizio De André

1975, auf dem Höhepunkt seiner Karriere, zieht sich der Genueser Fabrizio De André aus dem Rampenlicht zurück. Er ist 34, trinkt zu viel Whiskey und hat schlicht keinen Bock mehr auf die Zwänge des Musikbetriebs. Auf seiner Sehnsuchtsinsel Sardinien, bei Tempio Pausania, einem Granitstädtchen am Fuß des Monte Limbara, hat der Sänger ein altes Herrenhaus erworben, um hier mit seiner neuen Lebensgefährtin, der Sängerin Dori Ghezzi, und der gemeinsamen Tochter Luvi ein einfaches Leben auf dem Lande zu führen. Allzu bescheiden geht er es freilich nicht an: Auch ein Pool und ein kleiner See gehören bald zu der Anlage (heute ist die *L'Agnata di De André* ein beliebtes Urlaubsdomizil mit gehobenem *ristorante*). Doch De André meint es ernst: Er pflanzt Oliven und Wein und widmet sich voller Hingabe Ackerbau und Viehzucht: 65 Kühe lässt er importieren, dem Bullen gibt er den Namen »Napoleon«.

Es ist der junge *cantautore* Massimo Bubola, der den Eremiten dazu bewegt, doch wieder Songs zu schreiben. Gemeinsam verfassen die beiden 1978 das Album »Rimini«, ein Konzeptwerk über das Kleinbürgertum Norditaliens, das De André als Wegbereiter des Faschismus sieht. Erstmals sind auf der Platte Einflüsse traditioneller sardischer Musik zu hören. Auch eine italienische Fassung von Bob Dylans »Romance in Durango« findet sich hier, die vom Schöpfer des Originals begeistert aufgenommen wurde (als Dylan Jahre später für eine gemeinsame

Tournee anfragt, lehnt De André ab; wohl, weil er da seine »amerikanische Phase« schon hinter sich gelassen hatte). Auf der Konzertreise zum »Rimini«-Album – seiner ersten überhaupt! – erweitert De André den musikalischen Rahmen noch mehr. Er, der sich stets als Mann des Wortes gesehen hatte und seine Melodien als ausbaufähig erachtete, spielt nun mit den international erfolgreichen Prog-Heroen Premiata Forneria Marconi. 1979 werden gleich zwei Livealben veröffentlicht, die das funkensprühende Zusammentreffen von De André und den »ausgezeichneten Bäckern« aufs Schönste dokumentieren. Im selben Jahr kommt es zu einem Ereignis, das De Andrés Leben für immer verändern wird.

Am Abend des 29. August hört Dori Ghezzi plötzlich Schritte auf der Terrasse des sardischen Anwesens. Als sie hinausgeht, um nach dem Rechten zu sehen, trifft sie auf drei bewaffnete Männer mit Stoffmasken über den Köpfen; Fabrizio De André befindet sich bereits in ihrer Gewalt. Das Paar wird in einen Citroën verfrachtet, mit dem es in rasanter Fahrt in die Berge geht; die unerschlossene zweite Hälfte des Weges, hinauf ins Gebirge, legt das Paar, die Waffen der Entführer im Rücken, zu Fuß zurück.

Hinter dem Kidnapping, so stellt sich bald heraus, stecken sardische Banditen, die *anonima sequestri*, die fälschlicherweise davon ausgehen, De Andrés Vater sei ein schwerreicher Mann. Vier Monate werden die beiden im Supramonte-Gebirge festgehalten, die meiste Zeit verbringen sie mit verbundenen Augen. Unterdessen führt Don Salvatore Vico, der Priester von Tempio, der ein Jahr zuvor Ghezzis und De Andrés Tochter Luvi getauft hat, nächtelang Lösegeldverhandlungen mit den Entführern. Drei Billionen Lire werden gefordert, doch De Andrés Vater bittet Don Vico, den Betrag zu drücken, er kann die geforderte Summe schlicht nicht auftreiben. Am Ende einigt man sich auf 550 Millionen Lire.

Es verwundert wenig, dass sich De André, der sich seit jeher allen Underdogs verbunden fühlt, gut mit den Entführern versteht. Lediglich die Äußerung, ihr Lieblingssänger sei eigentlich Francesco Guccini, nimmt er ihnen krumm: Warum sie denn nicht gleich den entführt hätten, empört sich De André. Gleich nachdem erst Ghezzi, dann De André Ende Dezember freigelassen werden, informiert er die Presse, von den Entführern gut behandelt worden zu sein. Dass sie nach ihrer Verhaftung mit harten Strafen bedacht werden, verärgert ihn, da man seiner Meinung nach die Falschen bestrafe und es versäumt habe, den mächtigen Hintermännern der Tat auf die Schliche zu kommen.

Erstaunlich ist auch, wie De André die Erfahrung künstlerisch verarbeitet: Auf seinem 1981 veröffentlichten, »L'Indiano« genannten Album geht es dem Sänger im Wesentlichen darum, den Untergang der indigenen amerikanischen Kulturen mit dem der gleichfalls bedrohten sardischen Hirten thematisch zu verknüpfen. Das wird gleich zu Anfang des Albums deutlich, wo Aufnahmen einer Eberjagd auf Sardinien in einen First-Nations-Gesang geblendet werden. Im eröffnenden Song »Quello che non ho« (Was ich nicht habe) singt De André: »Quello che non ho è una camicia bianca / Quello che non ho è un segreto in banca / Quello che non ho sono le tue pistole / Per conquistarmi il cielo per guadagnarmi il sole« (Was ich nicht habe, ist ein weißes Hemd / Was ich nicht habe, ist ein Geheimnis auf der Bank / Was ich nicht habe, sind deine Pistolen / Zur Eroberung des Himmels und dazu, die Sonne zu verdienen). Ob nun Cheyenne oder ausgebeutete Bauern: De André zeichnet hier das Bild von Menschen, die sich als Teil von etwas Größerem sehen – in Abgrenzung zu jenen, die beherrschen und ausbeuten. Der Dichter der Verlierer ist wieder ganz bei seinem Thema.

Das schönste Stück der Platte, »Hotel Supramonte« (heute auch der Name von Sardiniens berühmtester Mehrseillängen-Kletterroute), verweist bereits im Titel auf die Entführungserfahrung. Kurz bevor Fabrizio De André auf »Crêuza de mä« die Segel setzen und Klänge des gesamten Mittelmeerraums zu einer ungehörten Musik zusammenfließen lassen sollte, ist er hier noch einmal ganz der klampfende Barde, ganz Genuas raunende Antwort auf Leonard Cohen und Georges Brassens.

Der Text ist wunderbar rätselhaft: »E se vai all'Hotel Supramonte e guardi il cielo / Tu vedrai una donna in fiamme e un uomo solo / E una lettera vera di notte e falsa di giorno / E poi scuse e accuse e scuse senza ritorno / E ora viaggi ridi vivi o sei perduta / Col tuo ordine discreto dentro il cuore / Ma dove, dov'è il tuo amore, ma dove è finito il tuo amore?« (Und wenn du zum Hotel Supramonte gehst und zum Himmel schaust / Wirst du eine Frau sehen, die in Flammen steht und einen einsamen Mann / Und einen Brief, wahr in der Nacht und falsch am Tag / Und dann Entschuldigungen und Anschuldigungen und Entschuldigungen ohne Rückkehr / Und jetzt reist du, lachst du oder bist verloren / Mit einem geheimen Befehl im Herzen / Aber wo, wo ist deine Liebe? Aber wo ist deine Liebe hin?).

Fabrizio De André bemerkte nach der Entführung lakonisch, nun, nachdem Dori und er vier Monate auf engstem Raum hätten verbringen müssen, könne er mit Sicherheit sagen, dass sie ein ziemlich gutes Paar abgäben.

39

I LIKE CHOPIN (1983)

Gazebo

Wer über italienische Popmusik spricht, muss auch über Italo-Disco sprechen. Es ist dies ein Genre, dem schwerlich Feinsinn oder allzu große musikalische Raffinesse vorzuwerfen sind.

Für die einen ist Italo-Disco die unschuldigste Verführung seit Erfindung der pinkfarbenen Wasserpistole, für andere stellt das Genre den Untergang des Abendlandes mit Schulterpolstern dar. Beides ist absolut zutreffend! Sagen wir so: Italo-Disco lässt Boney M. im Vergleich wie ein Avantgarde-Kollektiv aussehen. Dies ist ganz klar keine Musik für Menschen, die an der Auslotung gesellschaftlicher Missstände interessiert sind. Italo-Disco ist oberflächlich, schamlos, grell, überzuckert und billig. Und manchmal ganz großartig.

Der Begriff Italo-Disco geht zurück auf den findigen deutschen *ZYX*-Labelchef Bernhard Mikulski, der den Begriff in den 70ern ersann, um italienische Disco-Pop-Acts regional abzugrenzen. Es handelt sich mithin noch nicht einmal um ein italienisches Genre – die vielen von Mikulski und anderen vertriebenen Künstler sahen sich wohl schlicht als international orientierte Popmusiker. Geprägt wurde das Genre weniger von Autoren oder Charakterstimmen als von mutmaßlich schnauzbärtigen Produzenten, deren erklärtes Ziel darin bestand, Disco-Beats mit simplen Melodien zu kombinieren, das Auge dabei stets auf die Charts gerichtet. Dass die von den Schnauzbartproduzenten zu Präsentationszwecken auf die Bühne geschobenen

Hampelsängerinnen und -sänger ihre Playback-Auftritte häufig mit möglichst streitbaren Frisuren und Outfits absolvierten, war dem kurzlebigen Erfolg manch eines Projekts eher zuträglich.

Vorläufer des Genres sind die italienischen Disco-Produktionen der 70er, die in landestypisch überstrahlter Ausprägung das Überschwappen des Booms aus den USA aufgriffen: Der ehemalige Prog-Sänger Alan Sorrenti ist zu nennen, aber auch das keinem spekulativen Cash-in-Projekt abgeneigte Duo La Bionda. Erst in den frühen 80ern beginnt sich so etwas wie eine eigene Ästhetik herauszumendeln; in der Folge treten zahlreiche One-Hit-Wonder auf den Plan, darunter Scotch (»Disco band«) und Baltimora (»Tarzan boy«). Auf ganze acht Chartplatzierungen in Deutschland kommt hingegen der Dressman Den Harrow (bürgerlich Stefano Zandri), der 2012 zugab, auf keiner einzigen Aufnahme tatsächlich gesungen zu haben. Ähnlich verfuhr man bei dem Duo Fun Fun, bei dessen Auftritten anstelle der tatsächlichen Sängerinnen zwei Models ins Rampenlicht geschubst wurden. Dass das sorglose Treiben der Italo-Disco-Produzenten nicht nur die Pet Shop Boys und Daft Punk zu ihrem Schaffen inspiriert, sondern letztlich Modern Talking und die Eurodance-Auswüchse der 90er möglich gemacht hat, ist natürlich üble Nachrede und absolut wahr.

Das 1983 veröffentlichte Stück »I like Chopin« von Paul Mazzolini alias Gazebo darf als Apotheose des Genres betrachtet werden. Nicht weil es alle Zutaten des Genres besonders sorglos verquirlt, sondern weil der Song alles hat, woran es Italo-Disco sonst meist gebricht: Musikalität, Eleganz und Melancholie. »I like Chopin« ist ein schillerndes Pop-Juwel mit der Extranote *italianità*.

Paul Mazzolini kommt als Sohn einer Sängerin und eines Diplomaten schon in jungen Jahren viel herum in der Welt. Seine Kindheit und Jugend verbringt er im Libanon, in Jordanien, Schweden und Frankreich. Als Paul 15 ist, zieht die Familie endgültig zurück nach Rom. Schon immer der Musik zugetan, drängt es ihn nach dem Studium der Französischen Literatur ins Showgeschäft. Ein Stapel alter Kassetten, die er mit seinem Freund Pierluigi Giombini aufgenommen hat, weckt die Neugier eines kleinen Labels. Nun muss nur noch ein wohltönender Name her. Seine Wahl fällt auf Gazebo, ein Wort, das eine bestimmte Pavillon-Bauweise beschreibt. Seine erste Single – vollmundig »Masterpiece« betitelt – erregt die Aufmerksamkeit Freddy Naggiars, seines Zeichens Chef der Plattenfirma *Baby Records*, die gerade mit Al Bano & Romina Power Riesenerfolge erzielt. Es ist auch Naggiars Spürnase, die den Hit wittert, der Gazebo kurzzeitig zum Weltstar machen sollte. Für den Künstler selbst ist das Lied, das die Beziehung Chopins zur Dichterin George Sand thematisiert, nur eins von vielen Stücken aus den Jugendzimmer-Sessions mit Kumpel Pierluigi. Auch Letzteren holt Mazzolini als Produzenten mit an Bord. Der Jugendtraum wird wahr. Allerdings gilt es, noch ein Hindernis zu überwinden: Freddy Naggiar will ein Video zu »I like Chopin« drehen lassen. Ob er tanzen könne, fragt er seinen neuen Schützling. Dem läuft vor Schreck der Schweiß in die Slipper. Das mit dem Tanzen könne Naggiar vergessen, keinen Muskel werde er bewegen. Vielmehr werde er einfach charismatisch in die Kamera starren, *basta*. Am Ende setzt sich Naggiar durch: In der Nähe von London entsteht ein aufwändiges Video, und Gazebo bekommt doch eine kurze Paartanzszene.

Über zwölf Millionen Mal soll sich »I like Chopin« verkauft haben. Auch die Nachfolgesingle »Lunatic« wird ein internationaler Hit. Ein weiterer veritabler Bestandteil von Gazebos Alterssicherung dürfte »Dolce vita« sein, das er gemeinsam mit Kumpel Pierluigi Giombini für den Sänger Fabio Roscioli alias Ryan Paris komponiert, noch so eine Perle des Italo-Disco-Genres. Wie aber »I like Chopin« in Klang und Melodie Dekadenz und Ennui der 80er festnagelt – das ist schon mächtig konkurrenzlos. *Rainy days never say goodbye.*

40

L'IMMENSITÀ (1967)

Don Backy

Wenn man Don Backy bei öffentlichen Auftritten zuhört, wirkt der Sänger nicht selten von Bitterkeit umflort. Seine Geschichte ist die von einem, den es bei der wilden Fahrt auf dem *Canzone*-Karussell aus der Schaukel gehauen hat – und der seither eine Verschwörung gegen sich wittert.

Don Backy kommt als Aldo Caponi 1939 in dem Örtchen Santa Croce sull'Arno bei Pisa in ärmlichen Verhältnissen zur Welt. Er ist fünf, als er beim Spielen auf den umliegenden Müllhalden eine Handgranate findet, die ihm den halben Bizeps wegreißt. Ende der 50er, nach Abschluss einer Ausbildung als Gerber, geht er nach Mailand. Der ernste, gutaussehende Toskaner ist entschlossen, ein erfolgreicher Sänger zu werden.

In der norditalienischen Wirtschaftsmetropole wird Caponi zu Beginn der 60er Teil des frischgegründeten *Clan Celentano,* dessen Mitglieder ihm auch gleich seinen Künstlernamen verpassen. Als Teil der Clique um den aufstrebenden Erneuerer Adriano Celentano bemüht er sich, dem König der *urlatori* immer wieder neue Stücke zuzuschustern. Don Backys Stunde schlägt, als er einen italienischen Spezialtext zu Ben E. Kings Hit »Stand by me« präsentiert, der das Lied zu einem katholischen Gebet umdeutet. Caponi hatte den Text schon kurz nach seinem Umzug nach Mailand in einer Phase größter Einsamkeit geschrieben. Celentano ist hin und weg: Er bemerkt, dass er mit der Umarmung der Religiosität seine Kunstfigur um eine weitere – eine ernste – Dimension erweitern kann. »Pregherò« (Ich werde beten) wird ein Riesenhit, Celentano nimmt es im Laufe seiner Karriere gleich zweimal auf, in den 90ern singt er es auf dem Petersplatz für Papst Johannes Paul II.

Doch Caponi will seine Songs selbst singen. Durch einige kleinere Hits steigt er zum zweiterfolgreichsten Künstler des Labels auf. 1967 ist sein großer Moment gekommen. Der *Clan* schickt Don Backy mit seinem selbstverfassten Stück »L'immensità« (Die Unermesslichkeit), das ein wenig an Screamin' Jay Hawkins' Voodoo-Blues »I put a spell on you« erinnert, nach Sanremo. Es ist ein spirituelles Lied, das beim katholischen Celentano-Label sofort großen Anklang findet: »Io son sicuro che in questa grande immensità / Qualcuno pensa un poco a me / Non mi scorderà« (Ich bin mir sicher, dass in dieser großen Unermesslichkeit / Jemand ein wenig an mich denkt / Er wird mich nicht vergessen). Es sollte klar sein, dass Don Backy hier nicht von seinem Bäcker spricht.

Beim Festival singt er das Lied mit großem Ernst und innerem Beben, am Ende reicht es nur für Platz neun. Es ist ein Ausnahmejahr: Überschattet wird das 17. Festival von Sanremo vom Selbstmord Luigi Tencos, dessen Lied »Ciao amore, ciao« auf ganz andere Art mit dem Geplänkel der meisten übrigen Titel so gar nichts zu tun hat. In einem Jahr, da überall auf der Welt das Konzept Psychedelia explodiert, siegt Orietta Berti mit dem eher hausbackenen »Io, tu e le rose« (Ich, du und die Rosen).

Doch Don Backys Lied schlägt beim Publikum eine Note an und wird trotz des mauen Abschneidens zum Verkaufserfolg, zunächst in der verschlagerten Fassung von Johnny Dorelli, letztlich aber entwickelt sich die »L'immensità«-Fassung des Autors zu einem Dauer-Seller. Obendrein wird ein *musicarello* gleichen Namens mit ihm in der Hauptrolle gedreht. Don Backy scheint endlich am Ziel seiner Wünsche.

Auch im Folgejahr nimmt Festivalleiter Gianni Ravera ein Stück von Don Backy in den Wettbewerb auf: »Canzone« (Lied), dessen selbstbewusster Titel nahelegt, es könnte sich hier um das Lied aller Lieder handeln. Doch hinter den Kulissen braut sich Ungemach zusammen: Die Sängerin Ornella Vanoni hat an einem anderen Lied Don Backys, »Casa bianca« (Weißes Haus), einen Narren gefressen und möchte beim Festival unbedingt mit dieser Nummer vorstellig werden. Dumm nur, dass die neuen Statuten vorsehen, dass ein Komponist nur noch ein Stück pro Jahrgang ins Rennen schicken darf. Der *Clan Celentano* verfällt auf eine List: »Casa bianca« wird unter dem fiktiven Komponisten-Namen Eligio La Valle angemeldet. Das findet Don Backy nun so gar nicht gut: Der Sänger verweigert die Unterschrift, woraufhin der *Clan* die Signatur kurzerhand fälscht. Das ist dem bodenständigen Toskaner dann endgültig zu viel: Don Backy schmeißt die Brocken hin. Er kündigt dem *Clan* die Mitgliedschaft – und auch mit der Freundschaft zwischen Adriano und seinem Schützling ist Schluss. In Sanremo tritt Ornella Vanoni im Januar 1968 wie geplant mit »Casa bianca« an (Platz zwei), der andere Don-Backy-Song

»Canzone« wiederum wird von Celentano kurzerhand selbst in Szene gesetzt, wenn auch auf bizarre Weise: Erst gibt er dem Techniker, der ihm das Mikro hinstellt, ein Trinkgeld, später zündet er sich mitten im Song eine Zigarre an; es wirkt fast, als wollte er sich über das Stück des Abtrünnigen lustig machen. Doch auch »Canzone« stößt auf positive Resonanz (Platz drei), sodass die Zeitung *La Notte* titelt: »Don Backy vince senza cantare« (Don Backy gewinnt, ohne zu singen).

Am Ende sind 1968 drei Versionen von »Canzone« auf dem Markt: Don Backys Version, die von Celentano und eine von Milva. Auch wenn es Don Backys eigene Fassung von »Canzone« ist, die als Single auf seinem neugegründeten Label *Amico* letztendlich am meisten umsetzt, gerät seine Karriere nach dem Ausstieg beim *Clan* ins Straucheln. Er dreht einige Filme (unter anderem ist er in Mario Bavas »Cani arrabbiati« als psychopathischer Gangster mit Messerfetisch zu sehen), vor allem aber wirkt es, als bestünde seine neue Lebensaufgabe darin, sich öffentlich an seinem ehemaligen Freund und Chef abzuarbeiten: Auch nachdem der Fall 1974 vor Gericht zuungunsten Celentanos ausgeht, lässt Don Backy keine Gelegenheit aus, in Interviews schlecht über den berühmten Freund zu sprechen. Er führe sich auf wie ein König, der nach Lust und Laune über seinen Hofstaat gebiete, wer mit ihm sprechen wolle, müsse erst ein Schreiben einreichen, echte Freunde habe er gar keine, und so tiefreligiös, wie er immer vorgebe, sei er gar nicht: Ohne den von ihm, Don Backy, verfassten Text zu »Pregherò« wäre Celentano nie auf die Idee gekommen, seinen Glauben zum Teil seiner Marke zu machen. Und auch mit einigen anderen Prominenten rechnet der Sänger ab: Celentanos Orchesterleiter Detto Mariano bezeichnet er als »Musikdieb«, und der große Mogol habe zu seinem Text von »L'immensità«

lediglich eine Phrase hinzugefügt, dennoch werde dieser als Textautor genannt. Und könne ihm bitte mal jemand erklären, warum er seit dem 68-er-Debakel immer wieder Stücke beim *Sanremo*-Festival eingereicht habe, ohne dass auch nur ein einziges je angenommen worden sei?

Italiens traditionsreiches Festival – eine Schlangengrube? Unvorstellbar. Doch wir lernen: Da, wo die Schönheit so prächtig gedeiht, herrscht auch für die Blumen der Missgunst ein günstiges Klima.

»L'immensità« bleibt Don Backys Glanzmoment. Eines der besten Stücke des 67er-Jahrgangs. Und ein immenser Kracher von einem Song.

41

IO NON MI SENTO ITALIANO (2003)

Giorgio Gaber

Was ist Italien? Wer sind die Italiener? Was macht Land und Menschen zwischen Bozen in Südtirol und Licata im Süden Siziliens aus? Was eint Italien?

Die Italiener wissen es selbst nicht. Wenn der Deutsche vom Italiener spricht, so meint er meist einen lebensfrohen, den schönen Dingen zugetanen Zeitgenossen, der große Teile seines Lebens braungebrannt zwischen Weinbergen, historischen Baulichkeiten und Strand herumturnt, bergeweise Pasta vertilgt, unentwegt hektisch herumfuchtelt und ab 17 Uhr rot schimmernde Getränke in sich hineingießt. Der Italiener selbst hingegen ... Nun, der Italiener spricht meist erst gar nicht vom Italiener. Das Verhältnis zum Nationalstaat ist schwierig; man denkt regional, es zählt der lokale *campanile,* und Rom kann einen sowieso kreuzweise. Vielen Norditalienern gelten ihre von Rom abwärts beheimateten Landsleute ohnehin nur als *terrone,* als Erdfresser. Für die Menschen aus dem Süden wiederum, aus Kampanien, Apulien, der Basilikata, Kalabrien oder Sizilien, macht es keinen nennenswerten Unterschied, ob man nun in Mailand oder Hamburg lebt: An beiden Orten ist es kalt, und es wird viel zu viel gearbeitet.

Es gibt viele große Songs über Italien, seine Bewohner und die Kniffligkeiten der *italianità.* Eine besonders lohnende Auseinandersetzung mit dem Thema ist Giorgio Gabers »Io non mi sento italiano« (Ich fühle mich nicht italienisch). Hierzulande gänzlich unbekannt, stellt der 1939 als Giorgio Gaberščik geborene Musiker (sein Vater stammt aus Slowenien, seine Mutter aus dem Veneto) unter den *cantautori* eine hochinteressante, weil eher kleinkünstlerische Ausnahmeerscheinung dar. Gabers Darbietungen haben mehr mit Varieté und Musiktheater zu tun als mit angloamerikanischem Rock'n' Roll – und das, obwohl Gaber anfangs als Gitarrist für Adriano Celentano tätig ist und gemeinsam mit seinem Freund Luigi Tenco 1958 »Ciao ti dirò« (Ich werde dir Ciao sagen), den ersten waschechten italienischen Rocksong, komponiert.

Zur Musik kommt Gaber nicht eben aus Leidenschaft: Eine Lähmung der Hand zu Jugendzeiten fordert konstante Rehabilitationsaktivitäten, sodass seine Eltern ihm das Gitarrenspiel nahelegen. Er verdanke dieser Krankheit alles, sagt Gaber später. Zu Beginn der 60er macht er sich nach und nach als Autor ironischer Stücke wie »Benzina e cerini« (Benzin und Streichhölzer) oder »Goganga« einen Namen. Letzteres erzählt die betrübliche Geschichte eines Mannes, der wegen eines ständigen Pfeifens beim Sprechen zum Arzt geht. Der hilft ihm zwar, das

Pfeifen loszuwerden, dafür wird der Patient fortan davon geplagt, dass er unablässig »Goganga, goganga«-Laute von sich gibt. Man kann nicht gewinnen in dieser Welt!

Die Abwendung vom rein komödiantischen Lied geschieht unter dem Einfluss der Arbeiter- und Studentenproteste Ende der 60er. 1970 präsentiert Gaber erstmals sein Alter Ego, »Il Signor G«, eine Art italienischer Jedermann, der seinem Erfinder dazu dient, das Individuum als Spielball im Flipperautomaten des Zeitenlaufs zu spiegeln. Seine Auftritte, bei denen Gaber im schwarzen Anzug vorne am Mikrofon steht und zwischen den Stücken wild herumfuchtelnd satirische Texte vorträgt, bekommen etwas entschieden Musikkabarettistisches: Der Fuß auf der Monitorbox oder das vom Gepläster der Windmaschine flatternde offene Hemd sind seine Sache nicht. Gabers Ding ist *Highbrow*-Entertainment für die gebildete Linke – aber eben mit ordentlichen Beigaben aus der italienischen Gewürzmischung, will sagen: von ziemlicher Schonungslosigkeit, saftig und mit einer ordentlichen Ladung melancholischer Ironie.

Die nächsten beiden Programme heißen »Dialogo tra un impegnato e un non so« (Gespräch zwischen einem Engagierten und einem Weißnicht) und »Far finta di essere sani« (So tun, als wäre man gesund). Es geht um Korruption und Protestbewegung, Religion und Psychoanalyse, Essgewohnheiten und persönliche Neurosen: Italien auf dem Seziertisch des »Signor G«. So geht es durch die 70er. Als Co-Autor fungiert stets der Maler Sandro Luporini, den Gaber in den 60ern in der gemeinsamen Stammbar kennengelernt hatte. Ab 1971 ziehen sich die beiden Freunde jeden Sommer in Luporinis Haus in Viareggio zurück, um gemeinsam das Programm für die nächste Saison auszuhecken.

»Io non mi sento italiano«, ebenfalls mit Luporini geschrieben, ist ein spätes Gaber-Stück, das in diesem modernisierten Sinti-Jazz-Arrangement auch Paolo Conte hätte singen können. Gaber adressiert hier den Präsidenten: Er fühle sich nicht italienisch, aber leider (oder zum Glück) sei er es nun einmal. »E tranne Garibaldi / E altri eroi gloriosi / Non vedo alcun motivo / Per essere orgogliosi / Mi scusi Presidente / Ma ho in mente il fanatismo / Delle camicie nere / Al tempo del fascismo / Da cui un bel giorno nacque / Questa democrazia / Che a farle i complimenti / Ci vuole fantasia« (Und abgesehen von Garibaldi / Und anderen ruhmreichen Helden / Sehe ich keinen Grund / Stolz zu sein / Entschuldigen Sie, Herr Präsident / Aber ich habe Angst vor dem Fanatismus / Der schwarzen Hemden / Zu Zeiten des Faschismus / Aus dem eines schönen Tages / Diese Demokratie entsprang / Die zu loben / Viel Fantasie erfordert). Italien sei ein schönes Land voller Poesie, das viele Anforderungen stelle, hält Gaber weiter fest, doch in der abendländischen Welt sei es nur Peripherie. Aber: Wann immer die Italiener auf Spaghetti und Mandolinen reduziert würden, überkomme ihn der Stolz, und er halte entgegen: »Cos'è il rinascimento«, so geht die Renaissance. Wir haben Europa geschaffen, also schaffen wir auch Italien, endet Gaber.

Die Veröffentlichung des Stücks erlebt er nicht mehr. Am Neujahrstag des Jahres 2003, mit nur 63 Jahren, stirbt der starke Raucher in seinem Haus im toskanischen Bergdorf Montemagno an Lungenkrebs. Man kann nur ahnen, wie scharf und feinsinnig der Herr G. die Entwicklungen seines Heimatlandes in den letzten zwanzig Jahren kommentiert hätte.

42

IO VAGABONDO (1972)

I Nomadi

Italien ist ein konservatives Musikland. Den neuesten Trends aus den USA oder Großbritannien hinterherzuhecheln, ist dem italienischen Sangesadel schlicht zu blöd. In der Heimat der *canzone* geht man hinsichtlich musikalischer Neuentwicklungen tendenziell nur von kurzlebigen Moden aus. Zwar nimmt man das Treiben an den internationalen Trendbörsen wahr, ist grellen Kopien auch keineswegs abgeneigt, richtet die Aufmerksamkeit aber vorsorglich weiter auf das Wesentliche: die barocke Melodie. Das ist schon in den 60ern so, als das italienische Musik-Establishment allenfalls beiläufig Notiz von den Beatles und den Rolling Stones nimmt. Doch die dringend aufbruchswillige Jugend des Landes dürstet nach der neuen Musik aus England. Merke: Mit dem Beat diskutiert man nicht. Und so betreten ab Mitte des Jahrzehnts zunehmend auch italienische Pilzkopfträger die Bühnen der Liederwettbewerbe. An englischsprachigen Gesang ist zwar nicht zu denken; an englische Bandnamen hingegen sehr wohl. Man nennt sich Stormy Six, The New Trolls oder The Rokes.

Auch Beppe Carletti, ein junger Musiker aus der emilianischen Gemeinde Novi di Modena, ist fest zur Beat-Karriere entschlossen. Ein englischer Name kommt für seine Band allerdings nicht infrage; auch seine *mamma* soll ihn ohne Verrenkungen aussprechen können.

1963 wird er fündig. Auf Ischia – wo sonst? Beppe ist gemeinsam mit seinem Kumpel auf die Insel gereist, einem 16-jährigen Jungen namens Augusto Daolio. Während ihres Aufenthalts hören sie von einer örtlichen Band, die sich kürzlich aufgelöst hat: I Nomadi. Warum nicht einen guten Bandnamen ein weiteres Mal nutzen, sagen sie sich. Zumal er genau von jener Rastlosigkeit kündet, die Beppe und Augusto umtreibt.

Die Freunde haben einiges gemeinsam: Beide stammen sie aus kleinen Gemeinden in der Emilia-Romagna, und beide mussten sie vorzeitig die Schule abbrechen, um ihre Familien finanziell zu unterstützen. Dabei steht ihnen der Sinn nach ganz anderem. Vor allem Augusto ist ein kunstsinniges Kerlchen. Der stille und sanftmütige Junge verschlingt Bücher, schreibt und malt. Als Frontmann bei I Nomadi zeigt er nach und nach auch seine andere Seite: Auf der Bühne verwandelt sich der schüchterne junge Mann in einen charismatischen Kommunikator, der jedes Publikum in seinen Bann zu ziehen in der Lage ist.

1966 beginnt die Gruppe eine fruchtbare Zusammenarbeit mit dem damals noch unbekannten späteren *Cantautore*-Schwergewicht Francesco Guccini, als deren Höhepunkt gemeinhin das Stück »Dio è morto« (Gott ist tot) angesehen wird. Die staatliche *RAI* boykottiert den Song, *Radio Vaticano* hingegen deutet das Lied als Dokument einer spirituellen Krise und spielt es.

In den 70ern lässt die Band den Beat hinter sich und wendet sich sozialkritischem Schlaghosen-Rock zu. I Nomadi finden nun endgültig zu sich selbst – als ebenso gutmütige wie langhaarige Wanderphilosophen, die perfekt den Aufbruchsgeist jugendlicher Parka-Träger jener Tage verkörpern. In dieser Phase wird auch ihr berühmtester Song geboren: »Io vagabondo (che non sono altro)« (Ich Vagabund (der ich nichts anderes bin)). Das Lied erlebt einen stotternden Start: Als es die Band beim Wettbewerb *Un disco per l'estate* (Eine Schallplatte für den Sommer) präsentiert, landet es abgeschlagen auf dem letzten Platz. Doch auch in Italien wird letztlich mit den Füßen abgestimmt: Die hippieeske Streunerhymne trifft einen Nerv und verkauft sich bei Erscheinen wie Zitroneneis im August. Gleichzeitig macht sie die Band zu einer Rock-Institution jenseits der grassierenden Prog-Flamboyanzen.

1992 beugen sich dunkle Mächte über die Band: Im Mai kommt Bassist Dante Pergreffi bei einem Autounfall ums Leben. Und auch Sänger Augusto Daolio verstirbt wenige Monate später im Alter von nur 45 Jahren nach einer schweren Erkrankung. Sein Freund Beppe Carletti denkt kurz daran hinzuschmeißen. Doch er entscheidet sich anders. I Nomadi sind in wechselnden Besetzungen mit Carletti als einzigem Gründungsmitglied bis heute aktiv, 2023 darf der Keyboarder den sechzigsten Geburtstag seiner Band feiern.

Man kann nicht behaupten, dass die Italiener ein besonders nomadisches Volk wären. In einem Land, in dem der Geist schon ständig vagabundiert, muss nicht auch noch dauernd der Wohnort gewechselt werden. Sofern nicht wirtschaftliche Gründe einen Umzug in die norditalienischen Metropolen oder gar ins Ausland erforderlich machen, harrt man gerne im Schatten des heimischen Kirchturms aus. Trotzdem – möglicherweise auch: gerade darum – ist das Vagabundenlied von I Nomadi bis heute ein Stück, bei dem man unter enthemmtem Mitsingen wunderbar so tun kann, als bilde das Lied die eigene Nomadenseele ab.

43

L'ITALIANO (1983)

Toto Cutugno

Wenn sich die Italiener in mußevollen Stunden vergegenwärtigen, welche Acts im europäischen Ausland und den ehemaligen Ländern der Sowjetunion die italienische Popmusik am erfolgreichsten repräsentieren, führt dies nicht selten zu einigem Haareraufen: Während identitätsstiftende Künstler wie Francesco De Gregori außerhalb der italienischen Landesgrenzen keinerlei Rolle spielen, scheint die internationale Italo-Polonaise vor allem zu den Klängen von Acts wie Ricchi e Poveri, Al Bano & Romina Power und Toto Cutugno stattzufinden.

Allein dieser Cutugno: Seine offizielle Homepage ist achtsprachig. In 32 Sprachen existieren Wikipedia-Einträge über den Musiker. Künstler aus Frankreich, Deutschland, Finnland, Spanien, Griechenland und Japan singen seine Lieder. In seiner Heimat hingegen wird der Toskaner belächelt: Cutugno gilt als Mann fürs Grobe, dem kein Klischee zu schal ist. Als Ein-Mann-Schlagerfabrik mit *Sanremo*-Abo. Der Künstler selbst sieht sich hingegen als Apologet der Einfachheit, die letztlich ja ganz schön schwer herzustellen sei.

Sein Erfolg im Ausland ist natürlich nur allzu gut zu erklären: Cutugno passte einfach perfekt ins klischierte Italo-Bild der frühen 80er-Jahre – und er verstand es, alle Stereotypen ausgesprochen lässig zu bedienen. Bald kam er nur noch in seinem patentierten Look – das sanfte Raubein im Smoking – zur

Party, und deutsche TV-Moderatoren brachten in ihren Anmoderationen inflationär oft das Wort »Reibeisenstimme« zum Einsatz.

Salvatore Cutugno wächst als Kind sizilianischer Binnenemigranten im toskanischen Dörfchen Fosdinovo auf. Sein musikalisches Wirken beginnt er als Schlagzeuger in diversen toll betitelten Beat-Bands: Nostradamus, Cocci di Vaso (Scherben der Vase) und Accanimenti Terapeutici (Lebensverlängernde Maßnahmen). So klangvoll sie auch sind – in der Szene des Beat setzt man eher auf knackigere Namen (man denke an die Stars des Genres: I Dik Dik). So gehen die 60er für Cutugno ohne nennenswerten Erfolg zu Ende. Der kommt im Folgejahrzehnt, als Toto bei der Band Albatros die Schlagzeugstöcke gegen das Gesangsmikrofon eintauscht. Er ist fast dreißig, als Albatros mit dem Lied »Africa« einen Mini-Hit landen können. Der Song wird zudem erfolgreich nach Frankreich verkauft, wo Joe Dassin mit einer Coverversion die Charts entert – es ist der Grundstein für Cutugnos Karriere als erfolgreicher Songlieferant für diverse französische Sängerinnen und Sänger.

1978 beginnt Toto Cutugnos Solokarriere, nachdem er den Produzenten der Fernsehsendung *Scommettiamo?* (Wetten wir? – ein *Wetten, dass ..?*-Vorläufer), die von Italiens Showmoderator Nummer eins, Mike Bongiorno, moderiert wird, sein Lied »Donna, donna mia« als Schlussmusik andienen kann. Im selben Jahr trudelt über seinen Textpartner Cristiano Minellono ein weiterer lukrativer Auftrag in Cutugnos Liederwerkstatt ein: Der große Adriano Celentano ist ein wenig klamm in Hit-Angelegenheiten; seit seiner Krisenhymne »Svalutation« (Abwertung) von 1976 hat es kein Liedautor vermocht, dem zunehmend im Filmbereich aktiven Mailänder einen richtig großen

Song auf den Leib zu komponieren. Zusammen mit Minellono schreibt Toto Cutugno das Stück »Soli« (Allein), einen wunderbaren Moll-Schlager über ein Liebespaar, das das Telefon ausstöpselt und sich in erotischer Zweisamkeit von der Welt abkoppelt, nur mit der Haut als Jacke (»la pelle come un vestito«). Es ist der richtige Song zur richtigen Zeit: Die Balance von melancholischer Müdigkeit und angedeuteter Sexualität macht »Soli« zu einem Lied, in dem sich Celentano so richtig schön breitmachen kann. Das Stück wird ein Riesenhit, und Celentano ist wieder obenauf. 1980 verfasst das Gespann Cutugno/Minellono für Adriano das sehr gelungene Album »Un po' artista, un po' no« (Ein bisschen Künstler, ein bisschen nicht). Adriano Celentano sei der größte Musiker Italiens, weiß Cutugno, er fühle sich ihm tief verbunden. Dass die Zusammenarbeit nach dem Album endet, ist schlicht dem Umstand geschuldet, dass Totos Solokarriere 1980 endgültig abhebt, als er beim *Sanremo*-Festival mit »Solo noi« (Nur wir) antritt. Zwar geht ihm das Charisma eines Celentano ab, er ist nervös und wirkt intonatorisch nicht ganz sattelfest. Aber Italien ist begeistert von dem schüchternen Sänger und seinem donnernden Liebeslied: Cutugno landet auf Platz eins und hat seinen ersten großen Hit.

1983 tritt er wieder im *Ariston* zu Sanremo an, diesmal mit dem Lied, für das er in Deutschland am berühmtesten ist: »L'italiano« (Der Italiener). Man solle ihn singen lassen, mit seiner Gitarre in der Hand, tut Toto kund, schließlich sei er ein echter Italiener. Die Gitarre hat er beim Playback-Auftritt wirklich in der Hand, allerdings vergisst er die meiste Zeit, sie zu spielen. Zwar wird er nur fünfter, in der Publikumsabstimmung liegt er jedoch vorne und kann seinen zweiten großen Erfolg einfahren.

»L'italiano« ist gewissermaßen das konservative Gegenstück zu »Vita spericolata«, das der mutmaßlich betrunkene Vasco Rossi am selben Abend aufführt (Platz 25) und das diesen in der Folge zu Italiens größtem Rockstar macht. Während sich Vasco den Ausbruch aus allen Konventionen herbeisehnt, ist »L'italiano« pure Konsolidierung: Cutugnos Lied – vor allem natürlich der wieder von Minellono verfasste Text – ist die nur mild ironisch gefärbte Festschreibung nahezu aller Italo-Klischees, die einem einfallen könnten: *spaghetti al dente* und *caffè ristretto*. Rasiercreme mit Pfefferminzaroma und der blaue Nadelstreifenanzug. Die Fahne in der Reinigung und ein Fiat 600 mit kaputter Karosserie. Cutugno besingt in dem Song – musikalisch ein für den Sänger typischer Wandergitarren-Schunkler mit mollener Schlagseite – ein Land mit immer mehr Frauen und immer weniger Nonnen (»... con più donne e sempre meno suore«) und einem Partisanen als Präsident – gemeint ist das damalige Staatsoberhaupt Sandro Pertini. Doch bei aller fatalistischen Ironie ist es ein stolzes Lied, dessen Protagonist die zugeschriebene Rolle bereitwillig annimmt.

1990 erweist sich Toto als Mann des europäischen Gedankens. »Insieme: 1992« (Zusammen: 1992) ist eine kontinentale Hymne von einigen Gnaden, die beim *Sanremo*-Festival auf dem zweiten Platz landet und beim *Eurovision Song Contest* gar auf Platz eins. In den Folgejahren ist er meist *Signore Sanremo*: Kaum ein anderer männlicher Künstler war als Interpret und Songschreiber so häufig beim Festival vertreten. 2010, nach überstandener schwerer Erkrankung, zum bislang letzten Mal.

Der sympathische Schunkler »L'italiano« bleibt Cutugnos hierzulande populärstes Stück. Dabei hatte er auch dieses Lied

Celentano auf den Leib komponiert. Der aber lehnte ab. Den Italiener vom Dienst wollte er wohlweislich nicht geben.

44

I WANT TO KNOW (1976)

Adriano Celentano

Il meglio. Il molleggiato. Il ragazzo della Via Gluck.

Ich muss vermutlich niemandem, der sich bis hierhin durch dieses Buch gelesen hat, noch erzählen, dass Adriano Celentano so viel mehr ist als der lustige Brummbär aus den 80er-Jahre-Komödien. Celentano ist Depp und Visionär, Revolutionär und Reaktionär, Mythos und Nervensäge, Christ und Clown, Prediger und Zwischenrufer, Exzentriker und Mann des Volkes. Vor allem aber ist der Mailänder ein Künstler, der nur zu seinen eigenen Bedingungen funktioniert. Mein absoluter Lieblingssänger ist er obendrein.

Vom Rock'n' Roll durchrüttelt denkt Celentano ab Ende der 50er zur Freude von Italiens Jugend Jerry Lewis und Elvis Presley zusammen und erfindet damit ganz nebenbei die italienische Rockmusik. Nach zahlreichen erfolgreichen Singles beginnt Mitte der 60er die Glanzphase des gelernten Uhrmachers. Celentano befreit sich von allen Regeln: Umgeben vom legendären *Clan Celentano* (bestehend aus Ehefrau Claudia Mori und lauter Freunden, die als Musiker, Komponisten, Texter und Arrangeure fungieren) veröffentlicht er auf seinem eigenen Label Ende des Jahrzehnts eine Reihe Platten, die in puncto Freigeist und Ideenreichtum die Konkurrenz mit der Vespa auf dem Gehweg überholen. Vor allem »Le robe che ha detto Adriano« (Der Kram, den Adriano gesagt hat) von 1969 ist der Wahnsinn mit *parmigiano* obendrauf: Psychedelia trifft das Alte Testament, scheppernder Ökologie-Beat-Rock knallt auf heißblütigen Folk; über das rappelige Spiel der Begleitband I Ribelli um den Songschreiber Gino Santercole (bemerkenswerterweise Celentanos Neffe UND Schwager!) legen sich Orchesterschwaden und verhallte Engelschöre.

Mit Beginn der 70er bekommt Celentanos Werk etwas faszinierend Erratisches. In Sanremo singt er »Chi non lavora non fa l'amore« (Wer nicht arbeitet, macht keine Liebe), bricht das Stück zweimal ab – und gewinnt. Er dreht Filme mit Sergio Corbucci und Dario Argento, führt Regie bei dem bizarren Kunstfilm »Yuppi Du« und geißelt im tollen Psychedelic Funk »L'unica chance« (Die einzige Chance) die Verbrechen der Lebensmittelindustrie.

Ende der 70er verabschiedet sich Celentano für längere Zeit von der Bühne – teils aus Faulheit, teils aufgrund von Filmverpflichtungen, vor allem aber aus Angst vor allzu übergriffigen Fans. »Die Leute drehen einfach durch, sobald sie Adriano sehen«, erklärt sein Liedtexter und *Clan*-Kumpel Miki Del Prete dazu. Die Alben bekommen einen zunehmend trägen Ton, was auf »Svalutation« (ein Kunstwort für wirtschaftlich-kulturelle Abwertung), »Soli« (Allein) und »Un po' artista, un po' no« (Ein bisschen Künstler, ein bisschen nicht) noch zu tollen Ergebnissen führt.

Mit Beginn der 80er wird Celentano die Musik spürbar egal. Er dreht jetzt die berühmten Filmklamotten, die sein Image als liebenswerter Muffmolch zementieren. In vielen der Werke sind die *Clan-Celentano*-Jungs dabei (vor allem der Schwagerneffe Santercole bekommt prominente Rollen verpasst, so etwa die von Adrianos Kontrahent in der legendären Wettlaufszene aus »Hände wie Samt«).

1985 gehen noch einmal die Ambitionen mit Adriano durch:

Seine zweite Regie-Arbeit »Joan Lui« ist ein wahnsinnig verquaster pseudoreligiöser Weltuntergangsmumpitz mit Celentano als Messias und zahllosen Massenszenen, die den Eindruck erwecken, bei der Apokalypse handelte es sich um eine Aerobic-Veranstaltung.

In den 80ern beginnt auch eine dritte Karriere: die des Personality-Show-Moderators mit Kante. Halb Italien sitzt vor dem Bildschirm, wenn Adriano sendet. Mit hiesigen TV-Gepflogenheiten haben seine Shows freilich wenig zu tun: Mal schweigt Celentano minutenlang bedeutungsvoll, dann wieder geißelt er Robbensterben, Aufrüstung, Umweltzerstörung und den Zustand der Pressefreiheit in Italien – oder er schreibt gemeinsam mit Roberto Benigni einen Protestbrief an Silvio Berlusconi. Zwischendurch wird gesungen.

In den späten 90ern schließlich läutet *Il molleggiato,* der Federnde, sein ausgesprochen würdiges Spätwerk ein, das auf Alben wie »Esco di rado e parlo ancora meno« (Ich gehe selten aus und rede noch weniger) etliche tolle Songs bereithält. An dieser Stelle sei aber einem Stück aus seiner Faulenzerphase Ende der 70er der Vorzug gegeben. »I want to know« klagt ausgesprochen funky Missstände im Wohnungsbau an: Warum müssen die Leute wie Sardinen in der Dose leben? Die Slow-Disco-Produktion ist grandios, und Adriano knüpft hier gesanglich noch mal an seine besten Momente der 60er an.

Das im Internet kursierende unscharfe Promo-Filmchen beantwortet zudem die Frage, ob es reichen kann, wenn man für ein Video den Künstler in Totaleinstellungen beim unmotivierten Herumstehen in Kolosseum-Nähe abfilmt. Die Antwort ist ein klares *certo!* – zumindest, wenn der Künstler Adriano Celentano heißt und nach zwei Minuten doch noch dem Affen Zucker gibt. *Balla!*

45

JE SO PAZZO (1979)

Pino Daniele

Vor einigen Jahren begab es sich, dass ich in einem *ristorante* in Neapel an der holzvertäfelten Wand zwei Schwarz-Weiß-Fotos entdeckte. Auf dem einen war, umringt von der stolzen Belegschaft, ein offenbar prominenter Herr zu sehen. Auf dem anderen stand ein kräftig gebauter Mann – derselbe, nur ein paar Jahre später? – neben dem Küchenchef. Er hatte langes weißes Haar, den Körperbau eines Gewichthebers und hielt, während er eine irre Grimasse zog, mit beiden Händen etliche Knoblauchbündel in die Luft; weitere Bündel baumelten von seinem Gürtel hinab. Ich hatte nie zuvor so viel Knoblauch auf einem Foto gesehen. Wer denn die beiden Herren auf den Fotos seien, fragte ich den *cameriere*. Oder sei es am Ende derselbe?

»*No signore!*«, entgegnete der Kellner einigermaßen entsetzt. Der inmitten des Teams sei ein Fußballtrainer (ich habe vergessen, welcher). Ach, und der andere, der mit dem irren Gesicht und den ganzen Knoblauchbündeln? Jetzt mischte sich in des Kellners Entsetzen eine gehörige Portion Mitleid. Er hatte offensichtlich einen komplett Ahnungslosen vor sich. »Das«, sprach er nun mit spürbarer Herablassung und tief gerührtem Beben in der Stimme, »ist Pino Daniele.«

Ich habe für Pino Daniele, diese neapolitanische Urgewalt, ein Weilchen gebraucht. Das liegt nicht zuletzt daran, dass mir vor allem Danieles spätere Musik in meiner Unkenntnis oft vorkam wie dieser Zeitüberbrückungs-Jazzrock, der bis heute auf öffentlich-rechtlichen Radiosendern zum Einsatz kommt, wann immer es zwischen einem Beitrag und den Nachrichten Zeit totzuschlagen gilt. Wie töricht ich war!

Sie ahnen es bereits: Pino Daniele ist der Neapolitaner unter den *cantautori,* eine musikalische Ikone des italienischen Südens, ein Überlebensgroßer, der in seiner Heimatstadt geradezu Heiligenstatus genießt. Wer einmal das Vergnügen hatte, durch die wildeste aller italienischen Städte zu streifen, wird Pino Daniele als Graffito an vielen Häuserwänden, auf Postern und Transparenten entdeckt haben.

Tatsächlich wird dem 1945 geborenen Daniele die Bezeichnung *cantautore* nur bedingt gerecht, da bei ihm der Text im Vergleich zu vielen seiner Kollegen weiter in den Hintergrund zu rücken scheint. Dies geschieht zugunsten einer Musik, die ungemeine Virtuosität mit süditalienischem *sentimento* verbindet. Neapel, Danieles *terra mia,* bedeutet hier alles: Der Gitarrist sang überwiegend in seiner neapolitanischen Heimatsprache und verwob die musikalischen Traditionen der italienischen Musikhauptstadt mit Blues, Funk und Jazz. Dass er dies stets mit enormer physischer Wucht – es sei erlaubt zu sagen: mit denkbar hohem Knoblaucheinsatz – tat, macht die Sache noch erfreulicher. Sein frühes Stück »Napule è« (Neapel ist) ist heute eine Hymne, die zu allen erdenklichen Anlässen zwecks Herstellung eines Gemeinschaftsgefühls gesungen wird: »Napule è na' camminata / Int'e viche miezo all'ate / Napule è tutto nu suonno / E a' sape tutto o' munno / Ma nun sanno a' verità« (Neapel ist ein Spaziergang / Sich in den Gassen unter die Leute mischen / Neapel ist ein einziger Traum / Man kennt die Stadt auf der ganzen Welt / Aber die Wahrheit kennen sie nicht). Als Daniele 2015 mit nur 59 Jahren überraschend an einem Herzinfarkt verstarb, weinte die ganze Stadt.

Auch wenn ich den Ohne-Filter-Vokuhila-Jazz-Funk des späteren Daniele mittlerweile liebe, ist mir vor allem sein Debütalbum »Terra mia« (Meine Erde) ans Herz gewachsen, das mit seinem verspielten Hippie-Folk auch Tropicalia-Freunden gefallen könnte. »Terra mia« ist ein Album, das auf ungemein wohlklingende Art verdeutlicht, wie in Neapel, der Stadt unter dem Vulkan, der Hochburg des *arrangiarsi,* lokale Tradition und Weltenklang zueinanderfinden.

Die beiden folgenden Alben »Pino Daniele« und »Nero a metà« (Zur Hälfte schwarz) sind Kleinodien des geleckten Jazzpop, die unter Yacht-Rock-Fans für Bootskäufe sorgen könnten. »Je so pazzo« (Ich bin verrückt), ein unterschwellig brodelndes Gammlerlied vom zweiten Album, soll heute als musikalische Visitenkarte des sympathischen Bühnentiers und Bauchmusikers dienen. Schlendern wir also mit Pino Daniele in die Gassen Neapels. Mit ein bisschen Glück könnten wir verlorengehen.

46

KALIMBA DE LUNA (1984)

Tony Esposito

Der große neapolitanische Philosoph Benedetto Croce befand einmal, Neapel sei »ein Paradies, das von Teufeln bewohnt ist«. Und von Trommlern, möchte man hinzufügen.

Als Tony Esposito 1984 den Liederwettstreit *Un disco per l'estate* gewinnt, spielt wohl auch das Instrument eine Rolle, das der verdiente neapolitanische Percussionist da im gleißenden Licht der Scheinwerfer auffunkeln lässt. Um des Künstlers Lenden baumelt der von Esposito erfundene *Tamborder,* ein elektronisch verstärktes Trommel-Set to go, das klingt, als würde man gleichzeitig darauf herumklopfen und hineinblasen. Gottlob wird Letzteres unterlassen, es hört sich nur so an!

Der *Tamborder* ist nicht Tonys erste innovative Bastelarbeit auf dem Sektor der Rhythmusinstrumente. Der blonde Musiker ist ein weitgereister Klangforscher, der sich auf seinen Exkursionen vor allem auf den afrikanischen Kontinent zahlreiche Anregungen zum Bau neuer Trommelgerätschaften geholt hat. Zum *Tamborder* passt auch der selbstbewusste Titel, den der Paganini der Trommel seinem neuen Album gegeben hat: »Il grande esploratore« (Der große Entdecker). Keine Frage: Der Mann denkt groß, er will die Wagenradpizza!

Tony ist nicht alleine zum Festival gekommen. Unterstützt wird er von dem Leinenanzugträger, Querflötisten und Sänger Gianluigi Di Franco alias Lui' Franco, vormals einer der vier (!) Querflötisten der kurzlebigen Prog-Band Cervello (Hirn). Gemeinsam geht es ins »Land of the sunshine«, wie Di Franco zum Auftakt von »Kalimba de luna« verkündet. Ebenfalls in die Vorgänge verstrickt ist der Keyboarder Remo Licastro, der gerne Klavierkrawatten und Matrosenmützen trägt. Gemeinsam sehen die drei Botschafter mediterraner Leichtigkeit aus wie unbeschwerte Strandbarbetreiber im Cilento der 80er. Gelegentlich bläst Gianluigi Di Franco auf der Bühne in eine Muschel. Cool ist das nicht, effektiv allemal: Wem angesichts der drei Herren und ihres Liedes nicht schlagartig der Sommer aus den Poren dampft, der muss schockgefrostet sein.

Als er mit »Kalimba de luna« seinen ersten von zwei Hits unter eigenem Namen landet, ist Tony Esposito längst eine Größe im italienischen Musikbetrieb. Als einer der vielbeschäftigsten Studiomusiker seines Landes ist er auf Werken fast aller

Größen mit von der Partie: Wann immer es auf italienischen Stücken der 70er und 80er exotisch klöppelt, ist es der »king of percussion«, wie Tony in seiner Heimat genannt wird. Zu besonderen Ehren kommt sein Spiel als Teil der Supergruppo um Pino Daniele auf dem Album »Vai mò«: Sein Zusammenspiel mit Schlagzeuger Tullio De Piscopo, dem anderen neapolitanischen Rhythmus-Genie, auf diesem Album fährt noch ins verdorrteste Bein. Auf seinen eigenen Platten, die er seit 1975 veröffentlicht, verschmilzt Tony Esposito die Musik seiner Heimatstadt Neapel mit seinen vielfältigen musikalischen Reiseeindrücken.

Auf den enthemmten Beachparty-Sound von »Kalimba de luna« vermögen diese Werke nur unzureichend vorzubereiten. Man kann nicht behaupten, dass der Song die neapolitanische Seele ausloten würde – eher werden ein paar Spirituosen am Strand ausgelotet. Gleichzeitig klingt Espositos Trommeltanz massiv nach Kinderprogramm im *Club Robinson.* Daran mag Anstoß nehmen, wer will, in meinen Ohren hat dieser Frontalangriff auf die Sommerdisco etwas sehr Charmantes.

Im Folgejahr gelingt Esposito, wieder unterstützt von Lui' Franco und Remo Licastro, ein Nachfolgehit. Der von Franco verfasste englische Text von »Papa Chico« sollte dringend im Schulunterricht durchgenommen werden: »Papa Chico you're the sun / All the children don't want the gun / Papa Chico's playing this sound / All the people they're turning around / Papa Chico move your eyes / You'll discover's heatin' the ice / Papa Chico sing this song / All the people're feeling their goal«. Wer auch immer dieser Papa Chico ist, die Sprache versagt offenbar vor der immensen Wucht dieses Mannes! Es kann sich nur um einen absoluten Teufelskerl handeln. Das sah wohl auch der deutsche Produzent Frank Farian so, der das Lied – ebenso wie zuvor »Kalimba de luna« – noch einmal mit Boney M. aufnahm.

Tony Esposito hat das mit dem Produzieren von Sommerhits irgendwann drangegeben und sich wieder auf seine Klangforschungen und die Tätigkeit als Session-Musiker konzentriert. Viele mögen das begrüßen, ich bin ihm, wie erwähnt, für seine Ausritte in die Stranddisco sehr dankbar.

Übrigens: Es gibt in Neapel noch einen zweiten prominenten Trommel-Titan, der von Haus aus auf den Namen Tony Esposito hört. Um die Angelegenheit nicht unnötig zu verkomplizieren, zog er es jedoch vor, sich zu Beginn seiner Karriere in Tony Cercola (nach seinem Geburtsviertel) umzubenennen. In Neapel sollte einen nichts wundern.

47

LAMEZIA MILANO (2017)

Brunori Sas

Als 1861, nach Jahrzehnten der Erhebungen und Unabhängigkeitskriege, endlich der Nationalstaat Italien als konstitutionelle Monarchie ausgerufen wird, spricht der Schriftsteller und Politiker Massimo d'Azeglio anlässlich der ersten Sitzung des gesamtitalienischen Parlaments die historischen Worte: »Fatta l'Italia, bisogna fare gli italiani« (Wir haben Italien geschaffen, jetzt müssen wir Italiener schaffen).

Als vollendet darf das Projekt Italienererschaffung bis heute nicht betrachtet werden. Man hat den Eindruck, dass in Italien nichts so einend ist wie die Uneinigkeit. Und dann ist da der immer noch schwelende Konflikt zwischen Nord und Süd, der weiterhin massives Spaltungspotenzial birgt. Ich will nicht behaupten, die Hoffnung auf Besserung ruhe auf den Schultern eines einzigen Mannes. Aber zumindest ist der 1977 geborene Dario Brunori so etwas wie ein inneritalienischer Nord-Süd-Botschafter. Geboren in der kalabrischen Provinz Cosenza, ist Dario ein Kind des Mezzogiorno, er liebt seine Heimat und lebt heute wieder im ländlichen Kalabrien. Zugleich treibt ihn der Beruf des Musikers immer wieder in den schnelllebigen Moloch *Milano*. Vom Spagat zwischen diesen Welten handelt sein liedgewordener Inlandsflug »Lamezia Milano«.

Schon in den 90ern verschlägt es Brunori zwecks Studiums der Wirtschaftswissenschaften ins toskanische Siena. Hier unternimmt er auch seine ersten musikalischen Gehversuche. 2005 gründet er dann in Florenz die Band Blume, deren einziges Album den prägnanten Titel »In tedesco vuol dire fiore« (Auf Deutsch heißt das Blume) trägt. Doch es treibt ihn zur Solokarriere. 2009 debütiert er unter dem Namen Brunori Sas (das Kürzel s. a.s. ist das Äquivalent zur deutschen KG).

Wenn man es ganz dicke machen will, so ist Brunori Sas so etwas wie die Neuerfindung des klassischen *cantautore* zu Indie-Bedingungen. Die ersten drei Alben erscheinen auf seinem eigenen Label *Picicca Dischi* und tragen ihn in die Top Ten. Alle drei Werke sind ungemein beglückend: Mit leichter Hand spinnt Brunori Sas das Garn seiner Vorbilder Lucio Dalla und Francesco De Gregori weiter und schafft es dabei gleichzeitig, einen seiner Zeit angemessenen Ausdruck zu finden. In Songs wie »La verità« (Die Wahrheit), »Canzone contro la paura« (Lied gegen die Angst), »L'uomo nero« (Schwarzer Mann) und »Per due che come noi« (Für zwei wie uns) mischen sich Güte und Spott, Sanftmut und galliger Humor. Wie kein Zweiter spiegelt Brunori Sas die Nöte und Neurosen einer ganzen Generation. Entscheidend ist mal wieder die *sprezzatura*, die hier am Werk ist: die Kunst, etwas Anstrengendes und Arbeitsintensives federleicht wirken zu lassen. Das gilt auch für die kurzlebige TV-Show *Brunori Sa*, in der er sich in fünf Episoden mit den Themen Gesundheit, Zuhause, Arbeit, Beziehungen und Gott beschäftigt.

Typisch für die Lieder des Nord-Süd-Pendlers ist das Element des Versöhnlichen. Da, wo offensichtliche Reibung herrscht, kann es helfen, das Verbindende zu sehen, scheint er uns zu sagen. Und so haben die Figuren auf seinem bislang letzten Album »Cip!« bei aller oberflächlichen Gegensätzlichkeit in ihrem Suchen und ihrer Perplexität auch so einiges gemein. Wieder wurde in Mailand produziert, geschrieben hat Brunori die Lieder aber zu Hause, beim Herumkraxeln in der kalabrischen Natur. Wenn er in seinem Dorf San Fili in Kalabrien sei, verlängere sich stets die Zeit, was den Nachteil berge, dass er sich von seiner eigenen Untätigkeit beeindrucken lasse, sagte er einmal. In Mailand hingegen fühle er sich in der operativen Phase am besten aufgehoben.

Den Spagat zwischen den Resten einer alten Welt und der, wie er es nennt, »Welt, die sein wird«, thematisiert er schon 2017 in dem Stück »Lamezia Milano«. Die gleichnamige Flugroute wird zur Metapher für die Hin- und Hergerissenheit zwischen zwei Sphären, zwei als gegensätzlich empfundenen Teilen Italiens. Zwischen seinem Großvater Michele und seinem Neffen Francesco. Zwischen dem echten und dem zellularen Leben. Es gebe solche, singt Brunori Sas, die über den Applaus lachten, die Menschen dem Piloten nach sicherer Landung spenden; für ihn sei er schlicht Ausdruck davon, an seinem Leben zu hängen. Zumal in einer Zeit heiliger Kriege und eines Abendlandes, das »in eine Bank gesperrt« zu sein scheint. Wie das ohnehin mit sich selbst so einmalig verkrachte Italien mit den Konflikten des 21. Jahrhunderts umgeht, wird mancher wissen wollen. Brunori Sas hat die Antwort: »Es schwenkt die weiße Fahne und singt. Und singt.«

48

LUCE (TRAMONTI A NORD EST)

(2001)

Elisa

Jim Morrison ist schuld. Davon kann fast immer ausgegangen werden. Vor allem aber trägt der selbsternannte *lizard king* die Verantwortung dafür, dass sich bis heute ganze Generationen musikalisch orientierungsloser Jugendlicher den dunkel-poetischen Spielarten der Popmusik an den Hals werfen. Worüber seltener gesprochen wird: Jim Morrison ist ebenfalls in die Schuhe zu schieben, dass die Sängerin Elisa Toffoli aus dem friaulischen Triest den Entschluss fasst, lieber auf Englisch als in ihrer Muttersprache zu singen. Zugegeben: Es ist nicht Jim Morrison alleine, der Toffoli in ihrer Entscheidung beeinflusst. Neben dem Wunsch, dem dunkel umwölkten Hippie-Dichter nachzueifern, birgt das Englische in ihren Augen den Vorteil, nicht gleich von nahestehenden Personen verstanden zu werden.

Es ist wieder einmal Caterina Caselli, früher erfolgreiche Beat-Sängerin, heute Chefin des Labels *Sugar Records,* die als Entdeckerin auf den Plan tritt. Elisa ist gerade 16, als Caselli über ein Demotape der jungen Sängerin stolpert. Zwar versucht die

Sugar-Chefin anfangs, ihre Entdeckung zum italienischen Gesang zu überreden, doch die Triesterin bleibt stur. Caselli gibt nach und lässt Elisa, wie sie sich fortan nur kurz nennt, ins kalifornische Berkeley reisen, um dort ihr erstes Album aufzunehmen und nebenbei an ihrer Aussprache zu feilen. »Pipes & Flowers«, so der Titel des Debüts, wird ein Riesenerfolg und verhilft Elisa dazu, auf Eros Ramazzottis Europa-Tournee das Vorprogramm bestreiten zu dürfen. Das mit dem Englischsingen zieht sie tatsächlich bis zu ihrem Nummer-eins-Album »On« von 2016 durch. Zwischendurch, im Frühjahr 2001, nimmt sie am *Festival di Sanremo* teil – mit ihrem ersten Lied in italienischer Sprache.

Zu diesem Zweck betritt ein Herr die Szene, der mit Liedern wie »Senza una donna« (Ohne eine Frau) aus keiner deutschen Trattoria-Playlist wegzudenken ist: Zucchero Sugar Fornaciari. Der notorisch kettenbehangene Hutträger zeichnet für den italienischen Text des von Elisa ursprünglich auf Englisch geschriebenen Liedes »Luce (tramonti a nord est)« (Licht (Sonnenuntergänge im Nordosten)) verantwortlich. Doch es ist vor allem die Musik, die das Stück mit dem drängenden Refrain zu einem Gebilde von subtiler Schönheit macht: Es beginnt mit einer Mantra-artigen Gesangslinie, die sich durch den gesamten Song zieht. Im weiteren Verlauf scheinen sich Björk und Peter Gabriel zum gemeinsamen Italo-Sundowner unterzuhaken. Auch Alanis Morissette betritt kurz die Szenerie, hat aber vergessen, einen Tisch zu reservieren.

Das mit dem *Sanremo*-Auftritt ist neuerlich die Idee von Plattenfirmenchefin Caterina Caselli; Elisa selbst ist das Wettbewerbskonzept eher fremd, sie sieht den Auftritt vorrangig als Gelegenheit, ihr Lied möglichst vielen Leuten vorzustellen. Das Ende vom Festival: Elisa siegt triumphal, es ist die Geburtsstunde einer italienischen Ikone. Von der Presse wird sie zum »Mädchen von nebenan« stilisiert, was die Sängerin, die aus schwierigem Hause stammt, einigermaßen irritiert.

2012 kommt es für ein weiteres italienischsprachiges Lied zu einer unvorhersehbaren Kooperation: Gemeinsam mit Ennio Morricone schreibt sie das Stück »Ancora qui« (Noch immer hier), das Quentin Tarantino an prominenter Stelle für seinen Film »Django Unchained« verwendet; auf ihrem letzten Album singt sie zum zweiten Mal in ihrer Karriere ausschließlich auf Italienisch.

Heute ist Elisa ein von Skandalen unbehelligter Popstar für die ganze Familie. 2019 bekam sie eine eigene Barbiepuppen-Edition verpasst. Das hat nicht einmal Jim Morrison geschafft.

49

LUNA ARABA (2020)

Colapesce, Dimartino, Carmen Consoli

Sizilien im 13. Jahrhundert.

Nicola, Sohn eines Fischers aus Messina, hat eine große Leidenschaft: Er liebt es, auf den Grund des Meeres zu tauchen und hernach von den dort vorgefundenen Schönheiten zu berichten. Aufgrund seiner Leidenschaft wird er von allen nur Colapesce genannt (»Cola« kurz für Nicola, »Pesce« ist das italienische Wort für Fische). Sein Ruf dringt bis zu Friedrich II., dem König von Sizilien, durch. Von den Erzählungen beeindruckt, beschließt der Regent, den Fischersohn zu testen. Der König und der junge Mann besteigen, von einigen Beratern Friedrichs begleitet, ein Boot, und gemeinsam fährt man aufs Meer hinaus. Hier wirft der Staufer eine Tasse ins Wasser; Colapesce springt hinterher und taucht bald mit ihr aus den Fluten wieder auf. Der König lässt in tieferes Gewässer rudern und wirft nun seine Krone ins Meer. Auch diese bringt Colapesce vom Meeresgrund zurück. Friedrich lässt weiter hinaus auf die offene See steuern und wirft jetzt seinen Ring in die Fluten. Wieder springt Colapesce hinterher – doch dieses Mal bleibt er verschwunden. Der König wartet bis Sonnenuntergang, dann kehrt er mit seinem Gefolge bekümmert an Land zurück. Der Grund für Colapesces Ausbleiben: Bei seinem letzten Tauchgang entdeckt der junge Mann, dass sich Sizilien auf drei Säulen gründet. Mit Schrecken nimmt er zur Kenntnis, dass eine der Säulen zu zerbrechen droht. Er entschließt sich, um den Untergang seiner Insel, seiner Familie, seines Königs zu verhindern, dort unten zu bleiben, um fürderhin die Säule zu stützen. Rumort es heute auf der Insel, so sagt man, wechsele Colapesce gerade die Schulter.

Lorenzo Urciuolo hat ein Gespür für traditionsbeladene Bandnamen und Pseudonyme. Die erste Gruppe, in der er aktiv ist, trägt den Namen Albanopower. Kann man machen, denken Sie vielleicht. Ich finde: Muss man machen. Seit Beginn seiner Solokarriere im Jahr 2012 nennt sich der 1983 in Solarino unweit von Syrakus geborene Musiker nur noch nach der berühmten sizilianischen Legende Colapesce. Drei Alben bringt er unter dem mythisch beladenen Namen heraus. 2020 dann tut er sich mit seinem Kollegen Dimartino zusammen, der vom anderen Ende der Insel, aus der Hauptstadt Palermo, stammt. Gemeinsam veröffentlicht man ein ambitioniertes Album, das alte *Cantautori*-Tradition, süditalienische Mystik und blitzend modernen Psychedelic Pop zusammenrührt. Der Titel: »I mortali« (Die Sterblichen). Es ist ein Album, das nur so dampft vor *sicilianità*. Gleichzeitig rankt sich das Werk um jene eine große Unerfreulichkeit, die alle Menschen eint: die Sterblichkeit.

Warum, werden Sie vielleicht fragen, haben sich unsere beiden Helden ein solch verwegenes Konzept für ihr Album ausgedacht? Die Antwort lautet kurz und knapp: Die Idee ist gar nicht auf ihrem Mist gewachsen. Einem im Internet kursierenden Promo-Film zufolge lief die Sache mit der Inspiration einigermaßen unerwartet: Wir sehen Colapesce und Dimartino, wie sie in dicken Fellmänteln auf der *Scala dei turchi,* einem monumentalen Felsen aus blendendweißem Sedimentgestein unweit von Realmonte, herumkraxeln. Was sie hier noch mal genau suchten, fragt Dimartino. Ein Orakel, antwortet Colapesce. Dieses begegnet ihnen denn auch – in Form eines sprechenden Krebses. Inspiration sei flüchtig, informiert der Gliederfüßer die irritierten Musiker. Der Mensch habe keine Kontrolle über sie, gleichwohl bete er sie an – Schluss mit diesem Unsinn! Er habe die fertigen Songs für die beiden Musiker, ein Liederzyklus über die Sterblichkeit, sie müssten die Stücke nur noch umsetzen. Abgesehen davon, dass ich anzweifle, dass deutsche Songwriter ihre Albumkonzepte von Meerestieren souffliert bekommen, ist »I mortali« das beste Album, das auf die Vorgaben eines Krebses zurückgeht (2021 erschien eine neue Edition der Platte, erweitert um den Hit »Musica leggerissima« (Leichteste Musik), der das Duo in diesem Jahr zum *Sanremo*-Sieger der Herzen machte).

Die erste Singleauskopplung aus dem Album, »Luna araba« (Arabischer Mond), funktioniert als eine Art sizilianisches Kaleidoskop: Das Lied collagiert Mythen, historische Ereignisse und kurze Schlaglichter auf das Hier und Jetzt zu einer Erzählung über Vergangenheit und Gegenwart eines für die europäische Geschichte ungemein bedeutsamen Kulturraums. Die Musiker selbst sprechen von einem sizilianischen Bosch-Gemälde: Wir begegnen Spaniern in Ortigia »mit dem Herzen im Koffer«; Kindern, die auf der *Scala dei turchi* einen Rülpswettbewerb veranstalten; einem weinenden Jungen in Uniform; einem Engländer, der ins Meer pinkelt. Und über allem hängt der arabische Mond, dessen Licht immer da war, der den staunenden Beobachter nie wieder loslässt – und ins Wasser zieht.

Die Musik dazu atmet zwar den Geist der großen Liederschreiber der 70er, in puncto Produktion gemahnt die ganze Sause aber eher an zeitgenössischen Indie-Pop mit psychedelischer Schlagseite. Und dann ist da noch ein ganz besonderer Gast: die *cantautrice* Carmen Consoli, auch sie eine *siciliana doc*, gebürtig aus Catania und Erforscherin heimischer Musiktraditionen und Mythen. Ihre rauchige Stimme, seit den 90ern fester Bestandteil der italienischen Musikwelt, ist es, die dem Krebs die Krone aufsetzt. Gegenwärtiger als in »Luna araba« hat ein Mythos selten geklungen.

50

MA CHE HO (1981)

Pino Daniele

Unsterblich wird man bedauerlicherweise nur, indem man stirbt. Das zeigt auch der Fall von Neapels Volksheld *numero uno*, Pino Daniele.

Zu Lebzeiten ist er schlicht der Größte, von Fans und Kollegen geachtet und verehrt; durch seinen frühen Tod aber wird er zum Heiligen. Als Pino Daniele am 4. Januar 2015 mit 59 Jahren überraschend verstirbt, ordnet Neapels Bürgermeister Luigi de Magistris Halbmastbeflaggung an. In der Nähe seines Geburtshauses im neapolitanischen Viertel Porto ist heute eine Straße nach dem Genie benannt. 2019 gab die *Poste Italiane* eine Briefmarke mit dem markanten Antlitz des großen Musikers heraus, im *Museo della pace* wiederum ist eine Dauerausstellung über Daniele und sein Umfeld zu bewundern. Wer mag, kann aber auch in der Via S. Gregorio Armeno Krippenfiguren Danieles erstehen. Im Vergleich zu Pino können Diego Maradona und der heilige Gennaro einpacken.

Das Verdienst des Hünen mit der hohen Stimme ist das intuitive Zusammenführen von neapolitanischer *canzone* und amerikanischem Blues. Sorgte der Rückgriff auf neapolitanische Liedtraditionen bei seinem Kollegen Alan Sorrenti noch für Tomatenbewurf, wird solches Tun bei Pino schlichtweg nicht infrage gestellt. Ganz selbstverständlich bezieht sich der *Napoli-Power*-König auf die Lieder, die seit Ewigkeiten in den engen Gassen seiner Heimatstadt gesungen werden, und bringt diesem Erbe den Rhythmus amerikanischer Musikspielarten wie Blues, Soul und Funk bei. Dies geschieht ohne jedes folkloristische Tüdeldihü; für Pino sind *canzone napoletana* und Blues schlicht dasselbe: urwüchsiger musikalischer Ausdruck der Herumgeschubsten und Gegängelten. Pino identifiziert sich mit den *lazzari* – den schlitzohrigen Tagedieben Neapels. Nicht zuletzt hierher rührt das mit dem Albumtitel »Nero a metà« (Zur Hälfte schwarz) dokumentierte Selbstverständnis des Sängers, der mit seiner Musik dem Schmelztiegel Neapel eine sich ihrer vielfältigen Wurzeln bewusste Stimme verleiht.

Daniele hat in der neapolitanischen Musikszene schon gehörigen Eindruck hinterlassen, als er für sein 1981er-Album »Vai mò« (Na los) eine Band zusammenstellt, für die schlicht nur ein Name infrage kommt: Il Supergruppo. Mit von der Partie sind: der italoamerikanische Saxofonist und Napoli-Centrale-Bandleader James Senese, der Kontrabassist Rino Zurzolo, der schon auf früheren Daniele-Platten mitgewirkt hat, der junge Keyboarder Joe Amoruso, Italiens Cheftrommler Tullio De Piscopo sowie der Percussion-Papst Tony Esposito. Obwohl alle Bandmitglieder als virtuose Solisten bekannt sind, ordnen sie ihr Spiel komplett Pino Danieles musikalischer und lyrischer Vision unter. Es geht ihnen um einen Sound – der Gulligeruch des modernen *Napoli*, hier qualmt er aus jeder Rille!

»Vai mò« zählt zu jenen italienischen Alben, die man dringend mehrfach in der Vitrine stehen haben sollte. Keiner hier spielt sich in den Vordergrund, alles dient einzig und allein Pino Danieles Vision und seiner Poesie – und doch ist niemand ersetzbar.

Die Musiker ergänzen sich nicht nur musikalisch perfekt, auch als Persönlichkeiten bilden diese fünf Haudegen eine Gang von einigen Gnaden: Das auf dem Innersleeve von »Vai mò« abgedruckte Foto der Musiker legt den Eindruck nahe, die Herren wollten, statt gleich draufloszumusizieren, lieber gemeinsam eine Bank ausrauben. Noch bemerkenswerter ist, dass Daniele in der letzten Reihe steht. Die Botschaft: Hier sieht man nicht etwa einen *cantautore* mit Begleitmusikern, sondern eine Band. Und was für eine! Schon nach wenigen Liveauftritten ist klar: Man hat es hier mit einer absoluten Macht zu tun. Bald will niemand mehr nach Daniele und seinen Mitstreitern auftreten, aus lauter Angst, nach der Supergruppo gnadenlos abzuschmieren. Neid aber stellt sich nicht ein: Alle Kollegen lieben Pino, den sanften Riesen, und seine Spezialistentruppe.

Am 19. September 1981 schließen Pino und die Supergruppo ihre »Vai mò«-Tour mit einem Konzert auf der Piazza Plebiscito in Neapel ab, zu dem rund 200.000 Menschen kommen. Danach bricht der rastlose Pino auf zu neuen Ufern: Seine Musik ab Mitte der 80er ist von coolster Hingemucktheit geprägt, er flirtet mit Weltmusik, spielt mit Eric Clapton, Richie Havens und Wayne Shorter. Das Besondere aber verleiht seinen Stücken immer wieder der Rückgriff auf die Süffigkeit des Neapolitanischen. Auch die Mitglieder der Supergruppo sind nicht faul: Tullio De Piscopo und Tony Esposito können gar mit drolligen Italo-Disco-Nummern selbst als Popstars reüssieren.

2008 kommt die Band erneut zusammen, um nach 27 Jahren den Auftritt auf der Piazza Plebiscito zu wiederholen. Neapel steht komplett Kopf an diesem Abend. Wem nach Erhebung ist, der schaue sich an, wie Pino und die Seinen 2008 den Überhit »Yes I know my way« spielen, lautstark unterstützt von wieder rund 200.000 Fans: eine funkgewordene Selbstvergewisserung mit Trommelsolo.

Am 7. Januar 2015 versammelt Pino Daniele noch einmal die Massen auf Neapels großer Piazza unweit der *lungomare*. Diesmal sind seine Bewunderer gekommen, um unter der Leitung von Kardinal Crescenzio Sepe Abschied von dem *scugnizzo*, dem Straßenjungen aus dem Arbeiterviertel Sanità, zu nehmen. Schon am Vorabend hatten sich 100.000 Menschen auf dem Platz eingefunden, um im Rahmen eines gigantischen Flashmobs Danieles Lieder zu singen.

»Warum schickt der Himmel solche Schätze Leuten, die so wenig imstande sind, sie zu würdigen?«, fragte brüsk dereinst der Marquis de Sade mit Blick auf Neapel und seine ihm allzu fahrlässig erscheinenden Einwohner. Was die Wertschätzung Pino Danieles angeht, kann man den Neapolitanern nun wahrlich keinen Vorwurf machen. Der Tod des Musikers hat eine nicht zu schließende Lücke hinterlassen.

»Ma che ho« (Aber was habe ich) ist mein Lieblingssong von Pino und seiner Supergruppo – ein Stück, das wunderbar funky durch Neapels Straßen scharwenzelt. Mag er auch nicht mehr auf Erden weilen – Pino Daniele kennt immer noch den Weg. Die Gasse, aus der seine Musik schallt, führt schnurstracks zur Glückseligkeit.

51

MADE IN ITALY (1982)

Ricchi e Poveri

1980 muss Marina Occhiena nach 13 gemeinsamen Jahren die Gruppe Ricchi e Poveri verlassen. Doch nicht künstlerische Differenzen sind der Grund. Angeblich hatte das jüngste Mitglied der aufstrebenden Formation sich auf eine Affäre mit dem Ehemann von Angela Brambati, der Hauptsängerin der Gesangsgruppe, eingelassen. Was nicht geht, das geht einfach nicht – *basta e ciao!*

Vierzig Jahre später kommt es dann im Rahmen von Italiens beliebtestem Liederwettstreit zu einem Sensatiönchen, als das Quartett sich für die Entgegennahme eines Preises für ihr Lebenswerk in Originalbesetzung wiedervereint. Gemeinsam bringen sie 295 Jahre auf die Bühne, aber das sieht man dank des guten ligurischen Klimas nicht.

Ricchi e Poveri (Reiche und Arme) gründen sich 1967 in Genua als Italiens Antwort auf The Mamas & The Papas. Um die geschlechtliche Ausgewogenheit zu garantieren, treten Angelo Sotgiu und Franco Gatti, ehemals Mitglieder der Band Jet, auf den Plan: Sotgiu, ein mit blendendem Aussehen gesegneter Sarde, der in Spezialistenzirkeln auch als Italiens Antwort auf Sascha Hehn gehandelt wird, darf gelegentlich auch eine Gitarre in der Hand halten. Gatti, ein Genuese mit markanter Physiognomie, ist gewissermaßen für die *Comic-relief*-Momente zuständig und singt die Bassstimme. Bei einem Vorsingen in Mailand gerät man unter die Fittiche Franco Califanos, seines Zeichens selbst Sänger, aber auch Songschreiber und Produzent. Califano verordnet Angela Brambati der Wiedererkennbarkeit halber einen Kurzhaarschnitt und schlägt auch gleich den Bandnamen vor. Sein Verdikt: »Ihr seid arm an Geld, aber reich an Ideen.« Ricchi e Poveri sind geboren.

Nach ersten Erfolgen in den frühen 70ern läutet die Gruppe, nach Marina Occhienas Ausstieg zum Trio geschrumpft, Anfang der 80er die zweite Erfolgsphase ein. Zu diesem Behufe unterschreiben Ricchi e Poveri beim Label *Baby Records,* das sich zu diesem Zeitpunkt auf Künstler zu spezialisieren beginnt, deren Erfolgsgeschichte ein wenig ins Stolpern geraten ist und deren musikalischer Entwurf einer konzeptionellen Generalüberholung bedarf. Auch Al Bano & Romina Power sowie Rondò Veneziano sind eben erst bei *Baby Records* gelandet, 1983 kommt das Two-Hit-Wonder Gazebo hinzu; auch Den Harrow, dem geschlagene sieben Top-50-Hits in Deutschland gelingen, erscheint auf dem in Mailand gegründeten Label. Es lässt sich mit Fug und Recht sagen, dass ein Großteil dessen, was man in Deutschland für italienische Popmusik hält, aus den Laboren von *Baby Records* stammt. Dass bei der Firma künstlerische Subtilität nicht unbedingt oberste Priorität genießt, sollte klar sein.

Ricchi e Poveri können zunächst mit dem unverschämt eingängigen Schlager »Sarà perché ti amo« (Das ist wohl, weil ich dich liebe) reüssieren. Dem Trio sowie Al Bano & Romina Power ist ein beispielloser Italo-Boom in Deutschland zu verdanken, der dafür sorgt, dass sich ab 1981 für ein paar Jahre in nahezu allen deutschen Showformaten italienische Acts die Klinke in die Hand geben. In Shows wie dem *WWF Club* präsentieren sich Ricchi e Poveri als knuffige Vertreter eines leichtlebigen, unentwegt sonnenbeschienenen Italiens, frei von Problemen und Nöten. Die Lieder heißen »Piccolo amore«, »Mamma Maria« oder »Ciao Italy, ciao amore«. Verantwortlich als Autoren der Stücke zeichnen meist der Texter Cristiano »Felicità« Minellono sowie der Komponist Dario Farina. Minellono kennen wir bereits als Arbeitspartner von Toto Cutugno, Farina wiederum verdanken Al Bano & Romina Power nahezu all ihre 80er-Hits. Die Aufnahmen finden nicht selten in München statt, wo Farina auch Bekanntschaft mit dem Regisseur Helmut Dietl macht, der ihn beauftragt, gemeinsam mit Gian Piero Reverberi die Musik zu »Monaco Franze« zu komponieren. 2016 feiert das Musical »Don Camillo & Peppone«, dessen Musik aus Farinas Feder stammt, Premiere.

Der schamloseste (und zugleich beste) Ricchi-e-Poveri-Song ist meines Erachtens »Made in Italy«, der es 1982 in Deutschland bis auf Platz sechs der Charts schafft. Der Text, der von den Erinnerungen an eine Liebesnacht mit einem Italiener handelt, macht keine Gefangenen: Sorglos wird *musica* auf *favola* gereimt, dazu wird noch ordentlich *amore* und *mare blu* in die Mischung geschmissen und alles mit einem sehr italienisch genöltem *Oh cherie, cherie* abgeschmeckt. Angelo Sotgiu gibt den Sonnyboy, Franco Gatti den drolligen Schelm, und Angela Brambati gibt in der Mitte Gummi wie ein Harlekin auf Amphetaminen.

Viel anders ist es auch beim 2020er-Auftritt in Sanremo nicht, nur dass jetzt eben Marina Occhiena wieder dabei ist. Es sei schön, noch eine zweite Familie zu haben, sagt Franco Gatti am Vorabend der Presse in Bezug auf die Wiedervereinigung. Freundschaft sei alles, was in diesem etwas baufälligen Italien noch zähle. Hier in Sanremo sei man zu Hause. Mehr noch: Man gehöre zum Mobiliar.

52

MA IL CIELO È SEMPRE PIÙ BLU

(1975)

Rino Gaetano

Im Sommer 1979 gibt Rino Gaetano ein Konzert am Strand von Capocotta unweit von Rom. Vor seinem berüchtigten Song »Nuntereggae più« (ungefähre Übersetzung: Ich kann euch nicht mehr ertragen), in dem er sich mit einigen Größen des Politbetriebs anlegt, macht der Sänger eine seltsam andeutungsreiche Ansage: »Jemand versucht, sich einen Scherz mit mir zu erlauben«, ruft er ins Mikro. »Ich habe keine Angst vor ihnen, sie werden keinen Erfolg haben.« Er sei sich sicher, dass zukünftige Generationen seine Lieder singen und verstehen werden, was er heute mitzuteilen habe. Man werde die Augen dann nicht mehr voller Salz haben. Dann wird es noch kryptischer: Man frage sich schließlich schon, was hier am Strand von Capocotta geschehen sei, beendet Gaetano die Ansage und verweist damit auf den unaufgeklärten Mord an dem Model Wilma Montesi im Jahr 1953 an ebendiesem Ort, der gar zum Rücktritt des damaligen Außenministers Attilio Piccioni führte. Zwei Jahre später soll der Abschlusssatz von Rino Gaetanos Ansage eine enorme Aufladung erfahren.

Rino Gaetano, gebürtig aus dem kalabrischen Crotone, genießt in seiner Heimat geradezu Heldenstatus. »Ma il cielo è sempre più blu« (Aber der Himmel ist immer blauer) ist 1975 sein erster großer Hit und zählt zu den Liedern, die während des Corona-bedingten Lockdowns Anfang 2020 regelmäßig von italienischen Balkons gesungen wurden. Es ist eine von vielen inoffiziellen Nationalhymnen des mit sich selbst so beeindruckend über Kreuz liegenden Wunderlandes Italien. Das Lied führt sehr typisch Gaetanos Stil als Texter und Sänger vor. Seine Songs, beeinflusst von Ionescos Absurdismus, leben von assoziativen Aufzählungen und schier unübersetzbaren Wortspielen und werden meist im Gewand des krakeelten Gassenhauers dargeboten. Liest man die Texte genauer, schaut man nicht selten in Abgründe. Im vorliegenden Fall lässt er Beschreibungen eines kaputten italienischen Alltags auf einen jubilierenden Refrain knallen, dessen einzige Zeile, wie viele von Gaetanos Schöpfungen, in seiner Heimat zum geflügelten Wort geworden ist. Ganz gleich, was ist: Der Himmel ist immer blauer.

Gaetano ist ein hochgradig faszinierender Typ: ein dreistes Schlitzohr, ein Mysterium, ein dadaistisch motivierter Leuteverwirrer, der auf nonchalante Art immer wieder im Betrieb aneckt und sein Nichtverstandenwerden sichtlich zu genießen scheint. Ein typisches Beispiel für Gaetanos subversive Ader ist sein Auftritt beim Festival *Discoestate* 1979 in Rieti, wo er zum Vollplayback performen soll. Doch anstatt brav die Lippen zu bewegen, zieht Gaetano es vor, während seines Auftritts gleichgültig mit einer Zigarette in der Hand herumzusitzen und die Veranstaltung so zu sabotieren. Sein Verweigerungsgebaren, ebenso wie seine Art, über den Weg des vermeintlichen Unsinns zum Wesentlichen vorzudringen, erinnert manchmal an den Bob Dylan der mittleren 60er, auch wenn der Italiener deutlich clownesker agiert. Legendär ist das bereits erwähnte Stück »Nuntereggae più«, in dem er namentlich korrupte Politiker, Wirtschaftsleute und Prominente an den Pranger stellt, was 1978 einen heftigen Skandal auslöst.

Die meisten seiner Songs haben ordentlich Juckpulver im Hemd, aber Gaetano beherrscht auch virtuos die lässige Faulenzerballade wie etwa in »Aida«, »Mio fratello è figlio unico« (Mein Bruder ist ein Einzelkind) oder »Ad esempio a me piace il sud« (Zum Beispiel gefällt mir der Süden), das von seiner kalabrischen Heimat handelt. Dass Gaetanos Lieder bei aller Ironie und Durchtriebenheit so berühren, liegt daran, dass seine virtuosen Proto-Raps und Wortgetüme mit erfrischender Scheißegal-Attitüde dargeboten werden; Gaetanos Musik kommt im Gewand des abgründigen Kinderliedes und klingt oft, als wären ihm die Melodien beim Herumgammeln im Kornfeld eingefallen. Schwer zu sagen, was hier sorglose Naivität und was Cleverness ist. 1980 spielt er in einer »Pinocchio«-Verfilmung den Fuchs, im gleichen Jahr erscheint das vergleichsweise ernste Album »E io ci sto«; (und ich bin dabei); Rino Gaetano befindet sich mit nur dreißig Jahren auf dem Höhepunkt seiner Karriere.

Dann kommt der Morgen des 2. Juni 1981. Rino Gaetano ist in seinem metallicfarbenen Volvo 343 auf dem Weg nach Hause, als er an der Kreuzung Via Nomentana/Viale XXI Aprile in Rom mit einem LKW kollidiert. Der bewusstlose Sänger wird ins Krankenhaus eingeliefert, wo eine schwere Schädelfraktur festgestellt wird. Da es in dem Krankenhaus keine Fachabteilung für Kopfverletzungen gibt, telefoniert der diensthabende Arzt fünf Krankenhäuser durch, erhält aber keine Hilfe. Um sechs Uhr früh ist Rino Gaetano tot.

Die Abweisung durch fünf Krankenhäuser löst eine große Kontroverse aus und zieht eine polizeiliche Untersuchung nach sich. Zudem kommt vielen Gaetanos Ansage aus Capocotta wieder in den Sinn: Ist der aufmüpfige Sänger ermordet worden? Ein weiteres bizarres Detail: Bald taucht ein unveröffentlichter Song Gaetanos, »La ballata di Renzo« (Die Ballade von Renzo), auf, in dem der Sänger von einem jungen Mann erzählt, der nach einem Autounfall schwerverletzt von mehreren römischen Krankenhäusern abgelehnt wird.

Rund vierzig Jahre liegt Rino Gaetanos früher Tod nun zurück. Bis heute halten sich zahlreiche Verschwörungstheorien um die Umstände seines Ablebens. In Crotone, seinem Heimatort, steht heute ein Denkmal für den Sänger. 2007 kam eine Verfilmung seines Lebens in die Kinos. Der Titel: »Ma il cielo è sempre più blu«.

53

MA QUALE IDEA (1980)

Pino D'Angiò

Der Regisseur Orson Welles notierte einmal: »In Italien wimmelt es von Schauspielern, fünfzig Millionen Schauspielern, und alle verstehen sie ihr Fach. Die wenigen schlechten findet man auf Bühnen und im Film.«

Auch wenn Welles mit seinem Zitat all den mythisch verehrten Gian Maria Volontés, Anna Magnanis, Vittorio Gassmans, Alberto Sordis, Monica Vittis, Marcello Mastroiannis, Franco Neros, Sophia Lorens, Alida Vallis, Nino Manfredis, Ugo Tognazzis und Giancarlo Gianninis zu Unrecht massiv auf die italienischen Schuhe tritt, spricht er hier doch etwas Entscheidendes an: Der Italiener befindet sich *ständig* auf der Bühne. Diese Bühne kann Rom oder Neapel sein, eine *piazza* oder eine *bar,* ein Strand oder ein *ristorante,* ein Geschäft oder auch eine Kirche. Er mag sich Nachlässigkeiten leisten in Bezug auf Pünktlichkeit, vorausschauende Planung oder hinsichtlich der Organisation seiner Finanzen – unter gar keinen Umständen aber in Bezug auf seine Erscheinung, seine Wirkung und die Rolle, die er spielt. Im Drang, eine *bella figura* zu machen, kennt der Stiefelbewohner keine Pause. Es ist nicht wichtig, was ist, sondern wie es wirkt. Der Drang zur Inszenierung macht dabei vor keinem Berufsstand, keinem Geschlecht und keiner sozialen Schicht halt. Das Sich-Spielen ist eine Sache, die jeder Italiener mit heiligem Ernst betreibt. Das gilt auch für die Anbahnung amourösen Treibens. Bei der Balz wird gerne alles gegeben – und oft ist es zu viel.

1980 veröffentlicht der aus Pompeji stammende Pino D'Angiò mit »Ma quale idea« (Aber welche Idee) ein Stück, das aufs Schönste das gockelige Theater junger italienischer Disco-Aufreißer persifliert. D'Angiò (gebürtig: Giuseppe Chierchia) hatte Ende der 70er eine längere Reise in die USA unternommen, wo er mit den Segnungen von Funk, Soul und Disco Bekanntschaft machte. Zurück in seiner Heimat macht er sich daran, das erworbene Wissen auf die ganz spezifischen Gepflogenheiten Italiens treffen zu lassen – für eine kurze Zeit mit großem Erfolg. Während die Debütsingle »È libero, scusi?« (Entschuldigung, ist hier frei?) ein Achtungserfolg wird, geht der Nachfolger »Ma quale idea« entgegen der Erwartungen der Plattenfirma komplett durch die Decke; rund zwei Millionen Mal wandert die Single über die Ladentische. Die Idee ist aber auch zu gut: Der Text zu »Ma quale idea« ist von einem anderen Evergreen der italienischen Musik inspiriert, Renato Carosones »Tu vuò fa l'americano« (Du machst auf Amerikaner), in dem der Neapolitaner 1956 junge italienische Männer aufs Korn nimmt, die dem amerikanischen Lebensstil nachzueifern versuchen. D'Angiò überträgt das Thema in die Großstadtdiscos der frühen 80er: Zur geklauten Mörder-Bassline von »Ain't no stopping us now« von McFadden & Whitehead schlüpft Pino D'Angiò in die Rolle eines selbstverliebten Anmachers, der nicht schnallt, dass die von ihm umtänzelte Dame nicht das geringste Interesse für seine Gockelei zeigt. D'Angiò vollführt sein Rollenspiel mit den Mitteln eines frühen Raps, den er mit massiv tiefgelegter Stimme vorträgt und mit hohem Fistelgesang kontrastiert: »L'ho beccata in discoteca / Con lo sguardo da serpente / Io mi sono avvicinato / Lei già non capiva niente« (Ich habe sie in der Disco entdeckt / Mit dem Blick der Schlange / Habe ich mich ihr genähert / Und ihr den Verstand geraubt). Fred Astaire sei ein ungelenker Steifling gegen ihn, informiert D'Angiò weiter, doch im Refrain landet er hart auf dem Dancefloor der Tatsachen: »Non vedi che lei non ci sta?« (Siehst du nicht, dass sie kein Interesse hat?).

Das alles wäre eine pure Blödel-Angelegenheit, wenn das Stück nicht so massiv knallen würde. Auch heute noch klingt »Ma quale idea« nicht wie eine muffige Disco-Parodie, sondern wie ein flirrendes, zeitloses Pop-Stück, zu dem man seinen Körper sofort auf die nächste Party tragen will. Das Debütalbum »... balla!« (... tanz!) hält das Niveau der Single konstant: Ein Kracher jagt den nächsten. Die Stücke sind durchweg von massiver Eingängigkeit, und D'Angiò zieht die Rolle des Möchtegernmackers konsequent durch. Auch das Nachfolgealbum »Ti regalo della musica« (Ich schenke dir Musik) stellt eine lohnende Anschaffung für alle Menschen dar, die gerne mal in die Italo-Disco gehen. D'Angiò klingt hier manchmal wie eine südländisch-leichtfüßige Variante von Ian Dury, das Eröffnungsstück heißt »Julius Caesar plum cake dance«. Auf seinem dritten 80er-Album »Gente sì & gente no« (Leute ja & Leute nein) erweitert der Mann aus Pompeji sein Spektrum um ironisch gebrochenen Pop und Parodien von Italo-Schlagern – zur Freude des Zuhörers auf gewohnt memorable Weise. Die Platte enthält mit »Non ti ricordi di me« (Erinnerst du dich nicht an mich) zudem eine Hommage an Lucio Battistis »La canzone del sole«. An den Erfolg von »Ma quale idea« kann Pino D'Angiò, der bis 2002 noch einige weitere Platten herausbringt, nie mehr anknüpfen.

Nach Ende seiner musikalischen Karriere wendet sich D'Angiò dem Theater zu und schreibt für das italienische Staatsfernsehen. Er lebt heute an der Amalfiküste, das sei ihm von Herzen gegönnt! Das Theater, sagte er vor ein paar Jahren in einem Interview, habe man als Neapolitaner einfach in den Genen. Womit wir wieder bei Orson Welles wären.

54

MARE MARE (1992)

Luca Carboni

Strand muss man können.

Von allen Orten, die dazu angetan sind, dem erholungswilligen deutschen Touristen zu einem Ausraster oberster Kajüte zu verhelfen, ist ein italienischer Strand sicher der geeignetste. In jedem Fall aber der mit dem meisten Sand. Hier, wo sich verdammt noch mal schlagartig Entspannung einzustellen hat, kann der Gast aus dem Norden etliches über das eigene Nervenkostüm und die Restbestände seiner menschlichen Würde herausfinden.

Schon nach kurzer Zeit erweist sich das sandige Idyll als tückische Panierstraße: Die Mischung aus etlichen Schichten wasserfesten Aloe-vera-Sonnenschutzmittels mit Lichtschutzfaktor 50, Salzwasser, Sand und Eiscreme produziert einen unliebsamen Klebefilm, der sich aufs Herrlichste mit dem am Vortag erworbenen Sonnenbrand kombiniert. Alle in der Folge eingeleiteten Versuche, der unliebsamen Ummantelung Herr zu werden, sind natürlich zum Scheitern verurteilt und tragen nur zur weiteren Demütigung bei. Für Italiener gibt es vermutlich nichts Amüsanteres als bleiche Deutsche, die, mit Sonnenschutzhütchen auf dem Kopf, zum Zwecke der Sandpampenloswerdung Veitstänze veranstalten. Die Folgen sind eine mittelschwere existenzielle Krise und die bittere Erkenntnis, wohl einfach kein Meerestyp zu sein. Wie gesagt: Strand muss man können.

Natürlich können die Italiener Strand. Die Stiefelbewohner begreifen sich gern als *marinai*, als Seeleute – selbst wenn sie tatsächlich im geschäftigen *Milano* oder einem Bergdorf in den Abruzzen leben. Es ist, wie so oft, die Behauptung, die zählt. Der Strand ist für die Italiener ein Erlösungsort, nicht zuletzt aus dem schlichten Grund, dass es zwischen Mitte Juni und Mitte September nur hier auszuhalten ist. Konsequenterweise tut man hier, was man auch sonst macht: Wie auf der heimischen *piazza* nutzt man das Gelände zum Zwecke der Kommunikation und zum repräsentativen Herumstehen. Letzteres meist im kniehohen Wasser. Dafür ist das Meer schließlich da. Das Konzept »Schwimmen im Meer« ist dem Italiener zwar grundsätzlich bekannt, wird aber nach wie vor von weiten Teilen mit Skepsis beäugt. Lieber begibt man sich auf eine ausgedehnte *passeggiata* entlang des Wassers und zeigt dabei, was man hat oder nicht hat.

Italienische Sängerinnen und Sänger haben Strand und Meer auf vielfältige Weise besungen. Dem einen ist die See tiefdunkles Rätsel, der anderen mit ihrem Wellenschlag Taktgeber des Lebens. Besonders feinsinnige Barden identifizierten sich gar mit den Fischen. Mein liebstes Italo-Stück zum Thema »Meer« stammt von dem Bologneser Sänger und Liedautor Luca Carboni, über den Sie im Kapitel zu seinem Stück »Silvia lo sai« (Silvia, du weißt es) mehr lesen können. Sein Lied »Mare mare« handelt von diesem unauslöschlichen Hingetriebensein Italiens zum Wasser. Erleichternderweise kündet der Song aber gleichfalls davon, dass auch für einen Bologneser das Verhältnis zum Meer getrübt – und die Leichtigkeit ein anstrengendes Geschäft sein kann.

Carboni erzählt in dem luftigen Song von einem, der sich mit dem Motorrad in der Abenddämmerung auf den Weg an die Küste macht. Auf der Fahrt lässt er sich den Wind ins Gesicht wehen, nimmt zwischendurch einen *caffè* und spürt, dass etwas Großes, Erlösendes auf ihn wartet. Der Refrain drängt förmlich ans Wasser: »Mare mare mare ma che voglia di arrivare lì da te, da te / (...) / Ma sai che ognuno c'ha i suoi sogni da inseguire sì / Per stare a galla e non affondare« (Meer, Meer, Meer, dieser Wille anzukommen dort bei dir, bei dir / (...) / Du weißt, jeder hat seine Träume, denen er folgen muss / Um sich über Wasser zu halten und nicht unterzugehen). Dass am Meer niemand wartet, dass es vielmehr um die Erwartung des Erzählers geht (die nur enttäuscht werden kann), zeigt sich in der zweiten Strophe. Unser Held läuft todmüde auf der Mole herum, die Gespräche der Mädchen lassen ihn sich einsam fühlen. »Warum bin ich gekommen?«, fragt er sich ratlos. Wegen der Mädchen natürlich, klar, »... poi lo so che torno sempre a naufragare qui« (... wo ich doch weiß, dass ich nur Schiffbruch erleiden kann).

War ja klar: Es ist die stürmische See der Liebe, die den Seemann aus der Emilia-Romagna immer wieder verschlingt.

1992 gewinnt Luca Carboni mit »Mare mare« den *Festivalbar*-Wettbewerb. Schauen Sie sich unbedingt im Internet an, wie Carboni das Lied am Abschlussabend in der *Arena di Verona* singt. Beziehungsweise: Schauen Sie sich an, wie das jugendliche Publikum sein Stück feiert, als wäre es *das* eine Lied, das endlich die zentrale Ursehnsucht der Italiener auf den Punkt bringt. Ich bekomme noch nach dem zighundertsten Anschauen feuchte Augen. Da kann vermutlich nur das Meer helfen.

55

ME NE FREGO (2020)

Achille Lauro

Der 1887 in Piano di Sorrento bei Neapel geborene Reeder und Politiker Achille Lauro war ein fragwürdiger, gleichwohl schillernder Charakter. Seine *Flotta Lauro* ließ ihn zu einem der wichtigsten Unternehmer Süditaliens aufsteigen. Als solcher schuf er ein beispielloses Finanzimperium: Er beteiligte seine Arbeiter am Firmengewinn, zeigte sich aber auch der Zusammenarbeit mit der Mafia, Korruption und Bauspekulation gegenüber aufgeschlossen. Unter den Faschisten machte er politische Karriere. Nach Kriegsende schloss er sich den Monarchisten an und war als solcher zweimal Bürgermeister von Neapel. In dieser Rolle erwies er sich als Pionier des Populismus. Achille Lauro regierte wie ein König: Den Stadtrat rief er nur im Notfall zusammen, das meiste erledigte er autokratisch. Dafür verteilte er im Wahlkampf unter den Armen linke Schuhe. Das rechte Gegenstück, so sein Versprechen, bekomme man, wenn man das Kreuzchen auf dem Stimmzettel hinter seinem Namen gemacht habe. Lauro wurde 95 Jahre alt, in seinen späten Lebensjahren musste er den Abstieg seines Imperiums miterleben. Drei Jahre nach seinem Tod erlangte der Name Achille Lauro 1985 weltweite Berühmtheit, als das nach seinem ehemaligen Besitzer benannte Kreuzfahrtschiff von palästinensischen Terroristen entführt wurde.

Sanremo, 35 Jahre später. Beim größten nationalen Gesangswettstreit Europas geht es mal wieder turbulent zu: Die nach 39 Jahren Trennung als Quartett wiedervereinten Ricchi e Poveri erhalten einen Sonderpreis, Gianna Nannini führt ein Medley auf, und dann ist da der Auftritt von Bugo und Morgan: Die beiden Sänger hatten sich hinter den Kulissen massiv in die Flicken bekommen, noch bis unmittelbar vor ihrem Auftritt streiten die Musiker, woraufhin Morgan auf der Bühne anstelle der Originallyrik einen grob zusammengeschusterten neuen Text vom Blatt abliest, der den Sangeskollegen Bugo als unkollegialen Charakter schmäht. Als dieser daraufhin mitten im Song die Bühne verlässt, wird die Musik abgedreht und das Duo disqualifiziert. Morgan rennt zwar noch von der Bühne, um den Kollegen zu suchen – allein, es nutzt nichts. In den Schatten gestellt wird all dieses Treiben aber von Lauro De Marinis, der dem staunenden Publikum im *Ariston*-Theater sein Stück »Me ne frego« (Ist mir egal) darbringt. De Marinis' Künstlername lautet Achille Lauro.

Zu behaupten, dieser Achille Lauro sei ein polarisierender Paradiesvogel, der mittels aufwändiger Kostümierungen gängige Geschlechtergrenzen verwische, wäre, als bezeichnete man Italien als vielseitiges Urlaubsland. Der Fall liegt deutlich superlativer: Achille Lauro ist der Bürgermeister von Paradiesvogelhausen. Vier grelle Outfits präsentiert der Sänger mit den Gesichtstätowierungen im Laufe der *Sanremo*-Woche: Das unauffälligste ist eine Ziggy-Stardust-Hommage mit Marilyn-Manson-Twist, die anderen drei seien hier mit »Heiliger Franziskus in queer«, »Queen Elizabeth I. mit Gesichtspaillette« und »Satanistische Fledermaus« umschrieben. Tatsächlich will er das letzte Kostüm als Ehrerbietung an eine große italienische Exzentrikerin, die Marchesa Luisa Casati Stampa, auch bekannt als »meistgemalte Frau Italiens«, verstanden wissen. Das konservative Publikum im *Ariston,* das eben noch zu Ricchi e Poveri mitgeklatscht hat, ist einigermaßen baff, so etwas hat man hier noch nicht erlebt, derweil anderntags landauf, landab in den *panificerie* und auf den Märkten diskutiert wird, was denn bitte von diesem Achille Lauro zu halten sei.

Italiens grellster neuer Popstar kommt 1990 in Verona zur Welt, wächst aber am Stadtrand Roms auf. Als er 14 ist, müssen seine Eltern in eine andere Stadt ziehen. Lauro beschließt, bei seinem älteren Bruder zu bleiben, der ihn mit den Segnungen des Hiphop vertraut macht. Sein erstes Album als Rapper erscheint 2014, bereits der Titel dieses Debüts, »Achille idol immortale«, deutet auf ein ungetrübtes Selbstbewusstsein und hohe Aspirationen hin. Womit freilich niemand rechnet: Lauro hat keineswegs vor, es beim Rap zu belassen; der Mann will Italiens großer eklektischer Megapopstar werden. Entscheidend für das Gelingen dieser Mission ist sein erster *Sanremo*-Auftritt 2019 mit »Rolls Royce«, ein knalldreistes Stück, für das Vasco Rossi seine Mützensammlung aufessen würde: Lauro vergleicht sich mit allerhand internationalen Musikstars von Elvis über die Doors bis Amy Winehouse und postuliert, ein wildes Leben führen zu wollen. »No, non è vita è Rock'n' Roll / No, non è musica è un Mirò« (Nein, dies ist kein Leben, es ist Rock'n' Roll / Nein, es ist keine Musik, es ist ein

Mirò). Das Stück führt zum erwünschten Skandal: Es wird vielerorts als Glorifizierung von Drogen gelesen und macht seinen Sänger zur Berühmtheit.

Im Jahr darauf folgt dann der erwähnte Auftritt mit »Me ne frego«, einem Lied über eine offenbar sehr lustvolle, gleichwohl zerstörerische Beziehung, deren Reize mit vergifteter Schlagsahne verglichen werden. Den Vorwurf, der Titel spiele auf ein berühmtes Zitat des Schriftstellers und Faschisten-Unterstützers Gabriele D'Annunzio an, weist Lauro von sich. Musikalisch wird hier von Produzent Boss Doms alles zusammengeworfen, was nicht zusammengehört: Reste von Trap, U2-Klingelgitarren und die große Geste des Italo-Sommerhits. Mit Rap und Hiphop hat das alles musikalisch in etwa so viel zu tun wie ein Hundefrisör mit Fußball, allerdings hat Achille Lauro sich in seiner Hiphop-Phase Dreistigkeit und Größenwahn für seine Pop-Karriere draufgeschafft. Sein Spiel mit Identitäten, Posen und Parolen macht eine Menge Spaß und tut dem zuletzt doch arg im guten Handwerk erstarrten italienischen Musikbetrieb ausgesprochen gut. Man darf sich trotzdem fragen, ob Achille Lauros Spiel mit den knalligen Oberflächen tatsächlich zu etwas führt: Werden hier endlich mal wieder die Fenster aufgerissen, oder hat man es bei dem erklärten *Gucci*-Fan nur mit einem leichtgewichtigen Vasco-Rossi-Verschnitt für Millennials zu tun?

Ach ja, der Künstlername: Weder handelt es sich bei Lauro um einen Fan des rechten Reeders, noch hat er irgendetwas mit Schiffen laufen. Es war wohl lediglich so, dass sich seine Freunde in den Vierteln von Serpentara und Vigne Nuove vom Namen Lauro De Marinis an den des fragwürdigen Geschäftsmanns und Politikers erinnert fühlten. Die dreiste Neubesetzung, das nur am Rande, ist natürlich eine schöne und nachahmenswerte Art, dubiose historische Figuren mit knalligem Edding zu überschreiben. *Buon'idea!*

56

MESSAGGIO (1982)

Alice

Als zu Beginn der 80er eine massive Italo-Pop-Welle über Deutschland schwappte und sich plötzlich Vertreterinnen und Vertreter des leichten italienischen *Sole-mare-amore*-Schlagers in hiesigen TV-Shows die Klinke in die Hand gaben, war auch Alice ganz vorne mit dabei. Anders aber als bei Kollegen wie Al Bano & Romina Power oder Ricchi e Poveri, deren Schaffen die Grenze zum mediterran beatmeten Kirmesschlager des Öfteren beherzt überschritt, führten die Lieder der Sängerin aus der Emilia-Romagna in einen Zaubergarten der Sinne. Oder um es anders zu sagen: Ich war mit zwölf komplett verschossen in Alice. All meine Freunde waren in sie verschossen.

Nur unzureichend waren wir auf das vorbereitet worden, was uns hier begegnete: eine ebenso elegante wie geheimnisvolle Schönheit, die mit ihren wohlinszenierten Auftritten deutlich klarmachte, dass man ihr besser keine Beule in die Vespa fahren sollte. Brodelnd, aber unnahbar, ja fast abweisend. Mit Kim Wilde hätte man gerne im Autoscooter gesessen; Alice hingegen wirkte, als wisse sie um irgendetwas, wovon wir doofen Dorfjungs keine Ahnung hatten. Projektion, klar, aber die Fläche hierfür musste man im Pop-Jahr 1981 erst einmal anbieten können.

Der Eindruck, dass mit der Künstlerin nicht immer gut Kirschenessen sei, hatte natürlich mit dem Lied zu tun, das sie berühmt machte. Mit »Per Elisa« (Für Elisa) war Alice im Veröffentlichungsjahr als Siegerin aus dem *Sanremo*-Festival hervorgegangen; in der Folge belegte der Song in vielen europäischen Ländern oberste Chartpositionen. Das Lied spricht aus der Perspektive einer Frau, die einen Typen (ihren Noch-Lover oder Ex, das ist uneindeutig) wegen seiner neuen Flamme langmacht. Die Sängerin macht mit mächtiger, kapriziöser Stimme unmissverständlich klar, dass diese Elisa in ihren Augen eine ausnehmend blöde Trulla ist. Natürlich ist sie eifersüchtig auf Elisa – dem würdelosen Oberschnulli aber gilt ihre ganze Verachtung: »Per Elisa / Vuoi vedere che perderai anche me / Non sai più distinguere che giorno è / E poi, non è nemmeno bella.« (Für Elisa / Du wirst sehen, wirst du auch mich verlieren / Du kannst nicht einmal mehr die Tage auseinanderhalten / Und außerdem ist sie noch nicht einmal schön). Natürlich verstanden wir damals kein Wort. Aber einige der Blicke, mit denen Alice bei ihrem ersten deutschen TV-Auftritt in der Sendung *Bananas* ihrer gesanglichen Darbietung Nachdruck verlieh, waren dazu angetan, ein eisiges Lüftchen durch unsere pubertätswarmen Seelenlandschaften wehen zu lassen. So viel war klar: Alice war die schönste Frau, die wir je gesehen hatten. Und sie hatte keinen Bock auf Mucken.

Alice wird 1954 als Carla Bissi in Forlì, einer Stadt unweit von Rimini, geboren. Schon mit 17 veröffentlicht sie erste selbstverfasste Songs, wenngleich unter Vermeidung jedweden Erfolgs.

1980 trifft die Sängerin, die sich, nachdem sie eine Weile als Alice Visconti auftrat, nun kurz Alice nennt, auf den Pop-Mystiker Franco Battiato. Beide teilen einen ausgeprägten Fimmel für alles Hochkultivierte, Verstiegene und Spirituelle, sodass sich künstlerisches Köpfezusammenstecken geradezu aufdrängt. Nach einem Achtungserfolg mit dem gemeinsam geschriebenen Song »Il vento caldo dell'estate« (Der warme Wind des Sommers) folgt im darauffolgenden Jahr der große Durchbruch mit »Per Elisa«.

Sechs der Stücke auf dem folgenden Album sind Alices Eigenkompositionen, den Rest schreibt sie mit Battiato und dem Violinisten Giusto Pio. In dem verstiegenen Schlager »Una notte speciale« (Eine besondere Nacht), ihrem größten Hit in Deutschland, ist die Rede von Mänteln, die antike Körper bedecken, und seltsamen Frauen mit hohen Absätzen, die ums Feuer tanzen. Der deutsche Schlagersänger Tony Holiday, der bereits Raffaella Carràs »A far l'amore comincia tu« (Fang du mit Liebemachen an) als »Tanze Samba mit mir« für hiesige Ohren verdaubar gemacht hatte, bringt 1982 eine deutsche Version des Stücks heraus, die die mystischen Aspekte indes vernachlässigt und stattdessen das vertraute lyrische Kartoffelfeld beackert: »Darf ich der Erste sein / Der dir das Gefühl gibt / Dass du eine Frau bist?«, fragt Holidays Version mit Pils-geschwängertem Betriebsfeieratem. Alice dürfte von dieser groben, maskulinen Umdeutung wenig begeistert gewesen sein.

1984 vertritt Alice gemeinsam mit Battiato Italien beim *Grand Prix Eurovision de la Chanson*. Während der Darbietung sehen die beiden aus wie das mondänste Galeriebesitzerpärchen Norditaliens; der gemeinsame Song »I treni di Tozeur« (Die Züge von Tozeur), eine weitere Afrika-Erforschung Battiatos, die er im Studio mit den für ihn typischen comichaften Opernchören versieht, landet auf Platz fünf und wird ein großer Hit. Im selben Jahr kommt es zur Zusammenarbeit mit dem deutschen Säuselsänger Stefan Waggershausen: »Zu nah am Feuer«

schafft es in Deutschland auf Platz 13, in Österreich und der Schweiz sogar auf Platz eins. In den Folgejahren wird Alice immer ambitionierter – indes bei nachlassendem kommerziellem Erfolg: Auf dem Album »Park Hotel« wird sie von Roxy-Music-Gitarrist Phil Manzanera und Art-Rock-Veteran Tony Levin (Yes, Peter Gabriel) am Bass unterstützt.

2013 überkam mich der Größenwahn, Alice für ein Duett anzufragen. Ich hatte für mein erstes Album einen Song namens »Süden« aufgenommen, von dem ich meinte, er könne eine zweite Gesangsstimme brauchen. Ich schrieb also ans Management und spielte alle Karten, die zu spielen waren: mein Italo-Fimmel, Stefan Waggershausen … Tatsächlich bekam ich Antwort vom Management, eine höfliche Absage, die darauf verwies, dass Alice »very busy« sei. Allerdings! Zu Alices Projekten der letzten Jahre zählen diverse Tourneen mit Franco Battiato, die Vertonung von Pasolini-Texten, regelmäßige Auftritte mit spirituellem Liedgut in italienischen Kirchen und zwei Livealben. 2019 tourte sie zuletzt durch Deutschland. Es ist schon in Ordnung, dass die Sache mit dem Duett nicht geklappt hat, ich wäre ohnehin nur vor Ehrfurcht erstarrt. Dafür sang sie noch einmal mit Waggershausen.

Mein Lieblingsstück von Alice ist ihr 1982er-Hit »Messaggio« (Botschaft), ein absoluter Kracher des Früh-80er-Italo-Pop, in dem kompositorisch und stimmlich etliche Plateaus beklettert werden. »C'è che nella mia vita no, non voglio padroni« (Ich will keine Gebieter in meinem Leben), singt sie einem abservierten Trottel dermaßen mitreißend hinterher, dass man Beifall klatschen möchte.

57

1983 (1983)

Lucio Dalla

Es ist der Twitter-Account des Ordens der *Basilika San Francesco* in Assisi, der am Mittag des 1. März 2012 noch vor allen anderen den überraschenden Tod Lucio Dallas verkündet. Man sei »entsetzt und zutiefst bestürzt vom plötzlichen Tod des *Cantautori*-Gottes«. Der heilige San Franziskus werde ihn sicher willkommen heißen und in die Obhut des Herrn überführen.

Die Italiener – das werden Sie inzwischen festgestellt haben – verstehen ihre Sängerinnen und Sänger als mythische Legenden. Kaum einer der verdienten Arbeiter im Weinberg der Musik, der nicht als *mito* bezeichnet würde. Das gilt auch und vor allem für Lucio Dalla, die spleenige Nachtigall aus Bologna, dem der Regisseur Carlo Verdone schon 1982 seinen Film »Borotalco« widmet – im Gegenzug steuert Dalla die Musik zum Filmsong »Grande figlio di puttana« (Großer Hurensohn) bei. Man kann darüber streiten, welcher *cantautore* die besten Texte verfasst hat (für mich ist es Francesco De Gregori). Was aber die schiere Musikalität angeht, nimmt es niemand mit Lucio Dalla auf. Dalla sei »ein Musiker, der mit Wörtern Saxofon spielen kann«, schrieb der Autor Peter Burri einmal. Sein Werk ist das Zentralmassiv der italienischen Popmusik.

Was Dalla kann, kann nur Dalla: Er baut die kühnsten Melodiebögen unter den *cantautori*, verlötet Jazz mit *musica leggera* und kreuzt das Erbe des neapolitanischen Liedes mit digitalem Pop. Aber seine musikalischen Leistungen allein erklären nicht des Sängers Bedeutung. Vielleicht ist Lucio Dalla seinen Landsleuten so lieb und teuer, weil er in Charakter und Werk einige ewige Widersprüche Italiens aufzulösen scheint.

Nehmen wir alleine seine komplexe Persönlichkeitsstruktur, die in vielem pars pro toto landestypischen Verfasstheiten entspricht: Gleichzeitig Linker, Multimillionär mit eigener Jacht und Katholik zu sein, darin sieht er keinen Widerspruch. Das Selbstbewusstsein des Musikers reicht für mehrere Häuserblocks; der extrovertierte Sänger kann eine ziemliche Show abziehen und als Meister der Selbstvermarktung mal eben Heerscharen von Journalisten zur Albumpräsentation am Strand von Rimini einladen. Dahinter verbirgt sich aber eine enorme Dünnhäutigkeit: Als Italiens Presse 1992 sein Album »Henna« nicht ganz so begeistert aufnimmt, gibt er sich gekränkt.

Oder denken Sie an das italienische Nord-Süd-Gefälle: Zwar ist Dalla untrennbar mit seiner Heimatstadt Bologna verbunden, wo er in der Via Massimo D'Azeglio residierte (seine Wohnung kann heute besichtigt werden, eine dringende Empfehlung: Jeder sollte so wohnen wie Lucio Dalla!); allerdings sah er sich seit jeher von der Lebensweise des Südens geprägt und verbrachte viel Zeit auf San Domino, einer der Tremitischen Inseln nordöstlich des Kaps von Gargano in Apulien, wo er sich ein Studio gebaut hatte. Dazu bediente der Mann aus der Emilia-Romagna sich wie kein zweiter norditalienischer Barde bei der Liedkultur Neapels: Er könne nicht darauf verzichten, sich mehrfach am Tag nach *Napoli* zu träumen, sagte er einmal.

Mitte der 80er, auf dem vorläufigen Gipfel seines Ruhms als *cantautore,* haut er plötzlich den Song »Caruso« raus, eines der schwülstigsten und international erfolgreichsten italienischen Stücke der 80er. Das Lied war über ihn gekommen, nachdem er in Sorrent in jenem Zimmer untergebracht worden war, in dem der große Tenor seine letzten Nächte verbracht hatte. Einige Passagen des Stücks singt Dalla beherzt auf Neapolitanisch – schwer vorstellbar, dass sich ein anderer norditalienischer Sänger auf dieses dünne Eis gewagt hätte.

Auch die Grenzen zwischen anspruchsvoller Liedkultur und *musica leggera* verwischt er immer wieder mit Freude. Am eklatantesten sicher, als er sich zwei Jahre nach »Caruso« entschließt, ein gemeinsames Album mit Gianni Morandi zu veröffentlichen und auf große gemeinsame Tournee zu gehen: Einer der komplexesten linken Lieddichter des Landes und der einstige Mädchenschwarm aus den 60ern – das war eine Kombination, die für einiges Aufsehen sorgte.

Seine absolute Glanzphase aber hat Dalla in der ersten Hälfte der 80er. »1983«, der Titelsong des gleichnamigen Albums, ist eines der erstaunlichsten Beispiele für sein kompositorisches Genie. Doch natürlich lohnt auch der Blick ins Textblatt: Dallas oft ins Surreale kippende Alltagsbeobachtungen zählen zum Besten, was die italienische Lieddichtkunst zu bieten hat. In »1983« heißt es: »La stanza è piena di animali sembrano zanzare grosse come cani / Ma almeno i cani non sanno volare« (Das Zimmer ist voller Tiere, die wie Mücken scheinen, die groß wie Hunde sind / Aber wenigstens können Hunde nicht fliegen).

Es ist das Lied von einem Typen, der mit dickem Schädel aufwacht und ins Tagträumen gerät. Dabei schweifen seine Gedanken bis in die Kindheit zurück. Dalla erzählt zu einer seiner typisch überbordenden Melodien, die er durch etliche Genres dekliniert, die italienische Geschichte vom Ende des Faschismus bis in die 80er. Allen Abschweifungen gegenüber aufgeschlossen erinnert er sich an die Befreiung, die Jahre des Aufbruchs und unbeschwerte Sommer: ein italienisches Leben – wild und irre. Doch da lauert auch diese seltsame hedonistische Leere, die Italiens Kultur in den 80ern zunehmend aushöhlen sollte.

58

IL MONDO (1965)

Jimmy Fontana

Enrico Sbriccoli hat eigentlich alles: Er spielt Kontrabass wie kein Zweiter, singt wie Gott in Italien und sieht aus wie, nun ja: ein Wirtschaftswissenschaftler mit Buddy-Holly-Fimmel. Letzteres könnte daran liegen, dass Sbriccoli genau das ist: ein studierter Ökonom, den es Mitte der 50er ins Rampenlicht drängt. Nur der Name Enrico Sbriccoli, so findet er, taugt nicht wirklich dazu, die Sterne vom Firmament des Showgeschäfts zu pflücken.

Wie aber kommt man als italienischer Sänger zu einem guten Künstlernamen? Richtig – man nehme den Vornamen eines musikalischen Idols (im vorliegenden Fall den des Jazzmusikers Jimmy Giuffre) und suche sich seinen Nachnamen willkürlich aus dem Telefonbuch. Füße in die Luft für Jimmy Fontana!

Nachdem er in den 50ern mit einem nach ihm benannten Trio vorwiegend Jazz spielt, wechselt der in Camerino, einer Kleinstadt in den Marken, geborene Fontana zu Beginn der 60er ins Unterhaltungslager. Neben etlichen kleineren Hits ist der Mann mit der großen Brille vor allem für zwei Songs bekannt.

Da ist zum einen »Che sarà« (Was wird sein), der aber nicht von Fontana selbst, sondern im Rahmen der 1971er-*Sanremo*-Sause von José Feliciano und Ricchi e Poveri gesungen wird. Das Lied wird in der Ricchi-e-Poveri-Fassung als hübscher Schlager mit ordentlich Bläser-Rambazamba gereicht und ist bis heute auf italienischen Radiostationen zu hören, die sich der Vergangenheitspflege verschrieben haben. Die Version von José Feliciano klingt wie José Feliciano.

Jimmy Fontanas anderer Beitrag zum Weltkulturerbe hingegen ist von gänzlich anderem Kaliber: Für sein Wunderlied »Il mondo« (Die Welt) legt er 1965 über die klassische Doo-Wop-Akkordfolge eine Melodie, so groß und armeausbreitend, dass man gegen jede Form seelischen Mehltaus nach einmaligem Hören eigentlich immun sein sollte. Behilflich bei der Wirkungsentfaltung dieses Filetstücks der *musica leggera* ist zum einen Jimmys große Crooner-Stimme, zum anderen ein weiteres Pracht-Arrangement des damaligen *RCA*-Haus-Arrangeurs Ennio Morricone. Und dann ist da der Text.

Der lyrische Teil des Songs geht auf das Kerbholz Gianni Meccias, eines umtriebigen Sängers und Liedautors aus Ferrara, für den die Verantwortlichen bei der Plattenfirma *RCA* im Jahr 1960 überhaupt erst den Begriff *Cantautore* erfinden und damit einen Künstlerberuf schaffen, der sich für das Land als enorm bedeutsam herausstellen sollte. Meccias Text, angeblich von einem Gedicht inspiriert, nagelt auf geniale Weise das seltsame Gefühl von Aufgehobenheit im Weltenlauf fest (wesentlich besser noch als Don Backys vergleichbares »L'immensità«): Nein, lässt Meccia seinen Icherzähler der Liebsten gestehen, heute Nacht denke er nicht an sie. Heute öffne er die Augen, um sich umzuschauen. Und um ihn drehe sich wie immer die Welt. »Gira, il mondo gira nello spazio senza fine / Con gli amori appena nati / Con gli amori già finite« (Die Welt dreht sich und dreht sich im All ohne Ende / Mit den gerade geborenen Lieben / Und den fast beendeten Lieben), heißt es in der Bridge, bevor die Erde im Refrain beinahe abzuheben scheint: »Il mondo / Non si è fermato mai un momento / La notte insegue sempre il giorno / Ed il giorno verrà« (Die Welt / Hat noch keinen Moment aufgehört, sich zu drehen / Die Nacht verfolgt immer den Tag / Und der Tag wird kommen). Ich muss beinahe lachen, so groß ist das!

Der Song wird bis heute immer wieder von wechselnden Interpretinnen und Interpreten – darunter Al Bano, Gianna Nannini und Karel Gott – gesungen; 2017 erlebt er noch einmal ein großes Revival, nachdem er als Titelmusik der prachtvollen Mini-TV-Serie *Il miracolo (Das Wunder)* verwendet wird, in der eine blutweinende Madonnenstatue eine Staatskrise auslöst. Die Serie ist ohnehin schon für alle Italienfreunde dringend besichtigenswert, »Il mondo« als Titelmusik aber verleiht dem verzweifelten Treiben der Protagonisten eine zusätzliche Dimension der Vergeblichkeit. Auch die *FAZ* lobte ausdrücklich die Musikauswahl der Serie, »die in Momenten größten Schreckens zur brutalsten, weil sanftesten Waffe greift: italienischem Schlager«.

»Il mondo« bleibt Fontanas großer Moment. Als er sich Anfang der 70er wegen nachlassenden Erfolgs aus dem Musikgeschäft zurückzieht, tut er das einzig Richtige und eröffnet in Macerata, unweit seines Geburtsorts, eine Retro-Bar. In den 90ern taucht Fontana kurz in den Schlagzeilen auf: In einem Versteck der *brigate rosse* war eine Maschinenpistole entdeckt worden, die Fontana, ein leidenschaftlicher Waffensammler, 1971 in Sanremo erworben und später an einen Polizisten weiterverkauft hatte. 2013 verstirbt der Sänger 79-jährig in Rom infolge einer Zahninfektion.

Es gibt Lieder, die die ganze Welt enthalten. »Il mondo« ist die Königin dieser Lieder.

59

NEL BLU DIPINTO DI BLU (VOLARE)

(1958)

Domenico Modugno

Der Mann mit dem schmalen Schnauzbärtchen und dem weißen Jackett steht auf der riesigen Bühne vor dem Orchester und sieht dabei aus wie ein eleganter Magier, der vermutlich gleich ein Kaninchen aus der Hosentasche hervorzaubern wird. Aber er zaubert nicht, er singt. Er zaubert quasi singend. Seine Gesten sind dabei so geschmeidig wie ausladend, seine Stimme ist warm und akzentuiert. Die Zuhörer hängen an seinen Lippen, die Luft ist wie elektrisiert; man spürt deutlich: Hier kann alles passieren. Dann reißt der Mann die Arme in die Luft und schmettert den überlebensgroßen Refrain: »Volare, oh, oh / Cantare, oh, oh, oh, oh / Nel blu, dipinto di blu /Felice di stare lassù« (Fliegen, oh, oh / Singen, oh, oh, oh, oh / Im Blau, gemalt ins Blaue / Bin ich glücklich, oben zu sein).

Hier nimmt alles seinen Anfang. Die Geschichte des modernen italienischen Liedes beginnt an einem Abend im Februar 1958 mit dem Auftritt Domenico Modugnos beim Festival von Sanremo und dem Stück »Nel blu dipinto di blu« (Im Blau, blau angemalt).

Modugnos Musik ist die Ursuppe, die Grundsoße des modernen italienischen Pop. Ausgehend von der Schwermut des süditalienischen Volksliedes und der schwelgerischen Melodik der *canzone napoletana* revolutionierte der Mann aus Polignano a Mare bei Bari mit seinem Song das italienische Lied in Form und Inhalt. Dass er mehr Charisma im kleinen Finger hatte als andere Kollegen im ganzen Anzug, war der Sache vermutlich nicht abträglich. Wenn man sich alte Schwarz-Weiß-Filmaufnahmen des großen Domenico Modugno aus den 60ern anschaut, wird schnell klar: Der Mann war für die Bühne geboren. Erst in der Darbietung seiner Musik, so macht es den Eindruck, fand der charismatische Mann aus dem Süden ganz zu sich selbst.

Mit 19 zieht Modugno aus dem armen Apulien zunächst nach Turin, dann nach Rom, wo er am *Centro Sperimentale di Cinematografia* studiert und sich nach seinem Abschluss erst einmal im Film- und Theatergeschäft tummelt (unter anderem als Entdecker und Manager des notorisch grimassierenden Komikerduos Franco Franchi und Ciccio Ingrassia). 1957 hat er, nach zahlreichen Schellackplatten mit Liedern in diversen süditalienischen Dialekten, seinen ersten großen Erfolg als Songwriter mit dem Stück »Lazzarella«, das, von Aurelio Fierro dargeboten, beim *Festival della Canzone Napoletana* den zweiten Platz holt. Im Jahr darauf folgt sein großer Auftritt in Sanremo.

Man kann die Wirkung von »Nel blu dipinto di blu« gar nicht hoch genug einschätzen: Auf der herstellerischen Seite besteht das Revolutionäre darin, dass Modugno als Autor und Interpret in Personalunion verantwortlich zeichnet und somit hier die Blaupause des Autorenliedes liefert. Bis zu diesem Zeitpunkt wurde in Sanremo von klassischen Belcanto-

Sängerinnen und -Sängern ausschließlich Fremdmaterial geschmettert.

Gleichzeitig ist der Song, der in den unzähligen folgenden Versionen meist schlicht »Volare« genannt wird, wahnsinnig modern: Die Sprache ist beinah surreal (in der Eingangszeile malt sich der Icherzähler das Gesicht blau an), doch gerade dadurch viel näher am tatsächlichen Alltag der Italiener als die klischeeprallen Lieder, die regelmäßig von Stars wie Claudio Villa und anderen dargeboten werden. Mit Modugnos Lied vom Fliegen hebt an diesem Abend ganz Italien ab und lässt die Jahre des Postfaschismus hinter sich. Aufbruchstimmung liegt in der Luft. »Volare« markiert auch die Geburtsstunde der modernen italienischen Leichtigkeit.

Es gibt stark voneinander abweichende Äußerungen zur Entstehung des Songs. Modugno etwa erzählte, die Idee sei ihm gekommen, als er gemeinsam mit seiner Frau den Himmel über der Piazza Consalvi in Rom beobachtet habe. Co-Autor Franco Migliacci wiederum gab an, das Lied geschrieben zu haben, nachdem er eine Flasche Chianti geleert und eingehend Marc Chagalls Gemälde »Le coq rouge« studiert habe. In einem anderen Interview behauptete Migliacci, das Lied auf Basis eines Albtraums geschrieben zu haben. Von den italienischen Komponisten lernen heißt: Ein Entstehungsmythos ist toll. Drei Entstehungsmythen sind toller.

Nach dem Sieg in Sanremo holt Modugno mit dem Stück im selben Jahr noch den dritten Platz beim *Eurovision Song Contest;* an die beiden zuvorderst platzierten Stücke erinnert sich heute kein Mensch mehr. Im Dezember listet das *Billboard Magazine* »Volare« als meistverkaufte Single des Jahres 1958 in den Vereinigten Staaten.

Das Lied vom Blau im Blau wird zum Welthit, der bis heute von zahllosen Musikern (von Dean Martin über Paul McCartney und den Gipsy Kings bis hin zu DJ BoBo) gecovert wird und aus keinem Alleinunterhalter-Repertoire mehr wegzudenken ist. Nach dem Festivalsieg kauft sich Domenico Modugno erst einmal einen roten Ferrari, den er aber rasch zu Klump fährt.

So ikonisch und überlebensgroß das Lied auch ist: Für Domenico Modugno ist es erst der Start zu einer großen Karriere. 1959 gewinnt er mit dem Lied »Piove« (Es regnet) erneut in Sanremo. Auch dieses Stück wird unter einem anderen Titel (»Ciao, ciao, bambina«) weltberühmt. Modugnos Lieder erzählen mitunter rätselhafte Geschichten aus dem ausgebeuteten und gegängelten Süden Italiens. Der im Norden zu Ruhm gekommene Apulier Modugno schlägt in diesen Stücken über verliebte Schwertfische und geheimnisvolle Männer im Frack immer wieder eine Brücke von seiner *terra mia*, seinem heimatlichen Boden, zum reichen Norden, wo zugezogene Arbeitskräfte des Mezzogiorno die Wirtschaft boomen lassen und Musik-, Film- und Modeindustrie von den Verheißungen des *dolce vita* künden.

Die zu Ehren des berühmtesten Sohnes der Stadt in Polignaro a Mare errichtete Bronzestatue des Sängers zeigt ihn mit emporgerissenen Armen und flatterndem Jackett.

Arme in die Luft also für Italiens ersten echten *cantautore!*

60
NESSUNO MI PUÒ GIUDICARE
(1966)

Caterina Caselli

So ein italienisches Lied hat oft eine lange Reise hinter sich, bevor es endlich vom richtigen Interpreten veröffentlicht werden kann. Vor allem in den 60ern, dem Aufbruchsjahrzehnt der *musica leggera,* tummeln sich unzählige Songautoren und Komponisten auf der Szenerie, allesamt unablässig darum bemüht, ihre Stücke an den richtigen Interpreten zu bringen. Dabei müssen sich die Schöpfer manch schönen Liedes erst etliche Abfuhren einhandeln, bevor sich für ihr Werk die richtige Stimme findet und den Song idealerweise in einen Hit verwandelt.

Nehmen wir »La bambola« von 1968, das heute untrennbar mit seiner Interpretin, Patty Pravo, verbunden ist. Bevor die Pravo zuschlägt, wird der Song zunächst unter anderem dem *Clan-Celentano*-Künstler Little Tony, der Band The Rokes, dem Schlagersänger Gianni Morandi und Caterina Caselli vorgeschlagen, die aber alle abwinken. Caterina Caselli selbst wiederum landet zwei Jahre zuvor ihren ersten großen Hit mit dem von Adriano Celentano abgelehnten Song »Nessuno mi può giudicare« (Niemand kann mich verurteilen). 1966 stellt die bis dahin unbekannte Caselli das Lied gemeinsam mit Gene Pitney bei der 16. Ausgabe des *Sanremo*-Festivals vor. Es ist keineswegs so, dass Celentano der Song nicht behagt hätte, er nimmt ihn sogar auf. Allerdings hat der rebellische Superstar schon andere Pläne: Er will beim Wettbewerb seinen autobiografischen Schunkler »Il ragazzo della Via Gluck« (Der Junge aus der Via Gluck) auf die Jury loslassen, von dem er sich eine größere Durchschlagskraft verspricht.

Es ist ein turbulenter *Sanremo*-Jahrgang: Mit Spannung fiebert man dem gemeinsamen Auftritt von Domenico Modugno und Gigliola Cinquetti entgegen, einer Paarung, die sich zuvor noch spinnefeind war. Erstmals sind zudem mit Equipe 84 und I Ribelli zwei Beat-Gruppen vertreten. Letztere sorgt denn auch prompt für einen Skandal: Die Ribelli, Celentanos ehemalige Begleitband, lassen sich nach ihrem Auftritt für den Geschmack der Veranstalter entschieden zu lange auf der Bühne feiern, woraufhin, um die Angelegenheit zu ordnen, die Polizei zum Ort des Geschehens beordert wird. Dies sorgt unter den anwesenden *Clan-Celentano*-Mitgliedern für solche Empörung, dass es zu Ausschreitungen auf offener Bühne kommt. Die Fernsehübertragung muss unterbrochen werden; wegen Bedrohung eines Amtsträgers werden vier Anwesende verhaftet, darunter Adrianos Kumpel Miki Del Prete, Mitautor des Caselli-Liedes.

Auf dem Siegertreppchen landen zum Schluss Domenico Modugno und Gigliola Cinquetti mit »Dio, come ti amo« (Gott, wie ich dich liebe), doch es sind die Stücke von Caselli und Celentano, die 1966 zu Riesenhits werden und das Image ihrer jeweiligen Interpreten bis heute prägen. Für die 19-jährige Caterina Caselli aus Sassuolo in der Emilia-Romagna, die zuvor bei der Band Gli Amici (Die Freunde) Bass gespielt und gesungen hat, ist es der Durchbruch: Die Italiener lieben die junge Frau mit dem blonden Bob so sehr, dass sie ihr sogleich den Spitznamen *Casco D'oro* (goldener Helm) verpassen. Wer in Italien einen Spitznamen tragen darf, hat es geschafft!

Das Lied hat es in Casellis Interpretation durchaus in sich: Die Protagonistin des Stücks kehrt zu ihrem Liebhaber zurück, den sie betrogen hat. Sie gibt zu, einen Fehler begangen zu haben, und zeigt sich reumütig, stellt aber selbstbewusst klar: »Nessuno mi può giudicare, nemmeno tu!« (Niemand kann mich verurteilen, noch nicht einmal du!). Rückblickend sieht man das Stück, das Caselli beim Festival in aufgekratzter Manier mit ausgebreiteten Armen aufführt, als eine Vorwegnahme der moralischen und feministischen Neuordnungen der kommenden Jahre.

Auch die nächsten Caselli-Stücke werden Hits: Mit »Perdono« (Entschuldigung) holt sie, ebenfalls 1966, den ersten Platz beim *Festivalbar*-Wettbewerb. Das Lied stellt gewissermaßen das antifeministische Gegenstück zum Vorgänger-Hit dar: Auch hier kehrt die Erzählerin aus den Armen einer Affäre zu ihrem Partner zurück, doch sie braucht sein Verzeihen. »Perdono« ist zugleich der Titel eines *musicarello,* jener spezifisch italienischen Form des Musikfilms, im Rahmen dessen in den 60ern junge Stars durch eine notdürftig zusammengeklöppelte Handlung springen und dabei möglichst viel singen. Ein weiterer Hit aus dem Film ist das sehnsüchtige »Cento giorni« (100 Tage): macht drei Perlen der leichten italienischen Liedkunst in nur einem Jahr!

1967 spielt Caterina Caselli in dem Film »Io non protesto, io amo« (Ich protestiere nicht, ich liebe) eine gesanglich talentierte Lehrerin, der ein Plattenvertrag angeboten wird. Am Ende entscheidet sie sich für die Liebe. An ihrer Seite ist der junge Terence Hill zu sehen, der hier noch unter seinem bürgerlichen Namen Mario Girotti gelistet ist. Regie führt Ferdinando Baldi, der sich in den Folgejahren auf zynische Spaghettiwestern spezialisieren und 1971 den psychedelischen »Blindman« drehen sollte, der von einem blinden Revolverhelden (!) erzählt, der vierzig Frauen durch die Wüste eskortieren soll (!!) und es dabei unter anderem mit einem mexikanischen Banditen namens Candy zu tun bekommt, der von Ringo Starr (!!!) gespielt wird. Ach, Italien …

Nicht unähnlich der Lehrerin aus Baldis Musikfilm lässt Caterina Caselli Mitte der 70er die Sangeskarriere zugunsten anderer Präferenzen sausen. 1970 heiratet sie Piero Sugar, den Boss ihrer Plattenfirma *Sugar Records,* und beginnt ab Mitte des Jahrzehnts eine erfolgreiche Laufbahn als Musikmanagerin des Labels. Am Ende steigt sie gar zur Präsidentin von *Sugar* auf. Im Laufe der Jahre entdeckt sie zahlreiche Künstler, die unter ihrer Ägide zu Stars werden, darunter Andrea Bocelli, Piccola Orchestra Avion Travel und die Triester Sängerin Elisa. Manchmal rappelt es auch zwischen ihr und den Künstlerinnen, wie etwa im Fall der Sängerin Giuni Russo, die das Label 1984 verlässt, nachdem Caselli von ihr eine kommerziellere Ausrichtung verlangt hatte.

Man kann mit dem Frühwerk dieser Frau schlicht nichts falsch machen: Freunde süffigen Sixties-Italo-Beats kommen massiv auf ihre Kosten. Hier steppt der Bär im Samtanzug! Am verlässlichsten lässt aber »Nessuno mi può giudicare« den Tanzschweiß in die Chelsea Boots rinnen.

61

NON SUCCEDERÀ PIÙ (1982)

Claudia Mori

Die über fünfzig Jahre währende Ehe von Claudia Mori und Adriano Celentano ist eine der großen Liebesgeschichten der *musica leggera*.

1963 lernen sich die beiden in Amalfi während der Dreharbeiten zum Film »Uno strano tipo« (Ein seltsamer Typ) kennen, einem der ersten Werke der späteren Splatter-Ikone Lucio Fulci. Sie ist 19 und hat in einigen Musicals mitgewirkt, aber auch eine kleine Rolle unter Luchino Visconti gespielt. Der 24-jährige Celentano ist bereits das große Idol der italienischen Jugend. Anfangs zeigt die Römerin wenig Interesse an dem als Macho verschrienen Platzhirsch, alle Bemühungen, seine Kollegin auf einen Kaffee einzuladen, werden abgeschmettert. Erst eine Panne am Set bricht das Eis. Dann geht alles hopplahopp: Adriano verlässt seine Freundin Milena, und schon 1964 geben Claudia und er sich in der Kirche *San Francesco d'Assisi* in Grosseto in einer Geheimzeremonie um drei Uhr in der Früh das Jawort.

Die staunende Öffentlichkeit erlebt eine bodenständige Traumehe: Das Paar zieht sich aufs Land zurück, drei Kinder kommen in den folgenden Jahren zur Welt; das große gemeinsame Laster, das Pokerspiel, wiederum wird aufgegeben. Ein solches Glück muss freilich auch besungen werden: 1967 wird der junge Anwalt Paolo Conte mal wieder mit einer Komposition beim *Clan Celentano* vorstellig. Conte kommt zum richtigen Zeitpunkt: Luciano Beretta, Cheftexter des *Clans,* ist in Celentanos Auftrag auf der Suche nach einem Lied, das er und Mori gemeinsam singen könnten. Beretta textet »La coppia più bella del mondo« (Das schönste Paar der Welt), eine Feier des ehelichen Glücks. »Siamo la coppia più bella del mondo / E ci dispiace per gli altri / Che sono tristi e sono tristi / Perché non sanno più cos'è l'amor (Wir sind das schönste Paar der Welt / Und uns tun die anderen leid / Die traurig sind, so traurig sind / Weil sie nicht mehr wissen, was Liebe ist). Der Celentano-typische Dreh ins Religiöse erfolgt im zweiten Teil des Refrains, wo verkündet wird, dass die wahre Liebe von einer himmlischen Instanz vereint werde und niemand auf Erden sie trennen könne, »l'ha detto lui!« (das hat er gesagt!). Celentano, der etwa zur gleichen Zeit mit dem Stück »Tre passi avanti« (Drei Schritte vorwärts) den Schlendrian der Hippies attackiert, will »La coppia« zudem als Lied gegen das Konzept der freien Liebe verstanden wissen.

Von der gesanglichen Beweihräucherung matrimonialen Glücks abgesehen stellt Claudia Mori ihre Karriere in der zweiten 60er-Hälfte zugunsten der Familie zurück. Ihr Mann wandelt sich unterdessen zum unberechenbaren Rock-'n'-Roll-Prediger, der seinem Land zu allen möglichen Themen die Leviten liest. 1970 gewinnen Claudia und Adriano gemeinsam das *Festival di Sanremo* mit dem seltsamen, wenngleich musikalisch unwiderstehlichen Anti-Streik-Song »Chi non lavora non fa l'amore« (Wer nicht arbeitet, macht keine Liebe). Ab 1971 ist Claudia Mori wieder häufig im Kino zu sehen, nicht selten an der Seite Adrianos.

Auch das Musikgeschäft hat sie wieder: 1975 veröffentlicht sie das erste ihrer beiden erfolgreichsten Solostücke: In »Buonasera, dottore« (Guten Abend, Doktor) ruft eine verliebte Frau ihren verheirateten Liebhaber an, der, um nicht aufzufliegen, so tut, als telefoniere er mit dem Arzt. Angeblich soll Celentano das Stück wegen des ungewohnt säuselnden Gesangs gehasst haben. Der andere große Solo-Erfolg ist Claudia Mori 1982 mit dem von ihr mitverfassten »Non succederà più« (Es wird nicht mehr passieren) vergönnt, einem der unverwüstlichsten *Musica-leggera*-Hits der 80er. Zugleich ein Lied, das gemeinhin als autobiografische Verarbeitung einer Ehekrise verstanden wird.

In Italien wird zu dieser Zeit von einer Affäre Adrianos mit seiner häufigen Filmpartnerin Ornella Muti gemunkelt. Celentano, wieder einmal ganz sein unberechenbares Selbst, bestätigt die Gerüchte öffentlich erst über dreißig Jahre später – ausgerechnet anlässlich der Goldhochzeitsfeierlichkeiten mit Claudia Mori im Jahr 2014. Ornella Muti wiederum, die von der Beichte nicht in Kenntnis gesetzt wurde, fällt aus allen Wolken und deutet ihrerseits in Interviews an, Celentano habe sich erst wegen einer Affäre Claudia Moris auf das Techtelmechtel eingelassen.

Abgesehen von einem Gastauftritt Adrianos im hinteren Teil des Stücks ist »Non succederà più« der Monolog einer Frau, die sich nicht mehr abfinden will mit faulen Kompromissen und der Abwesenheit des Geliebten: »Non succederà più che torni alle tre / E io mi addormento senza te« (Es wird nicht mehr passieren, dass du um drei zurückkommst / Und ich ohne dich einschlafe). »Du warst es, du bist es, und du wirst es immer sein«, versichert Celentano in seinem Gastauftritt. Für eine Weile lebt das Paar getrennt.

Längst sind »Die beiden verliebten Krieger« (der Titel einer von Mori verfassten Ehe-Autobiografie) wieder ein Herz und eine Seele. In späteren Jahren wird Claudia Moris Rolle im *Clan Celentano* massiv an Bedeutung gewinnen. Ab 1994 fungiert sie als Geschäftsführerin der Firma; es ist ihr zu verdanken, dass es Celentano zu jener Zeit gelingt, ein würdiges Alterswerk einzuläuten. Nebenbei ist sie als Filmproduzentin und Castingshow-Jurorin aktiv.

Wie ihr Mann ist sie immer wieder für Überraschungen gut. Als im September 2020 in einer TV-Sendung über das Tragen von Miniröcken in Schulen diskutiert wird, klingelt mitten in der Show das Telefon. Am anderen Ende: eine aufgebrachte Claudia Mori. Es sei eine Schande, dass diese Diskussion im Jahr 2020 immer noch geführt werden müsse. Ein Mädchen müsse tragen können, was es wolle, donnert sie. Wenn das dem Lehrer ins Auge falle, sei das des Lehrers Schuld. Sie jedenfalls werde morgen einen Minirock anziehen, mal schauen, wem das ins Auge fällt.

62

I NOSTRI ANNI (2020)

Tommaso Paradiso

Es war einmal eine Zeit – nennen wir sie »die frühen 80er-Jahre« –, da stand in Italien ein Sängertypus hoch im Kurs, der keinem hellblauen Sakko abgeneigt war. Die Vertreter dieses Typs sangen ohne falsche Furcht vor seichtem Gewässer luftig-leichte Sommerhits, begriffen sich dabei als Verfasser derselben durchaus als *auteurs*. Die Rede ist von Artisten wie Umberto Tozzi, Alan Sorrenti oder Gianni Togni: Musiker, von denen keinerlei Revolutionsgefahr ausging, deren seifigschöne Lieder aber allesamt über dieses entscheidende Flirren verfügten, das sie vom Schlager unterschied. Nun sind die frühen 80er ein Weilchen her. Wer bitte, fragen Freunde dieser Musikspielart womöglich voller Sorge, nimmt sich heute dieses Genres an? Gibt es einen würdigen Erben dieser Interpreten?

Ja, den gibt es: Tommaso Paradiso, geboren 1983 in Rom. Doch nicht all seine Landsleute wissen es zu schätzen, dass er sich anschickt, das Erbe der genannten Sänger anzutreten. So löst seine Single »Ricordami« (Erinner dich an mich) im September 2020 einiges an Entrüstung aus. Der Grund: Man meint, eine starke Ähnlichkeit zu gleich mehreren anderen Liedern festzustellen. Was die Sache noch erschwert: zu gleich mehreren Liedern vermeintlich niederer Qualität. Während die höflicheren Beobachter Parallelen zu Righeira oder ABBA sehen, wird Paradiso von anderen der Belehnung von »Last Christmas« und »Mamma Maria« von Ricchi e Poveri bezichtigt. Tatsächlich verwendet das Lied eine seit den 50ern gängige Akkordfolge, doch ganz gleich: Diesmal habe Tommaso Paradiso es mit der Seichtheit übertrieben, und die einleitende Saxofonmelodie sei auch eklig. Ein Kritiker befand gar, Paradiso habe – keine Unerheblichkeit in Italien – das schlechteste Stück des Sommers geschrieben. (Ist natürlich Quatsch, der Song ist so toll wie ein Paar pinke Loafers mit Bommeln, aber diese Polemiken gehören zum italienischen Liederzirkus so sehr dazu wie Bud Spencer zu Terence Hill.) Paradiso bedankte sich später auf Instagram konsequenterweise auch bei all seinen Hatern.

Für den Römer sind derlei Schmähungen nichts Neues. Schon mit seiner höchst erfolgreichen Band Thegiornalisti, die er 2019 verlässt, war er Anfeindungen ausgesetzt. Alles viel zu kommerziell, lautete das Verdikt der Musikpolizei. Und tatsächlich ließen Thegiornalisti keine falsche Subtilität walten – man legte es klar darauf an, Italiens Charts mit Hits zu versorgen. Aber was für Hits das sind: Damenwahl in der Italo-Disco! Vor allem »Felicità puttana« (verficktes Glück), der Sommerhit des Jahres 2018, hat das Zeug dazu, jede Strandbar abheben zu lassen. Mit »Riccione« wiederum setzte die Band dem beliebtesten Strandort von Norditaliens Jugend ein Denkmal.

2019 legt Tommaso Paradiso dann solo los. Vier Singles sind zum Zeitpunkt der Niederschrift erschienen. Neben »Ricordami« liebe ich vor allem »Non avere paura« (Hab keine Angst), in dessen Video es zu einem Stelldichein zahlreicher Popstars im Aufnahmestudio kommt: Fiorella Mannoia, Elisa, Jovanotti, *Sanremo*-Moderator Fiorello und viele mehr turnen da herum. Und dann ist da »I nostri anni« (Unsere Jahre), ein deliziöses Fettgebäck von einer Ballade. Hier findet im dazugehörigen Musikclip des Sängers Motto seinen Ausdruck: »Trau keinem, der nicht weint. Trau keinem, der nicht lacht. Und trau keinem, der nicht trinkt.« »Und trau keinem, der nicht Römer ist«, möchte man hinzufügen.

Wir begegnen dem Sänger beim weinseligen Herumhängen mit Freunden in einer römischen Trattoria. Um eine Zigarette zu rauchen, geht er vor die Tür, doch es zieht ihn in die Gassen seiner (auffallend menschenleeren) Stadt. Anders als bei seinen bisherigen Auftritten, die den Eindruck nahelegen, Paradiso sei möglicherweise mit Sonnenbrille auf die Welt gekommen, gibt er hier den angesoffenen Gemütsmenschen, der, vom Augenblick überwältigt, gar nicht weiß, ob ihm nach Lachen oder Heulen zumute sein soll. Die Kamera fliegt wie in einem Werbevideo des römischen Fremdenverkehrsvereins über *Piazza San Pietro, Scalinata di Trinità dei Monti, Colosseo* und *Ponte Sant'Angelo*. Paradiso singt dazu vom Geist des großen Schauspielers Alberto Sordi in den Tempeln und der Hexe Befana, die in der Nacht vom 5. auf den 6. Januar auf ihrem Besen die Kinder besucht. Die Spur führt natürlich (wie so oft in Italien) in die Vergangenheit: zu den Nächten, wo zu Hause Kant und Mathe gebüffelt wurde, zur Musik von *mamma e papà*. Wie viel von dem, der man damals war, ist noch übriggeblieben? Denkt man noch groß genug? Oder ist man nur noch wie »biscotti inzuppati nel latte« (in Milch getauchte Kekse)? Rotweingrübeleien.

Am Schluss steht Tommaso Paradiso, der 2021 im römischen Stadtteil Prati auch ein eigenes Ristorante eröffnete, auf dem Rand eines Brunnens und reißt die Faust in die Luft: »Fanculo tutto / Questi sono i nostri anni« (Scheiß auf alles / Das hier sind unsere Jahre). Ob er ein Romantiker sei, wird der Sänger 2020 auf dem YouTube-Kanal *Freeda* gefragt. Tommasos Antwort: Wenn er nicht romantisch sei, wer dann?

63

NOTTE DI FERRAGOSTO (1966)

Gianni Morandi

Immer lohnend sind die Gespräche mit Mario, dem Chefkellner meines Stammitalieners. Unlängst kamen wir auf den Sänger Gianni Morandi zu sprechen, der seit den 60ern in seinem Heimatland immense Erfolge feiert. Ja, Gianni Morandi, schwärmte Mario, das sei schon ein ganz Großer, *un mito* (natürlich!). In ganz Italien sei er nicht zuletzt wegen seines Markenzeichens berühmt. Ob ich dieses Markenzeichen kenne? »Nein«, sagte ich wahrheitsgemäß und machte mich darauf gefasst, nun einen Vortrag über einen bestimmten Sub-Dialekt des Friaul, eine grell gepunktete Krawatte oder rote Lackschuhe mit Bommeln gehalten zu bekommen, die der Sänger bei Auftritten zu tragen pflegt. Doch weit gefehlt: »Gianni Morandi«, informierte der Kellner mit gespielter Entrüstung über mein Unwissen, »Gianni Morandi ist in ganz Italien für seine riesigen Hände bekannt. Der Typ hat totale Schaufeln! Jedes Kind in Italien weiß das.«

Auch unabhängig von seinen Händen ist der 1944 in Monghidoro vor Bologna geborene Morandi einer der Größten im italienischen Pop. Von 1963 bis 1970 ist er *das* männliche Teen-Idol der *musica leggera:* Ganze 13 Nummer-eins-Hits pflastern des Sängers Weg durch das Aufbruchsjahrzehnt der italienischen Popmusik. Töchter und Mütter lieben den Saubermann mit der Schmetterstimme gleichermaßen. Er singt von »Un mondo d'amore« (Eine Welt der Liebe) und kriecht »In ginocchio da te« (Auf den Knien zu dir) der Liebsten entgegen. Als mit Beginn der 1970er die Hit-Serie abreißt, zeigt sich Gianni beweglich und betätigt sich mehrere Jahre verstärkt als Theaterschauspieler. Etwa ab Mitte der 80er gelingt es ihm, sich als Sänger zu alter Größe aufzuschwingen. Hierbei erweist es sich als hilfreich, dass der Mann aus der Emilia frei von Berührungsängsten ist. Gianni kennt sie alle: Er hängt mit seinem Kumpel Adriano Celentano ab, geht mit Lucio Dalla auf Tour (und auf Platz eins der Albumcharts), duettiert mit Umberto Tozzi und Enrico Ruggeri, covert auch schon mal Francesco De Gregori und chattet auf Instagram öffentlich mit Jovanotti. Alle schätzen Gianni und zollen seinem weitläufigen Werk Respekt. Kommerziell ist er ohnehin über jeden Zweifel erhaben: Über dreißig Millionen Tonträger hat der große Interpret des leichten Liedes bis heute umgesetzt; 2005 wurde ihm der Verdienstorden der Italienischen Republik umgehängt.

»Notte di ferragosto«, mit dem Gianni Morandi 1966 den reisenden Liederwettbewerb *Cantagiro* gewinnt, ist einer der vielen Nummer-eins-Hits seiner Glanzphase. Die Musik stammt aus der Feder Luis Enrique Bacalovs, der vor allem als Filmkomponist große Berühmtheit erlangen konnte. Als Sohn einer aus Bulgarien stammenden jüdischen Familie in Buenos Aires geboren, kommt Bacalov 1959 mit 26 Jahren nach Italien und wirkt zu Beginn seiner Karriere ebenso wie Ennio Morricone als Auftragsarrangeur für die italienische *RCA*. Morricone, nicht eben berühmt für Kollegenlob, fand stets preisende Worte für seinen Komponistenfreund. Ab Mitte der 60er schlägt auch Bacalov in *Cinecittà* auf: Sein Thema zu Sergio Corbuccis ikonischem »Django« hat eine Schmauchspur von einigen Gnaden. Im Jahr darauf schreibt er die Musik zu Pier Paolo Pasolinis »Das 1. Evangelium – Matthäus«. Als 1979 Federico Fellinis Hofkomponist Nino Rota verstirbt, engagiert ihn Fellini als Komponist für »Stadt der Frauen«. Endgültig unsterblich macht sich der Argentinier dann 1994, als er die Musik zu »Il postino« (Der Postmann) komponiert, für die ihm der Oscar verliehen wird. Trotz seiner Erfolge blieb der Mann stets bescheiden, was sein Werk anging: Filmmusik sei Gebrauchsmusik. Man müsse demütig sein und versuchen, etwas Kleines zu schreiben, sagte er einmal. Ähnlich wird der 2017 verstorbene Bacalov über die zahlreichen Hits, die er für Rita Pavone, Dino, Gianni Morandi und andere schrieb, gedacht haben.

Der Text zu Bacalovs Komposition stammt aus der Feder von Franco Migliacci, der 1957 mit Domenico Modugno »Nel blu dipinto di blu (Volare)« zu Papier brachte und so dem postfaschistischen Italien beim Abheben in glanzvolle Sphären half. Der umtriebige Migliacci dichtet für alles, was in Italien Rang und Namen hat, ab Anfang der 70er ist er auch als Synchronsprecher (unter anderem für Klaus Kinski) aktiv. Sein Text zu »Notte di ferragosto« handelt von einem für die Italiener bedeutsamen Feiertag: dem 15. August. Mariä Himmelfahrt. Dem vermeintlich heißesten Tag des Sommers. Ein Datum, an dem das gesamte administrative System zum Erliegen kommt.

Für den Italiener ist es zwingend erforderlich, diesen Tag, beziehungsweise die Tage und Wochen um diesen Termin herum, am Meer zu verbringen. An den Stränden brennt zu *ferragosto* die Luft. Hier lässt sich die ganze italienische Tragikomödie unter glühender Urlaubssonne studieren. Mittags und abends verlegt man das Gewimmel in die nahegelegenen Restaurants oder zieht sich in die umliegenden Ferienhäuser zurück. Mindestens so wichtig wie die Oper am Strand und die ausgedehnten Mahlzeiten mit Familie und Freunden ist die abendliche *passeggiata* am *lungomare* im Rahmen derer mit anbetungswürdigem Selbstbewusstsein das ausgeführt wird, was man für die Sommermode der Saison hält. Für ausländische Beobachter gerät dieses Schaulaufen, dieses *fare la bella figura* in Formvollendung, zur Lektion in Demut: Man staunt und fühlt sich wahnsinnig unitalienisch. Als wäre man qua Herkunft dazu verdammt, im Leben die falschen Prioritäten zu setzen.

Gianni Morandi singt das Lied mit beträchtlichem Schmelz und Schmettern: In den 60ern kann ihm als Crooner weiß Gott keiner das Wasser reichen. Bis heute ist er überall dort zu finden, wo in Italien die Musik spielt. Und nicht nur dort: Gianni ist zudem Mitglied der von Battisti-Textdichter Mogol ins Leben gerufenen italienischen Sänger-Fußballnationalmannschaft *Nazionale italiana cantanti.* Allerdings nicht als Torwart, auch wenn man das vielleicht angesichts seiner Riesenschaufeln vermuten könnte.

64

'O SOLE MIO (1916)

Enrico Caruso

Dass der Neapolitaner fern der Heimat kaum glücklich werden kann, ist bekannt. Das muss auch der Komponist Eduardo Di Capua erfahren, als ihm 1898 auf einer Konzertreise mit dem neapolitanischen Staatsorchester ins ferne Ausland zunehmend klamm ums Herz wird. Im damals russischen Odessa nimmt die Angelegenheit Ausmaße an: Kälte und Heimweh lassen den Maestro nachts kein Auge zutun. Als am Morgen die aufgehende Sonne sein Zimmer erleuchtet, überkommt ihn die Inspiration, und die Sehnsucht fließt in ein Lied. Er schreibt eine eingängige Melodie, die er mit einem Text des neapolitanischen Dichters Giovanni Capurro versieht – fertig ist »'O sole mio« (Meine Sonne), der weltweit erste waschechte Pophit *made in Italy.* Es ist das Lied, das wohl am eindrücklichsten die Bedeutung der *canzone napoletana* für die internationale Popmusik darlegt.

Beim *Festival di Piedigrotta,* einer Art neapolitanischem *Sanremo*-Vorläufer, bei dem seit 1830 alljährlich das beste Lied zum Themenkomplex »Liebe, Frühling, *Napoli*« gekürt wird, landet »'O sole mio« auf dem zweiten Platz und beginnt infolge der Emigrationsbewegungen in Richtung USA seinen beispiellosen Siegeszug um die Welt. Man sollte annehmen, Komponist Eduardo Di Capua und Lyriker Giovanni Capurro müssten nach dem Erfolg des Stücks wenn schon nicht glücklich, so doch zumindest wohlhabend geworden sein. Doch weit gefehlt! Für geschlagene 25 Lire gehen die Rechte an dem Lied an den Verlag von Ferdinando Bideri, beide Herren versterben in Armut. Nach einem Richterspruch aus dem Jahr 2002 halten bis 2042 die Erben Emanuele Alfredo Mazzucchis die Rechte an dem Stück, der »'O sole mio« auf Bitten des Komponisten Di Capua auf Notenpapier übertrug. 250.000 Dollar an Tantiemen soll das Lied noch heute alljährlich einspielen.

In der Version von Elvis Presley (der das Lied während seiner Stationierung in Deutschland gehört hatte) wird es zu »It's now or never«, in jener von Luciano Pavarotti und Bryan Adams zu Klebekäse. Auch Mario Lanza, Bill Haley, Dean Martin, Peter Alexander, Dalida und Max Raabe versuchen sich an dem Evergreen. Michail Gorbatschow und Papst Johannes Paul II. gaben an, »'O sole mio« sei ihr Lieblingslied. Der Kosmonaut Juri Gagarin soll es während seiner Erdumrundung gesummt haben, und als man bei den Olympischen Spielen 1920 in Antwerpen partout die italienische Nationalhymne nicht finden kann, legt man eben »'O sole mio« auf. Kurz zuvor, im Jahr 1916, entsteht die alles entscheidende Plattenaufnahme des Songs, als der weltgrößte Operntenor Enrico Caruso das Stück einsingt.

Carusos Karriere beginnt in den 80er-Jahren des 19. Jahrhunderts als Straßensänger in den Gassen Neapels. Die Verführungskraft seiner Stimme spricht sich rasch herum, sodass er gar von gesanglich untauglichen jungen Burschen gebeten wird, an ihrer Stelle die Dame ihrer Wahl zu serenadisieren. Viel Geld kommt bei alledem nicht herum, die Carusos sind arm: Als ein erstes Pressebild gemacht werden soll und sich sein einziges Hemd gerade in der Reinigung befindet, knotet sich Caruso kurzerhand ein Bettlaken um. 1897 singt er in Mailand Giacomo Puccini im Rahmen einer *audition* für »La Bohème« vor; bei Carusos hohem C fährt der anfangs skeptische Komponist herum: »Wer hat mir dich nur geschickt? Gott?« 1900 hat Caruso seinen ersten großen Auftritt an der Mailänder *Scala*.

Mit dem Selbstbewusstsein eines Stars kehrt Caruso nach *Bella Napoli* zurück. Doch der Empfang des elitären Opernpublikums in der Heimat fällt nicht so aus wie erwartet: Caruso wird ausgebuht, man sieht in ihm noch immer den Straßensänger. Tief gekränkt tätigt er seine berühmte Äußerung, er werde nie wieder nach Neapel zurückkehren, um zu singen, sondern nur noch, um Spaghetti zu essen.

Zur neuen Heimat des dünnhäutigen Genies werden die USA, wo ihn vor allem New Yorks Opernwelt begeistert willkommen heißt. Er nimmt zahlreiche Schellackplatten auf, die in der italienischen Community reißenden Absatz finden: die Geburtsstunde des modernen Tonträgermarktes. Sein Debüt am *Metropolitan Opera House* hat er noch im Jahr seiner Ankunft. Caruso liebt das amerikanische Publikum, vor allem liebt das Publikum ihn. Die Tumulte vor seinen Aufführungen stehen dem Trubel bei den späteren Beatles-Konzerten in nichts nach. Caruso genießt das Bad in der Menge, er gibt Autogramme und tätschelt Kinderhäupter. Vielleicht können Neapolitaner fern der Heimat ja doch glücklich werden.

Carusos beispielloser Aufstieg zum Sänger der Sänger wäre alleine schon filmreif. Sein Privatleben und sein widersprüchlicher Charakter sorgen für etliche grelle Spitzen: Enricos Liebesleben ist aufreibend. Als die Mutter seiner Kinder mit dem Chauffeur durchbrennt, droht der Sänger daran zu zerbrechen. 1906 wird er der sexuellen Belästigung einer Frau in einem Affenhaus (!) angeklagt (eine Tageszeitung aus Richmond verbreitet eine ungeprüfte Äußerung des Tenors, der zufolge der Übergriff in Wirklichkeit auf das Konto eines der Affen gehe).

Vor dem Erdbeben von San Francisco im selben Jahr kann sich der auf Tournee befindliche Caruso auf ein Boot retten, weil er die Platzwächter mit einem signierten Foto Theodore Roosevelts von seiner Systemrelevanz überzeugen kann. 1913 wird er von der *Black Hand,* einer Vorläuferorganisation der Mafia, erpresst, seine Angst vor Ermordung ist so groß, dass er vor jeder Aufführung der laufenden »Tosca«-Produktion eigenhändig die Requisitengewehre überprüft; auf Kuba entgeht er kurz darauf nur haarscharf einem Bombenattentat. Einmal wird er während einer Aufführung von Leoncavallos »Pagliacci« weinend in seiner Garderobe entdeckt. Auf die Frage, was denn los sei, antwortet er nur: »Caruso feels too much.«

Während einer Vorstellung von »L'elisir d'amore« hustet er mehrere Handtücher blutig, der Sänger hatte eine eitrige Rippenfellentzündung verschleppt. Einen Arzt aufzusuchen weigert er sich zunächst, während der letzten Vorstellungen der Oper »La juive« muss er von seiner Partnerin gestützt werden. An Heiligabend 1920 steht er in der *Met* zum letzten Mal auf der Bühne. Nach sieben Operationen besteigt er im Mai ein Schiff, um zwecks Rekonvaleszenz nach Neapel zu reisen. Tausende Fans verabschieden den Tenor, der, an die Reling gelehnt, noch einmal das hohe C schmettert.

In der alten Heimat verbessert sich sein Zustand zunächst, Caruso macht bereits wieder Pläne, doch nach einem Besuch bei einem örtlichen Arzt verschlechtert sich seine Verfassung drastisch. Am 2. August 1921 stirbt Caruso in seinem Zimmer im *Hotel Vesuvio*. Die Stimme des Jahrhunderts ist für immer verstummt.

Für den Sänger selbst dürfte die Aufnahme von »'O sole mio« nur eine unter vielen gewesen sein; ihre Bedeutung für die italienische Musik kann nicht hoch genug gehängt werden. Als erster kommerziell erfolgreicher *recording artist* lebte Caruso feudal, betrachtete sich aber zunehmend als Gelddruckmaschine. Der Mann war sicher kein Lämmlein und widersprüchlicher als vieles, was man morgens im Spiegel sieht. In seinem Fach aber war Enrico Caruso mit seinen temperamentsprallen und von hoher Risikobereitschaft geprägten Interpretationen schlicht der Größte. Wer seinen Aufnahmen noch nie mit mehr als beiläufiger Aufmerksamkeit gelauscht hat, der hat nicht gelebt.

65

PICCOLO UOMO (1972)

Mia Martini

Es wäre untertrieben, zu behaupten, das Leben der großen Sängerin Mia Martini sei tragikumflort gewesen.

1971 überlebt sie einen schweren Autounfall, zwei ihrer ebenfalls im Wagen befindlichen Bandkollegen sterben. Im italienischen Musikbetrieb setzt sich daraufhin die Mär durch, auf der aufstrebenden Sängerin laste ein Fluch; wer sich mit ihr einlasse, habe ebenfalls Pech zu erwarten. Tritt sie künftig bei einem Festival an, hagelt es Absagen anderer Sängerinnen und Sänger, die mit ihr nicht die Bühne teilen wollen. Seinen extremsten Ausdruck findet der Aberglaube darin, dass sich einige Kollegen gar weigern, auf gemeinsamen Reisen mit ihr in derselben Klasse zu sitzen. Es ist nur eine von vielen tragischen Episoden in einem Leben, das genug Stoff für 37 Biopics und 48 Dokumentationen abwerfen dürfte. Ihr einmaliges Talent indes zweifelt niemand an. Heute ist Mia Martini ein Mythos und neben ihrer Vorläuferin Mina die bedeutendste und erfolgreichste Interpretin der *canzone italiana*. Eine Meisterin, nichts weniger.

Das Karrieredrama der als Domenica Rita Adriana Bertè in Bagnara Calabra geborenen älteren Schwester von Loredana Bertè geht schon bei der Wahl des Künstlernamens los. Sie beginnt ihre Karriere zunächst Anfang der 60er als Mimì Bertè. 1969 wird sie in einer Diskothek auf Sardinien mit Marihuana erwischt und landet für vier Monate im Gefängnis, eine traumatische Erfahrung, wie sie später berichtet. 1970 startet sie neu. Ihr Manager Alberigo Crocetta, Chef des römischen *Piper Club*, plant, sie international zu vermarkten, wofür ihm eine Namensänderung unausweichlich scheint. Der Vorname »Mia« ist eine Hommage an Mia Farrow; der Nachname, so Crocetta, müsse ein berühmtes und leicht auszusprechendes italienisches Wort sein. Er stellt ihr drei Begriffe zur Auswahl: Spaghetti, Pizza und Martini.

Ihr erster Hit unter neuem Namen trägt den Titel »Padre davvero« (Wirklich, Vater). Das Lied behandelt einen Tochter-Vater-Konflikt, die konservativen Medien im Italien der frühen 70er sind wenig begeistert. Das Stück wird als autobiografisch gelesen: Der Vater von Mia, dem die frühen Gesangsambitionen der Tochter ein Dorn im Auge waren, soll sie regelmäßig verprügelt haben. Die Inbrunst, mit der Mia Martini das Wort »Padre« zu Beginn jedes Refrains singt, geht denn auch durch Mark und Bein. Die nächste Single »Piccolo uomo« (Kleiner Mann) bringt den Durchbruch und etabliert Martini endgültig als Königin der donnernden Ballade, als Schmerzensfrau der *musica leggera*. Sie pflegt jetzt einen Gipsy-Look mit Hüten, Federn und Wallekleidern. Eine Zeitschrift schreibt, sie sehe aus, als wäre sie über einen Kometen gestolpert.

Auch wenn Mia Martini im Verlauf ihrer Karriere dann und wann selbst zur Feder greift, handelt es sich bei ihr um ein weiteres Beispiel höchster weiblicher Interpretationskunst. Die Texte, die sie zum Leben erweckt, klingen nicht selten, als wären sie persönlichen Erfahrungen abgerungen. Zumindest ist es wohl so, dass Martinis Autoren es verstehen, die Sängerin, ihre Nöte und Verstrickungen zu lesen und das Ergebnis in maßgeschneiderte Stücke fließen zu lassen. Und im Falle Mias sind es so einige Verstrickungen. Das Geheimnis einer großen Interpretin sei nicht, eine schöne Stimme zu haben, sagte sie einmal. Wichtig sei vielmehr, die Bedeutung der jeweiligen Emotion zu verstehen. Wenn man nicht wisse, was leiden heißt, wisse man auch nicht, was Liebe ist. Und sie hat weiß Gott viel zu erdulden: den gewalttätigen Vater, den Aberglauben ihrer Kollegen, die (meist männlichen) Strippenzieher des italienischen Liederzirkus, die Anfeindungen der Presse, das eigene Image, ihre Plattenfirma. Und die Liebe?

Es ist einer ihrer Liedschreiber, der *cantautore* Ivano Fossati, der zum Mann ihres Lebens wird. Doch auch die Beziehung endet im Unglück. Fossati ist krankhaft eifersüchtig: auf Mias Erfolg – und auf andere Männer. Auch eine Zusammenarbeit Mia Martinis mit Pino Daniele scheitert an Fossati.

1983 reicht es der Sängerin: Die Anfeindungen durch Presse und Kollegen (das Ammenmärchen von der Pechmarie) haben längst ein groteskes Ausmaß angenommen; Martini zieht sich für Jahre aus der Öffentlichkeit zurück. Auch die Beziehung zu Fossati geht in die Binsen. Erst 1989 kehrt Mia Martini ins Rampenlicht zurück und kann an frühere Erfolge anknüpfen. Trotz gesundheitlicher Probleme geht sie im Frühjahr 1995 auf große Tournee, muss sich aber mehrmals wegen starker Schmerzen im Krankenhaus behandeln lassen. Für 1996 ist eine Zusammenarbeit mit der Königin des italienischen Liedes, Mina, geplant, die sich voller Bewunderung über Martini äußert.

Am 14. Mai 1995 wird der leblose Körper der Sängerin in ihrer Wohnung in Cardano al Campo in der Provinz Varese gefunden. Erst vor Kurzem war sie hierhergezogen, um ihrem Vater nahe sein zu können, mit dem sie sich, wie es schien, ausgesöhnt hatte. Es wird eine Obduktion angeordnet. Das Ergebnis: Herzstillstand aufgrund einer Überdosis Kokain. Gut zehn Jahre später deutet Schwester Loredana Bertè eine Mitschuld des Vaters an: Die Leiche der Schwester habe Spuren von Gewalteinwirkung aufgewiesen.

2019 erscheint tatsächlich ein Biopic über Mia Martini. Sowohl Ex-Partner Ivano Fossati als auch Mias treuester Freund Renato Zero lehnen die Mitwirkung an dem Film ab. »Musik ist für mich eine ernste Sache«, hat die Sängerin einmal gesagt. Diese Überzeugung hat sie mit nahezu all ihren Landsleuten gemein. Doch bei keiner anderen Künstlerin hat man so sehr den Eindruck, einem Kampf gegen ein brutales System beizuwohnen, wie bei der tragischen Diva aus Kalabrien.

66

POLISEX (1983)

Ivan Cattaneo

Wer im italienischen Showgeschäft eine langjährige Karriere anstrebt, braucht entweder eine geniale künstlerische Intuition wie Lucio Battisti, einen Riecher für Selbstvermarktung wie Celentano oder ein sonniges Gemüt wie Jovanotti. Am besten alles drei gleichzeitig. Was auch nicht schadet, ist ein robustes Nervenkostüm. Doch ebenso wie den Giganten der *musica leggera* gehört das Herz Ihres ergebenen Autors auch all jenen Artistinnen und Artisten, die sich im Laufe ihrer Karriere auf dem glatten Parkett des Liederzirkus verstolpert haben. Einer von ihnen ist Ivan Cattaneo.

Schon früh macht der in Bergamo geborene Cattaneo die Erfahrung, dass Aus-der-Reihe-Tanzen grausam bestraft werden kann: Mit 13 wird er wegen seiner Homosexualität auf Anraten eines Arztes in eine psychiatrische Klinik gesperrt. Die Behandlung kann ihm freilich wenig anhaben. Vom Militärdienst wird er nach kurzer Zeit wegen flamboyanten Verhaltens entlassen.

Zu Beginn seiner Karriere Mitte der 70er präsentiert er sich als Glamrocker – und erweist sich als multimedialer Künstler: Dem Album »Primo, secondo e frutta« (Vorspeise, Hauptgang und Obst) fügt er das Buch »TattoUditoVistaOlfattoGusto« bei, in dem er seine gleichnamige Theorie darlegt, von der ich nicht behaupten kann, sie verstanden zu haben. In Italien betrachtet man ihn zu diesem Zeitpunkt als so etwas wie einen singenden Marsianer. 1978 findet er Gefallen an Punk und lanciert die Karriere der Sängerin Anna Oxa.

1980 veröffentlicht Ivan der Schrille sein erfolgreichstes Album »Urlo« (Schrei). Darauf findet sich auch der Hit »Polisex«, der vor allem in progressiven norditalienischen Studentenkreisen auf zuckende Tanzbewegungen stößt. Schon im Folgejahr ist der androgyne Sänger wieder ganz woanders: Er läutet eine Phase ein, in der er große Hits der 60er-Jahre im Klanggewand der 80er wiederaufleben lässt. Unter anderem werden »California Dreamin'« von The Mamas & the Papas, Sonny & Chers »Bang Bang« und Patty Pravos »La bambola« in akustische Oversize-Blazer gekleidet. Die Ergebnisse reichen von »faszinierend« bis »käsig«. 1983 tut der Künstler das Sinnvollste, was man 1983 tun kann: Er eröffnet gemeinsam mit Caterina Caselli eine Disco in Rimini.

1986 haut Cattaneo der Welt noch trotzig das Album »Vietato ai minori« (Für Minderjährige verboten) um die Ohren, dann zieht er sich, enttäuscht über den nachlassenden Erfolg, aus dem Musikgeschäft zurück, um sich fortan dem Veganismus und der Malerei zu widmen. Zwar kehrt er sechs Jahre später mit einem New-Age-Album zurück, »Il cuore è nudo … e i pesci cantano« (Das Herz ist nackt … und die Fische singen), das nach einer Begegnung mit dem indischen Guru Osho entsteht; der Schwerpunkt seiner Tätigkeit liegt da aber längst auf Multimedia-Projekten und der Malerei.

Als unglücklich muss bewertet werden, dass Cattaneo ab 2004 wiederholt in Reality-TV-Formaten auftaucht: Sein Mitwirken in der Sendung *L'isola dei famosi (Insel der Prominenten)* bezeichnet er später als »größten Mist meines Lebens«. Auch im *Promi-Big-Brother*-Container hält Ivano Einzug. Er nutzt die Gelegenheit, um in einer Folge der Reihe den Trash-Promi Francesco Monte zu küssen. Man kann nicht wirklich behaupten, dass seine Auftritte in diesen Formaten dem Künstler gerecht werden.

Ivan Cattaneos im schrillen Falsett dargebotener Hit »Polisex« bleibt ein kleiner Klassiker der 80er. Im zum Lied gehörigen Video turnt er auf einem überdimensionalen Saxofon herum und trägt einige der tollkühnsten Outfits des gesamten Jahrzehnts zur Schau. Der Text feiert erwartungsgemäß das Überwinden enger Geschlechtergrenzen. Denn das einzige Geschlecht, das Ivan gelten lässt, ist das der Engel. Die singen bekanntlich auch am schönsten.

67

IL POVERO CRISTO (2019)

Vinicio Capossela

Über die Geburt Vinicio Caposselas müssen sich gütige Götter gebeugt haben. Capossela kommt 1965 nämlich in der wohl schönsten aller pittoresken italienischen Städte zur Welt: Hannover.

Seine Eltern, gebürtig aus Irpinia, einer gebirgigen Region in der Nähe von Avellino, waren als Gastarbeiter nach Deutschland gekommen. Doch die Reize der niedersächsischen Metropole können die Caposselas nicht lange in ihren Bann schlagen, und so kehrt die Familie nach Italien zurück, wo man vorübergehend in Reggio Emilia heimisch wird.

Capossela ist wohl der exzentrischste Vertreter der jüngeren *Cantautori*-Generation: eine schrullige Type, ein Zausel, der häufig in Seeräuber- oder Strauchdieb-Outfits anzutreffen ist. Wenn er sich für jeden Vergleich mit Tom Waits eine Pizza gekauft hätte, würden ihm seine schillernden Bühnenoutfits heute nicht mehr passen. Das wäre schade, denn die Kunstfigur Vinicio Capossela lebt sehr von den Zottelkostümen, Marineröcken und Jahrmarktsklamotten, die er bei Auftritten zu tragen pflegt. Nun soll es ja Menschen geben, denen die zirzensische Präsentation knarzig-dunkler Lieder in Varieté-tauglichen Arrangements schlagartig Herpes beschert. Tatsächlich sollte man, um den guten Vinicio wertschätzen zu können, ein Faible für schratige Bartträger haben, die zum Klavierspielen gerne in den Wald gehen und dabei ein Vogelkostüm tragen. Es sei aber gesagt, dass Caposselas Spleenigkeit keine Rolle zu sein scheint, sein Forschergeist in Fragen des Dunklen und Unenträselbaren verleiht ihm die authentische Exzentrik des besessenen Künstler-Schrats. Er scheint die altüberlieferten finsteren Geschichten, die er sammelt und weiterdenkt, als eine Art Gegenentwurf zu den banalen Schrecken der Gegenwart zu betrachten. Da ist es nur konsequent, wenn man dabei Schweinemasken oder Zirkusdirektorenzylinder auf dem Kopf trägt. Caposselas Outfits sind die logische Konsequenz seiner Songs.

Und was für Songs das sind! Ähnlich wie Fabrizio De André oder Ivano Fossati ist er ein transkultureller Entdeckungsreisender – mit dem Unterschied, dass er deutlich stärker dem Finsteren und Tradierten zugetan ist. Caposselas Themen sind zur Prostitution gezwungene Sirenen, die amourösen Abenteuer des Malers Amedeo Modigliani, seltsame Fabelwesen, die Geschichten der Landarbeiter – und die Dämonen, die in den wenig sonnenbeschienenen Ecken – den *cùpe* – italienischer Inlandsdörfer hausen. Auf all seinen Platten ist der Sänger, der heute im kampanischen Calitri, dem Heimatdorf seiner Großeltern, lebt, auf der Suche nach dem, was tief durch die Adern gottvergessener Landstriche fließt. Ob diese Landstriche nun im italienischen Mezzogiorno, in Arizona oder in Griechenland liegen, ist dem Sänger angenehm egal. Dabei ist sein Begehr nicht etwa, ein Kuriositätenkabinett südlichen Lebens anzulegen, eher wohl sucht er in alledem Auskunft über das irdische Treiben des Menschen, seine Ängste und Abgründe – und sich selbst.

Gefördert vom großen *cantautore* Francesco Guccini bringt Capossela 1990 sein erstes Album »All'una e trentacinque circa« (Ungefähr um 1 Uhr 35) heraus, das schon im Titel eine Neigung zum Nächtlichen verrät und sofort eine *Targa Tenco*, Italiens renommiertesten Songautoren-Preis, verliehen bekommt. Mit zunehmender Karrieredauer wird die Musik des Sonderlings immer experimenteller: 1999 tritt er mit dem mazedonischen Kočani Orkestar auf; 2005 reist er mit seinem häufigen Mitstreiter, dem durch seine Mitwirkung auf den Platten von Tom Waits bekannten Gitarristen Marc Ribot, nach Griechenland, um mit dortigen Musikern Rembetiko, griechischen Folk-Blues, aufzunehmen. 2017 forscht er den spukigen Legenden ausgestorbener Ortschaften im Inneren Italiens nach – mit tatkräftiger Unterstützung amerikanischer Indie-Musiker wie Howe Gelb, Calexico und Los Lobos. Flamenco, Tango, Texmex, kapverdischer Folk, Kunstlieder, Americana, Klezmer, Italo-Western-Anleihen – alles kommt hinein in Caposselas würzige *minestrone*.

Vinicio Capossela, das ahnt man bereits hier, ist einer dieser Wucht-Künstler, die ständig zwölf Sachen gleichzeitig am

Laufen haben. So nimmt es wenig Wunder, dass er neben seinen Alben und Tourneen noch allerhand andere Formen des künstlerischen Ausdrucks pflegt: Mal schreibt er einen alternativen Soundtrack zu Chaplins »Moderne Zeiten«, dann wieder veröffentlicht er Romane oder spielt an irgendeiner Straßenecke in Calitri Musik mit den Einheimischen.

Sein Stück »Il povero Cristo« (Der arme Christus) aus dem Jahr 2019 knüpft an das Bibelverständnis Pier Paolo Pasolinis an. Für das in kontrastprallem Schwarz-Weiß gedrehte Video versicherte sich Capossela des Schauspielers Enrique Irazoqui, der 1964 in Pasolinis »Das 1. Evangelium – Matthäus« als Zwanzigjähriger den Jesus von Nazareth gespielt hatte. Nach dem Auftritt in Pasolinis Film hatte sich der Schauspieler weitestgehend zurückgezogen. Nun, 55 Jahre später, im Alter von 75 Jahren, spielt er die Rolle seines Lebens erneut. Und er begegnet einer Welt, die den armen und gütigen Christus vergessen zu haben scheint. Schlimmer noch: die ihn, abgesehen von einer geheimnisvollen Frau und einem herumgeschubsten jungen Mann, nicht mehr erkennt. Zwischendurch ist Capossela in einem seiner patentierten Zottel-Outfits an einem unwirtlichen kalabrischen Strand zu sehen und sieht dabei aus, als hätte Bob Dylan gerade seine besonders neutestamentarischen fünf Minuten.

»Il povero Christo« wurde am Karfreitag 2019 veröffentlicht.

68

PRISENCOLINENSINAINCIUSOL (1972)

Adriano Celentano

Adriano Celentano zeigt sich während seiner Karriere häufig als Kritiker sozialer und gesellschaftlicher Missstände – auf denkbar erratische Weise versteht sich. Schon früh geißelt er Rassismus und Umweltzerstörung, kritisiert aber auch Drogenkonsum, jugendlichen Schlendrian und Abtreibungen. Mit Ideologie ist dem Mann nicht beizukommen – als Maßstab dient ihm einzig der eigene Dickschädel. In TV-Shows prangert er vor Millionen von Zuschauern Robbenschlachtung und die Politik Berlusconis an. Beim *Sanremo*-Festival 2012 lässt er sich vom Staatsfernsehen zusichern, ohne Werbeunterbrechung vom Leder ziehen zu können; im Rahmen der Veranstaltung geißelt er daraufhin die Abschmetterung eines Volksbegehrens zur Änderung des italienischen Wahlrechts durch den Verfassungsgerichtshof und fordert die Einstellung zweier katholischer Zeitschriften, weil sie zu wenig von Gott sprächen. Die Generaldirektorin der *RAI* ist außer sich, zahlreiche Bischöfe fordern eine Entschuldigung, im Saal selbst gibt es stehende Ovationen für den Unberechenbaren.

Einen ganz besonderen Dreh, dem Weltgeist die Hose herunterzuziehen, findet der Künstler 1972. Celentano diagnostiziert einen universellen Kommunikationszusammenbruch, auf den, so ist er überzeugt, künstlerisch nur mit einem Lied zu antworten sei, dessen Text keinerlei Bedeutung hat. Zur Umsetzung dieses radikalen Ansinnens greift Celentano auf ein Stilmittel zurück, das er kurz zuvor bereits in dem Stück »Quel signore del piano di sopra« (Dieser Herr aus dem oberen Stockwerk) ausprobiert hat: Celentano singt hier in *lingua celentana*, einer Quatschsprache, die sich phonetisch für italienische Ohren wie amerikanisches Englisch anhört, in Wahrheit aber reiner Mumpitz ist! Vor allem für englische Muttersprachler muss der Effekt einigermaßen hirnausstülpend sein: Der Sound stimmt – alleine, es gebricht an Sinn. Unzählige Gelehrte haben sich daran versucht, den herrlichen Unfug schriftlich zu fixieren. Das Ergebnis dieser Bemühungen liest sich dann etwa wie folgt: »Ai ai smai sesler eni els so co uil piso – ai / In de col men seivuan Prisencolinensinainciusol – ol rait!«

Doch Celentano lässt nicht nur die sinnstiftende Funktion des Textes sausen, auch musikalisch geht der Unbegreifbare aufs Ganze: Eine gängige Songstruktur sucht man bei »Prisencolinensinainciusol« vergebens. Statt sich auf eine zugrunde liegende Komposition zu stützen, improvisiert Celentano sein Kauderwelsch kurzerhand über einen geloopten Schlagzeug-Beat – im Jahr 1972 eine nicht zu überschätzende musikalische Innovation, die erst ab Anfang der 80er im Kontext von Rap-Produktionen Standard werden sollte. Aufgrund dieser Produktionsweise, des kargen Arrangements (nur der Beat, eine freaky herumdaddelnde Gitarre und ein Bläser-Riff) und der Art, wie Adriano seinen Nonsenstext darbietet, darf das Stück mit Fug und Recht als Proto-Hiphop bezeichnet werden. Innovation durch Firlefanz.

In Celentanos Heimat wird dem seltsamen Werk zunächst keine große Aufmerksamkeit zuteil – obwohl oder gerade weil das Lied natürlich auch das komplexe Verhältnis vieler Italiener zur englischen Sprache mitschwingen lässt. Andernorts kann man sich für »Prisencolinensinainciusol« umso mehr erwärmen: In Belgien, den Niederlanden und Frankreich landet es in den Top Ten, in Deutschland immerhin auf Platz 45. Mit zwei TV-Auftritten im Frühjahr 1974 kann der erfolgsverwöhnte Sänger auch die Italiener einwickeln: Zum einen bietet er das Stück in der Sendung *Milleluci* gemeinsam mit Raffaela Carrà dar und demonstriert auch gleich, dass dies ein Stück ist, zu dem man ordentlich den Tanzboden zum Qualmen bringen sollte. Celentano sieht hier aus wie eine Hippie-Version des Räuber Hotzenplotz; was die 2021 verstorbene Raffaela Carrà (die zu Beginn der 70er mit ihrem erotischen Lied »Tuca Tuca« den örtlichen Sittenwächtern eine Nase drehte) tanztechnisch vollführt, ist vermutlich dem Bereich der rituellen Ekstase zuzuschlagen und sollte dringend mit Preisen bedacht werden.

Die weibliche Stimme im Song gehört jedoch Celentanos Frau Claudia Mori. Sie ist auch beim zweiten TV-Auftritt, den Celentano 1974 mit dem Stück absolviert, mit von der Partie: In der Sendung *Formula due* inszeniert er das Lied als Unterrichtsstunde einer Mädchenschulklasse, der er als verrückter Professor die neue Universalsprache beibringt. Mori ist als Schülerin mit besonders guten Kenntnissen der *lingua celentana* zu erleben. Ich möchte beide TV-Auftritte ganz dringend heiraten.

1974, jenem Jahr, in dem »Prisencolinensinainciusol« endlich auch den Siegeszug in Italien antritt, ist Adriano Celentano noch ganz der unberechenbare Exzentriker mit dem lässigsten Hüftschwung zwischen Südtirol und Sizilien. Bis heute findet dieses Wunder von einem Popsong immer wieder Fans: Der britische Pubrock-Sänger Ian Dury nennt Celentano 1979 aufgrund des Stücks als einen seiner »Reasons to be cheerful«; in Serien wie »Fargo« oder »Trust« dient der Song zur musikalischen Untermalung zentraler Szenen. 2019 schließlich verwendet der Komiker James Adomian das Stück als Basis einer Parodie auf den linken Krawallphilosophen Slavoj Žižek. Das haben noch nicht einmal die Beatles geschafft.

69

I PROCESSI DEL PENSIERO (1988)

Milva

Im Januar 1988 unternimmt die Sängerin Milva eine Reise »in die nahe Fremde«, wie sie im Beiblatt zu ihrem Album »Una storia inventata« (Eine erfundene Geschichte) schreibt. Sie fliegt von Mailand nach Sizilien, um dort mit ihrem Freund, dem spleenigen Pop-Esoteriker Franco Battiato, ein Album zu produzieren. Und bekommt gleich nach ihrer Landung einen Eindruck von der vielbeschworenen Lässigkeit des Südens: Am Flughafen von Catania angekommen, ist niemand da, um sie abzuholen. Kein Battiato weit und breit. Normalerweise, in Berlin, London oder Rom, würde sie jetzt wohl nervös werden, doch ein seltsames Gefühl der Freiheit weht die Diva an: »Es war Januar, aber die Luft war mild, die Farben leuchteten, alles stand klar im Licht und strahlte.« Irgendwann taucht dann doch Battiato mit seiner gesamten Musikerschar auf; gemeinsam geht es mit dem Auto in des Künstlers Heimatdorf Milo, das inmitten von schwarzer Lavaerde oberhalb Catanias liegt. Hier lebt Battiato in der von Olivenbäumen umgebenen Villa Grazia, in deren Garten er sich ein Aufnahmestudio gebaut hat. Nachdem man ausgiebig getafelt hat, spielt Battiato der Sängerin den ersten Song für das gemeinsame Projekt vor. Als er sie am Ende anschaut, ist er einigermaßen irritiert: »Milva, du weinst ja.« Es sei unglaublich, antwortet die um Fassung ringende Sängerin, dass er dieses Lied ohne ihr Zutun geschrieben habe, sie sich aber so voll und ganz darin wiederfinde. Sicher, es sei nur eine erfundene Geschichte, doch sie sei in der Lage, Gefühle zu wecken, »wahre Gefühle«.

Die von *La Rossa* mit gebotener Dramatik überlieferte Anekdote erzählt einiges über die Wechselwirkung von Interpretin und Autor in Italien. Sosehr zu beklagen ist, dass *cantautrici*, Sängerinnen selbstverfasster Stücke, bis heute eine Seltenheit darstellen, so bedeutungsvoll ist das Wirken all der Interpretinnen, die erst dafür gesorgt haben, dass zahlreiche Lieder unterschiedlicher (überwiegend männlicher) Autoren so tief im kollektiven Gedächtnis Italiens verankert sind. Neben Mina und Ornella Vanoni ist Milva die dritte Grande Dame der 60er-Ära, der es gelang, bis ins hohe Alter eine Größe im nationalen Musikbetrieb zu bleiben.

Milva kommt als Ilva Biolcati in Goro, einer Kleinstadt in der Po-Ebene, zur Welt. Auf dem Internat in Bassano del Grappa wird sie von canossischen Nonnen im Klavier- und Orgelspiel unterrichtet. Ihre musikalische Karriere beginnt sie aus der Not heraus: Nachdem ihr Vater seine Arbeit verloren hat, ist es an der 16-jährigen Tochter, den Lebensunterhalt als Sängerin zu verdienen. Der Durchbruch gelingt ihr, noch schwarzhaarig, 1961 in Sanremo, wo sie mit »Il mare nel cassetto« (Das Meer in der Schublade) den dritten Platz belegt. Der anfängliche Versuch, sie, versehen mit dem Spitznamen »La pantera di Goro« (Die Pantherin von Goro), als Konkurrentin von Mina aufzubauen, wird spätestens aufgegeben, als sich die Sängerin mit der Kontraalt-Stimme zunehmend der Hochkultur zuwendet: 1965 kommt es zur folgenschweren Begegnung mit dem Triester Theatertitan Giorgio Strehler, der die Sängerin ermutigt, ihr Repertoire zu erweitern und ihre Bühnenfigur künstlerischer anzulegen. In der Folge veröffentlicht die bekennende Sozialistin (den Spitznamen *La Rossa* trägt sie nicht nur wegen ihrer rotgefärbten Haare) ein komplettes Album mit Revolutionsliedern und bringt in Strehlers *Piccolo Teatro di Milano* ein Programm mit Stücken des italienischen Widerstands zur Aufführung. Im Folgejahr spielt sie in Strehlers Inszenierung von Brechts »Dreigroschenoper« und findet in dem deutschen Dichter ihren Lebensautor. Selbst Kurt Weills Witwe Lotte Lenya ist begeistert. 2006 verleiht der damalige Bundespräsident Horst Köhler der Sängerin für ihre Brecht-Darbietungen das Bundesverdienstkreuz.

Die Lieder von Brecht und Weill tragen Milva um die ganze Welt, vor allem bringen sie ihr großen Erfolg in Deutschland. Nachdem sie einen Hit mit einem eingedeutschten Mikis-Theodorakis-Song (»Zusammenleben«) landen kann, veröffentlicht sie ab Ende der 70er hierzulande regelmäßig gehobene Schlagerplatten, auf denen sie das Image der verletzlichen Diva mit Hingabe und Schmackes kultiviert. In dieser Phase verkauft sie in Deutschland zeitweilig mehr Platten als in ihrer Heimat. Milva kann alles singen – und tut es auch: Mit dem Tango-Erneuerer Astor Piazzolla arbeitet sie ebenso zusammen wie mit Ennio Morricone; sie interpretiert Friedrich Hollaender und Peter Kreuder und konzertiert an der Mailänder *Scala* und in der *Royal Albert Hall*.

2010 gibt *La Rossa* ihren Rückzug aus dem Showgeschäft bekannt, sie sei leider nicht mehr in der Lage, ihr Metier aufs

Beste auszuüben, sie verliere ihr Gedächtnis. 2020 erhält sie in Sanremo den Ehrenpreis, den stellvertretend ihre Tochter entgegennimmt. Künstler fegten den Staub aus dem Leben der Menschen, lässt die Diva ausrichten, doch um dies zu gewährleisten, müsse Kunst kontinuierliche Forschung sein.

Strehler, Brecht/Weill, Morricone, Theodorakis, Piazzolla: In diese Liste passt letztlich auch Battiato, der feinnervige Intellektuelle unter den *cantautori*. Die beiden hatten schon vor ihrer Session zu »Una storia inventata« zusammengearbeitet, als besonders geglückt darf der Song »Alexanderplatz« von 1984 gewertet werden. Auf dem 88er-Album aber zünden die beiden eine weitere Stufe: Dieser spinnerte Synthiepop ist massiv mit den Feen unterwegs und für ruppige Burschenschaftsgelage eher ungeeignet. Wer aber bereit ist, sich auf diesen exzentrischen Eso-Pop einzulassen, wird mit einer weiteren Sternstunde Franco Battiatos belohnt.

Milvas Interpretation wiederum verleiht Stücken wie »I processi del pensiero« (Die Gedankengänge) die nötige Erdung. Wer es esoterischer mag, kann es auch »Aura« nennen.

»Interpretieren heißt lieben«, sagte die 2021, nur knapp einen Monat vor Battiato verstorbene Milva in einem Interview anlässlich ihres achtzigsten Geburtstags. Hier kann man hören, was sie meint.

70

QUESTI POSTI DAVANTI AL MARE

(1987)

Ivano Fossati

Ivano Fossatis Karriere beginnt mit einem Spiel, beinahe mit einer Wette.

Es sind die späten 60er-Jahre in Genua. Ivano, gerade 18, hockt eines Abends auf dem Billardtisch seines Stammclubs, als sein sechs Jahre älterer Freund Oscar Prudente, bis 1967 Schlagzeuger für den verstorbenen Luigi Tenco, hereinspaziert, eine Gitarre unter dem Arm. Er habe da diesen Wahnsinnssong geschrieben, fordert er Fossati heraus, ob ihm nicht ein Text einfalle? Der ist einigermaßen perplex. Zwar versucht er seit Kurzem, in der Genueser Musikszene Fuß zu fassen, als Songtexter sieht er sich aber so gar nicht, und das, obwohl seine aktuelle Band I Poeti heißt. »Los, versuch es«, insistiert Prudente. Und Ivano legt los. Ohne jedes Wissen, ohne jede Technik. Es dauert nicht lange, und Fossati hat tatsächlich einen fertigen Text zuwege gebracht, »Jesahel« nennt er sein Werk.

Wenige Jahre später. Fossati ist inzwischen als Sänger und Flötist bei der Prog-Band Delirium gelandet. Die hat zwar ein fertiges Album im Kasten, doch der Plattenfirma fehlt es noch an einem echten Hit. Als Fossati »Jesahel« aus der Schublade zieht, ist die Sache geritzt: Das Label ist derart aus dem Häuschen, dass man den Song beim *Sanremo*-Festival einreicht. »Jesahel« landet zwar nur auf dem sechsten Platz, wird aber ein riesiger Verkaufserfolg, nicht nur in Italien, sondern auch in

Frankreich, Großbritannien, Deutschland und den USA. Die von Shirley Bassey gesungene Version wird 2007 von Public Enemy gesampelt.

Fossati kommt früh zur Musik: Die Mutter ist Näherin am Opernhaus, sein Onkel spielt Klarinette, der Cousin ist Orchesterdirigent (Ivanos Vater hatte die Familie verlassen, als der Sohn gerade ein Jahr alt war; das Beste, was er über seinen Vater zu sagen habe, sei, dass er als Partisan gekämpft habe, erzählt der Sänger später dem *Corriere della sera*). Mit acht bekommt er Klavier- und Flötenunterricht; es soll die Entdeckung der Beatles sein, die ihn zum Gitarrenspiel drängt und eine Karriere im Musikgeschäft anstreben lässt.

Fossati startet als Session-Musiker. Ab 1973 veröffentlicht er regelmäßig Alben, die irgendwo zwischen Pop und Liedermacherei angesiedelt sind und spätestens ab 1984 nicht selten gediegenen Meisterwerkscharakter aufweisen. Parallel zu seinen eigenen Arbeiten schreibt er ab Mitte der 70er für alle bedeutsamen Interpretinnen: Ornella Vanoni, Patty Pravo und Mina zählen ebenso zu seinen Kundinnen wie Loredana Bertè, Fiorella Mannoia und Anna Oxa sowie, in späteren Jahren, Adriano Celentano und Laura Pausini. Ivanos Riesenhits füllen ein dickes Songbuch, er zählt zu den wenigen *cantautori*, denen in Italien ein Tribute-Album gewidmet wird. Als besonders bedeutsam gelten die Songs, die er für seine zeitweilige Partnerin, die von Tragik umflorte Mia Martini, schreibt, sowie seine Klausuren mit dem großen Fabrizio De André, in deren Verlauf die beiden Samtpfoten heftig aneinandergeraten und sich wohl sogar im Faustkampf erproben. Gottlob verträgt man sich aber auch wieder. Bei einem Liveauftritt in den 90ern kündigt De André Fossati mit den Worten an, er sei »ein großartiger Typ mit zwei Fehlern: Er ist mein Freund, und er ist Juventus-Fan«.

Die beiden Musiker teilen viele Gemeinsamkeiten. Sie sind Genueser und – anders als viele ihrer aufgekratzteren Kollegen – als zurückhaltende Gentlemen eher dem raunenden Gesangsausdruck zugetan. Und wie De André betätigt sich auch Ivano Fossati als musikalischer Erforscher des Mittelmeerraums, ganz besonders auf dem Album »La pianta del tè« (Die Teepflanze) von 1987, auf dem er seine ewigen Themen – die Reise als Bild für das Fortschreiten der Erfahrung und das Meer als Ursprung eines verbindenden Lebensgefühls – künstlerisch besonders konsequent adressiert. Dies geschieht unter Aufbietung eines aus westlicher Perspektive exotischen Instrumentariums. Auch vor dem Einsatz von keltischer Harfe und Andenflöte wird nicht zurückgeschreckt. Seine Landsleute lieben ihn für derlei kulturelle Grenzüberschreitungen: In seiner Heimat ist Fossati vom Ruf umflort, ein visionärer und hochraffinierter Künstler zu sein. Hierzulande hingegen könnte man der Versuchung erliegen, den Mann mit dem Look eines kunstsinnigen Zahnarztes als bildungsbürgerliche Kreuzung aus André Heller und Peter Gabriel wahrzunehmen. Ohne Heißluftballon-Skulpturen, Feuer-Theater und, äh, »Sledgehammer«, versteht sich. Fossati macht Erwachsenen-Pop mit Hochkultur-Attitüde. Wer es in Italo-Belangen lieber quietschig und grell hat, dürfte bei ihm eher nicht auf seine Kosten kommen.

Nehmen wir nur sein Album »La pianta del tè«: Eine Platte, die »Teepflanze« heißt, kann ja nur massiv die 80er-Ethno-Welle reiten, werden böse Zungen vielleicht behaupten. Die Zungen haben nicht unrecht. Für manch sensiblen Hörer wird der engagierte Einsatz an der Andenflöte durch den Argentinier Uña Ramos eine harte Prüfung darstellen. Ich sage: Für jeden Menschen kommt der Moment, da er sein Verhältnis zur Andenflöte überdenken muss. In meinem Fall kam er im Schatten von Ivano Fossatis Teepflanze. Eine tolle Platte, deren Stücke unentwegt ans Meer zu drängen scheinen!

Die Anzahl der Evergreens aus Fossatis Feder ist schwer überschaubar. Mein Lieblingsstück des distinguierten Genuesers ist »Questi posti davanti al mare« (Diese Orte am Meer) vom Teepflanzen-Album, für das er sich als Co-Sänger Fabrizio De André und Francesco De Gregori eingeladen hat. Gemeinsam singt man von der tiefverwurzelten Sehnsucht der Italiener nach dem Meer: »Le ragazze di Firenze vanno al mare / Le ragazze di Firenze vanno all'amore / Le ragazze di Milano han passo di pianura / Che è bello da vedere / Che è bello da incontrare / In questi posti davanti al mare« (Die Mädchen aus Florenz fahren ans Meer / Die Mädchen aus Florenzfahren zur Liebe / Die Mädchen aus Mailand, sie haben den Gang der Ebene /Den sieht man gern / Den trifft man gern / An diesen Orten am Meer).

Fossati lebt auch heute noch am Meer, bei Chiavari in Ligurien. 2012 erklärte er seinen musikalischen Rückzug und verabschiedete sich vor angemessener Kulisse mit einem Auftritt im Hochkulturtempel *Piccolo Teatro di Milano*. 2019 war der Meermann plötzlich wieder da – mit einem gemeinsamen Album mit Mina.

71
IL RAGAZZO DELLA VIA GLUCK
(1966)

Adriano Celentano

Die Via Cristoforo Gluck in Mailand wird nur selten von Touristen frequentiert. Es ist eine unscheinbare Straße, bar aller Reize, unweit des martialischen, unter Mussolini zum Repräsentationsbau aufgeblasenen Bahnhofs. Und doch gibt es in dieser unromantischen Gegend eine echte Sehenswürdigkeit zu bestaunen, deren Besichtigung Ihrem ergebenen Autor vor ein paar Jahren die Tränen der Ergriffenheit hat in die Augen treten lassen. In dem heruntergekommenen Haus mit der Nummer 14 kommt am 6. Januar 1938 der große Adriano Celentano als Kind apulischer Eltern zur Welt. Damit nicht genug: Celentanos ikonischster Song, ein Lied, das jedes Kind in Italien kennt, handelt von diesem Ort.

Für mich ist »Il ragazzo della Via Gluck« (Der Junge aus der Via Gluck) schlicht das schönste Lied der Welt. Das Stück hat einen unschlagbar naiven Charme, den Celentano mit seiner lässig dahingeschmissenen Gesangsdarbietung noch unterstreicht. Nur drei simple Akkorde (D – A7 – Hm), kein Refrain, ein melancholischer Text und eine Melodie, die nach einem trägen Kindheitssommer klingt – mehr war nicht nötig für dieses Meisterstück. Celentanos Lied ist ein Geniestreich. Und der Vorzeigesong eines großen Künstlers, der zwar vielleicht nicht genau wusste, was er da anstellte, dies aber dafür mit umso mehr Überzeugung. Es ist ein Lied, das, durchaus naiv und einseitig, die einfachen Dinge, das schlichte Leben glorifiziert und Auswüchse des vermeintlichen Fortschritts (konkret: das unkontrollierte Hochziehen von Wohngettos seit Ende der 50er-Jahre) geißelt. Das perfekte Stück mithin für den wertkonservativen Rebellen Celentano, der menschlichen Allmachtsfantasien und blinder Fortschrittshörigkeit gerne mit der Pusteblume in der Hand entgegentrat. Als das Lied erscheint, ist er längst ein Superstar. Mit »Il ragazzo della Via Gluck« macht er sich zum Mythos.

»Il ragazzo della Via Gluck« entsteht 1966, als die kreative Glanzphase Celentanos einsetzt: Mehr und mehr löst er sich vom Rock 'n' Roll und beginnt, scheinbar intuitiv, aus zig Versatzstücken (Folk, Beat, *canzone napoletana*, Psychedelia) seine eigene Vorstellung von Popmusik zusammenzubasteln. Der große Eigensinnige kann dabei ganz auf seine 1962 gegründete Firma, den *Clan Celentano*, vertrauen – Celentanos umtriebiger, kreativer Freundeskreis, zu dem etwa der Gitarrist und Songschreiber Gino Santercole, der Orchesterleiter Detto Mariano, der Texter und Produzent Miki Del Prete und der Texter, Produzent und Tänzer Luciano Beretta zählen.

Es sind der tief katholische Beretta und der fröhliche Del Prete, die den Text verfassen, wobei davon auszugehen ist, dass Celentano die zentralen Motive vorgegeben hat, schließlich ist es seine ganz persönliche Geschichte, die hier universell gemacht wird. Das Lied erzählt von zwei Jungen, die beide am Rande Mailands in der Via Gluck aufwachsen. Die berühmten Eingangszeilen lauten: »Questa è la storia / Di uno di noi / Anche lui nato per caso in Via Gluck« (Dies ist die Geschichte / Von einem von uns / Auch er zufällig in der Via Gluck geboren). Dieses »uno di noi« (einer von uns) ist nicht unentscheidend:

Celentano ist hier ganz Mann des Volkes, der direkt die Seele der »kleinen Leute« adressiert. Hier, in einem Haus, weit draußen vor der Stadt, so das Lied weiter, lebten »gente tranquilla che lavorava« (stille arbeitende Menschen). Doch schon in dieser ersten einleitenden Strophe, in der sich der Sänger nur mit der angeschlagenen Akustikgitarre begleitet, gibt das Lied einen pessimistischen Ausblick: »Là dove c'era l'erba ora c'è / Una città / E quella casa in mezzo al verde ormai / Dove sarà?« (Da wo einst Gras war / Ist heut eine Stadt / Und dieses Haus im Grünen / Wo ist es geblieben?).

In Strophe zwei – die Gitarre wechselt in einen schlunzig daherschlendernden Rhythmus – berichtet nun der eine Junge unter Tränen seinem Freund, dass er fortziehen werde – in die Stadt. Warum er sich denn nicht freue, endlich dorthin zu kommen, entgegnet der andere. Dort gebe es schließlich alles, was hier draußen nicht zu bekommen sei, und man müsse zum Waschen nicht mehr hinunter in den Hof.

Mein lieber Freund, entgegnet nun der andere zum Ins-Bild-Wehen der Streicher, »qui sono nato / E in questa strada / Ora lascio il mio cuore« (ich bin hier geboren / Und in dieser Straße / Lasse ich jetzt mein Herz zurück). Der Zurückbleibende könne froh sein, weiter auf den Wiesen barfuß Fußball spielen zu dürfen, während er selbst künftig in der Stadt den Zement einatmen müsse. Aber eines Tages, versichert er, werde er zurückkommen.

In der letzten Strophe (Bass und Schlagzeug setzen ein) kehrt der Junge dann nach acht langen Jahren tatsächlich zurück. Er hat es – wie der Sänger, der vor genau acht Jahren seinen ersten Auftritt hatte – weit gebracht (»fatta di strada«). Er hat das Haus im Grünen nicht vergessen, jetzt hat er die Mittel, es zu kaufen. Doch die Freunde von damals, so muss er feststellen, sind alle fort, und da, wo einmal das Haus stand, finden sich jetzt nur noch »catrame e cemento« (Teer und Zement).

In Sanremo schmiert das Lied ab – doch das formal und inhaltlich völlig neuartige Pionierstück in Sachen Umweltschutzsong trifft die Nation zu einem Zeitpunkt, da Aufschwung und zunehmende Urbanisierung in Italien manchen den Verlust traditioneller Werte fürchten lassen. Es ist eins der ersten Stücke, die Francesco De Gregori, späterer Superstar unter den *cantautori,* auf der Gitarre spielen kann. Es gibt aber auch Kollegen, denen die Kritik des Stücks zu simpel ist. So reagiert etwa Giorgio Gaber, der schon 1958 eine Deutschland-Tournee mit Celentano unternahm, mit einem eigenen Song namens »La riposta al ragazzo della Via Gluck« (Die Antwort auf den Jungen aus der Via Gluck), der Celentanos – aus Gabers Sicht – zu einfacher Fortschrittskritik einige andere Facetten an die Seite stellt. So berechtigt das sein mag: Es ist natürlich gerade Celentanos Naivität, die dem schunkelnden Schrammel-Wunderwerk solche Wucht verleiht.

Es gibt unzählige Coverversionen (darunter zwei deutschsprachige, »Immer am Sonntag« von Anna-Lena Löfgren und Camillo Felgens »Der Junge aus der Via Gluck«). Deutlich subtiler geht die Chanson-Sängerin Françoise Hardy vor, die Celentanos Lied an das Schicksal ihrer Mutter erinnerte. Am allerschönsten – und glaubwürdigsten – singt Celentano diese italienische Hymne aber immer noch selbst. Wobei er bei Konzerten nur noch die ersten Wörter der Eingangszeile »Questa è la storia ...« anstimmen muss – danach übernimmt stets das Publikum.

72

SAPORE DI SALE (1963)

Gino Paoli

Eigentlich sollte Gino Paoli der glücklichste Mann der Welt sein. Im Sommer 1963 ist der 29-jährige Songschreiber der absolute Star der Genueser Schule; Italiens Liedschreiber der Stunde, dem es wie keinem anderen gelingt, die *canzone* aus ihren Nachkriegserstarrtheiten zu befreien. Er hat seit 1960 schon einige seiner eleganten Kompositionen in die Hitparaden bringen können, als Interpret ebenso wie als Autor für Größen wie Mina oder Ornella Vanoni. In der Sommersaison '63 nun belegt sein Stück »Sapore di sale« (Geschmack von Salz), ein von unterschwelliger Erotik nur so knisterndes Lied über einen dösigen Tag am Strand, Platz eins der italienischen Charts und tönt aus allen Transistorradios von Finale Ligure bis Bari. Gino Paoli ist *der* Sänger des Sommers. Zudem ist er eben erst Vater geworden. Das Glück sollte eigentlich perfekt sein.

Doch der Songschreiber leidet unter schweren Depressionen: Es ist die Angst vor Langeweile und Wiederholung, die ihm zusetzt. In seiner Verzweiflung besorgt sich der Sänger eine Pistole und schießt sich am 11. Juli 1963 damit ins Herz. Wie durch ein Wunder überlebt Paoli; die Kugel steckt bis heute in seiner Brust. In einem späteren Interview stellt Paoli den Selbstmordversuch als bewussten Akt des freien Willens dar: Die wirklich wichtigen Dinge im Leben – Geburt, Liebe und Tod – könne man sich nicht aussuchen, so der Musiker. »Selbstmord ist die einzige arrogante Art des Menschen, für sich selbst entscheiden zu können.« Wieder staunt der nüchterne Deutsche: Strand, Liebe und Selbstmord – das bekommen in dieser opernhaften Konsequenz nur die Italiener unter einen Hut.

Paoli präsentiert seinen schicksalsumwehten Sommersong »Sapore di sale« 1963 zunächst im Rahmen des *Cantagiro*, jenes spezifisch italienischen Sängerwettstreits, in dessen Rahmen zwischen 1962 und 1972 alljährlich die Interpreten der neuesten Saisonschlager in offenen Autos durchs Land brettern, um täglich auf bis zu zwölf verschiedenen lokalen Bühnen um das Siegertrikot zu singen. Die Wegstrecke des *Cantagiro* ist gesäumt von hysterischen Fans, die ihren Idolen vom Straßenrand und auf den *piazze* lauthals zujubeln. Manche fahren auch gleich unter ausgelassenem Jauchzen auf der Motorhaube mit. Das Bad in der Menge gerät hierbei zur Standardsituation: Wer nicht mit offenem Verdeck fährt, riskiert die Disqualifizierung. Zwar schmiert Paolis Komposition beim *Cantagiro* noch ab. Als der Song dann pünktlich zur Sommersaison im Juni auf den Markt kommt, entwickelt er sich aber rasch zum Superseller. Es bleibt der größte Solo-Erfolg des Lieddichters.

Zum Entstehungszeitpunkt des Liedes, im Sommer 1962, ein Jahr vor seinem Selbstmordversuch, pflegt der unglücklich verheiratete Paoli eine Affäre mit der damals erst 17-jährigen Schauspielerin Stefania Sandrelli. Als Sandrelli schwanger wird, verkriecht sich das Paar in einer Strandhütte in Capo d'Orlando auf Sizilien, wo Paoli das Stück schreibt. Das Arrangement übernimmt der junge *RCA*-Auftragskomponist Ennio Morricone. Und der gibt alles: Morricones innovatives Klanggewand setzt dem ohnehin schon meisterlichen Stück mit seinen Klaviersprenkseln, den melancholischen Bläsern, den verwehten Streichern und dem knorrigen E-Bass die Krone auf und bringt das unterschwellige sexuelle Brodeln noch mehr zum Ausdruck. Am Saxofon ist der junge Gato Barbieri zu hören, der 1972 mit seinem Soundtrack zu Bertoluccis »Ultimo tango a Parigi« (Der letzte Tango in Paris) berühmt werden und als optische Vorlage für den Muppets-Saxofonisten Zoot dienen sollte.

Das Genie des Stücks besteht darin, wie Paoli müdes Strandgelümmel und große schweifende Gedanken zur süffigen Melodie in Einklang bringt: »Sapore di sale / Sapore di mare / Un gusto un po' amaro / Di cose perdute / (...) / Qui il tempo è dei giorni /Che passano pigri / E lasciano in bocca / Il gusto del sale / Ti butti nell'acqua / E mi lasci a guardarti / E rimango da solo / Nella sabbia e nel sole« (Geschmack von Salz, Geschmack nach Meer / Ein etwas bitterer Geschmack nach verlorenen Dingen / (...) / Hier ist die Zeit in den Tagen, die faul vergehen / Und im Mund den Geschmack nach Salz zurücklassen / Du wirfst dich ins Wasser und lässt mich zurück, um dir zuzuschauen / Und ich bleibe allein, im Sand und in der Sonne). Paoli bringt mit seiner typisch andeutungsreichen Sprache Italiens *canzone* auf Gegenwartskurs. Und er bringt der italienischen Musik Realismus bei: Ja, es ist ein schöner Strandtag. Aber oben überm Berg braut sich ein Unwetter zusammen.

Nach seinem Selbstmordversuch tritt Paoli noch zweimal in Sanremo an, verabschiedet sich aber dann erst einmal für rund fünf Jahre von der Bühne. Zu Beginn der 70er ist er dann wieder da und kann im Laufe seiner weiteren Karriere etliche Hits verbuchen und noch mehr Preise einsammeln. Bis heute erscheinen regelmäßig neue Alben.

Paoli belässt es aber keinesfalls bei der Musik: Von 1987 an sitzt er eine Legislaturperiode lang für die kommunistische Partei in der Abgeordnetenkammer. 2013 wird er Präsident der italienischen Verwertungsgesellschaft *SIAE* (Italiens Entsprechung zur hiesigen *GEMA*), legt seine Tätigkeit aber 2015 wegen des Verdachts auf Steuerhinterziehung nieder. 2016 wird Paoli freigesprochen.

Paolis geschmeidige Stücke zählen heute zum »Great Italian Songbook« und werden immer wieder aufs Neue interpretiert. »Sapore di sale« ist eines der schönsten Beispiele für den existenzialistischen Sixties-Schlager, den die Italiener so perfekt beherrschten.

73

SE BASTASSE UNA CANZONE (1990)

Eros Ramazzotti

Rimini in den 30er-Jahren.

In der Kleinstadt an der Adria lebt der 16-jährige Titta eine typisch italienische Provinzjugend: Er lümmelt mit seinen Freunden auf der örtlichen *piazza* herum, himmelt die Stadtschönheit Gradisca an und tut alles, um es sich mit Lehrern, Pfaffen und seiner Familie zu verscherzen. Doch die unbesorgte Leichtigkeit trügt: Italien befindet sich unter der Knute des Faschismus, dessen Drangsalierungen auch vor Titta und seinen Freunden nicht haltmachen.

1973 dreht Federico Fellini sein Meisterwerk »Amarcord« (das verschliffene »A m'acord« heißt im Dialekt Riminis so viel wie »Ich erinnere mich«). Aber mit den Erinnerungen des Regie-Genies ist es bekanntlich so eine Sache: »Zu sagen, dass meine Filme autobiografisch sind, ist eine ungenierte Dummheit. Ich habe mein Leben selbst erfunden. Ich habe es eigens für das Kino erfunden«, sagte der große Filmemacher einmal. Und so dreht er seinen wohl rührendsten Film auch nicht in Rimini, sondern wie immer in den römischen *Cinecittà*-Studios, wo er seine Erinnerungen – oder besser: seine Erfindungen – detailgetreu nachbauen lässt. Unweit der Studios im römischen Viertel Cinecittà Est wächst zur selben Zeit Eros Walter Luciano Ramazzotti Molina als Sohn einer Hausfrau und eines Bauarbeiters auf. Auch er soll ein immens erfolgreicher Händler der Träume werden, wenngleich auf ganz anderem Terrain.

Eros Ramazzotti ist mit seinen ersten Hits Mitte der 80er quasi im Alleingang für den Übergang der *musica leggera* zum Pop verantwortlich. Melodisch ist er klar der *canzone* verhaftet, doch die Produktion seiner Lieder deutet auf internationale Ambitionen hin. Ab Beginn der 90er, Eros ist jetzt Ende zwanzig, ist er im Prinzip überall, wo König Mainstream das Zepter schwingt. Entsprechend gering ist die Faszination, die er auf Menschen ausübt, die sich von Popmusik ein Rütteln am gängigen Regelwerk erwarten. Der Rest der Welt aber liebt Eros. Er ist der populärste künstlerische Repräsentant seines Heimatlandes. Wer in den 90ern an Italien denkt, denkt an den jungen Mann aus Cinecittà Est.

Nie werde ich in diesem Zusammenhang meinen ehemaligen Italienischlehrer vergessen, einen betagten Sizilianer mit struppig-rotem Haar, vermutlich floss normannisches Blut durch seine Adern. Als er Mitte der 90er zum ersten Mal in den Unterrichtsraum geschlurft kam, sagte er zur Begrüßung: »Ich sehe Ihre Enttäuschung. Sie hatten Eros Ramazzotti erwartet und keinen alten Knacker.« Dann zündete er sich eine

Zigarette an und stellte den Papierkorb als Aschenbecher aufs Pult. Wen sein Rauchen störe, der könne ja so lange auf den Flur gehen. Alte Schule.

Man hat Eros Ramazzotti, diesem »Phil Collins des Latin Pop«, wie die *Miami New Times* ihn nannte, im Laufe seiner Karriere viel vorgeworfen: dass er seichten Schlager produziere. Dass er lediglich Postkartenklischees verwalte. Ein hemmungsloses Anbiedern an international gleichgeschaltete Produktionsstandards sowie eine allumfassende Öligkeit. Auch stößt vielen selbsternannten Hütern des guten Geschmacks auf, dass er sich in der Wahl seiner Duettpartnerinnen und Duettpartner – das Spektrum reicht von Andrea Bocelli über Anastacia, Sting und Tina Turner bis hin zu Helene Fischer – nicht immer wählerisch zeigt. Mancher mutmaßt gar, die große Samstagabendshow *Wetten, dass ..?* existiere lediglich, um Eros Ramazzotti die Möglichkeit zu geben, möglichst oft im Trockeneisnebel herumzustehen und gepflegte *italianità* zu verbreiten. Ich glaube, hier ist schlichtweg Neid am Werk. Eros Ramazzotti hat einfach alles: Er sieht aus, wie er heißt, schreibt gefällige, gleichwohl clever konstruierte Hits, und er kann singen wie Claudio Baglioni mit Nasennebenhöhlenentzündung.

Eros und seine Mitautoren haben viele gute Lieder geschrieben. Das schönste ist meines Erachtens »Se bastasse una canzone« (Wenn ein Lied reichen würde), das unter Verwendung dreier Ganztonsprünge römische Zuckerbäckerkunst mit Gospel verschränkt. Es ist ein Stück über die Kraft (und die Grenzen) von Musik – und über Empathie. Es geht um nichts weniger als Einigkeit zwischen den Menschen, Mitleid mit den Ausgestoßenen und den Weltfrieden. »Se bastasse una grande canzone per parlare di pace / Si potrebbe chiamarla per nome aggiungendo una voce / E un'altra poi e un'altra poi / Finchè diventa di un solo colore più vivo che mai« (Wenn ein großes Lied reichen würde, um über Frieden zu sprechen / Man könnte es beim Namen nennen und eine weitere Stimme hinzufügen / Und noch eine und noch eine / Bis es in einer einzigen lebendigen Farbe erstrahlt). In gewisser Weise ist »Se bastasse una canzone« das »Imagine« der leichten Musik Italiens. Sein Lied, singt Ramazzotti, wäre all jenen gewidmet, die sich noch trauen zu träumen. Damit holt er halb Italien ab, ist man hier doch dem Traum – *il sogno* – bekanntlich nicht abgeneigt. Vor allem, wenn dieser Traum seinen Ausdruck in einigkeitsstiftenden Hymnen oder idiosynkratischen Arthouse-Filmen findet.

Gegen Ende von Fellinis »Amarcord«, dessen kaleidoskopische Erzählung ein ganzes Jahr umfasst, bricht im nachgebauten Rimini der Winter aus. Es kommt zu einer Schneeballschlacht, in die neben Titta und seiner Angebeteten Gradisca auch einige Dorfjungs verwickelt sind. Einer der jungen Statisten, die in der Szene zum Einsatz kommen, soll sich später erinnern, dass es in der römischen Studiohalle, in der die winterliche Szene gedreht wird, unerträglich heiß gewesen sei. Der 19-Jährige ist zufällig hergeraten, er wohnt mit seinen Eltern in einem Hochhauskomplex gleich ums Eck der *Cinecittà*-Studios. Sein Name: Eros Ramazzotti.

74

SE BRUCIASSE LA CITTÀ (1969)

Massimo Ranieri

Ein hartnäckiges Klischee besagt, dass sich die Italiener ständig auf der Bühne befänden: Ganz gleich, was man hier tut, man tut es auch immer, um dabei gesehen zu werden. Es ist ein Stereotyp, das nie lange auf seine Bestätigung warten lässt. Vor Jahren weilte ich für einen Videodreh in Rom. Für eine Szene bauten wir unsere Kameras direkt am Petersplatz auf. In Deutschland hätten in einer vergleichbaren Situation Ordnungskräfte sofort nach einer Drehgenehmigung gefragt. Die beiden *carabinieri* aber, die am Platze sonnenbebrillt in ihrem Dienstwagen herumlümmelten, setzten, nachdem sie unseren Dreharbeiten ein Weilchen zugeschaut hatten, rasch ihr Fahrzeug ein paar Meter vor. So war sichergestellt, dass sie auch definitiv im Bild waren.

Manchen aber reicht die Freiluftarena, die ihnen die örtliche *piazza* liefert, zur Entfaltung ihres darstellerischen Talents nicht aus. Es zieht sie auf die professionelle Spielfläche, wo ihnen die ungeteilte Aufmerksamkeit des zahlenden Publikums gewiss ist. Als König dieser Bühnentiere muss der 1951 geborene Neapolitaner Massimo Ranieri bezeichnet werden. Ein Vollblut-Entertainer, wenn es je einen gab. Man könnte dem Eindruck erliegen, der Mann wäre mit gülden schimmerndem Mikrofon in der Hand auf die Welt gekommen.

Tatsächlich wächst Giovanni Calone, so sein eigentlicher Name, als viertes von acht Kindern im neapolitanischen Viertel Pallonetto di Santa Lucia in bescheidenen Verhältnissen auf. Um die Familie finanziell zu unterstützen, geht der kleine Giovanni eines Tages mit vier älteren Jungs zur Brücke am *Castel dell'Ovo,* wo die Kinder planen, nach den Münzen zu tauchen, die von Touristen hier rituell ins Meer geworfen werden. Die Sache hat nur einen Haken: Giovanni kann nicht schwimmen. So kommt es, dass sich die anderen den Jungen schnappen und von der Brücke hinunterbaumeln lassen. »Sing!«, befehlen sie, andernfalls würden sie ihn ins Wasser werfen. Und Giovanni singt. Und wie er singt! Bald tritt er in Bars und Restaurants auf. Einmal sitzt der große Regisseur Vittorio De Sica im Publikum, und dem jungen Nachwuchssänger schlottern die Knie. Da geht De Sica zu ihm, fasst mit beiden Händen seinen Kopf und fragt, wovor er Angst habe: Er sei schließlich erstens Neapolitaner und zweitens mit einer wunderbaren Stimme gesegnet. 1964 wird der 13-Jährige entdeckt und von seinem Manager zu Konzerten in die USA geschickt. Sein erster Künstlername, den man ihm zu diesem Zweck verpasst, lässt keinen Zweifel daran, dass hier ein Titan des Showgeschäfts heranreift: Giovanni Calone heißt jetzt Gianni Rock.

Zurück in Italien legt er sich dann den Namen Massimo Ranieri zu. Eine beispiellose Erfolgsgeschichte beginnt: Wann immer in Italien irgendwo eine Bühne aufgebaut wird, steht Massimo schon drauf und singt sich die Frisur nass. Beim Schmettern donnernder Balladen allein belässt er es indes nicht: Kaum hat sich der junge Massimo an die Chartsspitze gearbeitet, steht er mit 17 erstmals als Schauspieler vor der Kamera: Der Film »Metello«, ein gegen Ende des 19. Jahrhunderts angesiedeltes Drama, bringt ihm den bedeutendsten Filmpreis seines Heimatlandes ein und sorgt in Cannes für Furore.

Von hier an gibt es kein Halten mehr: Massimo dreht einen Film nach dem anderen, landet Hit auf Hit, streicht Preise noch und nöcher ein und reüssiert auch zunehmend auf Italiens Theaterbühnen, wobei sein Spektrum vom Musical bis hin zu Shakespeare und Molière reicht. Er arbeitet mit Theater-Schwergewicht Giorgio Strehler und leiht seine Stimme für die gleichnamige Disney-Bearbeitung dem Glöckner von Notre Dame. 2015 stellt Ranieri in einem TV-Film Italiens tragischen Intellektuellen Pier Paolo Pasolini dar, der 1975 am Strand von Ostia bestialisch ermordet wurde.

Sein Tausendsassatum ist Ranieris starkes Gewand. Vermeintliche Widersprüchlichkeiten sind bei ihm – typisch italienisch – lediglich Ausdruck von Vielseitigkeit: Massimo ist bekennender Kommunist, hat aber auch keine Probleme, in zahlreichen TV-Spots Werbung für die Pastamarke *Barilla* zu machen (als er seinem Vater stolz von dem hoch dotierten Vertrag mit der Firma erzählt, antwortet der bodenständige *signore* nur knapp: »Gut, aber haben sie dir auch ein paar Packungen Pasta mitgegeben?«). Entscheidend bei all dem, was Ranieri zwischen TV, Konzertsaal, Filmset und Theaterbühne treibt, ist, dass ihm die behänden Wechsel mit einer tänzelnden Leichtigkeit gelingen, für die hiesige Entertainer neidvoll ihren Smoking verspeisen würden.

Der *Corriere* schrieb einmal, dass die 59 Millionen Italiener zwar dazu neigten, 59 Millionen Parteien anzugehören, dass sich in einigen kleinen Dingen aber Einigkeit herstellen ließe, und empfahl die Gründung eines Verbandes der Bewunderer Massimo Ranieris. Als offizielle Verbandshymne würde ich »Se bruciasse la città« (Wenn die Stadt brennen würde) vorschlagen, ein großer Hit von 1969, in den sich der große Showman voller Überschwang so richtig reinschmeißen kann: »Wenn die Stadt brennen würde, ich würde zu dir laufen.«

Mit 14 Millionen verkauften Tonträgern ist Massimo Ranieri einer der international erfolgreichsten italienischen Künstler aller Zeiten. Auch von den Theater- und TV-Bühnen ist er bis heute nicht runterzukriegen. Aber natürlich zahlt einer, den die Musen derart abknutschen, auch einen Preis: Italiens berühmtester Nichtschwimmer war nie ein Familienmensch, zu sehr ist die Bühne sein Zuhause. Als er sich 2007 zur Vaterschaft für seine 1971 geborene Tochter Christiana bekennt, tut er dies konsequenterweise vor einem Millionenpublikum: Die erste Umarmung von Vater und Tochter findet unter Tränen in seiner Personality-Show auf *Rai Uno* statt.

75

SELF CONTROL (1984)

Raf

Man muss das mit der Popmusik ja auch mal realistisch betrachten: Einen Song zu schreiben, Text, Musik, ihn dann zu arrangieren, aufzunehmen und angemessen zu produzieren – das alles ist eine Menge Arbeit. Aber die meisten Songs werden Flops. Nur einige wenige werden Hits. Und ganz wenige werden sogar zwei Hits.

Raffaele Riefoli kommt 1959 in Margherita di Savoia, einem Badeort in Apulien, zur Welt. Mit 17 geht er nach Florenz, wo er zunächst Kunst, später dann Architektur studiert. Doch die Lehre und die pittoresken Reize der Toskana vermögen den jungen Mann bald schon nicht mehr zu bannen. Nachdem er Bekanntschaft mit den Segnungen von Punk und New Wave gemacht hat, zieht es ihn für eine Weile nach London. Zurück in Italien ist die Sache für ihn klar: Es sind die frühen 80er, und Raf will Popstar werden. Popstar wohlgemerkt, kein italienischer Säuselsänger.

1983 steckt er in lieddichterischer Absicht die Köpfe mit zwei Herren zusammen: Der eine ist ein Gentleman mit dem anbetungswürdigen Namen Steve Piccolo, der andere ist der Texter Giancarlo Bigazzi. Piccolo, ein Amerikaner, war Gründungsmitglied der Jazzband The Lounge Lizards; Bigazzi hatte zuvor schon an einigen Hits mitgeschrieben, darunter die Umberto-Tozzi-Kracher »Ti amo« und »Gloria«, die beide mit zeitlichem Versatz auch von der amerikanischen Sängerin Laura Branigan zu Hits gemacht wurden. Eines der vielen Ergebnisse dieser kompositorischen Klausur ist der Song »Self Control«.

Kaum hat Raf den Song für sein Debütalbum aufgenommen, sorgt der Musikverlag dafür, dass auch dieses Stück auf dem Tisch von Branigans Produzent Horst Nußbaum alias Jack White landet. Der ist völlig aus dem Häuschen: Da der Song, anders als »Gloria«, auf Englisch getextet wurde, braucht hier kaum mehr Hand angelegt zu werden. Dass der Text vornehmlich Stereotype der 80er-Jahre aneinanderreiht (selbstverständlich ist von »creatures of the night« die Rede), stört nicht weiter, im Gegenteil. Lediglich in puncto Produktion greift White ein und amerikanisiert das Stück, indem er ihm von Arrangeur Harold »Axel F.« Faltermeyer ein Schweinegitarren-Riff verpassen lässt.

Branigans Version erscheint zuerst, die Originalfassung von Raf wird drei Wochen später ebenfalls als Single veröffentlicht. Darüber, ob die Branigan-Version ihm möglicherweise die Show stehlen könnte, kann er sich gar nicht groß sorgen, denn der Sänger sieht sich mit einem anderen Problem konfrontiert:

Nach einem Hinweis darauf, dass sein Namenskürzel möglicherweise Menschen veranlassen könnte, ihn mit der *Roten Armee Fraktion* zu verwechseln, sieht er sich veranlasst, für die nicht italienischen Veröffentlichungen seinem Namen ein zweites »f« anzuhängen.

Im Sommer 1984 belegen beide Versionen Spitzenpositionen in den internationalen Charts: Die Version von Raf steht in Italien sieben Wochen auf Platz eins, in Deutschland schafft sie es bis auf die Zwei. Auch in Spanien und Österreich ist seine Fassung erfolgreich. Branigans Deutung wiederum schafft in Deutschland die *peak position* und bringt es in den USA bis auf die Vier. Der Vergleich beider Videos ist erhellend: Im Clip von Raf begegnen wir dem Sänger in der – je nachdem – langweiligsten oder faszinierendsten aller 80er-Bars: Hier sitzen überwiegend apathische Damen mit Föhnfrisuren (vermutlich die »creatures of the night«) vor Martini-Gläsern, die Szenerie ist denkbar aseptisch, Ennui dominiert das Geschehen.

In Branigans deutlich aufwändigerem Video (bei dem der »Exorzist«-Regisseur William Friedkin Regie führte) wird nicht der Kontrollverlust eines notorischen Hedonisten verbildlicht; stattdessen begegnen wir einer Frau, die – scheinbar von ihrer Beziehung gelangweilt – zu nächtlichen Eskapaden aufbricht und dabei die Bekanntschaft eines geheimnisvollen Maskenträgers macht. Wenn man beide Videos gesehen hat, weiß man alles über die 80er.

Rafs weitere Karriere sollte noch von zahlreichen Höhepunkten gepflastert sein: Vor allem sein Auftritt beim *Grand Prix Eurovision de la Chanson* mit Umberto Tozzi ist zu nennen. Auch alle anderen am Song Beteiligten durften sich über weitere Erfolge freuen. Als wagemutig erwies sich Mit-Texter Giancarlo

Bigazzi, der ein Jahr nach Veröffentlichung des Songs eine Rolle in der Westernparodie »Arrapaho« übernahm, die von dem großen Filmkritiker Morando Morandini als schlechtester Film in der Geschichte des italienischen Kinos bezeichnet wurde. Vielleicht war Bigazzi da ja mit den *creatures of the night* unterwegs.

76

SENZA FINE (1961)

Ornella Vanoni

Im Januar 1961 wird die italienische Fernsehnation mit der Varieté-Show *Giardino d'inverno (Wintergarten)* beglückt. Hier ist nicht nur das Italien-Debüt der Kessler-Zwillinge zu erleben. Es ist zugleich der erste Auftritt der 26-jährigen Sängerin Ornella Vanoni mit ihrem neuen Lied »Senza fine« (Ohne Ende), komponiert vom aufstrebenden Komponisten Gino Paoli. Vanoni trägt ein schulterfreies, figurbetontes Abendkleid, um sie herum drehen sich vier männliche Silhouetten in der Nachstellung eines einsamen Paartanzes. »Non m'importa della luna« (Der Mond ist mir gleichgültig), singt Ornella Vanoni und wirft den Arm in die Luft. Es knistert in den Wohnstuben: Alles an dieser Frau strahlt selbstbewusste Körperlichkeit aus; ihr Lied transportiert den untrüglichen Wunsch, sich in amourösen Angelegenheiten zu verwirklichen. Sicher – Italien hatte zu diesem Zeitpunkt schon Bekanntschaft mit der Sängerin Mina gemacht, die kurz zuvor ebenfalls mit einer andeutungsreichen Gino-Paoli-Komposition das Land für sich eroberte. Doch Mina gab sich bei allem gesanglichen Können zu diesem Zeitpunkt noch als *urlatrice,* als »Schreierin«, wie man die neuen jungen, vom Rock'n' Roll erweckten Sängerinnen nannte. Und während Mina auf »Il cielo in una stanza« mit ihrer expressiven Vokalakrobatik gehörig auf die Tube drückt, pflegt die Vanoni einen melancholisch-müden, fast beiläufigen Ton, der indes über einen ganz eigenen Glamour verfügt. Mina zeigte den jungen italienischen Frauen, dass sie es ihren männlichen Landsleuten im Auf-den-Putz-Hauen gleichtun konnten; Ornella Vanoni hingegen dampfte nur so vor weiblichem Sex-Appeal. Die moderne Italienerin der Aufbruchsära der 60er: Vermutlich erlebte sie an diesem Abend im *Giardino d'inverno* ihre Geburtsstunde.

»L'appuntamento«, »Domani è un altro giorno«, »Casa bianca«, »Abbracciami forte«: Die großen Hits der Mailänderin Ornella Vanoni evozieren heute schlagartig ein mondänes Sixties-Bilderbuch-Italien, in dem makellos gekleidete Paare auf pittoresken *piazze* liebestrunken Standardtänze vollführen. Dies sind nicht einfach nur italienische Schlager; es sind Postkarten aus der untergegangenen Welt der *musica leggera*.

Ursprünglich kam die 1938 geborene Vanoni vom Theater: Mit 19 Jahren war sie dem vom Triester Bühnengiganten Giorgio Strehler geleiteten *Piccolo Teatro di Milano* beigetreten. Erste Gesangsauftritte bestreitet sie mit Brecht-Liedern sowie den *canzoni della mala* (Lieder der Unterwelt), die vor allem bildungsbürgerliche Schichten begeistern. 1960 dann begegnet sie Gino Paoli. Paoli und Vanoni bilden ein perfektes Gespann: Er schreibt elegante, moderne Liebeslieder, die auch schon mal mit dem Skandal flirten; sie wiederum hat als *role model* eines neuen Frauentyps im aufblühenden Italien jener Ära genau die Grandezza in Stimme und Auftreten, um diese Lieder in ikonische Hits zu verwandeln.

Mit »Senza fine« wird gleich die erste Zusammenarbeit der beiden zum Erfolg. Es folgt Hit auf Hit; Ornella Vanoni ist nun regelmäßiger Gast bei den einschlägigen Festivals; die Italiener können sich an der ebenso noblen wie sinnlichen *tristezza* der Sängerin mit der Mädchen-auf-dem-Besenstiel-Frisur gar nicht satthören. Auch in den 70ern lässt der Erfolg der Mailänderin nicht nach. Zu Beginn der 80er produziert sie ein sehr sämiges Album mit Herbie Hancock, Gil Evans, den Brecker Brothers, Ron Carter und anderen Größen des amerikanischen Jazz. Erst 2018 – im Alter von 83 Jahren – belegt sie beim Festival von Sanremo den fünften Platz. 2021 gelingt ihr als Gast von Colapesce/Dimartino mit dem Stück »Toy Boy« ein Sommerhit.

Unter den zahllosen tollen Songs, die bis heute mit Ornella Vanoni verknüpft sind, bleibt »Senza fine« der schönste: Paoli pflanzt die magische Melodie auf einen einfachen Harmonieverlauf im Walzertakt – und schreibt so italienische Popgeschichte. Die Zahl der Paare, die zu diesem Song ihren Hochzeitstanz vollführt haben, dürfte unzählbar sein. Besondere Aufladung erfährt das Stück durch den Umstand, dass Ornella Vanoni und Gino Paoli zu jener Zeit nicht nur künstlerisch heftig füreinander entflammt sind und das Stück somit als offenherzige Liebeserklärung des Autors an die Sängerin verstanden werden darf. Konsequenterweise singen sie beide das Lied: Vanonis Version erscheint zuerst; Paolis Version folgt kurz darauf. Die Vanoni-Fassung ist üppiger orchestriert, während Paoli zunächst nur zur Klavierbegleitung singt. Nachdem die Vanoni-Interpretation aber solch ein großer Erfolg wird, lässt man auch seiner Fassung dieses Arrangement angedeihen, wofür die Bänder der Aufnahme beschleunigt werden müssen.

Ganz im Sinne des Titels erweist sich »Senza fine« als hochgradig unverwüstlich. Immer wieder wird der Song gecovert (die Fassungen reichen von Dean Martin bis hin zu Faith-No-More-Sänger Mike Patton) und taucht bis heute in zahlreichen Filmen auf. Die künstlerische Beziehung von Vanoni und Paoli hat die Jahrzehnte überdauert: 1985 befanden die beiden, die Zeit sei reif, die Italiener an die glorreichen *anni sessanta* zu erinnern. Das ungleiche Paar – Paoli, der eher wie der italienische Kultusminister aussieht als wie ein erfolgreicher Sänger, und Vanoni, die extravagante Diva mit dem roten Lockenkopf – geht auf eine triumphale Tournee und veröffentlicht ein Livealbum. 1989 schreibt ihr Paoli mit »Il giro del mio mondo« (Der Lauf meiner Welt) ein ganzes neues Album; im selben Jahr treten die beiden als Konkurrenten in Sanremo auf. 2004 erscheint die Platte »Ti ricordi? No, non mi ricordo« (Erinnerst du dich? Nein, ich erinnere mich nicht), auf der die beiden ihre größten gemeinsamen Erfolge neu interpretieren. Der Albumtitel ist natürlich Koketterie oberster Kajüte: Ein Stück wie »Senza fine« vergisst man nicht. Sollten Sie noch ein Lied für Ihre nächste Hochzeit suchen, wäre hier die Gelegenheit, zuzugreifen.

77

SENZA UN PERCHÉ (2004)

Nada

Una buona mamma vale cento maestre, eine gute Mutter ist hundert Lehrer wert, heißt es in Italien. Manche Mütter können es aber auch gehörig übertreiben.

Als eine Wahrsagerin namens Nada der jungen Viviana Fenzi aus der Hand liest, prophezeit sie ihr, Mutter einer Tochter zu werden, die es zu Erfolg bringen wird. Als Fenzi bald darauf tatsächlich eine Tochter zur Welt bringt, gibt sie ihr den Namen Nada und legt es fortan massiv darauf an, sie frühzeitig in Richtung Erfolg zu schubsen. Nada Malanima ist gerade einmal 14, als sie einen Plattenvertrag mit zehnjähriger Laufzeit unterschreibt. 1969, mit 15, hat sie ihren ersten großen Hit mit dem Beat-Schlager »Ma che freddo fa« (Aber wie kalt es ist). In Anlehnung an die damals gängigen Spitznamen, die man Sängerinnen wie Mina oder Milva verpasst, wird Nada unter Bezug auf ihr toskanisches Heimatdorf *Il Pulcino di Gabbro* (Das Küken aus Gabbro) genannt.

Weitsichtige Leserinnen und Leser ahnen bereits, dass auf solch einem Karrierebeginn kein Segen liegen kann. Aber *la mamma* will es wissen: Nadas Mutter neigt zu Nervenzusammenbrüchen und übt enormen Druck auf ihre Tochter aus. Als das Mädchen auf Drängen der Plattenfirma nach Rom ziehen soll, kann ihrer Mutter der Familienumzug gar nicht schnell genug gehen. Für Nada wiederum bedeutet der Wechsel in die Stadt schlicht das vorzeitige Ende ihrer Kindheit. Stattdessen ist sie nun tagein, tagaus dem Blitzlichtgewitter der Presse ausgeliefert. Sie spürt, dass etwas nicht stimmt. Die von unterschiedlichen Autoren für sie verfassten Lieder, die sie in Form unzähliger Kassetten erreichen, berühren sie nicht, sie haben schlicht nichts mit ihrem Leben zu tun. »Ich war 15, ich trat auf der ganzen Welt auf, aber in mir war immer das Mädchen, das nicht singen wollte«, schreibt sie 2019 in ihrer Autobiografie.

Nada reagiert auf den Druck, indem sie magersüchtig wird. Nach den Konzerten rennt sie von der Bühne, um sich im Backstageraum zu übergeben. Zum Glück vertraut die Sängerin ihrem Instinkt und orientiert sich im Alter von 19 Jahren musikalisch vollkommen neu. Den oberflächlichen Liedern der Jugendjahre sagt sie *ciao* und begeistert sich fortan für den selbstzerstörerischen Musiker und Dichter Piero Ciampi, eine absolute Ausnahmeerscheinung unter den *cantautori*.

Für Nada erweist sich die Begegnung als Glücksfall. Ciampis Liedtexte zeigen ihr, dass es eine Sprache jenseits der gefälligen *Sanremo*-Schlager gibt. Der Titel ihres 1973 erschienenen Albums mit Ciampi-Stücken: »Ho scoperto che esisto anch'io« (Ich habe herausgefunden, dass auch ich existiere). Es ist wohl der Begegnung mit Ciampi zu verdanken, dass Nada zum Schreiben findet und ab Anfang der 80er verstärkt auch selbstverfasste Texte singt. Zwar gelingen ihr immer wieder Hits (vor allem in den frühen 80ern), doch ist bald eine deutliche Hinwendung zum anspruchsvollen Lied festzustellen. 1997 gründet sie mit Musikern der kampanischen Band Avion Travel das Nada Trio, daneben veröffentlicht sie Romane und Gedichte.

2016 bringt es ein Nada-Lied verspätet zu unerwarteter Popularität, als der Regisseur Paolo Sorrentino (»La grande belezza«) die *HBO*-Serie »The Young Pope« mit Jude Law als fiktivem amerikanischem Papst dreht und darin Nadas Stück »Senza un perché« aus dem Jahr 2004 verwendet. Das Drehbuch will es, dass die grönländische Premierministerin (!) dem Papst als Gastgeschenk eine CD überreichen lässt: »This is a beautiful song by an italian singer, who is pretty popular in our country. She is called Nada and the song is entitled ›Senza un perché‹.«

Es ist ein Lied, das seine Faszination aus seiner scheinbaren Hingeworfenheit und dem nonchalanten Spiel mit Elementen der leichten italienischen Musik bezieht. Verantwortlich für den Sound zeichnet John Parish, der ehemalige Produzent von PJ Harvey. Das tiefstapelnde Arrangement und der schnodderige Gesang Nadas geben dem Stück beinahe die Intimität einer Demoaufnahme. Im Refrain heißt es: »E tutta la vita / Gira infinita senza un perché / E tutto viene dal niente / E niente rimane senza di te« (Und das ganze Leben / Dreht sich endlos ohne Grund / Und alles kommt aus dem Nichts / Und nichts bleibt ohne dich). Ein später Triumph einer Künstlerin, die sich von den Regeln des Betriebs befreit hat. Und die Antwort auf die drängende Frage, welche Musik eigentlich grönländische Premierministerinnen so hören.

78

SE TELEFONANDO (1966)

Mina

»Überfällig.«

Ennio Morricones Kommentar zur Verleihung des Lebenswerk-Oscars im Jahr 2007 fiel denkbar knapp aus. Falsche Bescheidenheit war des Maestros Sache definitiv nicht. Und ein Interview mit Ennio Morricone war kein Strandspaziergang.

Als ich Morricone 2015, fünf Jahre vor seinem Tod, interviewen durfte, bekam ich gleich beim Eintreffen eine Kostprobe seiner strengen Ader. Gottlob traf es nicht mich, sondern den TV-Kollegen, der vor mir an der Reihe war. Der arme Mann hatte die Torheit besessen, den Römer gleich zum Eingang des

Gesprächs nach seinen Arbeiten für Sergio Leone, vor allem für »C'era una volta il west« (hierzulande bekannt als »Spiel mir das Lied vom Tod«), zu fragen. Ob es denn eine besondere Zusammenarbeit gewesen sei? »No!«, zischte Morricone, alle Arbeiten seien gleichrangig. Schließlich habe er mehr als fünfhundert Filmmusiken komponiert, aber ständig – gerade hier in Deutschland – fragten alle immer nur nach Leone. Diese Ahnungslosigkeit! Jetzt war das Genie in Fahrt, und man wollte wirklich nicht an der Stelle des armen Journalisten sein. Gegen einen Morricone im Zuchtmeistermodus war Charles Bronson mit seiner Mundharmonika des Todes ein freundlicher Kindertagesstättenleiter.

Am Ende signierte der Komponist dem Journalisten heiter plaudernd eine mitgebrachte Vinylplatte: selbstverständlich ein Sergio-Leone-Soundtrack.

Zwar bekam auch ich später einen Rüffel (auf die Frage, wie er bevorzugt komponiere, womöglich am Klavier, informierte er mich mit argwöhnisch zusammengekniffenen Äuglein, dass es eine dilettantische Annahme sei, dass ein Komponist ein Klavier benötige); insgesamt aber war es eine ausgesprochen schöne Audienz. Besonders gern erinnere ich mich, wie er hin und wieder mit geschürzten Lippen die ein oder andere Melodie ansang.

Die Entspanntheit verdankte sich wohl schlicht dem Umstand, dass ich – entsprechend vorgewarnt – nichts zu seinen Soundtracks für Sergio Leone fragte. Die *natürlich* etwas Besonderes waren. Es war schließlich Leone, der dem einstigen Schulfreund aus Trastevere das Beispiellose ermöglichte: die Musik – wie in »Spiel mir das Lied vom Tod« – zum Hauptdarsteller des Films zu machen. Aber es bleibt eben so viel, über das man nicht redet, wenn man über die Leone-Filme redet. Etwa das Titelstück zu Pier Paolo Pasolinis Schelmenstück »Große Vögel, kleine Vögel«, bei dem – einmalig in der Filmgeschichte – die *credits* des Vorspanns gesungen wurden: »Das war noch nicht einmal meine Idee«, gab Morricone zu, »Pasolini selbst hatte diesen Einfall. Ich habe mir dann eine etwas alberne Musik ausgedacht, fast ein Kinderlied, zu dem Domenico Modugno dann all diese Filmberufe singt. Unvergleichlich!«

Wenn man Morricone einen Gefallen tun wollte, erwähnte man seine bis heute schädelspaltenden Avantgarde-Improvisationen mit der von ihm mitinitiierten Gruppo di Improvvisazione Nuova Consonanza – ein Teil seines Werks, für den er gerne mehr Anerkennung bekommen hätte. Ohne diese Arbeiten wäre der Rest so ohnehin nicht möglich gewesen: All das Hämmern, Pfeifen, Heulen, Stöhnen und Krächzen dieser Werke taucht auch in Morricones berühmtesten Scores auf: die Geburtsstunde des modernen Arrangements.

Für unser Thema ist des Meisters Phase als Arrangeur, Dirigent und Komponist für die italienische *RCA* interessant. Hier fügte Ennio zwischen 1956 und 1966 dem Kanon der leichten italienischen Musik etliche Wunderlieder hinzu. Für ihn natürlich nur eine Fingerübung. Ein Paradebeispiel ist das zum Ende von Morricones *RCA*-Zeit entstandene »Se telefonando« – ein Kronjuwel der *musica leggera*. Die Struktur ist beispiellos: nur eine Strophe und dann ausschließlich Refrains, die sich in acht Tonartwechseln immer weiter nach oben schrauben. Morricones Inspiration: eine Polizeisirene. »Ich wollte ein Stück schreiben, das sich auf drei Töne beschränkt, etwas ganz Minimales«, erzählte er mir. »Gleichzeitig brauchte ich aber auch Abwechslung, also habe ich mich eben in den

Tonarten ausgetobt.« So war das mit ihm: Man bat einen Zauberer, seine Tricks zu erklären. Wenn er es dann tat, sachlich und nüchtern, merkte man, dass seinen Geheimnissen so nicht beizukommen war.

Bis heute haben sich viele an dem Lied versucht, auch in italienischen Castingshows kommt es häufig zum Einsatz. Die Grandezza von Minas Urfassung bleibt freilich unerreicht. Ein Freund erzählte mir, dass er, von dem soeben entdeckten Evergreen zutiefst angefasst, seinen italienischen Schwiegervater gefragt habe, ob er dieses tolle Mina-Lied »Se telefonando« kenne. Der Schwiegervater habe daraufhin feuchte Augen bekommen und erst mal den Rotwein aus dem Schrank geholt.

79

SOLA (1982)

Viola Valentino

Ich weiß, was Sie denken: »Ist ja schön und gut, dieses ganze feinsinnige Zeug, was der uns da um die Ohren haut. Was wir jetzt aber eigentlich brauchen, ist so ein quietschiges Früh-80er-Italo-Disco-Knallbonbon; so eine ruchlose Fließbandarbeit aus den Hit-Fabriken windiger Schnauzbartproduzenten, die es in puncto Käsigkeit locker mit einer doppelten Portion *rigatoni ai quattro formaggi* aufnehmen kann. Ein Lied, das dem Zehnjährigen in uns ein schönes *gelato* kauft.« Da haben Sie natürlich recht.

Zur Abwechslung also mal wieder etwas Seichtes, das dem Autor dieses Buchs aber mindestens ebenso sehr das Herz zu brechen in der Lage ist wie ein gut abgehangener Francesco De Gregori. Zugleich bietet das Stück Gelegenheit, eine weitere Brücke zum italienischen Filmschaffen zu schlagen, dessen beispielloser Aufstieg parallel zu dem des leichten italienischen Liedes erfolgte.

Zunächst zur Sängerin: Viola Valentino wurde als Virginia Minnetti unweit von Como im lombardischen Canzo geboren. Nachdem sie sich unter ihrem bürgerlichen Namen bereits ab Ende der 60er eher erfolglos im Segment des Beat-Schlagers versucht hatte, wurde sie Ende der 70er von Giancarlo Lucariello von der Band Pooh entdeckt, änderte ihren Namen und schaffte 1979 mit dem Schlager »Comprami« (Kauf mich) den Durchbruch. 1982 trat sie mit »Sola« (Alleine) beim Festival von Sanremo auf. In dieser Hochphase ihres Erfolgs nun bemühte sich ihr Management, die Sängerin auch auf der Leinwand Fuß fassen zu lassen. Als Vehikel hierfür wählte man den Film »Delitto sull'autostrada« (Verbrechen auf der Autobahn, deutscher Verleihtitel: »Das Schlitzohr vom Highway 101«), den neunten Teil der beliebten Reihe um den hippieesken Sprücheklopferpolizisten Nico Giraldi, der hierzulande dem Publikum (synchronisiert von Celentanos Synchronsprecher Thomas Danneberg) als Toni Marroni nähergebracht wurde. Inszeniert wurden die Filme allesamt von Bruno Corbucci, dem Bruder des Italo-Western-Titanen Sergio Corbucci (»Django«).

In der Rolle des Nico Giraldi erleben wir den Schauspieler Tomás Milián, für dessen Filme alleine es sich schon lohnte, tagtäglich die wilde Welt des italienischen Kinos der 60er, 70er und 80er zu bereisen. Milián, ein gebürtiger Kubaner, hatte am New Yorker *Actor's Studio* gelernt und war Ende der 50er nach Italien gekommen. Nach einigen Rollen in eher künstlerischen Filmen stieg Milián zu einem der Superstars des Italo-Western auf. Das Genre gab dem jungen Mimen die Gelegenheit, in sehr unterschiedlichen, von Milián stets sehr extrem interpretierten Rollen die Leinwand brennen zu lassen: Er spielte psychopathische Killer, ungehobelte Revolutionäre und dreiste Strauchdiebe. In den 70ern löste der italienische Polizeifilm den Italo-Western in puncto Popularität ab. Hier konnte Milián sein explosives Charisma nun endgültig von der Leine lassen: Die zahlreichen Selbstjustiz-freudigen Bullen und schmierigen Kriminellen, mit denen er das Genre bereicherte, legte er abermals sehr grell, comichaft und exzentrisch an, was bei minderwertigen Schauspielern leicht hätte in die Hose gehen können, hier aber für etliche showstoppende Momente sorgte. Zwischendurch drehte er immer wieder Kunstsinniges mit italienischen Edelregisseurinnen und -regisseuren wie Luchino Visconti, Liliana Cavani, Bernardo Bertolucci oder Michelangelo Antonioni.

Unsterblich aber machten ihn zwei eher heitere Rollen: die des gutmütigen römischen Ganoven Monnezza (römischer Slang für Müll) und eben jene des Nico Giraldi. In Italien sind diese beiden von Milián entscheidend mitentwickelten und im römischen Dialekt parlierenden Gestalten heute Kultfiguren von Comic-Helden-Format.

Das Video zu Viola Valentinos »Sola« ist im Wesentlichen eine Szene aus »Delitto sull'autostrada«. Giraldi, der in dem Film undercover in der Brummifahrerszene ermittelt, begleitet Valentino hier zu einem Auftritt in einer Disco, die aussieht, als hätte der Stage Designer des *ZDF*-Ferienprogramms einen besonders unambitionierten Nachmittag gehabt. Kaum hat Viola die ersten Zeilen gesäuselt, ist es um den ruppigen Polizisten geschehen.

Was soll ich sagen: Ich liebe dieses spekulativ-unschuldige Stück. Wenn ich es höre, sitze ich wieder auf der Rückbank des Autos meiner Eltern, das im Sommer 1982 die Autostrada del Sole hinunterklappert. Öffnen auch Sie Ihr Herz für Viola Valentino und Tomás Milián, es wird Ihr Schaden nicht sein.

80

LA SOLITUDINE (1993)

Laura Pausini

Was, wenn die Welt ein Laura-Pausini-Video aus den 90ern wäre?

Gewiss: Es gäbe keine Kriege, keine Fremdenfeindlichkeit, keine Korruption und keine Bierbäuche. Ob es eine bessere Welt wäre, sei dahingestellt. Die Welt von Laura Pausinis 90er-Videos ist im Grunde eine *Raffaello*-Version Italiens, in der unentwegt weißes Tuch in der Seebrise flattert, kleine Hunde herumtollen und Strandsand durch Finger rinnt. Gerne wird in Ledermänteln auf Anhöhen oder in Lofts herumgestanden. Nur dass da nicht irgendwer herumsteht, sondern Laura Pausini, die sympathischste Zahnlücke der Emilia-Romagna und Italiens international erfolgreichste Pop-Sängerin.

Die 90er sind für Italien ein Umbruchsjahrzehnt. Die Dekade ist geprägt von grundlegenden juristischen Untersuchungen, die als »Mani pulite« (Saubere Hände) in die Geschichte eingehen. Amtsmissbrauch, illegale Parteienfinanzierung und anderer Schweinkram werden erbarmungslos aufgedeckt, und der korrupten politischen Elite wird im großen Stil der Prozess gemacht. Neben Politikern werden auch Richter und Mitglieder des Polizeiapparats angeklagt. Die tödlichen Mafia-Attentate auf die Staatsanwälte Giovanni Falcone und Paolo Borsellino im Jahr 1992 befeuern den Eifer der Ermittler zusätzlich. Es ist das Ende der Ersten Republik: Die Altparteien *Democrazia Cristiana* und *Partito Socialista Italiano* zerbrechen, an ihre Stelle treten zahlreiche neue politische Bewegungen. Eine davon ist *Forza Italia*, ihr Gründer der Unternehmer Silvio Berlusconi.

Musikalisch begleiten zwei sehr gegensätzliche Entwicklungen das Jahrzehnt.

Landauf, landab werden leerstehende Fabriken von Hausbesetzern zu kulturellen Begegnungsstätten, den *Centri Sociali*, umgewandelt. Hier entsteht – parallel zu seiner kommerziellen Charts-Variante – der italienische Underground-Hiphop: stark links verwurzelter Straßen-Rap, der im Grunde die gegenkulturelle Rolle einnimmt, die einst den *cantautori* vorbehalten war. Gerade im Süden Italiens, wo Armut und Kriminalität für viele zum Alltag gehören, bekommt der *Hiphop all'italiana* etwas ungemein Zwingendes. Die Stars des Genres sind 99 Posse aus dem Umfeld des *Officina 99*, dem *centro sociale* Neapels.

In den Charts wiederum übernimmt, noch extremer als schon in den 80ern, eine seichte Mischung aus *musica leggera* und internationalem Pop: italienisch genug, um daheim Begeisterung auszulösen, aber doch so anschlussfähig an internationale Pop-Konventionen, dass einige Interpretinnen und Interpreten auch jenseits Italiens für Plattenkäufe sorgen. Die Königin dieser Spezies ist Laura Pausini aus der Kleinstadt Faenza in der Provinz Ravenna.

1993 beginnt Pausini ihre Karriere. Gleich ihre erste Single »La solitudine« (Die Einsamkeit) macht sie zum Teen-Idol, schon hier deutet sich die Wucht ihres Mezzosoprans an. Mit den

Folgeveröffentlichungen kann sie ihren Ruhm konstant steigern. Auch international horcht man auf, vor allem in den USA und im spanischsprachigen Ausland findet man Gefallen am sauberen Pop der allürenfreien Sängerin. Man vermarktet sie als italienische Antwort auf Sängerinnen wie Mariah Carey und Céline Dion – mit dem entscheidenden Unterschied, dass Pausini nie das Image einer Diva annimmt. Im Laufe ihrer Karriere arbeitet sie mit allen großen Protagonisten des internationalen Mainstreams zusammen; selbst vor einer Kooperation mit James Blunt schreckt sie nicht zurück. Bis heute soll sie über siebzig Millionen Tonträger verkauft haben.

Pausinis Karriere – Sie werden es geahnt haben – verläuft komplett skandalfrei. Sie bekennt sich zum römisch-katholischen Glauben, gleichwohl sie die Haltung des Vatikans zu Abtreibung und gleichgeschlechtlicher Liebe kritisiert. Auch ist ihr Einfluss auf die sexuellen Aktivitäten ihres Publikums nicht zu unterschätzen: Am Ende eines jeden Konzerts ruft sie ihren begeisterten Fans zu: »Fate l'amore stanotte!« (Liebt euch heute Nacht!). Gottlob warten Pausinis Anhänger in der Regel mit der Befolgung dieses Ratschlags, bis sie zu Hause sind.

In Jovanottis Video zu »Oh, vita!« aus dem Jahr 2017, gedreht im römischen Viertel Porta Cavalleggeri, ist im Hintergrund kurz ein Graffito zu sehen: »Laura Pausini is God«. So weit würde ich nicht gehen. Für den Heißhunger auf 90er-Jahre-Pop mit Kokos-Mandel-Geschmack ist »La solitudine« aber genau das Richtige.

81

SOTTO IL SEGNO DEI PESCI (1979)

Antonello Venditti

1974, gleich zu Anfang seiner Karriere, muss sich Antonello Venditti, Roms streitbarer Lieddichter, vor Gericht verantworten. Der praktizierende Katholik hatte bei einem Auftritt im *Teatro dei Satiri* sein im römischen Dialekt verfasstes Lied »A Cristo« (Für Jesus) gesungen. Darin heißt es: »Ammazzate Gesù Crì, quanto sei fico« (ungefähre Übersetzung: Scheiße, Jesus, wie geil du bist). Ein im Publikum anwesender Polizeimarschall nimmt entschieden Anstoß an der Zeile (vor allem am Wort »geil«) und zeigt den Musiker wegen Beleidigung der Staatsreligion an. Der Umstand, dass Vendittis Anwalt die Verteidigung darauf aufbaut, dass das Adjektiv »fico« im römischen Dialekt entschieden positiv besetzt sei (es bedeutet so viel wie »cool«), ist wenig hilfreich: Venditti wird zu sechs Monaten auf Bewährung verurteilt.

Der Barde ist stinksauer, er muss das ihm Widerfahrene in einem neuen Lied verarbeiten. Sein Notizbuch unterm Arm, zieht er in einem Anflug italienischer Dramatik zum Campo de' Fiori. Hier setzt er sich unter das Denkmal Giordano Brunos, der, nachdem er die Unendlichkeit des Weltraums postuliert hatte, 1548 wegen Ketzerei zum Tod auf dem Scheiterhaufen verurteilt worden war. »Non ho più paura della libertà«, notiert Venditti, ich habe keine Angst mehr vor der Freiheit. »Campo de' Fiori« heißt sein neues Lied.

Vendittis frühe Lieder entstehen nicht selten im Spannungsfeld von linkem Umwälzungsgeist und christlichem Glauben. Die linke Bewegung führe letztlich in eine Sackgasse, diagnostiziert er einmal, sie fordere zwar viel Richtiges, biete aber keine Spiritualität an. Tatsächlich gibt es keinen zweiten *cantautore,* der sich so klar zu jenem konservativen Katholizismus zu bekennen scheint, den man nur zu gerne mit Italien verbindet: Im Alter von 16 Jahren, so Venditti in einem Interview, sei er von einer bösartigen Macht angegangen worden, bei der es sich nur um den Teufel gehandelt haben konnte. Im selben Gespräch verleiht er seiner tiefen Verehrung für Padre Pio und den konservativen Papst Benedikt XVI. Ausdruck. Wenn schon katholisch, denn schon katholisch.

Vendittis berühmteste Lieder aber spielen ganz im Hier und Jetzt, im Alltag der Italiener, der bekanntlich nicht immer einfach ist. Während seine *Cantautori*-Freunde andere Wege gehen (Francesco De Gregori entwickelt sich mehr und mehr zum verrätselten Poeten, Lucio Dalla wiederum spürt dem Fantastischen des Alltags nach), ist Venditti unter den großen Lieddichtern derjenige, der stets sagt, was er denkt – auch wenn er sich damit immer wieder Ärger einhandelt. In »Canzone per Seveso« (Lied für Seveso) singt er über die Ausbeutung des Menschen durch die Konzerne; im Song »Il telegiornale« (Die Nachrichtensendung) geißelt er die Medien und in »L'ottimista« (Der Optimist) die Anpassungsfähigkeit der italienischen Sozialisten. Ebenso beliebt wie berüchtigt sind seine zahlreichen Frauennamenlieder (»Mariù«, »Lilly«, »Giulia«, »Sara«), die nicht immer den Eindruck erwecken, als wäre der Sänger regelmäßiger Gast auf feministischen Kongressen; in »Sara« etwa schlüpft er in die Rolle eines Doktoranden, der eine Schülerin geschwängert hat und ihr nun zuredet, das Baby zu behalten. In »Che fantastica storia è la vita« (Was für eine fantastische Geschichte das Leben ist) verballhornt er 2003 Silvio Berlusconi. Weite Teile Süditaliens brüskiert er im Jahr 2009, als er während eines Konzerts die Frage stellt, wie Gott nur zulassen konnte, dass es Kalabrien gebe. Es ist immer was los bei Antonello!

Mein Lieblingsstück von Venditti ist »Sotto il segno dei pesci« (Im Zeichen der Fische) aus dem Jahr 1978, eine seiner großen Klavierballaden – und ein Nummer-eins-Hit. Antonello demonstriert hier anschaulich, dass er von den großen Songschreibern seiner Ära am wenigsten vor donnernden Großgesten zurückschreckt und gerne beherzt aufs Dramapedal tritt: Wenn ich gerade wieder höre, wie er bei etwa 01:58 das Wort »amore« singt, muss ich sofort aufhören zu arbeiten. Das Stück erzählt von einem Paar, Marisa und Giovanni, das 1968 gemeinsam auf der Straße die Revolutionsfahne schwang und doch eigentlich nur Liebe wollte. Nun, zehn Jahre später, müssen die beiden erkennen, dass sie in einem Alltag der schalen Kompromisse gelandet sind. »Sotto il segno dei pesci« ist eins meiner ewigen Italo-Lieblingsstücke.

Venditti ist bis heute enorm erfolgreich. In seinen Liedern ist er zahmer und schlageresker geworden – seine öffentlichen Äußerungen haben dagegen immer noch das Zeug dazu, für beträchtliches Tohuwabohu zu sorgen. Im März 2019 schüttete der Unberechenbare scheinbar einen Kübel Lob über dem damaligen Innenminister Matteo Salvini aus, indem er die kommunikativen Strategien des strammrechten Parteisekretärs lobte. »Was erlaube Venditti?«, fragten empört viele Kommentatoren. Wie kann es sein, dass sich einer der Titanen des sozialkritischen Liedes zu derlei Äußerungen hinreißen ließ?

Im Interview mit *Il messaggero* deeskalierte der streitbare Sänger: Er habe lediglich gesagt, dass zu hoffen sei, dass die italienische Linke ebenfalls eine Person fände, die auf ähnliche Art die Sprache ihrer Leute spräche, wie es Salvini mit seinen Wählern gelänge. Er, ein *Lega*-Unterstützer? *Mai!* Niemals! Seine Hoffnung sei der linke Vorsitzende der *Partito Democratico* Nicola Zingaretti (der Bruder des bekannten Commissario-Montalbano-Darstellers Luca Zingaretti). Aber heute werde sofort auf jede Äußerung geschossen wie beim Tontaubenschießen. Ihm gehe es um intellektuelle Ehrlichkeit, um Harmonie, Frieden und Schönheit. *Basta.*

Und Liebe, möchte man hinzufügen.

82

STOP BAJON (PRIMAVERA) (1983)

Tullio De Piscopo

Der große Tullio De Piscopo ist von allen italienischen Musikern derjenige, mit dem ich am liebsten im Aufzug stecken bleiben würde. Italiens bedeutendster Schlagzeuger und versehentlicher Popstar ist nämlich auch ein ganz großartiger Geschichtenerzähler; ein bodenständiger *napoletano doc,* der unter wildem Gestikulieren und ständigem Anstubsen seines gebannten Gegenübers die abenteuerlichsten Schnurren erzählen kann. Als Supertrommler hat er natürlich einiges zu berichten: Er spielte mit fast allen Italo-Schwergewichten – und auf Astor Piazzollas »Libertango«. 2018 berichtet die neapolitanische Rhythmus-Koryphäe der *Red Bull Music Academy* die Entstehungsgeschichte seines Hits »Andamento lento« (Langsames Vorankommen).

Wir schreiben das Jahr 1985. Nach dem Erfolg seines unwahrscheinlichen Debüts als Sänger der Italo-Disco-Preziose »Stop Bajon (Primavera)« wird der vielgebuchte Session-Musiker vom Leiter des *Festival di Sanremo* um einen Beitrag zur Liedersause an der ligurischen Riviera gebeten. Der Schlagzeuger reagiert perplex: *Ma che vuoi?* Ob er aussehe wie ein *Sanremo*-Sänger? Nein, nein, er solle ganz einfach sein Ding machen. Das lässt sich der Supertrommler nicht zweimal sagen. Das Komponisten-Brüderpaar Mario und Giosy Capuano spielt Tullio eine Marschmusik vor, die ihm im Kopf bleibt. Zu Hause experimentiert er weiter an dem Stück, auch ein Dummy-Text in improvisierter Quatschsprache ist schnell aufgenommen. Doch der richtige Text will ihm einfach nicht einfallen. Sein ungeduldiger Produzent empfiehlt, einen namhaften Autor zu verpflichten, aber der Schlagzeuger bleibt stur: Er werde den Text selbst schreiben, *basta*.

Doch erst als die Abgabefrist schon zu verstreichen droht, kommt es zu einem Glücksfall. Tullio besteigt morgens in Rom ein Taxi, um zur Textklausur im Stadtteil Ostiense zu fahren. Kaum hat das Auto die Via di Santa Lucia verlassen, findet sich der Schlagzeuger in einem der gefürchteten römischen Staus wieder. »Und jetzt?«, fragt Tullio den Taxifahrer angesichts der sich ins Unermessliche stapelnden Automassen.

»A Roma tutto è un andamento lento«, antwortet der Fahrer, ohne sich umzudrehen, in Rom geht alles langsam vorwärts. Tullio ist wie vom Donner gerührt: Was für ein Satz! Und er passt auch noch genau auf den Rhythmus der zu betextenden Melodie. »Andamento lento« ... genau so wird er heißen, der Nachfolgehit zu »Stop Bajon«. Ob er ihn statt nach Ostiense 200 Kilometer entlang der Küste nach Neapel fahren könne, fragt Tullio. Sicher. Ob er einen Kassettenrekorder im Auto habe? Auch das. Der Schlagzeuger lässt den Taxifahrer das

Band mit dem Backing Track einschieben und schreibt, während es am Meer entlang in Richtung Neapel geht, den Text zu seinem nächsten großen Hit als Solokünstler. Das Stück finanziert am Ende Tullios Häuschen. Fasziniert nimmt der meistgebuchte Schlagzeuger Italiens zur Kenntnis, dass ein Musiker zu sein das eine, ein Hit-Autor zu sein aber etwas ganz anderes ist.

Zwei Jahre zuvor, als Tullio mit »Stop Bajon (Primavera)« sein im Ausland bekanntestes Stück veröffentlichte, fungierte er zwar als Bandleader, Schlagzeuger und Vokalist; geschrieben wurde das Stück aber von seinem engen Freund Pino Daniele. »Stop Bajon (Primavera)« hat zwar nicht so eine schöne Entstehungsgeschichte, ist aber die unverwüstlichere Nummer. Eine Nummer, die zudem mit Free-Jazz-Veteran Don Cherry an der Taschentrompete aufwartet und der es trotz des 7/8-Rhythmus gelingt, für enthemmtes Zucken auf allen Tanzflächen zu sorgen.

Was nehmen wir mit? Dass in Rom alles langsam vorangeht – und dass in italienischen Taxen grundsätzlich alles passieren kann. Auch ein Hit. Nun schieben Sie aber die Möbel vor die Türe und freuen Sie sich an »Stop Bajon (Primavera)«. Wie heißt es so schön auf dem Aufkleber auf meiner gebraucht gekauften Maxi: »The favourite tune in Rimini discotheques«.

83

SUSPIRIA (1977)

Goblin

Ein Paar schwarzer Handschuhe. Ein unheilvoll dräuendes Gebäude, das ein Eigenleben zu besitzen scheint. Ein bedrohliches Flüstern am Telefon. Flatternde Vorhänge und knarrende Türen, hinter denen sich immer neue Schreckenskammern verbergen. Eine Messerklinge blitzt im Dunkel auf. Eine blutüberströmte Frauenleiche kracht durch ein Art-déco-Fenster. Die Netzhäute brennen, es trommelt und dröhnt. Keine Frage, man kann sich hier nur in einem Film von Dario Argento befinden.

Man müsste den Regisseur Dario Argento erfinden, wenn es ihn nicht gäbe. Die Filme des Römers mit der Prinz-Eisenherz-Frisur gehören zum Irrsten und Schönsten, was je unter dem Deckmantel der Zelluloidbelichtung entstanden ist. Argento gilt seit seinem stilvollen Deko-Schocker »L'uccello dalle piume di cristallo« (Der Vogel mit dem Kristall-Gefieder, deutscher Verleihtitel: Das Geheimnis der schwarzen Handschuhe) aus dem Jahr 1970 als der Erneuerer des modernen Thrillers, dessen italienische Darreichungsform in Anlehnung an die gelben Krimi-Buchcover *giallo* (gelb) genannt wird. Wer aber vom Maestro clever geplottete Thriller-Ware erwartet, wird blutig vor den Kopf gestoßen. Storys sind dem Mann wumpe; dem Angstmeister ist Handlung eher lästiges Beiwerk, sie dient ihm lediglich als Aufhänger für möglichst viele Schreckenstableaus. Diese allerdings haben es in sich, denn sie sind Kino pur: meta und kindlich zugleich. Dario Argento ist fasziniert vom Bösen und besessen von der Unschuld. Kein Regisseur nimmt die Betrachter seiner Filme derart weit mit in die Dunkelheit. Aber Argentos Dunkelheit erstrahlt in knalligem Rot, Blau und Grün. Die Angst in Technicolor.

Dass bei einem Regisseur, für den Form und Stil alles sind, die Musik eine enorme Bedeutung hat, verwundert wenig. Die Soundtracks zu Darios ersten drei Thrillern stammen von Ennio Morricone, der mal wieder aufs Großartigste süffige Melodien mit Atonalitäten kreuzt. Als Argento aber seinen Superschocker »Profondo rosso« (Tiefrot) in Angriff nimmt, steht ihm der Sinn nach etwas Aufgekratzterem. Er ist zum zweiten Mal fest entschlossen, das Regelwerk des Thrillers zu revolutionieren. Es ist 1975, und Dario hat Bock auf Rock.

Argento beauftragt zunächst den Jazzkomponisten Giorgio Gaslini. Nach nur wenigen Tagen stellt sich heraus, dass der Mailänder die Musik, die dem Regisseur vorschwebt, nicht liefern kann. Mehr noch: Argento dünkt die von Gaslini vorgelegte Musik »furchtbar«. Der Regisseur tut das, was Film-Genies mit Drang zum Großen im Jahre 1975 nun mal so tun und fragt bei Pink Floyd an, die aber gerade mitten in den Aufnahmen zu »Wish you were here« stecken. Dario setzt nun ganz auf Risiko. Er rekrutiert vier junge italienische Musiker um den Keyboarder Claudio Simonetti, die, soeben von einem einjährigen Aufenthalt in England zurückgekehrt, als Auftragsmusiker beim großen italienischen Filmverlag *Bixio* unter Vertrag stehen. Argento stellt sie vor die Aufgabe, binnen zwei Tagen ein knalliges Thema zu komponieren und aufzunehmen. Das Ergebnis, ein ineinander verdrehtes Keyboard/Bass-Motiv mit schrillen Synthesizer-Spitzen, das Simonetti dem Regisseur in dessen Wohnung im Dunklen auf einem Kassettenrekorder vorspielt, sorgt für Begeisterung und markiert die Geburtsstunde der modernen Spannungsmusik. Die Musiker um Simonetti nennen sich jetzt Goblin, ihre Zusammenarbeit mit Argento schreibt Filmgeschichte. Auch die Plattenkäufer zeigen sich begeistert von der unerhörten Instrumentalmusik: Das Titelthema von »Profondo rosso« landet auf Platz eins der italienischen Single-Charts.

Wer nun meinte, Argento sei mit seinem Film endgültig an den Außenposten des Spannungskinos angekommen, sieht sich getäuscht. Er ist besessen von Thomas de Quinceys Idee vom »Mord als schöner Kunst«, dem Verhältnis von Liebes- und Todestrieb und seinem eigenen reichhaltigen Fundus von Urängsten. 1977 rekrutiert der Exzentriker abermals die Goblin-Musiker für den Film »Suspiria«, ein kreuzunheimliches Gruselmärchen über eine Freiburger Ballettschule, die unter der Leitung einer bösen Hexe, Mater Suspiriorum, der Mutter der Seufzer, steht. Hatte »Profondo rosso« bei aller inhaltlichen Nachlässigkeit noch eine halbwegs nachvollziehbare Handlung, so ist nun endgültig Schicht im Schacht der Logik. »Suspiria« ist der pure formelle Exzess: Grimms Märchen auf LSD. Ein mäandernder Fiebertraum von einem Film. Ein komplett durchgeballerter Primärfarbenrausch. Die einzige Logik, die hier waltet, ist die eines gepflegten Albtraums.

Anders als beim Vorgängerfilm haben Goblin diesmal ganze drei Monate Zeit, den passenden Sound zu entwickeln. Unter Argentos Beteiligung geht man in die Vollen: Unter Zuhilfenahme eines im Rockkontext exotischen Instrumentariums entsteht eine Klangwelt, die den Eindruck nahelegt, die Musiker stünden tatsächlich mit den bösen Mächten des Films im Bunde. Eine enervierende Bouzouki schallert, jemand schlägt wie in Trance auf eine indische Trommel, eine Spieluhr kreist vor sich hin, deren Melodie bald von Simonettis wie besessen klingender Flüsterstimme zum Terrorthema pervertiert wird. Ich lege mich fest: »Suspiria« ist die furchteinflößendste Musik, die je komponiert wurde. Mehr schwarze Messe als Soundtrack. Wer es schafft, mit dieser Musik auf den Ohren nachts alleine einen dunklen Park zu durchschreiten, bekommt von mir mehrere Ehrerbietungsplaketten verliehen.

Entgegen der Gepflogenheiten lässt Dario Argento die drei musikalischen Hauptthemen vor Beginn der Dreharbeiten fertigstellen, um die Musik am Set einzusetzen, »to frighten the actors«, wie er in einem Interview sagt. In einem bizarr stilisierten Todesballett dirigiert er zur Musik von Goblin seine Schauspieler durch einen Film, der in seiner visionären Entrücktheit und dem vorsätzlichen Ignorieren aller dramaturgischen Regeln bis heute die Gemüter spaltet. Bemerkenswerterweise dreht der Regisseur in den folgenden Jahren unter Beteiligung von Goblin mit »Tenebrae«, »Phenomena« und »Opera« noch weitaus abgefahrenere Filme (in »Phenomena« rennt allen Ernstes ein rasiermesserbewehrter Schimpanse durch den Forst) – einen besseren als »Suspiria« sollte er jedoch nie wieder hinbekommen.

2012 erfuhr der Grusel-Score zwar eine Überführung in einen gänzlich anderen Kontext, als die russischen Synchronschwimmerinnen Natalia Ischtschenko und Swetlana Romaschina bei den Olympischen Sommerspielen in London mit dem »Suspiria«-Thema auftraten. Als Hintergrundmusik für den nächsten *aperitivo* oder Autofahrten durch die Toskana eignet sich die Musik von Goblin indes eher nicht, ist sie doch dazu angetan zu dräuen, jede noch so liebevoll kuratierte Italo-Playlist zuschanden zu machen. Dafür macht das Hauptthema in gut sechs Minuten klar, dass sich im Paartanz von Eros und Thanatos aufs Faszinierendste die Anmut des Bösen zeigt. Und dass in Italien selbst die Angst schöner ist.

84

SILVIA LO SAI (1987)

Luca Carboni

1987 war die italienische Popmusik schon durch etliche Neonpfützen gewatet. An die Stelle der Aufbruchstimmung der 60er- und 70er-Jahre waren Hedonismus und Schulterpolsterkunde getreten. Dies war Ausdruck einer breiten gesellschaftspolitischen Entwicklung: Nach dem blutigen Terror der 70er-Jahre und dem Scheitern der Zusammenarbeit zwischen Kommunisten und Christdemokraten infolge der Ermordung Aldo Moros waren die 68er-Ideale und damit der Kampf für mehr Gerechtigkeit auf dem Dachboden der Geschichte gelandet. Es kam auf Kosten von Arbeiterrechten und Wohlfahrtsstaat zu einem wirtschaftlichen Boom – und zum politischen Rechtsruck. Gemeinsamkeitsstiftende Bewegungen zerbröselten – es zählte allein der individuelle Erfolg. An die Stelle kultureller Identität rückte das Vorzeigen von Statussymbolen. Das italienische Kino, das einst Weltruf genoss, versank in der Bedeutungslosigkeit, während die Modebranche erstarkte. Gleichzeitig etablierten sich die privaten Fernsehsender Silvio Berlusconis, die das Land einem Unterhaltungsdauerfeuer aussetzten. Und dann wurde Italien 1982 auch noch Fußballweltmeister. *Bella Italia* feierte sich selbst und seine Oberflächen. Dass es darunter zu modern begann, interessierte die wenigsten. Man war wieder wer – Kritik unerwünscht.

Auch wenn diverse Großmeister des Autorenliedes einige ihrer besten Alben in den 80ern machten und sich mit Ivano Fossati und Enrico Ruggeri zwei Nachfahren durchsetzen konnten, muss festgestellt werden, dass die *cantautori* angezählt waren. Neue kantige Charaktere? Vom Vollgas-Hedonisten Vasco Rossi abgesehen: Fehlanzeige. Der Nachwuchsstar der Stunde hieß Eros Ramazzotti. Doch so erfolgreich das musikalische Italien in dieser Phase seine Reize noch einmal in polierter Manier zu Markte trug, so sehr begann mit all den glatten, international klingenden Produktionen das Spezifische verloren zu gehen. Untrüglichstes Zeichen dafür, dass sich etwas geändert hatte: Die Italiener sprachen statt von *musica leggera* jetzt selbst von Pop.

Es gibt nicht viele Lieder, die den Geist dieser Ära festnageln, die erst den Weg für Silvio Berlusconis populistische Kasperle-Politik der 90er-Jahre ebnete. Womöglich wollte keiner als Spielverderber Wasser in den *Campari* gießen. Ein seltenes Beispiel für ein Lied, das ebenso subtil wie alltagsnah die *anni di riflusso,* die Jahre des Rückzugs, spiegelt, ist »Silvia lo sai« (Silvia, weißt du, dass) vom tollen Luca Carboni.

1982, mit gerade mal 21 Jahren, kann der gutaussehende Leisetreter Lucio Dallas ehemaliger Begleitband, die unter dem Namen Stadio selbst Pop-Weihen anstrebt, ein Lied verticken. Allerdings geht Carboni nicht aktiv auf die Musiker zu, die Stadio-Mitglieder finden den Text auf einem Tisch in der Bologneser *Osteria da Vito,* wo der Autor ihn offenbar vergessen hatte. Dank der Unterstützung der Band und der Förderung durch Lucio Dalla höchstselbst kann Luca 1983 sein erstes Album veröffentlichen: »... e intanto Dustin Hoffman non sbaglia un film« (... und währenddessen vergeigt Dustin Hoffman keinen Film).

1987 bricht angesichts des schlicht »Luca Carboni« betitelten dritten Albums, auf dem auch der vorgestellte Song enthalten ist, eine regelrechte Luca-Mania aus. Italiens Jugend platzt komplett die Fontanelle vor Begeisterung – Aufruhr am Apennin! Doch der Bologneser behält die Nerven und arbeitet unbeeindruckt vom landesweiten Gekreische weiter an seiner Musik. Die nächsten vier Werke Carbonis sind allesamt empfehlenswert – und zeigen einen Autor, der hinter die Schaufensterdeko schaut: »Persone silenziose« (Stille Leute) widmet sich den Macht- und Stimmlosen der Gesellschaft; »Carboni« ist das meistverkaufte italienische Album des Jahres 1992 und enthält den Überhit »Mare mare«; für »Diario« (Tagebuch) kreuzt er die Klingen mit Jovanotti, und auf »Mondo« (Welt) rechnet er in ungewohnt kargen Songs mit Rassismus ab.

»Silvia lo sai« bleibt neben »Mare mare« sein meistgeliebtes Stück. Der Erzähler des Liedes begegnet seiner alten Klassenkameradin Silvia und erinnert sie an Luca, einen engen Freund aus Jugendtagen. Ob die beiden ein Paar waren, wird nicht ganz klar, doch wir erfahren, dass Langeweile und Perspektivlosigkeit ihr Dasein in der norditalienischen Provinz prägten. Ab und an kündete immerhin ein Lied im Radio davon, dass auch ein anderes Leben möglich sein musste. Carboni skizziert das alles nur, doch gerade indem er nur andeutet, zieht er den Hörer in die Geschichte hinein. Empathie bei den Altvorderen suchten die beiden vergeblich, Gleichgültigkeit überwog – »i professori non chiedevano mai se eravamo felici« (die Lehrer fragten nie, ob wir glücklich sind) – und erzeugte eine Leere, die gefüllt werden musste. Im Falle des stillen Luca geschah dies mit Heroin, was offenbar zur Entfremdung der beiden führte. Aber der alte Freund erinnert auch an schöne Momente der Unschuld: Lucas ungeschickte Versuche,

Silvias Hand zu nehmen, seine Manöver, um sie zu beeindrucken, eine Frühlingsnacht in Bologna. Der Erzähler berichtet nun, dass er Luca unlängst wiedergetroffen habe, stumpf und abweisend habe er gewirkt, kaum in der Lage zu sprechen. Im Refrain heißt es: »Silvia lo sai / Lo sai che Luca si buca ancora« (Silvia, weißt du, dass /Weißt du, dass Luca immer noch drauf ist). Und: »Ma Silvia lo sai / Che Luca è a casa che sta male« (Aber Silvia, du weißt / Dass Luca zu Hause ist und dass es ihm schlecht geht).

Das Stück schmeißt sich dem Hörer nicht an den Hals, Carboni nimmt sich ordentlich Zeit, bevor er den höllisch eingängigen Refrain vom Stapel lässt. Die Musik ist das akustische Gegenstück zu einer vorbeiwehenden Haarspraywolke, in die sich mildes *Magic-Gum*-Odeur mischt: Puschelige Keyboards, Fretless Bass, Computer-Percussion – alle Zutaten für eine süffige 80er-Hymne sind vorhanden. Das Saxofonsolo ist in jedem Moment gleich ums Eck (kommt aber nicht!). Es könnten einem vor Begeisterung Puffärmel wachsen.

»Silvia lo sai« ist nur vordergründig ein Stück über den Heroin-Boom der 80er. Der Schlüssel liegt im letzten Satz vor dem zweiten Refrain, mit dem Carboni direkt in die Magengrube zielt: »E adesso come facciamo / Non dovevamo andare lontano?« (Und was machen wir jetzt? / Wir wollten es doch weit bringen). Gewissermaßen ist das Stück die Antithese zu den Hymnen Vasco Rossis: Es ist ein Lied über Leere und Zermürbung in einer Welt, die nur auf Funktionieren und Zerstreuung ausgerichtet ist. Und ein Stück darüber, wie mancher, der ein draufgängerisches Leben führen will, dabei nur allzu leicht unter die Räder geraten kann.

85

TANZ BAMBOLINA (1982)

Alberto Camerini

Wer meinte, schon alle Seltsamkeiten dieser Welt gesehen zu haben, hat sich noch nicht mit den Auswüchsen des New-Wave-Booms in Italien beschäftigt. Vor allem das künstlerische Wirken des zu Beginn der 80er kurzzeitig erfolgreichen Musikers Alberto Camerini ist dazu angetan, sensible Zeitgenossen fassungslos zurückzulassen: Die Besichtigung seiner TV-Auftritte lässt ein normales Weiterleben in weite Ferne rücken. Alles, was hiesigen Neue-Deutsche-Welle-Künstlern von ihren Managements als »zu überdreht« untersagt wurde, wird von Alberto Camerini auf italienischste Art und Weise hochgeschrillt und zur Krönung mit Neon-Luftschlangen behängt.

Camerini kommt 1951 als Sohn jüdischer Eltern in Brasilien zur Welt; als er elf ist, kehrt die Familie nach Mailand zurück. Hier gerät er mit 17 in den Trubel der 68er-Proteste. Er liest Mao und Marx und hängt im Umfeld der außerparlamentarischen Bewegung *Lotta Continua* herum, zu Entspannungszwecken kifft er mit Freunden im Parco Lambro.

In den 70ern spielt er in diversen Bands. Er verdingt sich als Session-Musiker, stellt sich aber auch im Rahmen von Wahlkampfveranstaltungen in den Dienst kommunistischer Kandidaten und veröffentlicht erste Alben. Die Wende kommt zu Beginn der 80er: Alberto, inzwischen gleichermaßen für die deutschen Elektro-Pioniere Kraftwerk, David Bowie und angloamerikanischen New Wave entflammt, erfindet sein Bühnen-Alter-Ego, den elektronischen *Arlecchino:* die Roboter-Variante der in Italiens Kultur seit dem Mittelalter verbreiteten Harlekin-Figur, ein listiger Gauner-Charakter, irgendwo zwischen Trickster, Hofnarr und Schamane. In Camerinis Augen eine klassische Rock-'n'-Roll-Figur, ein Held der Verlorenen und Vergessenen, eine proletarische Ikone, zudem natürlich auch Punk – klar.

In seinen Performances, die ihn mit Anfang dreißig kurzzeitig zum angehimmelten Teenie-Popstar machen, sagen sich zwei nur scheinbar gegensätzliche Einflüsse fröhlich *buongiorno:* die quietschigen Mode-Auswüchse der frühen 80er und Stilmerkmale der *Commedia dell'arte,* der Schauspielkunst der Renaissance-Ära.

Es sind zwei Hits, mit denen man Camerini in seiner Heimat verbindet. Da ist zum einen das 1981 veröffentlichte »Rock 'n' Roll robot«. Das melodisch an die Schlager der 60er gemahnende Lied bietet er im Harlekin-Leibchen dar, dazu trägt er eine dystopische Frisur, die von Haarspray-Missbrauch kündet. Seine Tanzbewegungen sehen aus wie ein Aerobic-Video von Joachim Witt: Der goldene Reiter hoppelt durch *Milano.* Im Jahr darauf kann er den Erfolg sogar noch toppen: »Tanz bambolina« deutet bereits im Titel auf den teutonischen Einfluss hin. Der Text ist eine multilinguale Textcollage von naiver, gleichwohl zwingender Poetik: »Tanz mit Europa, in Italien tanzen / Balla bambolina, tanzen in Bikini / Tanz arlecchino, automatic clown / Bailas Colombina, dancing rock'n'roll«. Die Chance, das Stück zur offiziellen EU-Hymne zu machen, wurde in Brüssel leider vertan. Auf der B-Seite der Single tanzt der Harlekin dann aber wieder ganz in Italien. Titel des Liedes: »Maccheroni elettronici« (Elektrische Maccheroni). Nachdem weitere Produktionen floppen, zieht sich Camerini für Jahre aus dem Musikgeschäft zurück. Das brutale Wettbewerbsdenken des italienischen Showgeschäfts hat seine Spuren hinterlassen. Der Harlekin hat den Blues.

Es wäre falsch, Alberto Camerini als reine Knallbirne zu betrachten. In Interviews aus jüngerer Zeit erscheint er als missverstandener Konzeptkünstler, der sich zeit seiner Karriere auf die Ästhetik des *Settecento Veneziano* bezog. Als der Journalist Riccardo Giacconi 2017 einen Dokumentarfilm über Camerini drehen will, äußert dieser den Wunsch, darin ihn als Privatperson in den Mittelpunkt zu rücken. Nach seinem Tod, so Camerini, werde es dann heißen, er war nicht so dumm wie er aussah.

86

IL TEMPO NON TORNA PIÙ (1988)

Fiorella Mannoia

Man kann auf vielerlei Art im italienischen Showgeschäft Fuß fassen. Der Weg, den die junge Fiorella Mannoia wählt, muss als einer der originellsten bezeichnet werden: 1968, im Alter von 13 Jahren, hat die Römerin ihr Debüt – als Stuntgirl.

Sie tritt damit in die Fußstapfen ihres Vaters Luigi, der seit Jahren eine Größe im Gewerbe der vorgetäuschten Backpfeifen und abgesicherten Fensterstürze ist. Schon in jungen Jahren verdingt sich Fiorella somit unter anderem als Double für Stars wie Monica Vitti und Candice Bergen. Die Gesangskarriere, in deren Verlauf sie in ihrem Heimatland zu einer der erfolgreichsten Interpretinnen aller Zeiten – und zu einer weiblichen Ikone – werden soll, startet parallel: Ebenfalls 1968 nimmt sie an einem Wettbewerb teil und erhält einen Plattenvertrag. Zu ihren ersten Liedern zählt die schmissige Beat-Nummer »Mi piace quel ragazzo lì« (Mir gefällt der Junge da drüben), die Adriano Celentano gewidmet sein soll. Doch es soll noch ein gutes Jahrzehnt dauern, bis ihre Karriere abhebt.

Bevor es so weit ist, fällt Fiorella aber keineswegs jugendlichem Schlendrian anheim. Sie tut, was viel mehr Jugendliche tun sollten, die in Fragen der beruflichen Orientierung unsicher sind und sich auf sinnstiftende Art im Dienste der Gesellschaft erproben wollen: Sie spielt in drei Spaghettiwestern mit. Blöderweise in drei der schlechtesten Spaghettiwestern, die je gedreht wurden. Besonders erwähnenswert ist »E il terzo giorno arrivò il corvo« (Am dritten Tag erschien die Krähe), den der Regisseur Gianni Crea 1973 in einer Grube nahe Rom in den Sand setzt. Das Werk verfügt über etliche Attribute, die einen soliden Western ausmachen: Hüte, Pferde und Pistolen. Leider fehlt der ganze Rest. »Crow – In den Klauen der Krähe«, so der deutsche Titel, ist ein Festival der Unzulänglichkeiten, bei dem ständig von links nach rechts geritten und irgendwohin geschossen wird – und mittendrin Fiorella Mannoia.

Ihren Durchbruch als Sängerin hat sie 1981, als sie mit 28 in der Sektion »Jugend« am *Sanremo*-Festival teilnimmt. Der Jahrgang hat es in sich: In der Jury sitzen mit Sergio Leone und Alberto Sordi zwei Schwergewichte des *cinema italiano,* hinter den Kulissen streiten Ricchi e Poveri über ihre Anwälte miteinander, und der scharfzüngige Moderator Massimo Troisi weigert sich, der *RAI* vorab seine Moderationsinhalte einzureichen. Als Siegerin geht letztlich Alice aus der Veranstaltung hervor, deren Lied »Per Elisa« von vielen Experten vorab als zu komplex eingeschätzt wurde.

Auch Fiorella Mannoias Song »Caffè nero bollente« (Siedendheißer schwarzer Espresso) hat sich gewaschen. Es ist das Lied einer aufgekratzten Frau, die sich selbst genug ist: »Ma io come Giuda, so vendermi nuda / Da sola sul letto, mi abbraccio, mi cucco / (...) / Perchè io non bisogno di te / (...) / Delle tue mani, mi basto sola / E ammazzo il tempo bevendo caffè nero bollente« (Aber wie Judas weiß ich, wie ich mich nackt verkaufen kann / Allein auf dem Bett umarme ich mich, verführe ich mich / (...) / Weil ich dich nicht brauche / (...) / Deine Hände, ich bin alleine genug / Und ich schlage die Zeit tot und trinke siedendheißen schwarzen Espresso). Die mehr als deutlichen Anspielungen auf Selbstbefriedigung und eine unabhängige weibliche Sexualität sind im Italien des Jahres 1981 – auch ein Jahr nach den Masturbations-Referenzen Gianna Nanninis in »America« – noch immer starker Tobak. Natürlich stammt der Text von einem Mann, dem neapolitanischen Singer/Songwriter Mimmo Cavallo. Es ist ein wenig wie 1961, als Mina in »Un cielo in una stanza« Gino Paolis Text über postkoitalen Müßiggang sang, oder 1967, als Luigi Tencos Zeilen »Mi sono innamorato di te / Perché non avevo niente da fare« (Ich habe mich in dich verliebt / Weil ich nichts zu tun hatte) aus Ornella Vanonis Mund wie eine Provokation klangen: Die Interpretation bestimmter Zeilen durch eine Frau legt immer noch eine tiefsitzende Bigotterie offen. Das Stück geht zwar nur in einer Nebensektion über die Bühne, aber der heiße Espresso schwappt letztlich über das ganze Land.

Es ist jedoch nicht das musikalisch etwas hölzerne Rockstück, sondern die von nun an folgenden *Musica-leggera*-Kleinodien, die Italiens berühmteste Rothaarige als legitime Nachfolgerin von Mina, Ornella Vanoni und Mia Martini etablieren.

Alle großen Liedautoren reißen sich nun darum, für die Sängerin mit der mächtigen Kontraalt-Stimme zu schreiben.

Die großen Hits von Fiorella Mannoia bilden die *musica leggera,* wie sie sich ab Anfang der 80er entwickelt, perfekt ab: Ausgehend vom Erbe der 60er haken sich hier aalglatte Produktion und süffige Melodien beieinander unter. Die Italiener seien eben die absoluten Chefmelodiker, sagte Fiorella Mannoia vor Jahren dem Sender *ARTE,* die kühne Melodie beherrsche man in ihrer Heimat einfach besser als anderswo. In ihrem konkreten Fall kommt erfolgsverstärkend hinzu, dass sie einem neuen Frauentypus eine Stimme gibt: Die Mannoia ist die Nahbare unter den Diven, die sich gleichzeitig klar für die Sache ihrer Geschlechtsgenossinnen positioniert. Immer wieder werden Männergewalt, stupide Geschlechterzuschreibungen und Sexismus thematisiert, so etwa in »Quello che le donne non dicono« (Was die Frauen nicht sagen) oder »Nessuna conseguenza« (Keine Konsequenz).

1988 schreibt Enrico Ruggeri für Mannoia »Il tempo non torna più« (Die Zeit kommt nicht mehr zurück), eine Kathedrale von einem Schlager, ein rotseidenes Ballkleid der leichten Musik – und ein perfektes Zeugnis für Mannoias Kunst. Kein Lied für Menschen, die, sobald donnernde 80er-Schlagzeuge und wolkige Synthesizer ins Spiel kommen, auf ihre Stunt-Doubles zurückgreifen müssen. Aber mit solchen Menschen reist man ja auch nicht nach Italien.

87

LA TERRA DEI CACHI (1996)

Elio e le Storie Tese

Man hört es nicht gleich, aber ein beträchtlicher Teil der in diesem Buch besprochenen Musik entstand vor dem Hintergrund von Terror und Gewalt.

In den 70er-Jahren ist *Bella Italia* ein Pulverfass: Es herrschen bürgerkriegsähnliche Zustände. Zahlreiche blutige Attentate erst rechter, später auch linker Terrorgruppen sorgen für ein Klima der Bedrohung und Paranoia. Hunderte Menschen verlieren ihr Leben. Das Land brennt.

Der Grund für die beispiellose Gewalt jener Ära ist nicht zuletzt in Italiens Rolle im Westeuropa zur Zeit des Kalten Krieges zu suchen: Im Zuge der Streiks in den norditalienischen Fabriken und der Proteste der Studentenbewegung erzielt der *Partito Comunista Italiano* bei Wahlen Traumergebnisse. Das ist so ziemlich genau das Letzte, was die Westmächte brauchen können. Die eindeutige Diagnose: Ivans Panzer stehen kurz vor den Toren Roms; die rote Flut droht von der Adriaküste aus erst über Italien und dann ganz Europa zu schwappen. Dies gilt es mit allen Mitteln zu verhindern. Dazu zählt seit jeher die Kontrolle des italienischen Geheimdienstes und des Militärs durch die Siegermächte; dazu gehört ebenso, dass die Karrieren ehemaliger Mussolini-Gefolgsleute im italienischen Staatsapparat gefördert wurden. Und dazu zählt offenbar auch, Attentate von rechts dem linken Lager in die Schuhe zu schieben, um so die öffentliche Ordnung ins Wanken zu bringen, einen rechten Staatsstreich billigend in Kauf nehmend.

Die bleiernen Jahre beginnen mit dem Massaker auf der Mailänder Piazza Fontana, bei dem im Dezember 1969 17 Menschen ihr Leben verlieren und weitere 88 verletzt werden. Schnell präsentiert man einen Anarchisten als vermeintlich Schuldigen. Alle Spuren, die zu den wirklichen Tätern führen, werden verwischt. Erst nach und nach stellt sich heraus, dass das Massaker auf das Konto einer neofaschistischen Zelle aus Padua geht. Unzählige ähnliche Attentate folgen, Italien steht mehrfach kurz vor einem rechten Putsch.

1978, inzwischen hat sich auch die extreme Linke längst militarisiert, entführen Mitglieder der *Brigate Rosse* in Rom den prominenten christdemokratischen Politiker Aldo Moro und erschießen dabei seine fünf Leibwächter. Am Tag des Verbrechens soll Moro im Parlament eigentlich den sogenannten »historischen Kompromiss« unterzeichnen, der vorsieht, die Kommunisten der *PCI* an der Regierung zu beteiligen – ein historischer Schulterschluss mitten im Kalten Krieg.

Moros Entführung schockiert das Land: Es folgen zermürbende Wochen, die italienische Bevölkerung hält den Atem an. Nach 55 Tagen, in denen der Staatsapparat wenig bis nichts unternimmt, um Moro freizubekommen, wird seine Leiche im Kofferraum eines Renault 4 in der Via Caetani in Rom gefunden, exakt auf halbem Weg zwischen den Parteizentralen der Christdemokraten und der Kommunisten.

Zwar steht fest, dass es Brigadenchef Mario Moretti war, der Moro erschoss. Vieles an dem Fall bleibt aber seltsam und sorgt bis heute für Spekulationen. Man kann sich nur schwer des Eindrucks erwehren, jemand habe seine schützende Hand über die Entführer gehalten. Auch der Gedanke, Moro sei geopfert worden, scheint vielen nicht abwegig. Dass der spätere Ministerpräsident Romano Prodi im Rahmen einer spiritistischen

Sitzung (!) den Namen der Straße eingeflüstert bekam, in der Moro gefangengehalten wurde, ist in diesem Zusammenhang schlicht eine bizarre Fußnote. Andere Auffälligkeiten sind weitaus handfester und taugen für eine verschwörungstheoretische Quizshow: Warum können sich die gesuchten Terroristen offenbar frei bewegen? Warum befindet sich zum Entführungszeitpunkt ein Oberst der antikommunistischen Eingreiftruppe *Gladio* in Tatortnähe? Was hat es zu bedeuten, dass direkt gegenüber von Moros Versteck ein Offizier des Militärgeheimdienstes wohnt, der offenbar Kontakt zu den Terroristen hat? Was haben *CIA, KGB, Mossad,* die tschechische Regierung, ein prominenter Mafia-Pate und die italienische Geheimloge *P2* mit der Sache zu tun?

Ganz gleich: Der Fall Moro stellt bis heute ein italienisches Trauma dar. Infolge seiner Ermordung erlebt Italien den Niedergang der politischen Linken und ab Anfang der 80er eine immense Politikverdrossenheit, die dem Populismus eines Silvio Berlusconi erst den Weg ebnet.

Es gibt viele Lieder, die sich an den schicksalhaften *anni di piombo* abarbeiten. Schon 1976 veröffentlichte Claudio Lolli »Agosto« (August), in dem er das Attentat auf den *Italicus Express* im Jahr 1974 thematisiert, bei dem zwölf Menschen durch eine von Rechtsradikalen deponierte Bombe ihr Leben lassen; ursprünglich hätte Aldo Moro an Bord des Zuges sein sollen.

Der Musikkabarettist Giorgio Gaber wiederum macht 1984 mal wieder keine Gefangenen und rechnet in seinem epischen Stück »Se io fossi dio« (Wenn ich Gott wäre) wortgewandt gleich mit allen ab: nicht nur mit den *brigatisti militanti,* sondern auch mit Journalisten, schmierigen Christdemokraten, haltungslosen Sozialisten, Kommunisten und Kleinbürgern. In der letzten Strophe begeht er gar das Sakrileg, Aldo Moro und seinen Parteigenossen die Schuld für dreißig Jahre »Korruption und Siechtum« zu geben.

Ganz anders die Herangehensweise von Lorenzo Cherubini alias Jovanotti. In seinem Stück »Mario« von 1994 erzählt er davon, wie er von seinem Vater zur Beerdigung von Aldo Moros fünf Leibwächtern gebracht wurde, ein Ereignis, das den jungen Lorenzo nachhaltig prägte. Kämpferischer fällt »Quarant'anni« (Vierzig Jahre) von den Modena City Ramblers aus. Hier heißt es: »Ho visto bombe di stato scoppiare nelle piazze/E anarchici distratti cadere giù dalle finestre« (Ich habe Bomben des Staates gesehen, die auf den Plätzen explodierten / Und abgelenkte Anarchisten, die aus den Fenstern fallen).

Auch das neapolitanische Hiphop-Outfit 99 Posse greift das Thema 1994 auf und rückt in »Ripetutamente« (Wiederholt) die Rolle von Staat und Geheimdienst während der bleiernen Jahre in den Mittelpunkt.

Die vor allem in den 90ern sehr erfolgreiche Comedy-Band Elio e le Storie Tese (Elio und die Angespannten Geschichten) wiederum streift das Thema fast beiläufig in ihrem Stück »La terra dei cachi« (Das Land der Dattelpflaumen). Bereits Ende der 70er in Mailand gegründet, veröffentlicht die Band 1990 ihr Debütalbum mit dem zutiefst sinnstiftenden Titel »Elio Samaga Hukapan Kariyana Turu«. Man muss sich den künstlerischen Ansatz von Elio und seinen Freunden als eine sehr italienische Mischung aus Frank Zappa und Erste Allgemeine Verunsicherung vorstellen. Grundsätzlich fühlt sich die Band in jedem Genre zu Hause. Das Entscheidende aber sind die Texte: Jedes Wortspiel hat 342 Sub-Bedeutungen, man zitiert sich munter durch die (italienische) Popkultur, wobei sich eine Tendenz zu Unterleibsmetaphern nicht leugnen lässt. Überhaupt ist man für jeden Schabernack zu haben: Berüchtigt ist ein zwölfstündiger Auftritt der Gruppe, bei dem ausschließlich und ohne Pause das Stück »Ti amo« in wechselnden Arrangements gecovert wird.

Mit »La terra dei cachi« kommt es beim Festival in Sanremo zum Durchbruch. Die dünnhäutige Frucht des Titels ist als Metapher auf die Italiener zu verstehen, die, so lehrt uns das Lied, ihren typischen Lebensstil durchziehen, ungeachtet aller Krisen und Katastrophen. Was den Terror der *anni di piombo* angeht, so zeigen sich Elio e le Storie Tese hier als Meister der Verknappung: »Italia si, Italia no, Italia bum!«

88

TI SENTO (1986)

Matia Bazar

Zu den faszinierendsten Bands, die das Genre des Italo-Prog hervorbrachte, zählen Museo Rosenbach aus dem ligurischen Badeort Bordighera. 1973 veröffentlicht das Quintett sein einziges Album »Zarathustra«, das sich erwartungsgemäß an Nietzsches Konzept vom Übermensch abarbeitet. Dies und die Abbildung Benito Mussolinis im Rahmen einer Collage auf dem Cover bringen Museo Rosenbach den Vorwurf ein, politisch rechts zu stehen, was von den Musikern wiederholt dementiert wird. »Zarathustra«, heute in Prog-Zirkeln hochgeschätzt, ist ein ordentlich durchgescheppertes Album, das oft klingt wie Black Sabbath *all'arrabbiata*.

Das einzige Bandmitglied, das es in der Folge zu einer Pop-Karriere bringen kann, ist Schlagzeuger Giancarlo Golzi. 1975 steigt er bei der Genueser Band Matia Bazar ein, die sich entgegen des Rosenbach'schen Rock-Dräuens der leichtfüßigen Popmusik verschreibt. Der Erfolg lässt nicht lange auf sich warten: 1977 stößt die dritte Single »Ma perché?« (Aber warum?) auf große Begeisterung bei Italiens Jugend. Zwar hat Trommler Golzi seine Schlagzeugfestung mit doppelter Basstrommel und Zugbrücke aus Prog-Tagen zu Matia Bazar herüberretten können, im Mittelpunkt des Geschehens steht aber die selbstbewusste Sängerin Antonella Ruggiero, deren Sopranstimme dazu angetan ist, Sektgläser zum Klirren zu bringen.

Dass Ruggiero auch in Image-Angelegenheiten den entscheidenden Unterschied macht, zeigt sich bei den TV-Auftritten, die Matia Bazar anlässlich ihrer Nummer-eins-Single »Solo tu« (Nur du) absolvieren: Während die Sängerin im schwarzen Glitzerfrack und Hotpants bereits an die modischen Gepflogenheiten der zweiten 70er-Hälfte anzudocken bemüht ist, schauen ihre männlichen Mitmusiker mit Wallehaaren, Zauselbärten und Stulpenstiefeln immer noch aus wie Wichtelzwerge aus einem Hippie-Musical. Das italienische Publikum nimmt am inkohärenten Look wenig Anstoß – alle weiteren Singles der Band gehen weg wie frische *focaccia*. Hört man die Stücke dieser Phase heute, lässt sich allerdings eine gewisse Verzagtheit in Sound und Komposition nicht leugnen. Dies ändert sich drastisch, als der Band 1981 mit Mauro Sabbiano ein neuer Keyboarder zuläuft. Sabbiano kehrt gehörig durch im Hause Matia Bazar: Er weist den letzten Langbärtigkeiten der 70er die Tür und läutet die experimentelle Elektropop-Periode der Band ein, die 1982 erstmals im Album »Berlino, Parigi, Londra« Ausdruck findet.

1983 veröffentlichen Matia Bazar das Album »Tango«, das mit der immens erfolgreichen Single »Vacanze romane« (Römische Ferien) eröffnet. Beim Auftritt in Sanremo sieht die Band aus, als käme sie von einem *New-Romantic*-Kongress: Föhnfrisuren und cremefarbene Anzüge dominieren das Geschehen. Untrüglichstes Zeichen für den Imagewandel: Giancarlo Golzi hat sein überdimensioniertes Riesenschlagzeug eingemottet und betrommelt zeittypische Elektro-Pads. Doch es ist ein vollends geglückter Relaunch: Nichts will darauf hindeuten, dass ein gieriges Management die Gruppe ins neue Ornat gezwängt haben könnte, die beschulterpolsterten Musiker wirken ganz bei sich. Man mag die Kombination von Antonella Ruggieros Schrillstimme und dem unterkühlten 80er-Gequietsche anfangs als kopfschmerzfördernd empfinden; tatsächlich ist »Tango« eins der visionärsten italienischen Pop-Alben der 80er. Für die knallige Produktion zeichnet Roberto Colombo verantwortlich, der Sängerin Antonella knapp zwanzig Jahre später ehelichen sollte.

Schon am Vorabend der Veröffentlichung des Folgealbums schmeißt der neue Keyboarder Mauro Sabbiano wieder hin. Dem Erfolg tut dies keinen Abbruch: 1987 ist das Jahr, in dem Matia Bazar ihren berühmtesten – und besten – Song auf die Welt loslassen: »Ti sento« (Ich fühle dich) ist der *Asti Cinzano* unter den 80er-Hits; die barocke Italo-Antwort auf »The sun always shines on TV«, vollgepfercht mit allen Soundeffekten, die das Jahr 1987 aufzubieten hat.

Nachdem zwei Jahre später auch Antonella Ruggiero die Band verlässt, bemühen sich die verbliebenen Musiker samt neuer Sängerin um Karriereverwaltung. Allerdings wird es bald personell arg unübersichtlich im Hause Matia Bazar: Die Fluktuation hat geradezu Bundesligavereinsausmaße. Zwischen 1998 und heute arbeitete die Band mit drei verschiedenen Sängerinnen. Nachdem Trommler Giancarlo Golzi 2015 vom Schlagzeuggott heimgeholt wurde, wird die Band von einem erst 1999 dazugestoßenen Herrn mit dem anbetungswürdigen Namen Fabio Perversi geleitet.

Und Antonella? Die wurde Mutter und reiste ein paar Jahre um die Welt. Erst ab 1996 beginnt sie eine Solokarriere, in deren Rahmen sie Fado, jüdische Lieder und Broadway-Songs singt, also alles, wofür man eine große Stimme braucht. Als 2009 die deutsche Knallkopf-Techno-Band Scooter eine Fassung von »Ti sento« veröffentlicht, ist nicht nur Ruggieros Gesang zu hören, sie spielt auch im Musikvideo eine Opernsängerin, die auf offener Bühne einem Mord zum Opfer fällt.

»Ti sento« ist ein Lied über Sinnlichkeit: »Ti sento / La musica si muove appena / Ma è un mondo che mi scoppia dentro« (Ich fühle dich / Die Musik verklingt / Aber da ist eine Welt, die mich innerlich explodieren lässt).

Ein Stück wie klanggewordene brennende Zuckerwatte.

89

IL TRIANGOLO (1979)

Renato Zero

Das Musikgeschäft ist bekanntlich nicht eben arm an schillernden Charakteren, die zum Zwecke der Parallelwelterzeugung regelmäßig in grellen Kostümen durch bizarre Bühnen-Settings schreiten. Doch nur ein 1950 geborener Römer namens Renato Fiacchini kann von sich behaupten, in seiner Flamboyanz die optische Vorlage für die Figur Willy Wonkas in Tim Burtons Film »Charlie and The Chocolate Factory« geliefert zu haben. Als Renato Zero ist er Italiens Antwort auf David Bowie, T. Rex und Dame Edna. Es verwundert allenfalls, dass das Schwingen der Glamrock-Fahne in Italien nur diesem einen Mann alleine vorbehalten blieb. Der tat dies allerdings so konsequent und voller Hingabe, dass für andere auch nicht viel Kostümstoff und Glitter übriggeblieben wären. Willkommen in der faszinierenden Welt des Renato Zero. *Benvenuti a Zerolandia!*

Schon beim Einstieg ins Showgeschäft beweist der Mann aus Trastevere Originalität: Er beginnt 16-jährig in der Truppe der Sängerin Rita Pavone. Jedoch nicht als Sänger, sondern als Tänzer. 1969 ist er als Statist in »Fellinis Satyricon« zu sehen, im gleichen Jahr kann er eine Rolle in dem Musical »Hair« ergattern.

In den frühen 70ern beginnt er, die Kunstfigur Renato Zero – oder wie es der Journalist Paolo Talanca einmal ausdrückte: »seine eigene Ikone« – zu schaffen. Es muss an dieser Stelle darauf hingewiesen werden, dass die Idee »Pop«, wie sie mit allem Drum und Dran im internationalen Kontext gängig ist, zu diesem Zeitpunkt in Italien kaum Repräsentanz findet. Die kommerziell agierenden Sängerinnen und Sänger jener Zeit fühlen sich überwiegend der *musica leggera* oder dem Autorenlied verbunden. Das Konzeptionelle und Grenzüberschreitende aber, das Pop nun einmal eigen ist, findet sich allenfalls im Schaffen Lucio Battistis und Adriano Celentanos. Was der Paradiesvogel Zero veranstaltet, ist für Italien daher einigermaßen neu. Und bedarf somit einigen Mutes. 1973 erscheint sein erstes Album »No! Mamma, no!« (Nein! Mama, nein!); 1977 gelingt ihm mit »Zerofobia« der Durchbruch.

Von nun an gibt es kein Halten mehr: Renato kauft ein Zirkuszelt und geht damit unter dem Motto »Zerolandia« auf Italien-Tournee, bis der Parallelwelttempel von den Behörden wegen Sicherheitsmängeln dichtgemacht wird. Renato ficht das nicht an: Mit »Triangolo« landet er einen Disco-Hit, der eine Dreiecksbeziehung verhandelt. Zero präsentiert das Stück im quietschgelben Gymnastikanzug und hantiert beim Singen mit grünen Glitzerdreiecken herum. »Geometrie ist kein Verbrechen«, informiert der Sänger das staunende Publikum. Den Riesenhit »Il carrozzone« (Der Zirkuswagen) stellt er gesäumt von halbnackten Damen in einem Schneeköniginnenumhang vor. Auf »Zerolandia« folgt sein erstes Nummer-eins-Album »EroZero« (Ich war Zero). 1984 präsentiert er das Album »Leoni si nasce« (Man wird als Löwe geboren) in einem Fellkostüm an einer Liane hängend. Seine ergebenen Fans nennt er »Sorcini«, ein bis heute nicht ganz geklärtes Kunstwort, das Zero in den Sinn kommt, als sein Blick einmal gütig über eine Horde Bewunderer schweift, die ihm auf ihren Vespas folgen. Natürlich gibt es in seinem katholisch geprägten Heimatland auch Menschen, denen Zeros Treiben entschieden zu weit geht, doch die landestypische Affinität zur großen Show, der man in Italien per se Respekt zollt, spielt dem Paradiesvogel in die Karten.

Ohnehin ist Renato Zero so viel mehr als Italiens Antwort auf Glam. Wer nämlich glaubte, seine Musik sei vorrangig – wie sonst im Genre üblich – ein Mittel zu Selbstbespiegelung oder Abbildung eines hedonistischen Lebensstils, sieht sich getäuscht. Die bis heute anhaltende Bewunderung für Zero resultiert aus dem Mitgefühl mit den Trostlosen, das seine Lieder auszeichnet. Zero geriert sich zwar als Märchenprinz, doch seine Botschaft ist eindeutig: Er will denjenigen, die sich von der Gesellschaft herumgeschubst fühlen, eine Parallelwelt bauen, die nichts mit dem tristen Alltag der Vorstädte zu tun hat. »Lasst euch nicht unterkriegen, Sorcini!«, scheint er seinen Anhängern zuzurufen, »jeder kann im Strampelanzug herumspringen oder im selbstgenähten Löwenkostüm herumkrabbeln!«

Ein schönes Beispiel für die dem Künstler eigene Ermutigungsgeste ist sein großer Hit »Gente« (Menschen) von 1982. »Gente / Un polmone che respira / Fra un orgasmo e una rapina / Fra immondizia e travel check« (Menschen / Eine Lunge, die atmet / Zwischen einem Orgasmus und einem Überfall / Zwischen Müll und Reisescheck). Zero wäre nicht Zero, beließe er es bei dieser trüben Zustandsbeschreibung. Doch nein – am Ende holt Renato den Zauberstab raus: »Basta tu dica ›SI‹ / E poi dammi la mano, se no, noi due ci perdiamo / Nell'anonimo bar / Anche tu sei una star / Racconta la tua storia, e qualcuno ti ascolterà« (Genug, sag einfach »JA« / Und dann gib mir die Hand, wenn nicht, verlieren wir uns beide / In dieser anonymen Bar / Auch du bist ein Star / Erzähle deine Geschichte, und jemand wird dir zuhören).

Ich wünsche meinen Leserinnen und Lesern viel Freude in Onkel Renatos Schokoladenfabrik. So repräsentativ sein Lied »Gente« auch ist, empfehle ich als Einstieg seinen Disco-Schlager »Il triangolo«. Weil er so unverschämt eingängig ist. Und wegen des gelben Gymnastikanzugs.

90

TU SEI L'UNICA DONNA PER ME

(1979)

Alan Sorrenti

September 1975. Der 24-jährige Alan Sorrenti steht auf der Bühne des *Festival di Licola,* das in Pozzuoli, einem in den vulkanisch aktiven *Campi Flegrei* gelegenen Küstenort bei Neapel, stattfindet. Rund 100.000 Zuschauer sind zu diesem von linken Studenten organisierten Woodstock *all'italiana* geströmt; Langhaarigkeit, politischer Kampfgeist, Drogenkonsum und Nuditäten prägen das Geschehen, Italien befindet sich mitten in den bleiernen Jahren.

Alan Sorrenti, Sohn einer walisischen Mutter und eines neapolitanischen Vaters, ist zu diesem Zeitpunkt eine treibende Kraft der *Napoli-Power*-Bewegung, jener lose verbandelten neuen neapolitanischen Musikszene, die es sich zum Ziel gesetzt hat, *piazza pulita* mit der althergebrachten *canzone napoletana* zu machen. Zwei unbedingt als abgefahren zu bezeichnende Alben haben Sorrenti zu einem der wenigen erfolgreichen Solo-Prog-Künstler Italiens gemacht: »Aria« (Luft) und das grandios betitelte »Come un vecchio incensiere all'alba di un villaggio deserto« (Wie ein altes Räuchergefäß am Morgen in einem verlassenen Dorf) – so und nicht anders sollten Alben heißen! Beide auf dem englischen Label *Harvest* erschienenen Werke sind sehr ätherisch geraten und klopfen ein ums andere Mal an den Pforten des Irrsinns, was nicht zuletzt an Sorrentis entrücktem Falsettgesang liegt, den der langhaarige Sänger wie ein ungestimmtes Soloinstrument einzusetzen pflegt. Ganz wunderbare Musik für einen mediterranen Teppichflug! Aber eben nicht nur: Wie so oft beim *Rock Progressivo Italiano* ist bei allem Hang zur Versponnenheit die Realität von Italiens Straßen nicht weit: Auf dem »Aria«-Album, am Anfang des Stücks »Vorrei incontrarti« (Ich möchte dir begegnen), singt Sorrenti zwei sehr erhellende Zeilen: »Vorrei incontrarti fuori i cancelli di una fabbrica / Vorrei incontrarti lungo le strade che portano in India« (Ich möchte dir begegnen draußen vor den Toren der Fabrik / Ich möchte dir begegnen auf den Straßen, die nach Indien führen). Besser kann man das Spezifische des Prog *all'italiana* nicht beschreiben: immer halb auf dem Weg nach Indien, aber auch immer halb bei den Arbeitern vorm Fabriktor.

1974 veröffentlicht Alan Sorrenti ein drittes Album, das eher in Richtung Folkrock tendiert und dabei manchmal an Lucio Battistis Platten aus jener Zeit erinnert, aber immer noch reichlich vokalakrobatische Aktivität bereithält.

Sorrenti, ein gutaussehender Bartträger im flatternden Hippie-Leibchen, hat an diesem zweiten Tag beim *Festival di Licola* bereits einige Stücke aus den drei Alben gespielt. Das Publikum ist selig. Dann kündigt der Sänger eine Coverversion an: »Dicitencello vuje« (Sagt es ihr), eine Neubearbeitung eines 1930 von Rodolfo Falvo und Enzo Fusco verfassten neapolitanischen Liedes. Sorrenti hat gerade erst angefangen zu singen, da geht auch schon die Post ab: Ein infernalischer Chor aus Buhrufen und Pfeifen hebt an, und dem Sänger fliegen mannigfaltige Wurfgeschosse um die Ohren. Es hilft nichts – Sorrenti muss abbrechen und einsehen: Für Traditionspflege ist dies der falsche Ort, die falsche Zeit und überhaupt. Wankelmütigere Künstler wären wohl hinsichtlich ihrer Zuwendung zum wohlklingenden Lied ins Zweifeln geraten. Für Alan Sorrenti aber soll es erst der Anfang einer Neuerfindung als cremigster aller Italo-Pop-Sänger sein.

1977 ist der erste Schritt der Wandlung vollzogen. Auf einer USA-Reise hat Sorrenti den Gitarristen Jay Graydon kennengelernt, mit dem er das Disco-infizierte Album »Figli delle stelle« (Kinder der Sterne) produziert. Statt Bart trägt er nun einen schmalen Schnäuzer; im Video zur Single »Figli delle stelle« sieht er in seinem weißen Anzug exakt so aus, wie sich Lieschen Müller einen italienischen Proto-Popper vorstellt. Der Song und das dazugehörige Nummer-eins-Album sind übrigens absolute Sahnestücke und dürfen als Blaupause für den Italo-Pop der 80er gelten – so wie Sorrenti wollen es fortan viele machen. Verständlich: »Figli delle stelle« ist perfekte Musik für Menschen, die es zu schätzen wissen, wenn Pop ein Goldkettchen trägt. Doch Sorrenti ist mit der Sternenforschung noch keineswegs fertig.

1979 steht er mit schwarzem Lederjackett und roter Krawatte auf der Bühne des bedeutenden Liederwettbewerbs *Festivalbar* in der Arena von Verona. Er reißt einen Arm in die Luft, schlingt sich das Mikrokabel einmal um die Hand und legt los. Sein Lied »Tu sei l'unica donna per me« (Du bist die einzige Frau für mich) ist ein Karamellbonbon der *musica leggera*. Nach einem einleitenden massiv infektiösen Gitarrenthema hebt Sorrentis hohe Stimme zu der bedingungslosen Liebesbekundung des Refrains an: »Dammi il tuo amore / Non chiedermi niente / Dimmi che hai bisogno di me / Tu sei sempre mia / Anche quando vado via / Tu sei l'unica donna per me« (Gib mir deine Liebe / Frag mich nichts / Sag mir, dass du mich brauchst / Du bist immer die Meine / Auch wenn ich weggeh / Du bist die einzige Frau für mich). Sorrenti geht klar als Sieger aus dem Wettbewerb hervor. Sein Stück wird der Sommerhit des Jahres in Italien, auch in Deutschland bleibt der Song geschlagene 39 Wochen in den Charts. Es ist bis heute eines der berühmtesten italienischen Lieder in Deutschland.

Im Jahr darauf vertritt Sorrenti Italien beim *Eurovision Song Contest*. Er gewinnt und landet mit »Non so che darei« (Ich weiß nicht, was ich geben würde) seinen nächsten großen Hit. Auch »Non so che darei«, wenngleich nicht ganz so gut wie das Vorgängerstück, ist ein liedgewordenes Baiser: Alles hier, die Gitarre, der Gesang, die Streicher im Refrain, ist viel zu dick aufgetragen: Sorrentis Produzent hat die Spendierhosen an; die Produktion klingt so glatt, dass Rutschgefahr besteht.

Nach dem Album »Di notte« nimmt Sorrentis Erfolgsphase ein ebenso jähes wie unschönes Ende: Als seine damalige Ehefrau, das amerikanische Model Tony Lee Carland, den Sänger in seinem Haus bei Rom in flagranti mit einer jungen Dame erwischt und im Zuge der daraus folgenden Auseinandersetzung die Polizei anrückt, stellt diese bei Carland Heroin sicher und verhaftet die Amerikanerin. Im Zuge der Befragung bezichtigt diese Sorrenti des Handels mit Drogen, woraufhin der Sänger verurteilt wird und für einige Monate ins Gefängnis wandert. Aus dem Knast zurück tut er, was geläuterte Künstler häufig tun: Er konvertiert zum Buddhismus. 1987 kehrt Alan Sorrenti mit einem neuen Album zurück. Er ist bis heute aktiv und wird für seine Verdienste um die italienische Popmusik immer noch geschätzt, an die Erfolge von einst kann er aber nie wieder anknüpfen.

Unbedingt erwähnt werden muss auch Sorrentis Schwester Gianna aka Jenny, die als Chefin und Sängerin der neapolitanischen Prog-Rock-Band Saint Just eine der wenigen Frauen im männerdominiertesten aller Musikgenres ist. Wie Jennys Bruder veröffentlichen auch Saint Just beim renommierten *Harvest*-Label. 1976 und 1979 erscheinen zwei sehr charmante Soloplatten, die nichts von den Cremigkeiten haben, die das zeitgleiche Schaffen Alans prägen. Heute gibt Jenny Gesangsunterricht und belebt immer wieder ihre alte Band.

Nun aber sollten Sie sich irgendwas Klebriges ins Glas gießen und sich dazu an »Tu sei l'unica donna per me«, dieser Apotheose des Spät-70er-Italo-Pop, freuen.

91

TUTTO IL RESTO È NOIA (1976)

Franco Califano

Man muss es knallhart und rücksichtslos diagnostizieren: Der Latin Lover steckt in der Krise, schon länger.

Nun ist es zwar so, dass sich in Italien alles und jeder permanent in der Krise befindet, die *crisi* ist gewissermaßen der Dauerzustand, man könnte fast meinen, sie gehöre zum guten Ton. Doch den italienischen Liebhaber trifft es ganz besonders hart. Hiervon können viele ein Lied singen, und mancher tut es auch. Allen voran Franco Califano.

Califano verkörpert ziemlich perfekt den südeuropäischen Vollblut-Macho. Zeit seines Lebens tritt er als kerniger Eroberer auf, der sich auf Pressefotos gerne mit Zigarre zwischen den Zähnen oder auf Motorrädern herumlungernd präsentiert.

Doch wohnt hinter der ruppig-charmanten Schale und den blaugetönten Brillengläsern ein Sensibelchen mit viel Humor. Ein Freigeist und Abenteurer ohne Berührungsängste.

Califano kommt 1938 in der libyschen Hauptstadt Tripolis zur Welt, wo sein Vater als Soldat stationiert ist. Die Kriegsjahre verbringt die Familie in Nocera Inferiore, später zieht man nach Rom, wo der junge Franco eine Buchhalterkarriere anstrebt. Bald schon machen sich künstlerische Zuckungen bemerkbar: Franco beginnt Gedichte zu schreiben. Da sich dies nicht als sonderlich einträglich herausstellt und Francos Selbstverständnis nicht das des armen Poeten ist, sattelt er auf Songschreiber um und kann ab Mitte der 60er erste Erfolge verzeichnen. Der Durchbruch als Interpret seiner eigenen Stücke erfolgt 1972 mit seinem Debütalbum, dessen im römischen Dialekt gehaltener Titel des Sängers Selbstverständnis sogleich in Granit meißelt: »N'bastardo venuto dar sud« (Ein Bastard aus dem Süden). Auch abseits der Bühne lässt es der Sänger krachen: Im selben Jahr wird er erstmals wegen Drogenbesitzes verhaftet, später aber freigesprochen.

Der große Durchbruch kommt 1976 mit »Tutto il resto è noia« (Alles Weitere ist langweilig), das den gleichnamigen Riesenhit enthält und sich über eine Million Mal verkauft. Das Cover ziert ein unschuldig wirkendes Foto, das Califano mit einem kleinen Jungen zeigt – nicht sein eigener Sohn, sondern der seines guten Freundes, des Mailänder Mafiosos Francesco Turatello. Es ist ein neuer Ton, den Califano in Italien etabliert: ruppig, gleichzeitig melancholisch – in jedem Fall grenzüberschreitend. Er gibt den unersättlichen Liebhaber, dessen Freiheitsdrang keine Beziehung zähmen kann. Er lebt, was er singt: Das amouröse Treiben des Sängers gleicht einer Olympiade und liefert ihm immer wieder Liedmaterial. Auch zu säuselndem Backing gemurmelte Monologe zählen zu seinem Repertoire, als Beispiel sei »Avventura con un travestito« (Abenteuer mit einem Transvestiten) genannt. Bald schon wird er für seinen Ton zwischen Saftigkeit und Ernüchterung als »Pasolini des Liedes« bezeichnet.

Bis zu seinem Tod im Jahr 2013 tritt Franco auf alle Pedale des Daseins: 1983 wird er, nachdem ihn der Mafioso Giovanni Melluso alias *Gianni il bello* verpfiffen hatte, wegen Drogenhandels und Kontakten zur Mafia in seiner Villa verhaftet. Später rudert Melluso zurück: Califano habe nie gedealt, lediglich konsumiert und sei außerdem *un grande artista*. Das nutzt dem Barden damals wenig, doch er hilft sich selbst: Califano, politisch eher konservativ, wendet sich aus dem Gefängnis an den sozialistischen Ministerpräsidenten Bettino Craxi und bittet den Politiker um Unterstützung; nach Califanos Entlassung werden die beiden Freunde. 1992 geht Franco selbst in die Politik und kandidiert in seinem römischen Wahlkreis, holt jedoch ein miserables Ergebnis. 2008 verkündet er im Rahmen der Feier anlässlich seines siebzigsten Geburtstags auf der Piazza Navona, »liberaler Antikommunist« zu sein: Was man eben so verkündet, wenn man seinen Siebzigsten auf Roms prachtvollstem Platz begeht. Im gleichen Jahr erscheint seine Autobiografie »Senza manette« (Ohne Handschellen).

Noch bis ins hohe Alter lässt es der lebensfrohe Poet krachen, sein Motto: »Mi accorgerò di essere vecchio solo cinque minuti prima di morire« (Ich werde erst fünf Minuten vor meinem Tod akzeptieren, dass ich alt bin). Nein, um den guten Ruf hat sich Franco Califano nie geschert. Vor diesem Hintergrund ist wohl auch sein Buch »Calisutra« zu verstehen, in dem der Dichter des Bettenwechsels unter anderem Sextipps gibt.

»Tutto il resto è noia« bleibt Califanos berühmtester Song und bringt seinen Ton – den des ernüchterten *superlover*, des melancholischen Machos – auf den Punkt: Die Schönheit liegt allein in Abenteuer und Eroberung, im Aufriss. Danach, so die betrübliche Erkenntnis des Bettenphilosophen, kommen nur noch Kompromisse und elende Langeweile, »maledetta noia«. Die tiefe Sinnkrise des Latin Lovers: nirgendwo wird sie so erfahrbar wie in der Art, in der Franco das Wort *noia* singt. Er lässt sich dieses Manifest denn auch konsequenterweise auf den Unterarm tätowieren – und wo das Tintenfass schon auf ist, auch gleich noch die Initialen seiner beiden liebsten Lebewesen: F für Franco und B für Birillo, seinen damaligen Hund.

Er sei immer fünf Minuten später als alle anderen zu Bett gegangen, hat der Sänger einmal gesagt, um noch fünf Minuten weitererzählen zu können. 2013 ist dann leider Schluss mit Erzählen. Die Inschrift auf seinem Grabstein indes macht Hoffnung: »Non escludo il ritorno«, Rückkehr nicht ausgeschlossen.

92

TU VUÒ FÀ L'AMERICANO (1956)

Renato Carosone

Für seine Landsleute ist es ein Schock.

Renato Carosone befindet sich mit 39 Jahren auf dem Höhepunkt seiner Karriere, als er sich im September 1959 völlig unerwartet aus dem Musikgeschäft zurückzieht. Ein Entschluss, der nicht zuletzt darum so unbegreiflich scheint, weil es Carosone als einzigem italienischen Musiker neben Domenico Modugno gelungen war, im großen Stil Platten in den

USA zu verkaufen, ohne auf Englisch zu singen. Doch dem genialen Vermittler zwischen Tradition und Moderne war wohl nicht entgangen, dass in seiner Heimat eine neue Generation von Sängerinnen und Sängern in den Startlöchern stand, die keinen Zweifel daran ließ, mit den bestehenden Verhältnissen aufräumen zu wollen. Also lieber gehen, wenn's am schönsten ist. So recht wollen seine Landsleute Carosone die Begründung nicht abkaufen, es machen Gerüchte die Runde, Kriminelle übten Druck auf den Musiker aus. Andere gehen von einem Gelübde Carosones gegenüber der Mutter Gottes aus.

Renato Carosone erblickt 1920 unweit der Piazza del Mercato in Neapel das Licht der Welt. Er studiert Klavier am örtlichen Konservatorium, wo er schon mit 17 seinen Abschluss macht. Seine Lehrjahre verlebt er jedoch im Ausland. 1937 nimmt er ein Engagement im damaligen Italienisch-Ostafrika an, wo er für italienische LKW-Fahrer Lieder aus der Heimat spielt. Dumm nur, dass die LKW-Fahrer allesamt aus dem Norden kommen und auf Carosones neapolitanische Lieder so gar keine Lust haben, man versteht ja gar kein Wort. Deutlich besser läuft es in Addis Abeba, wo Renato eine Zeit lang ein Orchester leitet. Nach Ausbruch des Krieges wird er als Soldat in Somalia stationiert, Neapel sieht er erst 1946 wieder.

Hier dreht er zum Ende des Jahrzehnts massiv auf. Carosones Mission ist die Erneuerung und Modernisierung des neapolitanischen Liedes mit den Mitteln von Jazz, Swing und – ab Mitte der 50er – dieser neumodischen Musik aus Amerika, auf die Neapels Jugend so steilgeht. Als hilfreich hierbei erweist sich ab 1956 die Zusammenarbeit mit dem Texter Nicola Salerno, der sich Nisa nennt. Eines Tages kommt Nisa mit drei Texten an. Einer trägt den Titel »Tu vuò fà l'americano« (Du machst auf Amerikaner): Das Stück verballhornt die Versuche süditalienischer junger Männer, den amerikanischen Lebensstil mitsamt aller musikalischen Vorlieben, Kleidungs- und Esskultur zu kopieren. Diese Mimikry ist freilich Ausdruck der Sehnsucht vieler Süditaliener, die Armut des italienischen Mezzogiorno zu verlassen und wie so viele ihrer Landsleute im gelobten Amerika den Neuanfang zu wagen. Bis dahin macht man eben auf Amerikaner. Im Refrain von Nisas – natürlich auf Neapolitanisch gedichtetem – Text heißt es frei übersetzt: »Du machst auf Amerikaner / Bist aber in Italien geboren / Hör auf mich, du kannst nichts dran ändern / Du bleibst Neapolitaner«. Zudem, so bemerkt der Text spitz, sei diese modische Lebensweise alleine aus Mamas Geldbörse finanziert.

Carosone ist völlig aus dem Häuschen. Er setzt sich ans Klavier und hat drei Minuten später eine *Boogie-Woogie*-Melodie zu Nisas Worten komponiert.

Das Geniale an dem Stück: Es macht sich über etwas lustig – die Amerikanisierung der süditalienischen Kultur – und wird durch das rock'n'rollige Arrangement selbst Teil dessen, was es verhohnepipelt. Der Song trifft den Nerv: Nicht nur in Neapel ist alles komplett aus dem Häuschen – das Stück wird durch die massive Verbreitung unter den italienischen Einwanderern in den USA auch jenseits des großen Teichs rasch ein Riesenhit. Nachdem der Nachfolgesong »Torero« geschlagene 14 Wochen an der Spitze der amerikanischen Charts steht, geht Carosone mit seinem Sextett auf große USA-Tournee. Das Publikum erlebt eine perfekt eingespielte Band: Vorne, am rechten Bühnenrand, sitzt Carosone an seinem Klavier, stets ein listiges Lächeln auf den Lippen; als Trumpfkarte entpuppt sich zudem Schlagzeuger und Bandclown Gegè Di Giacomo, der an allen passenden (und unpassenden) Stellen des Sets seinen Schlachtruf darbietet: »Canta Napoli!« (Neapel, sing!). Als Carosone und Band am Finalabend in der zum Bersten gefüllten New Yorker *Carnegie Hall* spielen, sollen die Straßen von Little Italy wie leergefegt gewesen sein. Im Jahr darauf zieht sich der Künstler dann aus dem Rampenlicht zurück.

Gut 15 Jahre später, am 9. August 1975, kehrt Renato Carosone noch einmal für ein TV-Special zurück. Er hat sich kaum verändert, das Lächeln beim Spielen ist immer noch das Gleiche. Doch es soll ein einmaliger Auftritt bleiben, Carosone scheint mit seiner anderen Leidenschaft, der Malerei, vollkommen ausgelastet zu sein. Er stirbt im Mai 2001 achtzigjährig in Rom. Auf der Piazza del Popolo erweisen dem italienisch-amerikanischen Brückenbauer 400.000 Menschen die letzte Ehre.

93

L'ULTIMO BACIO (2000)

Carmen Consoli

»Sizilien zu lieben, ist, wie eine Prostituierte zu lieben.«

So etwas darf natürlich nur eine *siciliana doc* über ihre Insel sagen, eine Region, die schon von so vielen begehrt und von noch so vielen mehr ausgebeutet wurde.

Carmen Consoli stammt aus Catania, der zweitgrößten Stadt der Insel, am Fuße des Ätna gelegen. Es ist keine Stadt, die sich dem Besucher pittoresk aufgezottelt an den Hals wirft. Gerade, breite Straßen dominieren das Stadtbild, und trotzdem hat Catania etwas Dunkles. Kein Wunder: Als im 18. Jahrhundert der Architekt Giovanni Battista Vaccarini beauftragt wird, die durch einen Vulkanausbruch zerstörte Stadt wiederaufzubauen, greift der Barockmeister zu einem Baumaterial, das hier im Übermaß zur Verfügung steht: Lava. In Catania wird nicht lamentiert, hier ist Pragmatismus am Werk. Auch präsentiert sich die Bevölkerung der Stadt am Ionischen Meer deutlich jünger und geschäftstüchtiger als in Palermo.

In den 90er-Jahren des letzten Jahrhunderts ist die Universitätsstadt eine Hochburg des Indie-Rock. Und eröffnet damit der jungen Carmen Consoli eine neue Welt. Während sie zu Hause durch die Platten Domenico Modugnos geprägt wird, die sich bei ihrem Vater unaufhörlich drehen, zieht sie abends durch die Clubs der Stadt. Von Papa zum Musikmachen ermutigt, covert sie mit ihrer Band Moon Dog's Party amerikanische Alternative-Bands; Mitte der 90er zieht sie nach Rom und beginnt eine Solokarriere. Das Album »Confusa e felice« (Verwirrt und glücklich) markiert 1997 ihren Durchbruch, der Titel ist längst sprichwörtlich geworden. Nichts an ihr ist typisch für den italienischen Pop jener Ära: weder, dass sie ihre introspektiven Stücke selbst schreibt, noch ihr kurzer *Pixie Cut*. In gewisser Weise ist Consoli der Gegenentwurf zu jenem Sängerinnentypus, der Italien in den 90ern dominiert. Anders als etwa Laura Pausini beschränkt sich die *cantautrice* nicht auf Liebeslieder, sondern bespiegelt die Verwirrung einer ganzen Generation zwischen Zweifeln und Aufbruchstimmung.

Die frühen Befindlichkeitsstudien weichen im Laufe der Karriere zunehmend ernüchternden Einblicken in die Abgründe der italienischen Gesellschaft. Ihr Stück »AAA cercasi« (Gesucht) spießt 2010 satirisch das Italien der Klüngelei, des Testosterons und der televisionären Verblödung auf und macht damit Silvio Berlusconi und seiner politischen Kaste den Prozess. Aus demselben Jahr stammt »Mio zio« (Mein Onkel), das Kindesmissbrauch in der Familie zum Thema hat. In

»Uomini topo« (Mäusemänner) entwirft sie 2018 die Dystopie einer Welt, in der zum Zwecke höherer Widerstandsfähigkeit Menschen und Mäuse gekreuzt werden.

Gleichzeitig wendet sich die Sängerin mehr und mehr einem Sound zu, der sich vom Indie-Pop entfernt und immer wieder die sizilianische Musiktradition feiert: Ihre Versionen der auf Sizilien tief verehrten Volkssängerin Rosa Balistreri aus Licata werden hoch geschätzt. Der lange Atem der Geschichte und der Geruch der Moderne, die Melancholie des Südens und die selbstbewusste Autonomie der Zitroneninsel: Auf Sizilien sind derlei Gegensätze nie weit voneinander entfernt.

La Cantantessa, die Sängerinnenprinzessin, nennt man Carmen Consoli in Italien. Und zu Recht: Ihre heisere, von unterdrückter Spannung kündende Stimme sucht landesweit ihresgleichen. Das Lied, das bei ihren Konzerten mit dem größten Jauchzen begrüßt wird, ist sicher ihre berühmte Ballade »Ultimo bacio« (Letzter Kuss): »Cerchi riparo, fraterno conforto / Tendi le braccia allo specchio / Ti muovi a stento e con sguardo severo / Biascichi un malinconico Modugno« (Du suchst Schutz und brüderlichen Trost / Du streckst die Arme dem Spiegel entgegen / Du bewegst dich mit Mühe und strengem Blick / Du murmelst einen melancholischen Modugno).

Es liegt nahe, davon auszugehen, dass die Person im Lied Carmen Consoli selbst ist, die hier gedankenverloren ein Stück von Papas Lieblingssänger auf den Lippen führt.

Inzwischen lebt die Sängerin wieder in ihrer Heimatstadt, im bis heute von Prostitution geprägten Viertel San Berillo.

94
VAMOS A LA PLAYA (1983)
Righeira

Es ist an der Zeit, sich mit den wirklich bedeutsamen und seriösen Protagonisten der italienischen Musik auseinanderzusetzen. Mit visionären Klangforschern wie Stefano Rota und Stefano Righi, zwei Turinern mit quietschigen Klamotten, die 1983 unter kantigem Zucken vom Atomkrieg sangen. In ihre Armbanduhren! Auf Spanisch!!

Sie ahnen schon: Die Reise geht mal wieder in das von grellem Neonlicht beschienene Land der Italo-Disco. Keine Gegend, in der häufig Nachhaltigkeitskongresse veranstaltet werden. Hier zählt allein der schnelle Hit. Stefano Rota und Stefano Righi, die sich Johnson und Michael Righeira nennen, gelingen 1983 derer zwei: »Vamos a la playa« (Lass uns an den Strand gehen) und »No tengo dinero« (Ich bin pleite). Mindestens so sehr wie die Musik weiß den jugendlichen Zuschauer von Sendungen wie *Formel eins* oder *Bananas* im Sommer 1983 zu faszinieren, dass Stefano Rota und Stefano Righi statt in Mikrofone in antennenbestückte Armbanduhren singen – eine Technik, die erstaunlich wenige Nachahmer gefunden hat.

Menschen mit Sinn für Mumpitz empfehle ich den Erwerb des kompletten Debütalbums: Dieses schillernde Werk muss dringend als »fortgeschritten beknackt« bezeichnet werden, an manchen Stellen fügt es dem Begriff »Quatsch« etliche neue Bedeutungsebenen hinzu, wiederholt wird beherzt an den Pforten des Turbo-Trash geklopft. Ich liebe die Platte.

Für die Produktion reist das Duo über den Brenner nach München. Ein logischer Schritt, denn die beiden Künstler, vor allem Stefano Righi als treibende Kraft, sind große Fans der deutschen elektronischen Musik, namentlich DAF und Kraftwerk haben es ihnen angetan. Auch der Geist des von Stefano »Johnson« Righi verehrten Andy Warhol schwebt über den Aktivitäten.

Das Cover ist so 80er wie Nik Kershaws Haarspraysammlung: Righeira stehen in anbetungswürdigen Anzügen in einem Museum und betrachten sonderbare 80er-Objekte und eine auf einem Sockel ausgestellte Frau. Italo-Disco eben.

Das Werk wird mit »No tengo dinero« eröffnet. Die drängende Frage, warum zwei Italiener für ihre großen Hits auf Spanisch dilettieren, beantwortet sich mit dem Wunsch nach dezent exotischer Verfremdung. Auf den Chartsklopper folgt das auf Deutsch dargebotene »Tanzen mit Righeira«, dessen Text selbst im Genre Italo-Disco als unterkomplex bezeichnet werden muss: »Eh-oh-aha / Tanzen mit Righeira / Eh-oh-aha / Tanzen, tanzen«. Das Stück »Luciano Serra pilota« huldigt dem italienischen Kampfflieger Luciano Serra. Tatsächlich haben sich Righeira den Titel von dem gleichnamigen faschistischen Propagandafilm aus dem Jahr 1938 ausgeborgt, der auf eine Idee von Benito Mussolinis Sohn Vittorio zurückgeht. Es gibt ein recht preisgünstig produziertes Video zu dem Lied, in dem Righeira Didi-Hallervorden-mäßig auf einem Kampfflugzeug herumtollen. Stefano Righi gab später zu Protokoll, man habe in alle Richtungen provozieren wollen: die Parka-tragenden Hippies mit futuristischer Knalligkeit und die Rechten, indem man deren Heroisierung gewissermaßen parodistisch überschrieb. Politisch stehe man jedoch linksaußen.

Auf Seite zwei des Albums darf sich der Freund sondersamer Pop-Unfälle über ein weiteres auf Deutsch dargebotenes Stück freuen: Der Text zu dem Lied »Jazz Musik« gehört dringend ins Museum, die Frage ist bloß, in welches: »Wir fühlen heute heftig und röhren ganz geschäftig die Jazzmusik / Wir wollen lieber schwitzen, durch 'n Quintenzirkel flitzen mit Jazzmusik.« Wer danach nicht Fan von Righeira und/oder Jazz wird, der muss als sittlich zutiefst gefestigt bezeichnet werden. Das nicht minder tolle Stück »Disco Volante« lässt sich womöglich am besten genießen, wenn man es als Dada-Kunstwerk begreift. Es handelt von einem Marsbewohner, der auf der Erde gestrandet ist und, um zurückzukehren, sein Raumschiff reparieren muss. Von nichts anderem sollten Italo-Disco-Songs handeln. Am Schlagzeug ist der deutsche Allesvolltrommler Curt Cress zu hören, der im Innencover als Kurt Crass gelistet wird. Als Produzenten zeichnen die Mailänder Carmelo und Michelangelo La Bionda verantwortlich, die mit ihrem Partykellerkracher »One for you, one for me« bereits 1978 Pionierarbeit auf dem Feld grob gestrickter Disco-Ware geleistet hatten.

So richtig genießen kann Righeira-Kopf Righi den Erfolg nicht – just als er und Rota die europäischen Charts stürmen, muss er seinen Wehrdienst ableisten. Seinen persönlichen »Wir haben's geschafft«-Moment hat er, als er bei einer TV-Aufzeichnung Boy George dabei ertappt, wie er »Vamos a la playa« summt. Der Hit, dies sei immer wieder betont, handelt von den umweltzerstörerischen Folgen einer Reaktorkatastrophe, aber letztlich handelt ja alles aus den 80ern von Reaktorkatastrophen. Vermutlich auch die Frisuren, die unsere beiden Helden auf dem Cover ihrer letzten Hit-Single »L'estate sta finendo« (Der Sommer geht zu Ende) auf dem Kopf tragen.

Wagen Sie nun also ein paar Tanzschritte zu den peitschenden Rhythmen der beiden Stefanos – und falls Ihnen danach ist, enthemmt mitzusingen: gerne – aber bitte immer in die Armbanduhr!

95

VECCHIO FRACK (1955)

Domenico Modugno

Das Lied vom Süden. Kein Sänger singt es schöner als Domenico Modugno, der Vater aller *cantautori* und Erfinder des modernen italienischen Liedes.

Schon früh fängt er an: Angeregt von seinem Vater, einem Polizeikommandanten im apulischen Polignano a Mare, der seiner Familie nach dem Abendessen zur Gitarre neapolitanisches Liedgut vorträgt, saugt der kleine Domenico die Musik des Mezzogiorno auf. Schon zu Pubertätszeiten schreibt er dann selbst Lieder, die er nachts unter dem Balkon seiner Angebeteten darbietet.

Nachdem er Ende der 50er mit seinen beiden *Sanremo*-Siegertiteln den Beruf des *cantautore* erfunden und es mit »Nel blu dipinto di blu (Volare)« und »Piove (Ciao, ciao bambina)« zu Weltruhm gebracht hat, legt der Sänger und Schauspieler erst richtig los. Seine in den 50ern auf 78er-Format gepressten, oft in süditalienischen Dialekten gesungenen Lieder werden neu als Singles aufgelegt. Das italienische Publikum liebt es, wie der Mann im feinen Anzug den Mythenkoffer des Südens plündert. Sein relativ spätes Stück »Amara terra mia« ist von seinen vielen Liedern, die von der geschundenen Seele des unteren Italiens künden, vielleicht sein eindringlichstes. Man sieht den karstigen roten Boden Apuliens, die ausgedörrten Hügellandschaften im Inneren Siziliens und die kargen Bergdörfchen Kalabriens vor sich, wenn Modugno das mollene, süffige Lied vom Abschied von der Heimat singt: »Addio, addio amore / Io vado via / Amara terra mia / Amara e bella« (Leb wohl, leb wohl meine Liebe / Ich gehe fort / Bitterer Boden meiner Heimat / Bitter und schön).

Doch all diese Lieder wären freilich nur halb so toll, wenn Modugno nicht über so eine sagenhafte Bühnenpräsenz verfügte: Die bei ihm zu beobachtende Mischung aus dampfendem Charisma und vollkommener Leichtigkeit ist bis heute beispiellos und kann einen vor Begeisterung ganz rappelig machen.

Im Internet findet sich reichlich filmisches Anschauungsmaterial, das zur Erhärtung dieser Behauptung herangezogen werden kann. Ganz groß etwa ist ein Fernsehauftritt aus den frühen 60ern: Zu einer Orchesterfassung seines größten Hits »Nel blu dipinto di blu (Volare)« kommt Modugno auf die Bühne gesprintet, erkundigt sich leutselig, was das Publikum denn hören wolle, und trägt dann im sizilianischen Idiom »Lu pisci spada« (Der Schwertfisch) vor – das vermutlich beste Lied, das je über verliebtes Meeresgetier geschrieben wurde. Mitten im Stück setzt es dann eine von diesen für Modugno typischen Eruptionen: Er hört auf Gitarre zu spielen, bohrt dramatisch den Zeigefinger ins Dunkel und schmettert in schönstem Belcanto: »Dda'è, dda'è – lu vitti, lu vitti, lu vitti« (Ja, ja – ich habe ihn gesehen).

In Momenten wie diesen bewährt sich die Schauspielausbildung, die Modugno in den 50ern, vor seiner Sängerkarriere, absolvierte: Der Mann weiß Pausen zu setzen und genüsslich auszukosten. Seinen ersten Film als Hauptdarsteller dreht Modugno 1952 mit »La carovana del peccato« (Die Karawane der Sünde). Bis in die 70er hinein ist Modugno als Schauspieler aktiv, unter anderem spielt er in Filmen Pier Paolo Pasolinis und Vittorio De Sicas mit. Zwischen 1973 und 1975 steht er in Giorgio Strehlers Inszenierung der »Dreigroschenoper« als Mackie Messer auf der Bühne.

Was ich am Bühnenkünstler Modugno so liebe: Selbst wenn er massiv auf die Tube drückt (= immer), strahlt er eine enorme Feinsinnigkeit aus; auch wenn er in Smoking und mit schmalem Bärtchen aussieht wie ein venezianischer Baron, verrät das freundliche Blitzen in seinen Augen einen warmherzigen, bodenständigen Charakter, dem der Süden schlichtweg nicht aus dem Anzug zu klopfen ist.

Nach einem Schlaganfall im Jahr 1984 werden Auftritte des Bühnenmenschen Modugno rarer. Der frühere Unterstützer der Sozialisten schließt sich der damals linksliberalen *Partito Radicale* an, der er Ende der 80er gar drei Jahre lang als Parteichef vorsteht. Sein Engagement gilt unter anderem der Verbesserung der Lebensbedingungen in psychiatrischen Einrichtungen.

1994 verstirbt Modugno auf Lampedusa im Alter von 66 Jahren nach einem zweiten Schlaganfall. Noch im Jahr zuvor hatte er gemeinsam mit seinem Sohn ein letztes Lied namens »Delfini« (Delfine) veröffentlicht. Modugno war in den Süden, ans Meer, zurückgekehrt.

Mein absolutes Lieblingsstück des großen Magiers ist »Vecchio frack« (Alter Frack), das er 1965 gewohnt genüsslich in einer TV-Sendung inszeniert. Nur mit einer Nylonsaitengitarre bewehrt steht er da und lässt es förmlich knistern. Fast gespenstisch hallt das rhythmische Klopfen auf dem Körper der Gitarre durch das Fernsehstudio und nimmt den Hörer scheinbar mit in die dunklen Gassen eines schlafenden süditalienischen Dörfchens. Es geht um einen elegant gekleideten Mann, den der Erzähler des Liedes nächtens durch die Straßen streifen sieht. Am nächsten Morgen begeht der geheimnisvolle Fremde Selbstmord. Inspiriert wurde die Geschichte durch den Suizid des italienischen Diplomaten Raimondo Lanza di Trabia, unehelicher Sohn eines sizilianischen Prinzen und einer venezianischen Adeligen, der sich am 30. November 1954 aus dem Fenster des *Hotel Eden* in Rom stürzte.

Und dann fängt Modugno auch noch an zu pfeifen. Man sollte alle Sänger daran messen, wie schön sie pfeifen können.

96

VENGO ANCH'IO (NO, TU NO!)

(1968)

Enzo Jannacci

Es sollte bis zu dieser Stelle klargeworden sein, dass italienische Musikerinnen und Musiker – im Gegensatz etwa zu ihren deutschen Kolleginnen und Kollegen – zu allen unvorhersehbaren Karriereschlenkern fähig sind. Vor diesem Hintergrund verwundert eines doch sehr: Es gibt nur einen einzigen *cantautore,* der je ein Lehrvideo für Karate gedreht hat. Applaus für den schwarzen Gürtel Italiens: Enzo Jannacci!

Mailand in den 50er-Jahren.

Die lombardische Hauptstadt boomt. Die Produktionsbänder rattern unermüdlich, und Millionen italienischer Binnenemigranten strömen voller Hoffnung auf ein besseres Leben in die Stadt. Im Zuge der Industrialisierung wächst die Einwohnerzahl der Stadt massiv. Gleichzeitig entwickelt sich Mailand zur führenden Kultur-, Medien- und Modemetropole des Landes. Während in Rom genüsslich *la dolce vita* gelebt wird, ist man in Mailand damit beschäftigt, im Schweiße seines Angesichts die Marke Italien überhaupt erst zu designen.

Die subkulturell prägende Kraft im Moloch *Milano* jener Ära sind die Teddy Boys. Sie hören die junge Musik aus Amerika, hängen in Flippernähe in den *bars* ab und schlagen in ihrem jugendlichen Überschwang auch schon mal alles kurz und klein, klauen Autos oder verbreiten anderweitig Angst und Schrecken. Am 17. Mai 1957 tritt Adriano Celentano, ein junger Rock 'n' Roller, mit seiner Band, den Rocky Boys, im Mailänder *Palazzo del Ghiaccio* auf. Augenzeugen berichten von Zuständen der Raserei. In der Folge wird Celentano Italiens erster Rock-'n'-Roll-Star. Aber auch einige seiner Mitmusiker nutzen das Momentum, um ihre eigene Karriere zu starten. Darunter der Keyboarder der Rocky Boys, ein seltsamer Vogel mit dicker Brille. Sein Name: Enzo Jannacci.

In seiner Heimat gilt Jannacci als einer der wichtigsten Künstler der Nachkriegsära, außerhalb Italiens ist er gänzlich unbekannt. Das liegt schlicht daran, dass der 2013 verstorbene Mailänder nicht zuletzt ein humoristischer Künstler war, was das Problem der Schwerübersetzbarkeit mit sich bringt. Dabei lohnt die Beschäftigung mit dem Tausendsassa ungemein: Enzo Jannacci ist eins der bemerkenswertesten Originale, die Italiens Musikwelt hervorgebracht hat.

Er schließt sein Studium am Mailänder Konservatorium ab und vertieft sich Mitte der 50er in Jazz und Rock'n'Roll. Nach seiner Zeit bei Celentano unterhält er mit seinem engen Freund Giorgio Gaber kurzzeitig das Duo I Due Corsari (Die zwei Korsaren) und beginnt daraufhin seine Solokarriere. Nachdem im Zuge einer bizarren Marketingstrategie sein surreales Stück »Il cane con i capelli« (Der Hund mit den Haaren) zusammen mit einem haarigen Plüschhund unter die Leute gebracht worden ist, erscheint 1964 sein Debütalbum mit dem berühmten Stück »El portava i scarp del tennis« (Er trug Tennisschuhe). Es ist ein bahnbrechendes Lied, in dem Jannacci einem Obdachlosen eine Stimme verleiht. »Das Mailand, das mich interessiert, leidet«, hat er einmal gesagt, er singe das Lied der Verzweifelten. Das Entscheidende ist, dass Jannacci dieses Lied aber nicht im Tonfall der Verzweiflung singt, sondern mit Gespür für das Surreale und Absurde, einem ausgeprägten Sinn für den Unsinn. Dazu schlüpft er in die Rolle des Neurotikers: Seltsam ungelenk steht er bei Auftritten in seinem engen Anzug da, nervös reibt er sich die Hände, seine Stimme ist eher Quäken als Gesang. Er selbst nennt seinen Stil »Schizo«.

Ende der 60er beginnt eine fruchtbare Zusammenarbeit mit dem späteren Literaturnobelpreisträger Dario Fo. Ein berühmtes Stück aus dieser Phase ist »Ho visto un re« (Ich habe einen König gesehen), ein hochkomisches Lied über Obrigkeiten, das in Italien bis heute gerne zitiert wird, wenn es darum geht, Mächtige zu veräppeln, die sich – etwa als Folge von Ermittlungen oder harscher Pressekritik – in die Opferrolle begeben: »Ha visto un re! / Ah beh, sì beh / Un re che piangeva seduto sulla sella / Piangeva tante lacrime / Ma tante che bagnava anche il cavallo« (Er hat einen König gesehen! / Na ja, na gut / Einen weinenden König auf einem Sattel / Er weinte viele Tränen / So viele, dass auch sein Pferd nass wurde). Die *RAI* boykottiert das Lied, was wohl ein Grund dafür ist, dass sich Enzo für einige Jahre von der Musik abwendet. Schon 1967 hatte der Umtriebige ein Medizinstudium absolviert; jetzt schließt er sich dem Team des Herztransplantationspioniers Christiaan Barnard in Südafrika an. Anfang der 70er nimmt er seine Karriere wieder auf: Zahlreiche Alben erscheinen, daneben ist Jannacci regelmäßig in Kino und Fernsehen zu sehen, Mina und Milva nehmen Alben mit seinen Songs auf. An Schärfe hat er nichts eingebüßt: Das *Festival di Sanremo* bezeichnet er als »nationale Demenz«, und auf die Frage, wie es ihm gelungen sei, die Kosten für eine neunteilige Personality-Show auf *Rai Uno* so gering zu halten, antwortet er: »Ganz einfach, indem wir nicht stehlen.« Die Medizin gibt er trotz aller Bühnenaktivitäten nie auf: Bis 2004 praktiziert der melancholische Spötter als Kardiologe.

Mein Lieblingslied von Jannacci ist das berühmte »Vengo anch'io (No, tu no!)« (Ich komme auch mit (Nein, du nicht!)). Das Stück reiht Situationen aneinander, in denen eine Gruppe von Menschen diverse Unternehmungen ankündigt: Man wolle zusammen in den Zoo gehen, raus in den Frühling, auf eine Beerdigung. Nach jedem Beispiel lässt sich ein Einzelner vernehmen, der ebenfalls kundtut, mitkommen zu wollen: »Vengo anch'io.« Doch jedes Mal wird ihm ein abschlägiger Bescheid erteilt: Nein, du nicht!

Das Stück, dessen Titel heute ein geflügeltes Wort ist und von vielen seiner Landsleute für ein Kinderlied gehalten wird, ist ein typischer Jannacci: Mit einfachen und absurden Mitteln wird ein komplexer Sachverhalt – hier das Ausgrenzen bestimmter sozialer Schichten – anschaulich auf den Punkt gebracht. 1968 veröffentlicht, wird das Stück zu einer der Hymnen der italienischen Studentenbewegung.

Nach Jannaccis Karatevideo werden interessierte Leserinnen und Leser womöglich vergeblich fahnden; von »Vengo anch'io« (No, tu no!)« hingegen finden sich im Netz viele schöne Versionen.

97

LA VITA È ADESSO (1985)

Claudio Baglioni

Da sitzt einer und schaut auf seine Stadt.

Im Frühjahr 1984 hockt Claudio Baglioni regelmäßig im *Lo Zodiaco,* einem Lokal auf dem Monte Mario im Nordwesten der Stadt. Der Blick von Roms höchstem Hügel ist, gelinge gesagt, sensationell; fast das gesamte Panorama der Stadt ist zu sehen, im Hintergrund erhebt sich der Apennin, an klaren Tagen schaut man bis zum Meer. Es ist ein Ort, an dem man auf Ideen kommen kann. Claudio Baglioni schreibt im *Zodiaco* – an manchen Tagen unterstützt durch seine Frau Paola – die Texte für sein neues Album. Ihm schwebt ein Konzeptwerk vor: Er will die Geschichte eines gewöhnlichen Tages in Rom erzählen. Die Idee, die Platte nach dem *Lo Zodiaco* zu benennen, verwirft er bald. 1985 erscheint »La vita è adesso (Il sogno è sempre)« (Das Leben ist jetzt (Der Traum ist immer)). Es ist mit knapp vier Millionen umgesetzten Einheiten das bis heute erfolgreichste italienische Album aller Zeiten.

Der Mann aus dem *Zodiaco* ist ein interessanter Fall. Zwar schreibt Claudio Baglioni seine Stücke selbst und ist damit formell den *cantautori* zuzurechnen. Doch schon früh macht der Sänger klar, dass von ihm keine Bilderstürmereien zu erwarten sind. Baglionis Credo: Nicht nur Kopf und Bauch wollen genährt werden, in Italien ist zuvorderst an die sentimentale Grundversorgung zu denken. Und so schwingt er sich im Laufe der 70er zum erfolgreichsten Vertreter einer neuen Generation gefühlsbetonter Sänger auf, die das leidende Ich ins Zentrum ihrer Betrachtungen rücken. Der Mann mit der Dreieinhalb-Oktaven-Stimme ist der Heldentenor der modernen italienischen Seifenoper. Sein Durchbruchslied »Questo piccolo grande amore« (Diese kleine große Liebe) von 1972 zählt zum italienischen Kulturerbe und wird 1985 gar zum besten italienischen Lied des Jahrhunderts gekürt.

Von wenigen Unterbrechungen abgesehen ist der Weg des gutaussehenden Künstlers von Erfolg gepflastert: Die meisten seiner Alben erreichen Platz eins der Charts, die Hits sind zahllos, Baglioni bricht etliche Verkaufsrekorde. Daneben erweist sich der im Monte-Sacro-Bezirk geborene Römer als Mann fürs Offizielle und Staatstragende: Er singt im Rahmen eines Weihnachtskonzerts für den Papst, lässt im Plenarsaal des Europäischen Parlaments in Brüssel aufspielen und trägt am 8. Dezember 2006 im Rahmen der Olympischen Winterspiele die Fackel von der Piazza Navona zum Campo de' Fiori. Auch Alben mit Weihnachtsliedern und Konzerte gegen die Mafia finden sich in Baglionis Portfolio. Zwischendurch beendet er mal eben mit 53 sein Architekturstudium und ist als Trainer der *Nazionale italiana cantanti*, der Fußballnationalmannschaft der italienischen Sänger, tätig. 2018 und 2019 wirkt er als künstlerischer Leiter und Moderator des *Sanremo*-Festivals, an dessen Wettbewerb er erstaunlicherweise nie teilnahm.

Nur einmal muss er eine Niederlage einstecken: Will man es sich mit Claudio Baglioni verscherzen, spricht man ihn am besten auf das von *Amnesty International* veranstaltete »Human rights now«-Konzert an, das 1988 in Turin stattfand. Hier war es dem erfolgreichen Sänger vergönnt, als Vertreter Italiens neben internationalen Acts wie Sting, Bruce Springsteen und Peter Gabriel aufzutreten. Doch das Publikum hatte keinen Bock auf Baglioni. Man gab alles und begrüßte den unpolitischen Superstar mit Buhrufen und Flaschenwürfen. Zerknirscht zog sich der Verwöhnte für eine Weile zurück, nur um sich bald wieder zu altem Erfolg aufzuschwingen.

Das Konzeptalbum über Rom, das sich sechs Monate auf Platz eins hält und die Verkäufe der damals aktuellen Platten von Michael Jackson und Bruce Springsteen weit in den Schatten stellt, bleibt sein Meisterwerk. Man muss sich dieses Werk durchaus erarbeiten. Anfangs klingt das alles nur wie das musikalische Äquivalent zu einem viel zu schweren Tiramisu. Wer genauer hinhört, wird die kompositorische Raffinesse bemerken: Baglioni verzichtet vollkommen auf wiederkehrende Refrains, keine Zeile wird wiederholt; melodisch hingegen baut der Komponist eine Kathedrale nach der anderen. »La vita è adesso« feiert die *canzone* unter Verzicht auf das klassische Regelwerk. Die zehn Lieder des Albums führen in einem konstanten Bewusstseinsstrom durch die Untiefen des römischen Alltags: Blechlawinen schieben sich durch die Straßen, Kinder strömen in die Schule, Liebende begegnen einander und verlieren sich wieder, aus dem Fernseher dröhnt der Kommentar eines Fußballspiels, am Abend werden *aperitivi* geschlürft, nachts schreiben die Musikdichter die *canzone* für den nächsten Tag. »... e imparerai che per morire / Ti basterà un tramonto ... / In una goia che fa male / Di più della malinconia«

(… und du wirst lernen, um zu sterben / Reicht dir ein Sonnenuntergang … / In einer Freude, die wehtut / Mehr als Melancholie). *Seufz.*

Sicher, Baglioni kredenzt hier das doppelt getränkte Tiramisu, mit schlichtem Schlager hiesigen Ausmaßes hat man es freilich nicht zu tun: Dafür sind die Texte zu gut und die Melodien zu verstiegen. Auch Baglionis bisweilen übergeschnappt jauchzenden Stimme müssen sich nüchterne Deutsche womöglich erst einmal erobern. Die Italienerinnen und Italiener wiederum holt er mit seinem Stil natürlich auf regulärer Betriebstemperatur ab. Wirklich: Der Mann könnte auch ein Soßenrezept seiner *nonna* singen, man würde ihm dennoch an den Lippen kleben.

98

UNA VITA SPERICOLATA (1983)

Vasco Rossi

Wer in stürmischen Zeiten nach Halt und Orientierung sucht, dem sei der Instagram-Account Vasco Rossis empfohlen: Der Mann, von dem der Satz »Ich spiele kein Instrument, ich spiele das Stadion« stammt, ist nicht eben für Introvertiertheit und falsche Zurückhaltung bekannt. Und so gewährt der große Rock-Philosoph hier kurze Einblicke in seinen schillernden Alltag. Den Sommer 2020 etwa verbringt der Sänger im Schatten des heimischen *campanile,* in Zocca bei Modena. Vasco sagt freilich nicht Zocca, Vasco sagt »Zoccaland«. Hier stapft Italiens erfolgreichster Rockstar mit dem Entdeckergeist eines neugierigen Kindes durch die umgebende Landschaft. Wie eine Meditation sei das, informiert Vasco, stets in sportive Outdoorbekleidung gehüllt, seine Jünger, während er irgendwo auf einer Lichtung steht. Er kraucht um ein verfallenes Gemäuer herum und raunt von »Geschichte«, ein anderes Mal besucht er eine Plantage für den Anbau von medizinischem Hanf: »Komplett legal!«, konstatiert Vasco und guckt mit seinem patentierten irren Blick in die Kamera. Oft ist er auch mit dem Fahrrad unterwegs. »Bicycle! Bicycle!«, singt er und freut sich wie ein kleines Kind. An anderen Tagen geht es auf Motorradtour.

Immer wieder ist zu sehen, wie er an vor seiner Haustüre lauernde Fan-Horden Autogramme verteilt. Auch wenn die kleine Gemeinde Zocca bisweilen unter den Heerscharen an Vasco-Touristen ächzt, sind bei diesen Zusammenkünften keine Exzesse zu beobachten, was nicht zuletzt an Vascos erstaunlich disziplinierter Handhabung der Begegnungen liegt. Der Draufgänger des Italo-Rock, der Mann mit der Lizenz zur brennenden Kappe, scheint ein gesetzter Mann des Volkes geworden zu sein.

Im August 1982 sieht das noch ganz anders aus. Vasco, der zu Beginn des Jahres mit »Vado al massimo« (Ich geh aufs Ganze) in Sanremo seinen Durchbruch erlebt hatte, weilt mit seiner Band im sardischen Cagliari, um dort ein Open-Air-Konzert zu spielen. Doch das Wetter meint es nicht gut mit den Musikern: Ein heftiges Sommergewitter wütet im Süden der Insel. Das Konzertgelände gleicht einer Schlammpfütze. Der Veranstalter zieht die Reißleine und sagt den Auftritt ab. Frustriert setzt sich Vasco in sein Auto und schiebt zum zigsten Mal die Kassette mit der Musik ein, die ihm Tullio Ferro komponiert hat und zu der ihm seit einem Jahr partout kein Text einfallen will. Aber diesmal macht es klick: Die einzige Zeile, »Io voglio Licia, la voglio così com'è« (Ich will Licia, ich will sie genau so wie sie ist), streicht er durch und notiert stattdessen: »Voglio una vita …« (Ich will ein Leben …); ihm schwant gleich, dass dieser Song das Zeug dazu hat, sein Manifest – und ein Riesenhit! – zu werden. Italiens Radaubruder Nummer eins fragt sich, was das für ein Leben sein soll, das er führen möchte. Es ist ihm schnell klar: »spericolata« (draufgängerisch) soll es sein – und »maleducata« (unhöflich). Jetzt fließt es nur so aus ihm heraus:

»Voglio una vita maleducata / Di quelle vite fatte, fatte così / Voglio una vita che se ne frega / Che se ne frega di tutto sì / Voglio una vita che non è mai tardi / Di quelle che non dormono mai / Voglio una vita di quelle che non si sa mai« (Ich will ein Leben ohne Manieren / Eins von den Leben, die nun mal so sind / Ich will ein Leben, dem alles egal ist / Das auf alles einen Scheiß gibt / Ich will ein Leben, in dem es nie spät ist / Eines, in dem ich nie schlafe / Ich will eins von den Leben, bei denen man nie weiß), dichtet *Il Blasco*. Es ist das Lied, auf das Italiens Jugend gewartet hat: kein Befindlichkeitsgequatsche, keine schwurbeligen Bilder, keine eitle *Cantautori*-Poesie. Stattdessen ein monolithischer musikalischer Stinkefinger im Format einer Stadionhymne, ein hingerotztes Mitgröl-Pamphlet für ein Leben voller Gefahr und Übertreibung, eine krachende Absage an jedes Nummer-sicher-Denken.

Der Clou ist der überlebensgroße Refrain, in dem Vasco in für ihn typischer Manier der Sache einen Dreh ins Melancholische gibt. Dort heißt es: »E poi ci troveremo come le stars / A bere del whisky al Roxy bar / O forse non c'incontreremo mai / Ognuno a rincorrere i suoi guai / Ognuno col suo viaggio / Ognuno diverso / E ognuno in fondo perso / Dentro i fatti suoi« (Und dann trifft man sich wie die Stars / Um Whisky in der Roxy Bar zu trinken / Oder vielleicht treffen wir uns auch nie / Jeder läuft seinen eigenen Problemen hinterher / Jeder ist auf seiner eigenen Reise / Jeder verschieden / Jeder letztlich verloren in seinem eigenen Kram).

1983 singt die Knallbirne aus Zocca den Song in Sanremo. Vasco kommt zu spät auf die Bühne gelaufen und wirkt, als wähnte er sich auf der nachmittäglichen Probe für einen Auftritt auf einem Balsamico-Fest in Modena. Mit unstetem Blick, die Hände in den Hosentaschen, singt er den Song, als ginge es um nichts. Als er mit seinem Vortrag fertig ist, geht er ab, ohne auf das Ende des Stücks zu warten. Für die Festivalverantwortlichen und die italienischen Gralshüter der Unterhaltungsmusik ist der Fall klar: Der Typ ist *ubriaco* wie zehn Strandhaubitzen, auch von Drogen ist die Rede. Vasco, der zu jener Zeit tatsächlich an keiner Zapfsäule vorbeigehen konnte, ohne vollzutanken, behauptete später, er habe beim Festival den Vollgedröhnten nur gespielt, weil man ihn sowieso für unzurechnungsfähig gehalten habe. So oder so: »Vita spericolata« landet auf dem letzten Platz – ein Umstand, der Italiens Jugendliche jedoch nicht davon abhält, die Plattenläden zu stürmen und das Lied zum Riesenhit zu machen. Heute ist der Song ein moderner Klassiker, ein Evergreen, den jedes Kind und jede Oma zwischen Turin und Palermo mitsingen kann. Wer je erleben durfte, wie Vasco den Song heute live darbietet und dabei von Zehntausenden Anhängern unterstützt wird, weiß, was Ergriffenheit bedeutet.

Die *Roxy Bar* aus dem Refrain existierte tatsächlich, sie befand sich in Bologna und war lange ein Wallfahrtsort für zahlreiche Vasco-Jünger. Der erklärte allerdings längst, er habe eigentlich nur die *Roxy Bar* aus Fred Buscagliones Song »Che notte« zitieren wollen. Sei's drum, er wäre der Letzte, der etwas gegen einen guten Mythos einzuwenden hätte!

Nach »Vita spericolata« geht es endgültig nach oben für den *Cantautore*-Lümmel von der letzten Bank. Fast jedes seiner Alben erreicht die Chartsspitze. Zu Recht! Der Mann hat einfach die Gabe, die Nöte und den Trotz seiner Landsleute in ruppige, aber knallige Vasco-Poesie zu verwandeln. Seine besten Songs eignen sich perfekt, um dazu die Wohnungseinrichtung aus dem Fenster zu werfen. Stand heute ist er Italiens erfolgreichster Rockstar. Manchen mag das virile Gerocke seines Spätwerks nerven, aber wenn er gut ist (wenn er Pop ist), dann haben seine Sachen noch heute eine unwiderstehliche Lässigkeit.

»Vaffanculo!«, pflegt der Italiener zu sagen, wenn man ihm allzu blöd kommt. Keiner sagt es so schön wie Vasco Rossi.

99

VIVA L'ITALIA (1979)

Francesco De Gregori

Im Sommer 1979 gehen die ungleichen Freunde Lucio Dalla und Francesco De Gregori auf die erste Stadiontour, die Italien je erleben durfte – und sehen dabei aus wie das *odd couple* des Italo-Pop.

Da ist der kleine, extrovertierte Dalla: quirlig und kommunikativ, ständig herumfuchtelnd und sich echauffierend. Daneben der lässige Francesco De Gregori: ein Schlacks, der seinen Freund um mehr als zwei Köpfe überragt, ruhig und bedacht, fast unterkühlt, Traum aller Studentinnen. Die sagenumwobenen Auftritte ihrer »Banana Republic«-Tour kommen für ein Land, das zum Ende der 70er zermürbt ist vom langjährigen blutigen Terror, musikalischen Messen gleich. Die Shows markieren aber auch einen weiteren Schritt der ehemals als Subkultur gestarteten *Cantautori*-Bewegung der *anni settanta* in den Massenmarkt.

Aus dieser Ära des Umbruchs stammt auch der Spitzname Francesco De Gregoris, *Il Principe* (der Prinz), den ihm Dalla während der Tour verpasst. Denn während der kommunikative Mann aus Bologna vermutlich nicht einmal davor zurückschrecken würde, bei Journalisten anzurufen, um ihnen ein Interview anzubieten, hat Francesco keine Lust mehr auf die immer gleichen Fragen und Zuschreibungen der Presse. Lieber zieht er sich zurück, liest oder arbeitet an neuen Liedern. Aha, so, so, er sei wohl etwas Besseres, der *signore* De Gregori, stichelt Dalla, er halte sich wohl für einen Prinzen. Der Name bleibt hängen, weil er gut zur distinguierten Art des Sängers passt – auch wenn De Gregori noch 2017 anlässlich eines Gastspiels in New York betont, ganz und gar kein Schnösel zu sein.

Der Römer De Gregori ist das Paradebeispiel des hierzulande weitgehend unbekannten italienischen Musikers, der in seiner Heimat als der Größte unter den Großen, als unangefochtener Chef-*cantautore,* angesehen wird. Von den Schwergewichten des italienischen Pop ist er mir heute wohl der Liebste: Mit Celentano und Battisti bin ich quasi aufgewachsen, De Gregoris Musik aber ist die, die mir als erwachsenem Menschen immer wieder ein musikalisches Zuhause gibt.

Francesco De Gregori kommt 1951 als Sohn einer Lehrerin und eines Buchhändlers zur Welt und wächst im bürgerlichen Stadtteil Prati auf. Erste Auftritte hat er in Italiens wichtigstem Club für die aufstrebende *Cantautori*-Szene, dem *Folkstudio.* In dem im römischen Stadtteil Trastevere auf der Via Garibaldi gelegenen Songwriter-Tempel geben sich die aufstrebenden Künstler die Klinke in die Hand; auch ein junger Amerikaner namens Bob Dylan hatte hier 1962 vor einem guten Dutzend Zuschauer seinen ersten Italien-Auftritt. Im *Folkstudio* freundet sich Francesco bald mit Antonello Venditti an, mit dem zusammen 1972 ein erstes Album entsteht. Mit seinem dadaistisch motivierten Song »Alice« gelingt ihm ein Achtungserfolg, doch erst das Album »Rimmel« (benannt nach einer Parfümmarke) verhilft ihm zum Durchbruch. Im Titelsong singt er einer Verflossenen hinterher, in typischer De-Gregori-Poesie: »Ora le tue labbra puoi spedirle a un indirizzo nuovo« (Jetzt kannst du deine Lippen an eine neue Adresse schicken).

Zur gleichen Zeit wird De Gregoris größtes italienisches Vorbild, Fabrizio De André, auf den jungen Sänger mit den freifliegenden Texten aufmerksam. De André lädt den 24-jährigen De Gregori in seine Villa auf Sardinien ein, er will von ihm mehr über amerikanisches Songwriting erfahren. Die beiden schreiben und produzieren auch gleich gemeinsam De Andrés neues Album, wobei »gemeinsam« relativ ist: De Gregori erledigt seinen Part tagsüber, De André kommt meist erst abends in die Puschen.

Das italienisch-amerikanische Verhältnis ist seit jeher ein zentrales Thema für De Gregori, was sich auch auf seinem folgenden Album »Bufalo Bill« zeigt. Auf der nächsten Tour kommt es zu jenem unrühmlichen Schauprozess durch linke Protestler, von dem im Kapitel zu »La donna cannone« die Rede ist. Nachdem er zunächst ankündigt, nie mehr auftreten zu wollen, und sich für eine Weile verkriecht, kommt De Gregori dann doch zurück. Stärker als zuvor: Die Alben, die er zwischen 1978 und 1987 veröffentlicht, zählen zum Besten, was die *Cantautori*-Welt zu bieten hat. Für sein Meisterwerk halte ich »Scacchi e tarocchi« (Schach und Tarot) von 1985: Im Titelsong sowie in »La storia« (Die Geschichte) knöpft sich *Il Principe* mit fünf Jahren zeitlichem Abstand den Terrorismus der 70er vor – der virtuoseste Lieddichter Italiens analysiert auf gewohnt schwer durchdringbare Art die hinter den blutigen Ereignissen stehenden Verführungen und Träume von Wirkungsmacht. Zugleich dürfte es sich hier um das einzige italienische Album handeln, das einen Countrysong enthält, auf dem die Reggae-Legenden Sly & Robbie als Rhythmusgruppe zu hören sind.

Italien sei »derubata e colpita al cuore« (ausgeraubt und ins Herz getroffen), singt De Gregori in »Viva l'Italia« aus dem Jahr 1979, seinem international bekanntesten Stück: auch hier also die Anspielung auf die *anni di piombo*. Später wird auch noch das Attentat auf der Mailänder Piazza Fontana vom 12. Dezember 1969 erwähnt. De Gregoris Lied ist eine poetische Collage aus historischen Daten, kulturellen Zuschreibungen und nationalen Unzulänglichkeiten. Ein gedämpftes Trotzdem-Liebeslied an ein Land, das dem Autor »halb Garten, halb Gefängnis« ist. In der vierten Strophe heißt es: »Viva l'Italia / L'Italia che lavora / L'Italia che si dispera / E l'Italia che si innamora / L'Italia metà dovere e metà fortuna / Viva l'Italia / L'Italia sulla luna« (Es lebe Italien / Das Italien, das arbeitet / Das Italien, das verzweifelt / Und das Italien, das sich verliebt / Italien, halb Verpflichtung, halb Glück / Es lebe Italien / Das Italien auf dem Mond). Bizarrerweise gibt es eine deutsche Coverversion, die der Schauspieler Horst Frank 1980 in das Mikrofon raunte. Der Titel: »Wo sind die Mädchen?«. Das hat nun wirklich nichts mehr mit *Italia* zu tun. Oder gerade.

Wenn Sie den Drang verspüren sollten, Italienisch lernen zu wollen und mithilfe der italienischen Sprache dem rätselhaften

Wesen dieses Landes auf die Spur zu kommen, dann knöpfen Sie sich unbedingt die wunderbaren Texte Francesco De Gregoris vor. Sein Kollege Roberto Vecchioni sagte dem Magazin *Zibaldone* vor ein paar Jahren in einem Interview, De Gregori habe für das Lied eine neue Sprache erfunden. Das geheimnisvolle Italien, das »Italien auf dem Mond« – keiner hat es je so besungen wie der Prinz des italienischen Liedes.

100

VOCE (2021)

Madame

Eines der blödsinnigsten Italien-Klischees besagt, dass man im Land der singenden Zitronen nicht dazu in der Lage wäre, etwas Komplexeres als einen gemeinsamen *caffè* in der *bar* oder eine sonntägliche *passeggiata* mit der Familie zu organisieren. Wie viele blödsinnige Klischees hält es sich hartnäckig.

Entsprechend sorgenvoll schauten ausländische Beobachter im Frühjahr 2021 auf das *Festival di Sanremo*: Wie um Himmels willen wollten die Verantwortlichen während einer Pandemie eine Großveranstaltung dieses Kalibers auf die Beine stellen? Eine Großveranstaltung wohlgemerkt, bei der unter enormem Getöse und Gewusel an fünf Tagen jeweils sechs Stunden lang 26 Sängerinnen und Sänger von einem Orchester begleitet in den Wettbewerb um das beste Lied der Saison treten, zwischendurch Legenden des italienischen Musikbetriebs Medleys ihrer Hits singen und sich namhafte Co-Moderatoren das Mikro in die Hand geben sollten? Dies alles natürlich unter ständigem Küssen und Umarmen. Andererseits:

Würde das Festival erstmals seit 1951 abgesagt – wo sollten dann die Sommerhits herkommen? Und überhaupt, es ging hier nicht um irgendeine alberne Regierungskrise, es ging um *Sanremo.* Die Sache war also verdammt ernst. Anfang Februar dann gab eine von der Regierung eingesetzte wissenschaftliche Taskforce dem Antrag zur Durchführung des Festivals statt, und die *Süddeutsche Zeitung* verkündete: »Italien ist gerettet.«

Solcherart mit Verantwortung beladen, hängten sich die Verantwortlichen massiv rein. Und siehe da: Das 71. *Festival di Sanremo,* das Anfang März 2021 unter strengen Auflagen stattfand, geriet zur organisatorischen Meisterleistung. Und zum Lehrstück in Sachen *sprezzatura,* der vielgepriesenen Fähigkeit, etwas Schwieriges und Aufwändiges leicht und beiläufig erscheinen zu lassen. Es gilt festzuhalten: In Italien kann man sehr wohl organisieren, nur eben nicht so langweilige Sachen wie eine Warteschlange.

Lediglich drei wesentliche Unterschiede fielen zu den Vorjahren auf: Erstens gab es kein Publikum, das quietschige Gezappel spielte sich vor leeren Sesseln ab. Zweitens trugen die tapferen Mitglieder des Orchesters über sechs Stunden lang Maske. Drittens sah man vom üblichen Körperkontakt ab. Ansonsten alles wie immer: Knapp bekleidete Tänzerinnen wedelten mit Puscheln, der neue Superstar Achille Lauro erschien als Außerirdischer und weinte blutige Tränen, Gastmoderator Zlatan Ibrahimović trat zu munterer Balkanmusik auf und verfügte streng, dass die Veranstaltung in *Festival di Zlatan* umzubenennen sei, und das souveräne Moderatorenduo Amadeus und Fiorello legte eindrücklich Zeugnis davon ab, dass Italiener auch in schwierigen Zeiten keineswegs beabsichtigen, in Lumpen herumzulaufen. Auch die Auftritte der 26 Sängerinnen und Sänger kündeten davon, dass Italiens Modezaren auf Hochtouren arbeiteten.

Zwischendurch wurde es ernst: Loredana Bertè prangerte Gewalt gegen Frauen an und eine Intensivpflegerin berichtete aus ihrem Arbeitsalltag. Für den uneingeweihten Zuschauer musste die Veranstaltung dennoch über weite Strecken wie eine aufgekratzte Gag-Parade mit musikalischen Unterbrechungen wirken. Doch sobald es um die Musik ging, hörte der Spaß ohnehin schlagartig auf, und feierlicher Ernst machte sich breit: Geboten wurden, wie auch sonst, mehrheitlich opernhafte Donnerhymnen, die raumgreifend mit Versatzstücken der zeitgenössischen Popmusik spielten. Dazwischen etliche faszinierende Außenseiter: Coma_Cose brachen alle Hipster-Herzen, Colapesce und Dimartino tänzelten zu leichtfüßigem Dolomiti-Pop, Max Gazzè trat im Leonardo-da-Vinci-Kostüm auf, und Lo Stato Sociale bewarben sich mit einer enervierenden Studententheater-Performance als Bewahrer des sogenannten *Rock demenziale,* der klar komödiantisch orientierten Form der italienischen Musik.

Am Sonntagmorgen um zwanzig vor drei stieg endlich weißer Rauch auf: Als Sieger aus dem Wettbewerb ging die Band Måneskin hervor, die Ihr mit allen Wassern gewaschener Autor auf Basis seiner Italo-Expertise auf dem letzten Platz sah. Ob sich mein Urteil eher darauf gründete, dass die Band aussah, als habe sich Oliver Stone die Gruppe für ein missglücktes Glamrock-Biopic ausgedacht, oder ob es der 90er-Jahre-Gedächtnisrock war, zu dem sich die Musiker krümmten, weiß ich nicht mehr.

Zwar vermeldete Vasco Rossi am nächsten Tag, in Sanremo sei es zur Revolution gekommen, dies darf allerdings eher als

Indiz dafür gewertet werden, dass man im daueraufgewühlten Italien eine ganz eigene Definition von »Revolution« hat.

Das Stück aber, das – abgesehen von Colapesces und Dimartinos Beitrag – besonders zwingend das Erbe der *canzone* mit der Gegenwart verlötete, war das Lied »Voce« der 19-jährigen Rapperin Madame aus dem venezianischen Creazzo. Was klingt wie ein Liebeslied an eine Frau, ist tatsächlich eine Ode an die Stimme – im Kontext der großen Liederkirmes ein nicht eben abwegiges Thema. Madame wird zwar nur Achte, kann aber den Preis für den besten Text entgegennehmen. Schreiben mache ihr ohnehin noch mehr Spaß als Singen, sagt sie schüchtern. Als musikalische Einflüsse gibt sie neben Trap und Rap die Musik der neapolitanischen *Neomelodici*-Künstler, Ludovico Einaudi und Van Halen (!) an. Die italienische Onlinezeitschrift *onda rock* kürt sie zur besten Künstlerin des Festivals und schreibt: »Die Zukunft ist hier.« L'Italia è salva!

QUELLEN

Albath, Maike: »Rom, Träume« (Berenberg, 2013)
Ankli, Ruedi/Burri, Peter: »Cantautore Republic« (Lenos, 1985)
Augias, Corrado: «Die Geheimnisse Italiens« (C.H. Beck, 2014)
Baasner, Frank: »Poesia Cantata« (Niemeyer, 1997)
Baasner, Frank: »Poesia Cantata 2« (De Gruyter, 2002)
Bremer, Thomas/Heydenreich, Titus/Winkler, Daniel: »Zibaldone. Zeitschrift für italienische Kultur der Gegenwart«, Ausgabe 37 und 69 (Stauffenberg, 2004 und 2020)
Dyer, Geoff: »Aus schierer Wut« (Dumont, 2016)
Fabbri, Franco/Plastino, Goffredo: »Made In Italy – Studies in Popular Music« (Routledge, 2014)
Facon, Eric: »Fabrizio De André, mit Ruedi Ankli« [Radiobeitrag] (SRF, 2019)
Fellini, Federico: »Warum machen Sie nicht mal eine schöne Liebesgeschichte« (Diogenes, 1984)
Igel, Regine: »Eine Lange Nacht der italienischen Cantautori / Bello e impossibile« [Radiofeature] (Deutschlandfunk, 2018)
Keßler, Christian: »Gelb wie die Nacht« (Martin Schmitz Verlag, 2020)
Melandri, Francesca: »Eva schläft« (Karl Blessing Verlag, 2010)
Nannini, Gianna: »Ich« (Ullstein, 2007)
Nobécourt, Emmanuelle: »Musica leggera. Les chansons italiennes« [Film] (ARTE, 2010)
Salvatori, Dario: »Il grande dizionario della canzone italiana« (Rizzoli, 2006)
Severgnini, Beppe: »Überleben in Italien« (Karl Blessing Verlag, 2007)

Sorrento, Aureliana: »Der Fall Aldo Moro – Wie ein politischer Mord Italien veränderte« [Radiofeature] (SWR, 2021)
Weiß, Lisa: »Aufbegehren und Attentate. Die schaurigen, schönen 70er-Jahre in Italien« [Radiofeature] (Deutschlandfunk Kultur, 2019)

Mein Dank gebührt zudem den folgenden Publikationen, deren Beiträge, Meldungen oder Artikel bei der Recherche für dieses Buch unerlässlich waren:

ARD, ARTE, Cantautoresimo, Canzoneitaliana.it, Il Corriere della Sera, Dpa, Donnesulweb.it, Eroicafenice.com, Frankfurter Allgemeine Zeitung, Geo.de, Il Giornale, Italyonthisday.com, Lenius.it, Lalucedimaria.it, Il Messaggero, Neue Zürcher Zeitung, Notiziemusica.it, Ondarock.it, Rai – Radiotelevisione Italiana, Red Bull Music Academy, La Repubblica, Rockit.it, Rolling Stone Italia, Schlager.de, Ilsetaccio.eu, La Stampa, Süddeutsche Zeitung, tiraccontounacanzone.altervista.org, Zetapress.it, 3Sat

ZITATE

S. 90: Albath, Maike: »Rom, Träume« (Berenberg, 2013), S. 286

S. 103: Ankli, Ruedi/Burri, Peter: »Cantautore Republic« (Lenos, 1985), S. 139

S. 125: Maier, Andreas: »Der Künstler-Bürger-Sänger. Paolo Conte« (faz.net, 23.02.2009)

REGISTER

GRAZIE

Philipp Achilles. Marcus Bäcker. Claudia Barczewski. Christian Baudisch. Jennifer Belger (DolceRita). Eva Betzwieser. Christian Bluthardt. Valentina Bronzini (The Match Factory). Claudia Cosmo. Dino Erre. Fondazione Lucio Dalla. Miriam Glaser. Kerstin Gleba. Alfred Jansen. Reinhold Joppich. Lena Kettner (Prokino). Julia Krumhauer. Ciro Rinaldi. Eva Mair-Holms. Christian Meier-Oehlke. Tomas Pollmann. Yvy Pop. Markus Rhein. Thomas Rhein. Udo Lindenberg. Polly Roche. Zarko Serafimoski. Antonio Spinelli. Jörg Streichert. Marco Verhülsdonk. Daniel Wichmann.

Besonderer Dank gilt meinem Lektor David Rupp und meiner Frau Ina Kalvelage, die mich auf dieser langen Reise begleitet haben und immer zur Stelle waren, wenn ich mich mal verlaufen habe.